Foto © Karen Lansdale

Joe R. Lansdale ist in den USA vor allem als Meister des Horror-Genres bekannt. Für seine Romane und Stories wurde er vielfach ausgezeichnet, unter anderem mit dem *British Fantasy Award*, dem *American Mystery Award* und vier *Bram Stoker Awards*. Lansdale begann erst vor kurzer Zeit Kriminalromane zu schreiben. Er lebt mit seiner Familie in Nacogdoches, Texas.

Weitere Lansdale-Kriminalromane werden folgen.
Im Rowohlt Taschenbuch Verlag erschien der Thriller «Texas Blues» (rororo Nr. 13767).

Joe R. Lansdale
MAMBO MIT ZWEI BÄREN

THRILLER Deutsch von
Steve Klimchak

Rowohlt

Die Originalausgabe erschien 1995 unter dem Titel
«The Two-Bear Mambo» bei Mysterious Press/
Warner Books, Inc., New York

Umschlaggestaltung Walter Hellmann
(«White Chevy – Red Trailer», 1975 by John Salt)
Lektorat: Simone Salitter

Deutsche Erstausgabe
Veröffentlicht im Rowohlt Taschenbuch Verlag GmbH,
Reinbek bei Hamburg, Januar 1997
Copyright © 1997 by Rowohlt Taschenbuch
Verlag GmbH, Reinbek bei Hamburg
«The Two-Bear Mambo»
Copyright © 1995 by Joe R. Lansdale
Alle deutschen Rechte vorbehalten
Satz Plantin (Linotronic 500)
Gesamtherstellung Clausen & Bosse, Leck
Printed in Germany
1290-ISBN 3 499 13958 8

Dieses Buch ist meiner Familie, Karen, Kasey und Keith gewidmet.

Dank für eure Geduld.

Als alle Himmelskatarakte sich
Erdwärts in Regengüssen Tag und Nacht
Eröffnen werden, alle Brunnen auch
Der großen Tiefe, aufgebrochen, schwellen
Die Meeresflut zum höchsten Gipel an...

JOHN MILTON, *Das verlorene Paradies*

ID# 1

Als ich Heiligabend bei Leonard ankam, hatte er drüben in seinem Haus die Kentucky Headhunters voll aufgedreht. Sie sangen «The Ballad of Davy Crockett», und Leonard steckte zur Feier des Tages mal wieder das Haus seiner Nachbarn in Brand.

Ich hatte gehofft, er würde es sein lassen. Beim erstenmal hatte ich ihm noch geholfen, beim zweitenmal ging es auf seine Kappe, und ausgerechnet jetzt, beim dritten Anlauf, mußte ich wieder bei ihm aufkreuzen. Klar, was die Bullen davon halten würden, wenn sie hier anmarschierten. Irgendwer hatte sie schon alarmiert. Wahrscheinlich die Arschlöcher aus dem Nachbarhaus. Das Sirenengeheul war unüberhörbar.

Leonards Lover, Raul, stand auf der Veranda von Leonards Haus, die Hände in den Manteltaschen vergraben, und schielte zu den Flammen hinüber und zu der Keilerei, die in vollem Gange war. Er machte ein entsetztes Gesicht wie ein Methodistenprediger auf Hausbesuch, der gerade feststellen mußte, daß das Familienoberhaupt die letzte Hähnchenkeule verdrückt hat.

Ich parkte meinen Pick-up in Leonards Auffahrt, stieg aus und ging zur Veranda, wo ich mich zu Raul gesellte. Unser Atem dampfte schneeweiß in der klirrenden Kälte. «Was hat er denn jetzt schon wieder?» fragte ich.

«O Mann, Hap, ich hab keine Ahnung. Du muß ihn aufhalten, bevor sie seinen schwarzen Arsch in den Knast verfrachten.»

«Zu spät, sie kriegen ihn sowieso. Die Sirenen werden wohl kaum Schlafwandlern gelten.»

«Scheiße, scheiße, scheiße», sagte Raul. «Warum hab ich mich auch mit so 'ner Macho-Schwuchtel eingelassen. Wär ich bloß in Houston geblieben.»

Eigentlich war Raul ein ziemlich gutaussehender Bursche, aber hier, mitten in der Nacht, im orangen Flackern des brennenden Hauses, sah er verschrumpelt aus, wie das Opfer einer Riesenspinne.

Er schwankte hin und her wie ein Bowlingpin, den die Kugel bloß gestreift hatte, und sah zu, wie Leonard einen hünenhaften Schwarzen auf die Veranda des brennenden Hauses zerrte. Leonard trat den Kerl, dessen Hemd und Hose Feuer gefangen hatten, von der Veranda und trieb ihn durch den Vorgarten.

Ich kannte den Kerl. Sein Haarschnitt hatte ihm den Spitznamen Mohawk eingehandelt, doch nach dieser Nacht würde er wohl einfach Smoky heißen. Er und einer seiner Kumpel hatten sich mal mit Leonard und mir angelegt und eine Tracht Prügel von uns bezogen. Ich träumte noch manchmal nachts davon, wenn ich eine Aufmunterung gebrauchen konnte.

Andere Hausbewohner stürzten aus den Fenstern oder der Hintertür, um sich in den Wald hinterm Haus zu schlagen. Zwar stand keiner so richtig in Flammen, aber ein paar waren angesengt. Eine kleine, pummelige Frau hatte es besonders eilig. Sie trug nichts außer einem braunen Bademantel und schlampigen Puschen und hielt eine Perücke in der Rechten. Ihre kurzen Beine blitzten beim Laufen auf, ihr Bademantel flatterte, und ihr Atem zerstob in kalte weiße Dampfwölkchen. Die Perücke schmorte vor sich hin. Mit qualmendem Haarersatz und schlackerndem Bademantel verschwand sie, so schnell sie die Füße trugen, im Unterholz, dicht gefolgt von den anderen, bis auch die kaum noch im Gestrüpp auszumachen waren und nur die Rauchfahne ihrer angesengten Klamotten zurückblieb. Im nächsten Moment waren sie verschwunden wie eine Brut Wachteln, die in ihr Nest abtaucht. Die Feuerwehr raste mit Sirenengeheul heran und fuhr Mohawk, den Leonard mit einem Hüftschwung umgerissen und auf die Straße geschleudert hatte, um ein Haar über den Haufen. Mohawk kugelte über die Fahrbahn und knallte auf der anderen Straßenseite gegen den Bordstein, der Löschwagen scherte aus und schoß über den Rasen vor dem brennenden Haus, so daß Leonard aus dem Weg springen mußte.

Wenigstens hatte das Rumgewälze Mohawks Feuer gelöscht. Genau wie es die Feuerwehr uns immer wieder einschärft: «Stehenbleiben, hinlegen und wälzen», Mohawk hat's befolgt. Leonard sei Dank.

Durch die rosarote Brille sah es fast so aus, als würde Leonard bloß Mohawks beschissenes Leben retten.

Doch Leonard war schon ins Haus zurückgerannt und beförderte ein schmächtiges schwarzes Kerlchen, dessen Haare brannnten, unsanft ins Freie. Als der sich vom Rasen hochgerappelt hatte und auf Leonards Haus zustürzte, schrie er ihm hinterher: «Verpiß dich, du blöder Gartenzwerg von einem Nigger.»

Mannomann, wie Leonard da auf der Veranda stand, wie hinter ihm die Rauchschwaden aufstiegen, die Flammen aus den Fenstern loderten und über dem Dach thronten, da sah es so aus, als wäre sein Gesicht aus Obsidian gemeißelt. Als wäre er der leibhaftige Teufel aus dem Alptraum eines weißen Hinterwäldlers: ein übelgelaunter, feuerspeiender Nigger. Wenn ich's mir recht überlege, haben ihn wohl die Schwarzen aus dem Haus für genauso teuflisch gehalten. Wenn er's drauf anlegt, kann Leonard so ziemlich jedem eine Gänsehaut einjagen.

In dem Moment, als der Gartenzwerg gerade vor Leonards Fußtritten aus dem Haus floh, ließ ich Raul auf der Veranda allein, ging rüber in den Vorgarten, wo sich Leonard im Brandstiften und Verprügeln übte, und stellte dem Gartenzwerg im Vorbeigehen ein Bein.

Er stand auf, und ich fällte ihn mit der Handkante, dann stemmte ich meinen Fuß in seinen Nacken und bückte mich, um eine Handvoll Dreck von der Auffahrt zusammenzukratzen, und klatschte sie ihm auf den Kopf.

Das Feuer war im Nu gelöscht, bis auf ein kleines Haarbüschel am Hinterkopf, das vor sich hin glomm wie Stahlwolle, die Funken gefangen hat. Sein übriger Schädel qualmte wie ein vertrockneter Kohlkopf, in dem ein glühendes Stück Holzkohle steckte. Sein Körper gab eine ziemliche Wärme ab, er wand sich, als ob er bei lebendigem Leib gekocht würde, und kreischte dabei so gellend, daß sich mir die Arschbacken zusammenzogen.

«Ich brenne», schrie er. «Ich brenne!»

«Schon gut», sagte ich. «Hast sowieso kaum noch Haare.»

Dann kamen die Cops. Ein paar Streifenwagen nebst Sergeant Charlie Blank in seiner zivilen Dienstkarosse. Charlie, ganz und gar im schicken K-Mart-Outfit, zu dem auch ein Paar schwarze Hochglanz-Plastikschuhe gehörte, das im Schein des Feuers funkelte, stieg gemächlich aus, als hätte er Angst, seine Hosennaht könnte platzen.

Er verschnaufte lange genug, um mit anzusehen, wie einer der Uniformierten Mohawk schnappte, ihm Handschellen anlegte und ihn unsanft auf den Rücksitz eines der Streifenwagen verfrachtete; nicht ohne zuvor Mohawks Kopf «aus Versehen» gegen die Wagentür zu rammen, während er ihm beim Einsteigen nachhalf.

Charlie kam zu mir herüber, warf mir seufzend einen trüben Blick zu, zückte eine Zigarette, bückte sich, um sie am Kopf des Gartenzwergs anzuzünden, und sagte: «Ich hab die Schnauze gestrichen voll, Hap. Von Leonard krieg ich schon graue Haare. Der Chief steckt mit den bösen Buben unter einer Decke, Lieutenant Hanson läuft die ganze Zeit rum, als wenn er keinen mehr hochkriegt, und ich kann's mal wieder ausbaden. Nimm gefälligst deinen Fuß von dem Wichser runter.»

Kaum hatte ich das getan, war der Gartenzwerg, der in einer Tour jammerte, auf den Knien und klatschte sich schreiend mit der Hand auf den Nacken. Charlies Zigarette hatte zwar das letzte Glimmen längst erstickt, doch das Klatschen tat dem Burschen anscheinend gut. Charlie sah ihn an und sagte: «Hinlegen, Kumpel, und keinen Mucks!»

Der Kerl legte sich hin. Sein Kopf qualmte schon viel weniger.

«Dir is ja wohl klar, daß ich Leonard einlochen muß?» sagte Charlie.

«Ich weiß. Dachte, du wolltest nich mehr rauchen?»

«Hab wieder angefangen. Ich fang zwei-, dreimal im Jahr wieder an. Eigentlich laß ich's überhaupt nur deshalb sein, damit ich's richtig genießen kann, wieder anzufangen. Dich muß ich auch einlochen.»

«Ich hab doch gar nichts getan. Ich hab nur den Kerl hier gelöscht. Hab ihm Dreck auf den Kopf gestreut.»

«Eins zu null für dich. Der Dreck is vielleicht deine Rettung.» Dann sagte er zu dem Kerl auf dem Boden: «Halten Sie's für möglich, daß er Sie löschen wollte, Sir?»

«Scheiße, Mann, der Wichser hat mir 'n Bein gestellt und die Scheiße aus mei'm schwarzen Arsch geprügelt. Ich werd das Arschloch verklagen. Ich werd jedes verdammte Arschloch verklagen.»

«Was hab ich gesagt, Hap? Ich muß dich einlochen.»

«Würd's helfen, wenn ich sage, daß ich mir beim Zuschlagen die Hand weh getan hab?»

«Ich werd's notieren. Ganz schön warm hier, so nah am Feuer. Fast mollig. Richtig weihnachtlich.»

«Tja, so is Leonard», sagte ich. «Immer in Feststimmung.»

«The Ballad of Davy Crockett» war längst zu Ende, und die Kentucky Headhunters sangen mittlerweile «Big Mexican Dinner».

«Frag mich jedesmal, ob der Song nun hispanofeindlich is oder nich», sagte Charlie. «So wie der Typ den öligen Mexenakzent nachäfft, findest du das diskriminierend?»

«Keine Ahnung. Da mußt du Leonards Lover fragen, Raul. Der wird's wissen. Er is Mexikaner. Aber ich verrat dir was. Leonard hat grad 'n paar ziemlich abfällige Bemerkungen gemacht.»

«Soso. Das notier ich mir gleich mit.»

«Den jungen Mann hier auf dem Boden hat er mit dem N-Wort beschimpft.»

«Genau», sagte der junge Mann auf dem Boden. «Und drinnen im Haus hat er mich 'nen Flachwichser genannt.»

«Moment mal», sagte Charlie. «Das wird ja richtig knifflig. Leonard is doch selber schwarz, is das dann trotzdem rassistisch? Wenn du und ich das sagen, okay, dann is das rassistisch, aber wenn ein Schwarzer das N-Wort benutzt, is das doch o. k., oder?»

«Die Zeiten ändern sich», sagte ich. «Wer blickt da noch durch. Wenn's nich rassistisch is, is es wahrscheinlich politisch nich korrekt.»

«Das is es», sagte Charlie. «Politisch nich korrekt. Dafür is bestimmt 'n Bußgeld fällig.»

«Mann, so 'ne Scheiße», sagte der Kerl auf dem Boden. «Ich will hoch. Das macht 'nen schlechten Eindruck, wenn mich hier einer liegen sieht.»

«Glaubst du, das is hier 'n Schönheitswettbewerb?» sagte Charlie. «Halt 's Maul, verdammt.» Dann zu mir: «Is Leonard bald fertig?»

«Das Haus brennt jedenfalls lichterloh.»
Und so war's. Das Feuer loderte und zischte, reckte sich wie ein roter Dämon in den Nachthimmel und züngelte um das geschwärzte Balkenwerk. Das Gebälk knirschte und fiel in sich zusammen. Die Hitze wurde langsam ungemütlich. Ich sagte: «Nett von dir, hier stehnzubleiben und zu warten.»

«Hey», sagte Charlie, dem es den Schweiß ins Gesicht trieb, «is doch Weihnachten.»

Charlie sah zu den Feuerwehrleuten hinüber, die mit ihren Schläuchen dastanden, und gab ihnen ein Zeichen. Auch wenn sie sich dabei nicht gerade ein Bein ausrissen, fingen sie an, dem ganzen Laden eine kräftige Dusche zu geben, damit die Bulldozer kommen und die verkohlten Balken wegschieben konnten, um so den Dealern Platz für ein neues Crackhaus zu schaffen.

Darauf war Verlaß. Angeblich hatten Freunde des Polizeichefs beim Drogenumschlag in LaBorde ihre Hände im Spiel und kamen ungeschoren davon, solange er ein Stück vom Kuchen abbekam. Gerüchte wie dieses konnten einen zum Zyniker werden lassen, sogar eine gutgläubige und vertrauensselige Natur wie mich.

In meiner Kindheit galt einer mit 'nem Stern an der Brust noch als aufrechter Kerl, und der Lone Ranger schoß keinem Gangster in den Kopf. Heutzutage würde Jesus ein Schießeisen tragen, und seine Jünger würden sich auf ihre Feinde stürzen und ihnen ein Ding in den Arsch verpassen.

«Glaubst du, Leonard wandert diesmal hinter Gitter?» fragte ich.

«Bis jetzt hat er Schwein gehabt, und ich werd für ihn tun, was ich kann. Vielleicht 'ne Nacht in der Zelle. Aber ich helf ihm nur dann aus dem Schlamassel, wenn du ihm klarmachst, daß er sich 'n andres Hobby suchen muß. Ich sag dir, so 'n Hobby wirkt manchmal Wunder. Seit ich eins hab, bin ich die Ruhe in Person. Weißt du, ich werd aus Leonard nich schlau. Dachte immer, Schwuchteln stehn auf weibisches Zeug wie Stricken und Bridge.»

«Laß ihn das bloß nich hören», sagte ich. «Von wegen weibisches Zeug, mein ich.»

«Bin ja nich lebensmüde.»

«Ich erzähl's ihm», sagte der Kerl auf dem Boden.

«Ein Wort», sagte Charlie, «und ich blas dir 'n Loch in den Schädel.»

«Schon gut», sagte der Kerl auf dem Boden.

Leonard kam auf uns zugeschlendert und sah ziemlich groggy aus.

«Charlie», sagte er.

«Hallihallo», sagte Charlie. «Okay, Leonard, du steigst mit Hap in den Wagen ... Augenblick noch. Ich leg euch besser Handschellen an.»

«Ach komm, Charlie», sagte ich. «Ich hab nichts ausgefressen, ehrlich.»

«Du hast den jungen Gentleman mißhandelt. Her mit den Flossen, alle beide. Eigentlich sollte ich euch die Hände einzeln hinterm Rücken fesseln, aber ich bin ja nich so: is schließlich Weihnachten.»

Wir bekamen gerade die Handschellen angelegt, als Raul auf uns zustürzte und sich heulend an Leonards Ärmel klammerte. «Hör schon auf», sagte Leonard, «das Geflenne hält ja keiner aus. Alles, was du kannst, is flennen.»

«Ich bin eben ein emotionaler Typ», sagte Raul.

«Meinetwegen, aber hör mit dem Geflenne auf. Das macht mich ganz nervös.»

«Ich bin's, der heult, nicht du. Was ist dir daran so peinlich?»

«Das hat damit gar nichts zu tun.»

«Verdammt noch mal», sagte Raul und zog an Leonards Ärmel, doch Leonard würdigte ihn keines Blickes.

«Tut mir leid, Raul», sagte Charlie. «Du mußt ihn loslassen. Wenn du ihn sehen willst, komm aufs Revier. Für Arschlöcher haben wir Extrabesichtigungszeiten.»

«Nein», sagte Raul und ließ Leonards Arm los. «Wenn du zurückkommst, bin ich weg, Leonard.»

«Paß auf, daß dir beim Rausgehn nich die Fliegentür gegen den Arsch knallt», sagte Leonard.

«Du könntest mich wenigstens bitten hierzubleiben.»

«Ich hab dich nie gebeten zu gehn.»

Raul sah Leonard einen Moment lang an, strich sich seine dunkle

Mähne aus dem Gesicht, machte kehrt und ging zurück zu Leonards Haus. Er bewegte sich, als ob er ein Klavier auf dem Rücken schleppte.

«Mann, Leonard», sagte ich, «Raul macht sich doch bloß Sorgen um dich.»

«Aber echt, Leonard», sagte Charlie, «mußt du immer so 'n Arschloch sein?»

«Mann, du bist vielleicht 'n eiskalter Macker», sagte der Kerl auf dem Boden. «So würd ich nich mal mit meiner Alten quatschen, und die is strohdoof. Ihr Homos, ihr seid echt kaltblütige Wichser.»

«Halt 's Maul», sagte Charlie. «Kümmer dich um deinen eignen Scheiß.»

«Hey», sagte der Kerl auf dem Boden. «Frohe Weihnachten.»

«Los jetzt», sagte Charlie, «her mit den Flossen.»

Er fesselte mich mit Handschellen an Leonard und schickte uns zu seinem Wagen. Die halbe Nachbarschaft war auf dem Bürgersteig versammelt und gaffte zu dem brennenden Crackhaus hinüber. Ein alter Mann, Mr. Trotter, stand mit verschränkten Armen in einem Mantel da, der einem Grizzlybären gepaßt hätte, paffte eine Zigarre und sagte: «Von allen dreien is das hier der beste Brand, Leonard.»

«Danke», sagte Leonard. «Übung macht den Meister.»

Wir stiegen ein und sahen Charlie durch die Scheibe dabei zu, wie er dem Gartenzwerg auf die Beine half und ihn im Polizeigriff zu einem Uniformierten brachte, der sich des Kerls annahm, ihm Handschellen anlegte und ihn zu Mohawk auf den Rücksitz des Streifenwagens steckte.

Eine Handvoll Uniformierter durchkämmte den Wald hinterm Haus, und wir sahen einen mit der Bademantelfrau im Schlepptau herauskommen. Sie trug Handschellen und hatte ihre Perücke auf, aus der im Mondschein eine feine graue Rauchfahne aufstieg. Sie fluchte am laufenden Band. Sogar hinter hochgekurbelten Scheiben war sie zu verstehen. Sie brachte es fertig, «du blöder, blaßschwänziger Arschwichser» in jedem Satz unterzubringen, ohne daß es sich bemüht oder gekünstelt anhörte.

Leonard lehnte sich zurück und seufzte schwer. «Scheiße», sagte er. «Raul hat recht. Ständig muß ich den Harten markieren. Ich mag die Schwuchtel. Ehrlich. Warum kann ich's bloß nich ruhig angehn lassen?»

«Du bist schwarz, schwul und sexuell unangepaßt und fühlst dich deshalb von der weißen Gesellschaft doppelt diskriminiert, zumal du's emotional nich auf die Reihe kriegst, dich mit dem schwarzen Macho-Gehabe anzufreunden, das dir in die Wiege gelegt worden is.»

«Ach ja. Stimmt. Hab ich ganz vergessen.»

«Und außerdem riechst du wie 'n Räucherschinken.»

Charlie glitt hinters Lenkrad und knallte die Tür zu. «Wir lassen 'n paar Jungs hier, die auf dein Haus aufpassen, Leonard. Wir wollen doch nich, daß Raul was zustößt. Jedenfalls bis er seine Sachen gepackt hat und abhaut. Er hat gesagt, ich zitiere, er verschwindet ‹auf Nimmerwiedersehn›.»

«Schon gut», sagte Leonard. «Danke.»

«Glaubst du, er haut wirklich ab?» fragte ich.

«Woher soll ich das wissen?» sagte Leonard.

Charlie ließ den Wagen an. Leonard sagte: «Wie wär's, wenn wir irgendwo auf 'n Eis haltmachen, bevor du uns einlochst?»

«Is es nich 'n bißchen kalt für Eis?» fragte Charlie.

«Egal», sagte Leonard. «Na, was is? Ich kann 'ne Aufmunterung gebrauchen.»

«Von mir aus», sagte Charlie. «Is Joghurteis okay? Bin grad auf Diät.»

«Meinetwegen», sagte Leonard. «Aber du zahlst. Ich hab kein Geld dabei.»

«Das könnte dir so passen», sagte Charlie. «Dein Vorschlag, deine Runde. Scheiße, Leonard, du stinkst, daß einem die Augen brennen.»

«Das kommt von den Billigpaneelen in der Bude», sagte Leonard. «Brennen wie verrückt und verbreiten einen üblen Gestank, den man nich mehr los wird. Die reinsten Grillanzünder, die Scheißwände. Soll mir recht sein, wenn ich mir überlege, wie schnell ich die Bude in Brand gesetzt hab.»

«Das hab ich überhört», sagte Charlie.

«Ich hab Geld dabei», sagte ich. «Ich geb 'ne Runde aus.»

Charlie setzte vom Bordstein ab. Ich warf einen letzten Blick zurück auf das brennende Haus. Ein paar Balken gaben nach und stürzten funkensprühend und qualmend ein. Raul stand auf Leonards Veranda und sah uns hinterher. Leonard schielte in seine Richtung. Keiner der beiden winkte.

Ich sagte: «Ah, Leonard, bevor ich's vergesse: falls wir jemals zurückkommen, in meinem Pick-up liegt mein Weihnachtsgeschenk für dich.»

«Na ja», sagte Leonard, «hoffentlich sind's keine Handtücher im Partnerlook.»

2

Wir waren in Lieutenant Hansons Büro und verdrückten die schmelzenden Reste unserer Joghurteistüten, wer fehlte, war nur der Lieutenant. Da wir ihm nichts mitgebracht hatten, war das wohl auch besser so.

Charlie saß an Hansons Schreibtisch. Ich kippelte auf meinem Stuhl gegen die eine, Leonard auf seinem gegen die andere Wand. Eigentlich hätten wir in unserer Zelle hocken sollen, wie Mohawk und der Gartenzwerg mit dem angesengten Schädel und die anderen, doch wir genossen sozusagen Vorzugsbehandlung. Und eine Schattenshow obendrein.

Charlie hatte statt der Deckenbeleuchtung die Schreibtischlampe angeschaltet und warf mit den Fingern Schattenbilder an die Wand, die Figuren darstellen sollten. Hund und Ente hatte er noch ziemlich gut hinbekommen, aber danach sah alles wie eine Spinne aus.

«Und das?» sagte Charlie. «Was meint ihr?»

«Sieht immer noch wie 'ne Spinne aus», sagte ich.

«Mit 'n bißchen Übung wird das schon», sagte Charlie. «Hab mir 'n Lehrbuch zugelegt. Meine Alte meint, ich brauch 'n Hobby, also hab ich damit angefangen. Ich find's entspannend, bloß meine Alte hält nich viel davon. Sie hätt am liebsten, daß ich mich in 'nem Fitneßstudio schinde, aber da mach ich's mir lieber bei Schummerlicht zu Hause im Sessel gemütlich und schmeiß mit der Ecktischlampe 'n paar Schatten an die Wand. Wenn ich die Schnauze voll hab, mach ich einfach die Glotze an. Hey, guckt mal, sieht das nich wie 'ne Muschi aus?»

«Wo zum Teufel siehst du da 'ne Katze?» fragte ich.

«Nein, 'ne Muschi. Du weißt schon, 'ne Vagina. Frauen haben so was.»

«Ach ja», sagte ich. «Kann mich dunkel erinnern.»

«Sieht doch so aus, findet ihr nich? Wie so 'n dunkles V, oder?»

«Sieht aus wie 'ne Spinne, die die Beine einzieht», sagte Leonard.

«Oder willst du uns weismachen, in deinem Buch gibt's 'n Kapitel über Schattenvaginas?»

Charlie wedelte mit dem ausgestreckten Mittelfinger. «Der is für dich, Leonard.»

Ein Uniformierter machte die Tür auf und ließ eine Flut von Licht herein. Er blieb stehen und beäugte Charlies Schattenspiele.

«Wonach sieht das aus?» fragte ihn Charlie.

«Was?»

«Der Schatten, Jake, der Schatten.»

«Ach so. Keine Ahnung. Sieht wie 'n Schatten aus.»

«Bingo!» sagte Charlie.

«Hey, hör mal», sagte Jake. «Der Chief ist nich da –»

«Als wenn das was Neues is», sagte Charlie.

«Und Lieutenant Hanson fehlt auch.»

«Der muß jeden Moment da sein.»

«Da is so 'n Typ in Zelle drei, der läßt fragen, ob wir seiner Frau Bescheid sagen können, daß sie ihm das *National-Geographic*-Bären-Special aufnehmen soll. Wenn wir uns nich beeilen, wird das nichts mehr. Fängt in 'ner Viertelstunde an.»

«Wie bitte?» fragte Charlie.

«Sonst verpaßt er's», sagte Jake. «Er muß über Nacht hierbleiben. Trunkenheit und Erregung öffentlichen Ärgernisses.»

«Was glaubt der denn, wo er hier is?» sagte Charlie und verknotete, ohne Jake anzusehen, die Finger wieder zu seinen Standardschattenfiguren. Erst der Hund, den er mit Gebell begleitete, dann die Ente, zu der er schnatterte.

«Ich sag ihm nein», sagte Jake.

«Mußt du wohl», sagte Charlie. «Was fällt dir eigentlich ein, mich mit so 'nem Scheiß zu belästigen? Moment mal.» Charlie drehte sich im Sessel herum und sah den Cop an. «Ein *National-Geographic*-Special?»

«Über Bären», sagte Jake.

«Na los, ruf sie schon an. Wenigstens is es nich *Drei Engel für Charlie* oder so 'n Scheiß. Vielleicht wird ja noch mal was aus unsern Knastbrüdern. Worauf wartest du?»

«Okay», sagte Jake und machte die Tür hinter sich zu.

«Können wir jetzt gehn?» fragte Leonard.

Charlie versuchte sich wieder an der Muschi. Glaub ich jedenfalls.

«Gehen?» sagte Charlie. «Willst du mich verarschen? Du hast das Haus von deinen Nachbarn abgefackelt. Das is das dritte Mal, Mann. Beim ersten Mal wart ihr's zusammen, und wir haben euch da rausgehaun. Beim zweiten Mal warst du's allein, und wir haben dich da rausgehaun. Du solltest dringend auf Schattenspielchen oder so was umsteigen, Leonard. Hör mit der Brandstifterei auf. Wir können dich für so lange hinter Gitter bringen, daß deine Sackhaare weiß sind, wenn du wieder rauskommst.»

«Das sind miese Schweine, Charlie», sagte Leonard, «und du weißt es.»

«Wenn ich losrennen würde, um alle Häuser abzufackeln, in denen miese Schweine wohnen, müßt ich die halbe Stadt in Schutt und Asche legen.»

«Schwachsinn», sagte Leonard.

Als wir gerade noch eine von Charlies Schattenfiguren studierten, ging wieder die Tür auf. Diesmal war es Lieutenant Marvin Hanson. Das Korridorlicht rahmte ihn ein wie den Golem höchstpersönlich. Sein schwarzes Gesicht war ein einziger konturloser Schatten. Er warf Charlie einen kurzen Blick zu, schloß dann die Tür und schaltete das Licht an. Auf einmal hatte ich das Gefühl, ihn lieber im Dunkeln anzusehen. Sein zerklüftetes Gesicht konnte einen ziemlich erschrecken.

«Schluß der Vorstellung», sagte Hanson. «Und raus aus meinem Sessel.»

«Ja, Massa», sagte Charlie, der langsam hinter dem Schreibtisch hervorkam, sich auf einen Stuhl setzte und eine Zigarette anzündete.

Hanson ging ein paar Schritte, um sich hinter seinem Schreibtisch niederzulassen, drehte sich dann im Sessel herum und musterte Leonard.

«Sieh mal einer an», sagte Hanson, «wenn das nicht der Schlauste Nigger der Welt ist.»

«Hi», sagte Leonard.

«Schon wieder das N-Wort», flüsterte mir Charlie zu.

«Ja», sagte ich, «aber im Gespräch unter Schwarzen, also dasselbe

Problem wie vorhin. Is das rassistisch, politisch nich korrekt oder bloß 'n Spaß?»

«Ich mache keinen Spaß», sagte Hanson. Und an Leonards Adresse: «Du Schmalspurwichser. Deine Ritterspielchen stehen mir bis hier.»

«Letztes Jahr haben die ein Kind umgebracht», sagte Leonard.

«Selber schuld, wer von dem Stoff nicht die Finger läßt», sagte Hanson.

«Er war noch ein Kind», sagte Leonard.

«Okay, okay, eine Brandstiftung laß ich noch durchgehen», sagte Hanson. «Aber zweimal? Und dann ein drittes Mal? Wie wär's zur Abwechslung mal mit etwas mehr Respekt vor meiner Position?»

«Ihr Scheißkerl von Chief deckt die Wichser, die den Laden beliefern, also tun Sie nich so», sagte Leonard.

«Wo Leonard recht hat, hat er recht», sagte Charlie. «Du weißt es, ich weiß es, und die Typen im Bau wissen's auch. Die wissen, daß sie morgen früh wieder auf freiem Fuß sind. Wenn nich schon früher. Wie ich die kenne, verklagen sie Leonard auch noch.»

«Halt 's Maul, Charlie», sagte Hanson.

«Ja, Massa Marvin.»

«Wenn das nich rassistisch is», sagte ich zu Charlie. «'n Weißer, der Sklavenjargon nachäfft?»

«Findest du?» sagte Charlie.

«Haltet endlich das Maul, ihr beiden Scheißer», blaffte Hanson.

Ich sah, wie Charlie zu seinem «Ja, Massa» ansetzte, doch er verkniff es sich. Eine weise Entscheidung, fand ich.

«Was hocken die beiden Wichser überhaupt hier rum und glotzen dich und deine bescheuerten Schatten an?» fragte Hanson. «Warum sind die nicht in ihren Zellen?»

«Dachte, die sind so was wie Gäste», sagte Charlie. «Ich meine, verdammt, ich mag die beiden.»

«Ach ja? Ich aber nicht», sagte Hanson. «Schon gar nicht den Schlausten Nigger der Welt hier, der meint, er kann sich alles erlauben. Als ob das Gesetz für ihn nicht gelten würde. Hält sich wohl für so 'ne Art Kreuzritter oder Weltverbesserer. Für den Schlausten Nigger der Welt eben.»

«Na ja», sagte Leonard. «Ich hab schon 'ne Menge tolle Sachen über Sie und Jesse Jackson gehört.»

Hanson griff überraschend schnell für seine Ausmaße nach der Schreibtischlampe, riß mit einem Ruck den Stecker aus der Wand und warf mit der Lampe nach Leonard, der sich auf seinem Stuhl blitzartig zur Seite duckte, als wollte er einer Geraden ausweichen. Die Lampe verfehlte ihr Ziel und zerschellte an der Wand. Leonard und Hanson sprangen auf.

Es folgte ein Augenblick der Stille, in dem eine Menge hätte passieren können, tat es aber nicht. Schließlich fing Leonard zu grinsen an. Dann grinste auch Hanson. Als sich beide wieder gesetzt hatten, sagte Hanson: «Scheiße, die Lampe war von meiner Exfrau.»

«Jammerschade um das schicke Ding», sagte ich.

«Wenn mir 'n Familienerbstück draufgeht», sagte Charlie, «kenn ich nur eins: saufen!»

«Klingt nicht schlecht», sagte Hanson. «Jungs, holt eure Mäntel.»

3

Hanson sagte: «Ich glaub, ich spinne! Jetzt treiben's in der Glotze schon die Bären miteinander.»

Wir sahen uns in Hansons Haus das *National-Geographic*-Special an. Hanson und Charlie leerten ein Bier nach dem anderen. Leonard nippte an seinem, und ich trank ein Sharp's Alkoholfrei. Ich hatte das Trinken aufgegeben, weil ich es dumm, zu teuer und nicht besonders gesund fand.

Was Bier anging, waren Hanson und Charlie da anderer Ansicht.

Charlie sagte: «Weißte, Marve, mein Alter, eigentlich sind die Bären weder in noch auf der Glotze. Den Bärenfick haben die auf Video aufgenommen oder so und nur für uns wieder abgespielt. Siehste die Bäume da? Und das Gras? Bei denen is Frühling. Vielleicht haben die Bären ihre Nummer schon vor 'nem Jahr geschoben oder vor zweien sogar. Weiß der Geier!»

Hanson hörte ihm nicht zu. Er nahm noch einen Schluck aus seiner Bierdose und sagte: «Nicht zu fassen! Zu meiner Zeit hätten die nicht mal zwei Köter im Gänsemarsch gezeigt, damit man nicht auf die Idee kommt, daß der eine gleich den andern besteigt. Und jetzt das, vor Gott und der Welt, zwei Bären beim Mambo.»

«Und das aus so 'nem Peep-Show-Winkel», sagte Charlie. «Fehlt bloß, daß sie uns Mama Bärs Hintern von innen zeigen, damit wir sehn können, wie Papa Bärs Rute anschwillt. So läuft das bei denen, glaub ich. Wie bei den Hunden.»

Da sich keiner von uns mit Bärenschwänzen auskannte, herrschte betretenes Schweigen. Wer will schon gerne dumm dastehen.

Die Bären aus dem Special hatten ihren Mambo, wie Hanson es nannte, beendet. Keiner der beiden zündete sich eine Zigarette an, aber sie sahen ziemlich zufrieden aus. Die Kamera schwenkte zu einem Typ in Khakihosen, der uns im Gehen irgend etwas über Bären erzählte. Er stieß im Unterholz auf einen Haufen Bärenscheiße und tat gerade so, als hätte er einen Fünfzigdollarschein entdeckt.

Er rührte mit einem Stock in dem Scheißhaufen herum und klärte uns über den Gesundheitszustand des Bären auf, der ihn hinterlassen hatte. Im Grunde gab es nichts, was er uns nicht über den Bären verriet, mal abgesehen von der Blutgruppe und Hutgröße. Ich war schwer beeindruckt. Zwar bin ich selbst ein ganz guter Spurenleser und kenne die meisten Baum- und Pflanzenarten, und ich könnte wohl auch ein paar grundlegende Dinge am Stuhlgang eines Tieres erkennen, falls ich das Bedürfnis hätte, mit einem Stock in seiner Scheiße herumzustochern. Aber der Typ war phänomenal. Was für mich bloß wie ein Haufen Bärenscheiße aussah, war für den die reinste Fundgrube.

Ich fragte mich, ob man wohl aufs College geht, um über Bärenscheiße Bescheid zu wissen.

Die Bärensendung war nicht übel, aber ich hatte ehrlich gesagt irgendwann keinen Nerv mehr. Was man nicht alles an Bärenscheiße erkennen kann, war so ungefähr der Gipfel meines Interesses für Bären, und mir war irgendwie unwohl in Hansons Haus. Ich hatte Angst, Florida könnte jeden Moment hereinkommen. Es war schlimm genug, daß mich hier so viel an sie erinnerte.

Nichts Bestimmtes eigentlich, sondern die ganze Art, wie das Haus eingerichtet war. Ich war zum ersten Mal bei Hanson. Normalerweise schnauzten wir uns auf dem Polizeirevier oder in üblen Hamburgerläden an, aber hier war unverkennbar eine weibliche Hand an der Arbeit gewesen. Und bestimmt nicht die von Hansons Mutter.

Vielleicht hatte Florida noch ihr eigenes Apartment und wohnte nicht ständig hier, doch angefangen beim hübsch dekorierten Weihnachtsbaum bis zur Anordnung des Nippes auf den Regalen, verriet das Haus ihren Einfluß genausosehr wie den von Hanson.

Außerdem gab es noch andere Hinweise. Ich nahm stark an, daß die Bücher über Aerobic und Sex mit Männern auf dem Regal nicht Hanson gehörten, obwohl man sich bei solchen Dingen nie ganz sicher sein kann.

Mir fiel jedoch auf, daß es rund um Hansons Sessel wie auf einer Müllkippe aussah, nur noch ein bißchen chaotischer. Zigarrenstummel, Asche, leere Hamburgertüten und Bierdosen lagen herum.

Schon als ich beim Hereinkommen in der Küche mit dem Fuß eine Plastiktüte mit verfaultem Sellerie beiseite schieben mußte, war es mir so vorgekommen, als wäre ein Tornado durch die Wohnung gefegt. Ich lasse jedenfalls weder fettige Bratpfannen mit verschimmeltem Rührei auf dem Boden liegen noch die Kühlschranktür offenstehen, wenn ich aus dem Haus gehe. Und kaum jemand dürfte den Fußboden für den richtigen Platz für Sellerie halten.

Ich versuchte vergeblich, nicht auf altmodische Gedanken über Frauen und Küchen zu kommen. Ich kannte Florida. Sie war genausowenig eine typische Hausfrau wie eine Emanze, aber bestimmt hätte sie den Laden nicht so verkommen lassen, auch wenn das nur für die Küche und rund um Hansons Sessel galt.

Selbst von Hanson, dem alten Drecksack, hätte ich nicht gedacht, daß er es so weit kommen ließ, es sei denn, er war mit seinen Gedanken an einem trostlosen, fernen Ort.

Hatte Charlie nicht irgend etwas erzählt, von wegen Hanson würde herumlaufen, als wenn er keinen mehr hochkriegt? Und dann die Sache mit der Schreibtischlampe. So aufbrausend kannte ich Hanson gar nicht.

Und seine Einladung, uns bei ihm zu Hause das *National-Geographic*-Special anzusehen? So scheißfreundlich war er sonst nicht. Das war nicht der Hanson, den ich kannte. Und warum hatte er Florida noch kein einziges Mal erwähnt? War sie auf Besuch bei Verwandten? Oder beim Weihnachtschor?

Mir schoß durch den Kopf, daß zwischen ihm und Florida vielleicht Schluß war, und ein warmes Gefühl der Genugtuung stieg in mir auf, bis es von einem noch wärmeren Schamgefühl verdrängt wurde, denn im stillen hoffte ich immer noch, mich mit ihr zu versöhnen. Es war irgendwie ein bitterer, wehmütiger Gedanke, der von Zeit zu Zeit kam und wieder ging, und ehrlich gesagt war ich jedesmal froh, ihn loszuwerden. Hanson war schwer in Ordnung. Florida und ich hatten uns aneinander gerieben, aber der Funken wollte einfach nicht überspringen. Am Ende hatte sie sich für Hanson entschieden, und im Grunde war es für alle das beste. Mir war klar, daß es zwischen uns endgültig aus war. Trotzdem ging mir ihre weiche, goldbraune Haut nicht mehr aus dem Kopf, die Art, wie sie stöhnte, wenn sie erregt war, wie sie ihre Beine bewegte, ihr Geruch. Ich konnte weder ihr Lächeln vergessen noch ihren Scharfsinn, ganz zu schweigen davon, was für ein gemeines Luder sie sein konnte.

Ich fragte nach dem Badezimmer, und Hanson zeigte es mir. Der Weg dorthin führte durchs Schlafzimmer, und ich warf im Vorbeigehen einen Blick aufs Bett. Es war ungemacht, die Decke zurückgeworfen, und es roch nach Schweiß und Parfum. Chanel No. 5. Wohl kaum Hansons Marke. Der schwor auf Old Spice. Ansonsten sah das Zimmer aufgeräumt aus, bis auf einen Berg von Hansons Klamotten, die sich rechts vom Bett auf dem Boden türmten.

Das Badezimmer war sauber und ordentlich, wenn man über Zahncreme und Barthaare im Waschbecken hinwegsah. Hanson hatte eine Dreckspur von der Küche über Sessel und Bett bis ins Badezimmer in einem ansonsten picobello sauberen Haus hinterlassen.

Als ich vom Bad zurückkam, saß Leonard immer noch auf der Couch, blätterte jetzt jedoch in dem Ratgeber über Sex mit Männern. Er hielt das Buch merkwürdig schräg und sagte: «Hab gar nicht gewußt, daß das überhaupt geht.»

«Bei euch Jungs vielleicht nich», sagte Charlie. «Da geht's um Männer und Frauen.»

«Wir Schwule sind ziemlich clever», sagte Leonard. «Manchmal improvisieren wir.» Er legte das Buch in den Schoß. «Na klasse. Ausgerechnet jetzt, wo ich Raul vergrault hab, find ich was Geiles, das wir hätten ausprobieren können.»

«Leonard», sagte ich und machte es mir mit meinem Bier auf der Couch gemütlich. «Du solltest Bären lieber nich beim Ficken zugukken. Das nimmt dich zu sehr mit.»

Hanson lehnte sich in seinen Fernsehsessel zurück, faltete seine Pranken vor der Brust und sah an die Decke. Wir folgten seinem Blick. Da oben schien nichts Besonderes los zu sein.

«Schätze, ich muß mir was für euch Jungs einfallen lassen», sagte Hanson.

«Wie wär's mit Papphüten und Tröten, und wir gehn alle nach Hause?» sagte ich.

«Unwahrscheinlich», sagte Hanson.

«Na, viel schlimmer kann's nich werden», sagte Charlie. «Hast sie ja schon dazu verdonnert, bei dir Bier zu trinken und in die Röhre zu glotzen.»

«Wißt ihr was, Jungs», sagte Hanson, «eine Hand wäscht die andere. Ihr beide fahrt rüber nach Grovetown, um mir da 'nen kleinen Gefallen zu tun, und ich sorge im Gegenzug dafür, daß ihr ungeschoren davonkommt. Wenn ihr nicht mitmacht, könnt ihr euch auf 'ne saftige Anzeige gefaßt machen.»

«Hey», sagte Leonard, «das is Erpressung. Was zum Teufel sollen wir in Grovetown? Nach Antiquitäten Ausschau halten?»

«Nein», sagte Hanson, «ihr sollt Florida suchen.»

«Hab mich schon gewundert, wo sie steckt», sagte ich.

«Kann ich mir vorstellen», sagte Hanson. «Sie ist da hingefahren, um an 'nem Fall zu arbeiten, so was Ähnliches jedenfalls. Schon mal was von der Bobby-Joe-Soothe-Sache gehört?»

«Da muß ich passen», sagte Leonard. «Hab genug um die Ohren. Wenn ihr wüßtet, was Raul und ich durchgemacht haben, um 'n Gleitmittel zu finden, das uns gefällt. K-Y is längst nich so gut, wie alle immer meinen. Wir haben mindestens fünfundzwanzig verschiedene Tuben durchprobiert.»

«Verschone uns mit den Details», sagte Charlie. «Aber versuch's mal bei K-Mart. Die haben 'n ganzes Regal voll glitschigem Zeug, alles spottbillig. Von Vaseline bis Motoröl.»

«Vorerst brauch ich wohl keins mehr», sagte Leonard. «Außer vielleicht 'n Tropfen davon in die Handfläche.»

«Bobby Joe Soothe», sagte Hanson, «war ein Schwarzer, der 'nen kleinen Unfall gehabt hat.»

«Ich hab davon gehört», sagte ich. «In den Nachrichten. Hat sich im Knast von Grovetown an seinen Schnürsenkeln aufgehängt, oder so ähnlich.»

«So ähnlich», sagte Hanson. «Gibt noch 'ne Vorgeschichte. Dieser Bobby Joe Soothe war nämlich kein Geringerer als L. C. Soothes Enkel. Schon mal was von L. C. gehört?»

«Teufel, ja», sagte Leonard. «Country-Blues-Guitar. Hab sogar was von dem. 'ne CD-Box. War 'n ganz Großer, der Mann, 'ne lebende East-Texas-Legende Ende der Zwanziger, Anfang der Dreißiger. Wie Robert Johnson. Und wie bei Johnson hat man sich auch von L. C. erzählt, daß er seine Seele dem Teufel verkauft hat, um so spielen zu können. Angeblich hat er in ein Marmeladenglas gepißt und es mit zur Kreuzung rausgenommen. Dann is der Teufel vorbeigekommen, hat das Glas ausgetrunken und danach selber reingepißt, und L. C. hat die Pisse getrunken. Von da an hat L. C. den Teufel im Leib gehabt, und der Teufel hatte dafür seine Seele. L. C. hat auf der alten Akustikgitarre gespielt wie kein andrer. Mit 'nem Klappmesser oder 'nem abgebrochenen Flaschenhals is der nur so übers Griffbrett gefegt.»

«Mich kriegen keine zehn Pferde dazu, Pipi aus 'nem Marmeladenglas zu trinken», sagte Charlie.

«L. C. hat nur 'n paar Platten gemacht», fuhr Leonard fort, «aber er hat den East-Texas-Blues sehr beeinflußt. Seine Scheiben sind heute Raritäten. Hat wohl 'n paar Aufnahmen auf 78ern gemacht, sind aber nie veröffentlicht worden, oder verschollen. So genau weiß ich das nich mehr. Kann mich nur noch ans Gröbste erinnern, hab's aus dem Beiheft zu der Box.»

«Alles, was ich weiß», sagte Hanson, «is, daß irgend so 'n Typ aus dem Norden in 'ner Musikzeitschrift 'nen Artikel über diesen Bobby Joe Soothe und dessen Ambitionen, in die Fußstapfen seines Großvaters zu treten, gelesen hat, in dem Bobby Joe erzählt, daß er die von L. C. eingespielten, unveröffentlichten Aufnahmen besitzt und daß er 'n paar Songs spielt, die L. C. geschrieben, aber nie aufgenommen hat. Dieser Bobby Joe hat nämlich selber 'nen ziemlich guten Blues gehabt. Also hat ihn der Yankee angerufen, hat ihm für die Aufnahmen Geld versprochen, ist hier runtergefahren, um sie sich anzuhören, und dann soll Bobby Joe angeblich dem weißen Burschen die Kehle durchgeschnitten und ihn ausgeraubt haben. Im Knast hat er sich dann vor lauter Verzweiflung an seinen Schnürsenkeln aufgehängt.»

«Ich dachte, so was wie Schnürsenkel und Gürtel darf man gar nich mit in die Zelle nehmen», sagte ich.

«Eigentlich nicht», sagte Hanson. «Komischerweise gab's in Grovetown in den letzten fünfundvierzig Jahren mehr Selbstmorde dieser Art oder irgendwelche Unfälle als in allen anderen texanischen Gefängnissen seit 1965 zusammen. Das verdammte Huntsville Prison eingeschlossen. Obwohl man dem Wunderknaben, der jetzt den Laden in Schwung hält, zugute halten muß, daß sich in den letzten zwölf Jahren, seit er Chief in Grovetown ist, nur einer aufgehängt hat, Soothe eben.»

«Was is aus den Aufnahmen geworden?» fragte Leonard.

«Das weiß keiner», sagte Hanson.

«Und was hat Florida damit zu tun?» fragte ich.

«Nicht so ungeduldig», sagte Hanson. «Ehrgeizig, wie Florida nun mal ist, hat ihr der Job als Rechtsanwältin nicht mehr gereicht. Sie ist los, um eigene Nachforschungen anzustellen. Sie wollte nach Grovetown fahren, 'n bißchen rumschnüffeln, mit Hilfe ihrer Anwaltslizenz genug Material für 'ne Reportage zusammenkriegen und in den Enthüllungsjournalismus einsteigen. Am liebsten gleich ins Fernsehen. Bei ihrer Figur und Stimme, ihrem Grips und ihrer Persönlichkeit eigentlich gar nicht so weit hergeholt. Sie hat auf *die* Chance gewartet, um groß rauszukommen und als Journalistin Karriere zu machen. Sie hat geglaubt, wenn sie sich die Story angelt, wär sie 'ne gemachte Frau.»

«Mit andern Worten», sagte ich, «Florida war auf 'nen möglichst fetten Braten aus und hat ihn in Grovetown gerochen?»

«Stimmt», sagte Hanson. «Sie ist vor 'n paar Wochen runtergefahren. Hab noch versucht, es ihr auszureden, ihr klarzumachen, auf was sie sich da einläßt, aber sie wollte nicht auf mich hören. Kein Wunder, in letzter Zeit haben wir uns mehr gestritten als alles andere. Sogar die Hochzeit haben wir abgeblasen.»

«Mir war so, als wär der Termin schon gewesen», sagte ich.

«Kann mir vorstellen, daß du ihn dir auf dem Kalender angestrichen hast», sagte Hanson. «Die Sache ist die, wir haben uns in die Haare gekriegt. Sie hat gemeint, ich wär ein chauvinistischer Idiot. Wenn's idiotisch ist, daß man sich Sorgen macht um die, die man liebt, und sie nicht in ihr Verderben rennen lassen will, dann bin ich eben ein Idiot. Grovetown ist für Schwarze viel zu gefährlich, um da aufzukreuzen und die Nase in fremde Angelegenheiten zu stecken, aber sie ist trotzdem gefahren.»

«So tollkühn is Florida nun auch nich», sagte ich. «Jedenfalls nich auf die Art. Aus eigner Erfahrung würd ich sagen, daß sie eher vorsichtig is.»

«Aber nur so lange, bis sie sich was in den Kopf gesetzt hat», sagte Hanson.

«Stimmt», sagte ich. «Egoistisch war sie schon immer.»

«Als sie sich beruhigt hatte», sagte Hanson, «hat sie mich aus Grovetown angerufen, um zu sagen, daß es ihr gutgeht und daß sie auch nicht weiß, wie's zwischen uns weitergehen soll. Ein paar Tage später hat sie noch mal angerufen und gesagt, daß es ihr gutgeht und alles nach Plan läuft. Mehr war nicht aus ihr rauszukriegen, außer daß sie ihre Sachen abholen lassen wollte, wenn sie wieder zurück ist.»

«Soll das heißen, ihr habt euch getrennt?» fragte Leonard. «Wie ich und Raul. Das muß 'n Virus sein.»

«Schätze, von den Büchern über Aerobic und Sex mit Männern wirst du dich bald verabschieden müssen», sagte ich.

«Sieht so aus», sagte Hanson. «Wißt ihr, ich mag die Kleine. Ehrlich. Aber wißt ihr was? Das hört sich jetzt vielleicht bescheuert an, immerhin hab ich sie gevögelt, aber unsere Beziehung entwickelte sich zu so 'nem Vater-und-Tochter-Ding, wo sie doch so viel jünger ist und ganz anders denkt als ich.»

«Diese Vater-Tochter-Geschichte geht mir gegen den Strich», sagte Charlie. «Jedenfalls solange du ihr den Hengst machst.»

«Du weißt schon, was ich meine», sagte Hanson. «Ich wollte ja selber Schluß machen. Mir war nicht wohl in meiner Haut. Vielleicht nicht bloß, weil sie so jung ist, sondern weil ich ... verdammt, ich liebe eben immer noch meine Exfrau. Ich meine, als wenn das noch irgendeinen Sinn hätte.»

Jetzt sah die Sache auf einmal anders aus. Ich sagte: «Wenn ihr eher auf 'ne Vater-Tochter-Beziehung zusteuert als auf ein Liebesverhältnis und sie von Liebe sowieso nichts wissen will, wo is das Problem? Und warum sieht die Küche aus wie ein Schweinestall?»

«Die Nacht vor der Abfahrt hat sie bei mir verbracht», sagte Hanson. «Wir haben uns gestritten. Wir sind beide ausgerastet. Ich hab sie unsanft angefaßt. Ist mir peinlich, aber so war's. Sie ist auf mich los, und da hab ich ... es war keine Absicht. Ich hab sie gepackt und ihr am Arm weh getan. Ich hab's nicht gewollt, Leute, ich schwör's. Ich bin keiner, der Frauen schlägt.»

«Wir sind alle bloß Menschen», sagte ich. «Jeder kann mal durchdrehn.»

«Ehrlich, ich hab noch nie im Leben 'ne Frau geschlagen, und sie auch nicht, aber ich hab sie etwas hart angefaßt. Manchmal bringt sie einen echt zur Raserei. Sie hat vor dem offenen Kühlschrank gestanden und was zum Frühstück gesucht, als der Streit losgegangen ist. Hab ihn nicht wieder zugemacht. Sie hat den Sellerie rausgeholt und damit zugeschlagen, und da hab ich sie gepackt. Als mir klar war, was ich tat, und sie losließ, hat sie die Bratpfanne vom Herd genommen und mir damit ein Brandmal an der Schulter verpaßt, dann hat sie sie fallen lassen. An meinem Pyjama klebt immer noch das Ei. Fünf Minuten später war sie weg, und ich hab alles so gelassen.»

«So 'ne Art Reliquienschrein, was?» sagte Leonard.

«Ich versuch ihm schon die ganze Zeit klarzumachen, daß sie sich wieder einkriegt», sagte Charlie. «Mein Gott, sie hat doch aus Grovetown angerufen, oder nich? Sie weiß, daß Marve die Sicherungen durchgebrannt sind, und sie is daran nich ganz unbeteiligt gewesen. Schuld sind alle beide. Nächstes Mal seid ihr schlauer.»

«Es geht mir nicht darum, sie zurückzugewinnen», sagte Hanson. «Ich meine, jedenfalls nicht so. Ich mach mir bloß Sorgen um sie, ganz allein da unten, aber wenn ich selber hinfahre, hält sie das wieder für chauvinistisch. Warum sollte sie mir überhaupt irgendwas erzählen? Eigentlich geht sie mich ja nichts mehr an, aber ...»

«Warum fährst du nich einfach trotzdem hin», sagte Leonard, «und siehst nach, ob es ihr gutgeht? Wenn du recht hast, is eure Beziehung sowieso im Eimer. Anscheinend hast du dich schon damit abgefunden. Kann dir doch egal sein, was sie von deiner Stippvisite hält.»

«Ich würde ihr gerne zeigen, daß ich sie respektiere», sagte Hanson. «Sie soll nicht denken, ich würde hinter ihr herspionieren.»

«Ja glaubst du denn, daß sie nich mißtrauisch wird, wenn die beiden Schwachköpfe bei ihr aufkreuzen?» sagte Charlie. «Als ob sie die nich kennen würde. Als ob ich Hap nich gevögelt hätte.»

«Danke, Charlie», sagte ich, «du verstehst echt was davon, eine angespannte, trübe Atmosphäre aufzulockern.»

«Darum geht's nicht», sagte Hanson. «Wenn ihr sie seht, könnt ihr ja sagen, Charlie hätte euch von ihr erzählt und ihr wolltet nur mal nachsehen, ob alles okay ist. Der alten Zeiten wegen.»

«Ach, jetzt bin ich's gewesen», sagte Charlie.

«Vielleicht könntest du so tun, als ob du mit ihr ausgehen willst, oder so, Hap?» überlegte Hanson.

«Wenn das keine tolle Idee is», sagte Charlie. «Jetzt weiß ich, warum du die ganze Woche so schlapp gewesen bist. Die ganze Grübelei, um diesen Plan auszuhecken, hät mich auch geschlaucht.»

«Du hast gewonnen, Charlie», sagte Hanson. «Das haut nicht hin. War 'ne Schnapsidee von mir. Keine Ahnung, was mit mir los ist. Der ganze Scheiß stinkt mir gewaltig.»

«Ich riech's bis hierher», sagte Charlie.

«Okay», sagte Hanson. «Wie wär's mit 'nem Flip, bevor wir euch beide zurück in den Zwinger stecken?»

«Grovetown?» sagte ich. «Da wollt ich schon immer mal hin. Ich muß nur noch mal nach Hause, um mich umzuziehn und was zu lesen einzustecken.»

«Es sei denn», sagte Leonard, «wir sollen sofort aufbrechen. Jetzt gleich.»

4

Es war nach Mitternacht, am Weihnachtstag, als ich mich ans Steuer von Charlies Wagen setzte und auf den Weg zu Leonard machte. Dort sollte Leonard in seinen Wagen umsteigen und uns zu Charlies Haus folgen, wo ich Charlie mitsamt seinem Wagen abliefern würde, um mit Leonard in dessen Schüssel aufzubrechen. Charlie war einfach zu voll, um noch zu fahren.

Es war ziemlich kalt geworden in jener sternenklaren Nacht. Nächte wie diese hatte ich als kleiner Junge immer genossen. Mein Vater, der eigentlich Automechaniker war, aber gelegentlich auch in der Gießerei aushalf, ist oft mit mir auf die Veranda gegangen, wo wir in Decken gemummelt auf der Treppe hockten und nach den Sternen guckten. Wir lebten damals weit draußen auf dem Land, wo es keine Straßenbeleuchtung gab, und sobald wir im Haus das Licht ausmachten, leuchteten die Sterne am samtschwarzen Firmament wie kleine weiße Neonlichter.

Mein Vater war ein Brocken von einem Mann und immer zu müde, um mit mir Ball zu spielen oder irgend so was, das Väter mit ihren Söhnen normalerweise anstellen. Nach einem Zwölfstundentag harter körperlicher Arbeit war er kaum dazu aufgelegt, an seinem Feierabend noch einem Ball hinterherzujagen. Aber er tat sein Bestes. Wenn er Zeit hatte, führte er mich in die Geheimnisse des Waldes ein. Er kam zu meinen Auftritten im Schultheater, sorgte dafür, daß ich Geld für Comics hatte, und manchmal knapste er sich sogar etwas von seinem Schlaf ab, um mit mir auf der Veranda zu sitzen und auf den Großen Bären und den Kleinen Bären und die anderen Sternbilder zu zeigen, für die er oft Namen parat hatte, von denen ich nur noch weiß, daß es andere waren als die, die man normalerweise hört. Dieselben Namen hatte schon sein Vater und sein Großvater benutzt, die sich am Sternenhimmel auskannten wie ein alter Trucker auf der Straßenkarte.

Bei unserer Sternenguckerei erzählte mir mein Vater Geschichten. Er hatte Bonnie und Clyde gekannt und sie an einem Vierten Juli mal in der Nähe von Gladewater, Texas, herumkutschiert und mit ihnen Feuerwerksknaller aus den Autofenstern geworfen. Damals hatte er noch keine Ahnung, daß die Polizei von ganz Texas hinter ihnen her war.

Zur Zeit der großen Depression war er mit seinen Freunden eines Nachts Pretty Boy Floyd begegnet, unten bei den Bahngleisen, wo sie als Handlanger arbeiteten. Nebenbei verdiente sich Dad auf Jahrmärkten mit Box- und Ringkämpfen ein paar Dollar dazu. Er kannte die ganzen alten Legenden über Billy the Kid, Belle Starr, Sam Bass und Jessie James, und als kleiner Junge war er einmal dabei gewesen, als Frank James in einem Sears-Kaufhaus eine Rede über die Übel der Gesetzlosigkeit hielt. Ich liebte seine Erzählungen, auch wenn er manchmal ein wenig übertrieb.

Heutzutage bekam ich nur noch die Meldungen aus den Spätnachrichten zu hören. Vergewaltigungen, Massenmorde und Kindesmißhandlungen. Kinder mit Schießeisen statt Phantasie, geschweige denn Ehrgeiz. Eine Welt, die mein Vater nicht mehr verstanden hätte. Zum letzten Mal hab ich ihn vor ein paar Jahren an Weihnachten gesehen. Er machte den Eindruck, als ob er die schöne neue Welt, in der er lebte, gerade erst entdeckt hätte und von ihr so angewidert war, daß er nicht auf ihr bleiben wollte. Zwei Wochen später war er tot. Ein Herzschlag, und er hatte es hinter sich.

Als wir bei Leonard ankamen, stand ihm die Hoffnung, daß Raul nicht gegangen wäre, ins Gesicht geschrieben. Doch Rauls Ford Kombi war verschwunden. Eine Handvoll Polizisten war dageblieben und bewachte das Haus. Leonard bedankte sich, schickte sie nach Hause, und Charlie gab seinen Segen dazu.

Leonard ging hinein, und ich machte es mir solange mit Charlie bei laufendem Motor und hochgedrehter Heizung im Wagen gemütlich. Charlie war zwar ziemlich betrunken, sprach aber deutlich, woraus ich schloß, daß ihm noch ein paar graue Zellen geblieben sein mußten.

«Ich hab 'n Weihnachtsgeschenk für euch», sagte Charlie. «Ein guter Rat. Tut nich, was Hanson von euch will.»

«Immerhin besser als Knast», sagte ich.

«Ihr kommt nich in den Knast, und das weißt du. So 'nen Scheiß macht Hanson nich. Der holt für Leonard schon die Kastanien aus dem Feuer. Er weiß, daß der Chief weiß, daß er über das Crackhaus Bescheid weiß. Der Chief kann sich an den Fingern abzähln, daß ihn Hanson irgendwann verpfeift, wenn er ihn nich vorher los wird. Die haben da so 'n dämliches Katz-und-Maus-Spiel am Laufen. Feuert ihn der Chief, bringt Hanson die Kacke so zum Dampfen, daß ganz LaBorde zum Himmel stinkt. Der Chief weiß, daß er Hanson schleunigst loswerden muß, aber er hat keine Ahnung wie. Drückt ihm jeden Scheißjob aufs Auge, in der Hoffnung, er geht dabei drauf. Aber Hanson is 'n echtes Stehaufmännchen. Ich mein, wenn Hanson will, findet er schon 'nen Weg, wie er Leonard rausboxen kann. Er weiß ganz genau, wo die Leichen begraben sind, und das nutzt er aus.»

Charlie drehte sich um und sah zur Ruine des Nachbarhauses hinüber, von dem bloß ein verkohltes Holzgerippe und ein Haufen fahle Asche übrig war, aus dem hier und da Rauchwölkchen aufstiegen.

«Mann», sagte Charlie, «diesmal hat Leonard ganze Arbeit geleistet.»

«War ihm ein Vergnügen. Und Charlie, danke für den Tip, aber so komisch das klingt, Hanson is so was wie 'n Freund. Wenn man überlegt, daß ich mal mit Florida zusammengewesen bin, hätt er mich bestimmt nich drum gebeten, wenn er's nich nötig hätte.»

«Okay», sagte Charlie, kurbelte das Beifahrerfenster runter und kramte nach einer Zigarette. «Eins zu null für dich.» Er drückte auf den Zigarettenanzünder. «Aber das is sein Problem, nich euers. Wenn er meint, daß da was faul is, soll er sich doch selber drum kümmern und nich zwei Zivilisten die Drecksarbeit machen lassen.»

«Schätze, er will einfach bloß wissen, was Sache is, ohne gleich 'ne Staatsaktion draus zu machen.»

«Grovetown is 'n übles Pflaster, Hap. Fahr da lieber nich mit Leonard hin. Die mögen keine Schwarzen, es sei denn, sie schrubben das Klo oder wischen den Boden. Das war der eigentliche Grund, warum Hanson nich wollte, daß Florida da runterfährt. Der reinste Wahnsinn, hat er gemeint, 'n schwarzes Mädel wie sie und fährt ins Reich der Rednecks. Er hat's ihr gesagt, aber sie hat's als Macho-Gefasel abgetan. Dabei hat er recht. Da unten gibt's Typen, die halten nich viel von Bürgerrechten. Wenn's nach denen ginge, hätte jeder seinen Privatnigger. Ich werd dir was erzähln. Ich bin selber mal 'ne Woche in dem Kaff gewesen, wegen Arnold, meinem Schwager – möge er sich die Radieschen von unten ansehn. Er hat meine Schwester sitzenlassen. Hat bei der Arbeit unten im Sägewerk mit 'ner Sekretärin angebändelt und eines Tages beschlossen, daß er seine Nase nur noch in die Muschi von dem Flittchen stecken wollte. Is mit ihr getürmt, und Schwesterchen konnte zusehn, wo sie mit ihren beiden Windelscheißern bleibt. Bin rübergefahrn, um sie zu holen und 'n paar Sachen zu regeln. Rechnungen begleichen, bißchen Krimskrams verscheuern. Das Übliche eben. Hab sie zu den Eltern geschickt und bin dageblieben, um alles zu erledigen, weil sie mit den Nerven völlig am Ende war. Drei-, viermal die Woche bin ich runtergefahrn, und ich kann dir sagen: das is wie 'n Trip in 'ner Zeitmaschine. Wenn sich überhaupt mal 'n Schwarzer dahin verirrt, dann nur für die dringendsten Erledigungen – Einkaufen oder Tanken. Nur das Nötigste. Und wenn ihnen 'n Weißer entgegenkommt, räumen sie den Bürgersteig und machen 'nen Bückling. Beißerchen zeigen und runter den Kopf. Das is da so Sitte. Die kennen's gar nich anders. Wenn mal einer nich spurt und die Typen vom Klan – oder dessen Ableger, die «Erwählten Ritter des Kaukasischen Ordens» oder wie die Idioten sich nennen – finden das aufmüpfig, dann is er fällig. In Grovetown haben Schwarze nichts zu melden. Die Macht gehört den Weißen. Die ganze.»

«Viele Schwarze meinen, das is überall so.»

«Die haben keine Ahnung. Grovetown is nich überall. Die sollten mal nach Grovetown fahrn, da würden die schon merken, daß die Sache woanders viel besser aussieht, als sie glauben. Da kommt man sich vor wie damals in den Sechzigern, vor der Bürgerrechtsbewegung. Kann man mal sehn, was für Fortschritte wir seitdem gemacht haben. Bloß in Grovetown nich. Vor vier, fünf Jahren is mal 'ne Schwarze von dem Klan-Pack geteert und gefedert worden. Vergewaltigt haben sie sie auch – zehn, fünfzehn Mal. Die das gemacht haben, gehören zu der Sorte Wichser, die einem erzähln, Schwarz und Weiß sollten nichts miteinander zu tun haben und nich zusammen ausgehn, aber 'ner wehrlosen Schwarzen die Muschi zu stopfen und sie zu teeren und zu federn, das kostet sie keine Überwindung. Heißer Teer, Hap. Ganz übel. Gibt nich viele, die sich gern damit übergießen lassen. Sie wär beinah draufgegangen, wegen der verstopften Poren. Dann war da noch 'ne Kleinigkeit: Sie haben ihr die Möse zugenäht. Mit 'ner Ledernadel und Ballendraht.»

«Himmel! Was hatte sie angestellt, daß sie sie so zugerichtet haben?»

«Halt dich fest. Sie hatten was an ihren Klamotten auszusetzen. War 'n junges Ding, neunzehn, zwanzig, wenn's hoch kommt. Is in Grovetown groß geworden und dann hier aufs College gegangen. In den Ferien is sie nach Hause gefahrn und wollte die Spielregeln ändern. Vielleicht hat sie gedacht, die Zeiten hätten sich geändert. In dem Alter sind ein, zwei Jahre fast 'ne Ewigkeit. Vielleicht hat sie 'nen Kurs über afro-Amerikanische Kultur belegt, 'nen Dashiki gekauft und gemeint, die ganze Welt wär deshalb gleich 'ne andre. Is selbstbewußt geworden, wie jeder normale Mensch. Und kaum war sie wieder zu Hause, da haben sie's ihr ausgetrieben. In zwei anonymen Briefen an die Herausgeber der College-Zeitung haben sich diese Klan-Ableger darüber aufgeregt, die Kleine hätte, wie's hieß, ‹mit ihrer provozierenden Aufmachung gegen die guten Sitten verstoßen›, und überhaupt gehörten ‹Farbige› nich aufs College, das wär bei denen sowieso bloß Zeitverschwendung. Das Ganze war unterschrieben mit ‹Ihre Hoheiten, die Zyklopen der Erwählten Ritter der Kaukasischen Arschlöcher› oder so 'n Scheiß.»

«Hört sich nach 'nem sehr fortschrittlichen Verein an.»

«Von der Vergewaltigung wollten die in dem Brief nichts wissen. Wenn überhaupt, dann hätte sie's mit ihren ‹farbigen Freunden› getrieben, bevor sie geteert und gefedert worden is. Danach kam der ganze Scheiß von wegen Frauen im allgemeinen und daß sie gefälligst Haus und Kinder hüten sollen, statt sich in Männersachen einzumischen und so; und daß sie sie zugenäht hätten, um symbolisch klarzustellen, daß die Welt keine schwarzen Babys mehr braucht.»

«Manchmal fragt man sich echt, ob wir alle zu derselben Gattung Mensch gehören.»

«Tun wir nich. Diese Wichser sind teuflische Aliens. Is so. Wenn du mich fragst, hat sich einer von denen an sie rangemacht, weil er dachte, so 'n kleines Niggerschätzchen wär ganz scharf drauf, für 'nen großen weißen Mann die Beine breit zu machen. Als sie ihn hat abblitzen lassen, is der Kerl ausgerastet und hat ihr mit seinen Kumpels irgendwo aufgelauert, um sich zu nehmen, was er wollte, bevor er die andern rangelassen hat. Das mit den Arschlöchern der Kaukasischen Ritter war bloß 'n Vorwand. Das sind nichts weiter als brutale Vergewaltiger, die sich hinter ihrer Scheißpropaganda verstecken.»

«Sind sie geschnappt worden?»

Der Zigarettenanzünder war längst herausgesprungen und ausgekühlt. Charlie drückte ihn wieder hinein. «Nich einer. In Grovetown hat man anscheinend noch nie von 'nem Klan oder dergleichen gehört. Keiner will was gesehn haben, und die sind mit ihren Schweinereien davongekommen. Du kannst dir nich vorstellen, was die dem Mädchen angetan haben. Nich nur körperlich, mein ich, sondern seelisch.»

«Kennst du keine netteren Gutenachtgeschichten, Charlie?»

«Nein. Bloß so 'ne. Sieh dich doch um. Hör dich um. Fahrt nich dahin, Hap. Das is nichts für euch.»

«Schätze, Hanson meint, wir können selber auf uns aufpassen.»

«Klar weiß er das. Ihr seid zwar 'n paar Hornochsen, aber Feiglinge hat euch noch keiner genannt. Ich mein, Leonard, dieser Verrückte, der würd verdammt noch mal mit 'nem halbvollen Eimer Flußwasser durch die Hölle stiefeln, wenn er meint, daß es sein muß. Und was dich angeht – na ja, so richtig schlau bin ich aus dir noch nich geworden, aber keiner kann's gleich mit 'ner ganzen Stadt aufnehmen. Fährst du trotzdem und baust Scheiße, komm mir ja nich angekleckert, dir wär der Hintern geteert und gefedert und der Schwanz ans Bein genäht worden. Oder noch schlimmer ... Ähh, mir is zum Kotzen. Meine Alte bringt mich um, wenn ich der so nach Hause komm.»

Der Anzünder sprang heraus, Charlie zündete seine Zigarette an, drehte sich um und blies den Rauch durch die Fensterritze. Dann steckte er den Anzünder wieder hinein und lehnte sich zurück, die Zigarette zwischen die Finger geklemmt.

Nach einer Weile sagte er: «Ich will dir bloß klarmachen, daß du besser die Finger davon läßt. Hanson will's nich tun, weil er 'n Bulle is. Für Grovetown is er nich zuständig. Außerdem denken die bei 'nem Schwarzen doch gleich, der will Staub aufwirbeln wegen dem Typen, der sich da aufgehängt hat. Abgesehen davon soll Florida nich mitkriegen, daß er hinter ihr herschnüffelt. Macht summa summarum zwei plus zwei gleich Scheiße.»

«Jedenfalls danke für die Warnung.»

«Wenn du's schon unbedingt tun mußt, dann laß wenigstens Leonard hier. Der is schwarz, falls du das vergessen haben solltest, und außerdem is er 'n Klugscheißer, genau wie du. Der läßt sich von keinem für dumm verkaufen. Die Typen in Grovetown hassen nichts so sehr wie 'nen Schwarzen mit 'nem losen Mundwerk. Und daß er schwul is, wird Leonard auch nich für sich behalten. Schüchtern is er ja noch nie gewesen, wenn du verstehst, was ich mein.»

«Versteh schon.»

«Mann, die brauchen bloß 'nen Schwarzen zu sehn, da kriegen die schon die Krätze. Dann stell dir mal vor, was los is, wenn der auch noch schwul is und zusammen mit dir das Kaff auf den Kopf stellt. So was nennt man Öl ins Feuer gießen.»

«Selbst wenn ich wollte, Leonard würd mich nich allein fahrn lassen. Hanson hat ihn schließlich auch gefragt.»

«Da hat Hanson Scheiße gebaut», sagte Charlie. «Der hat seit fast zwei Wochen nich mehr alle Tassen im Schrank. Völlig fertig, der Mann. Noch 'ne Woche, 'n Monat, und er hätt sich zweimal überlegt, so 'nen Blödsinn von euch zu verlangen.»

«Leonard hat ihm versprochen hinzufahrn. Und was Leonard verspricht, das hält er. Das weißt du doch.»

Charlie seufzte. «Ich bin zu voll, um mich mit dir zu streiten. Aber eins sag ich dir, Hap, wenn du mit dem Schlausten Nigger der Welt nach Grovetown fährst, dann gute Nacht. Wenn ich's dir schon nich ausreden kann –»

Er hob seinen Hintern, zückte seine Brieftasche, klappte sie auf und gab mir zweihundertfünfzig Dollar. «Die werdet ihr brauchen.»

«Ich nehm's nich gern, Charlie, aber ich muß.»

«Schon gut.»

Ich steckte das Geld ein und sagte: «Hab schon überlegt, wovon ich den kleinen Ausflug überhaupt bezahln soll. Ich hab's satt, Leonard ständig auf der Tasche zu liegen, außerdem schwimmt der auch nich grad im Geld. Seine halbe Erbschaft hat er ausgegeben, um seine Hütte zu renovieren.»

«Mit den paar Kröten kommt ihr nich weit. Wird dir wohl nichts andres übrigbleiben, als Leonard anzupumpen. Was die zweihundertfünfzig angeht, mach dir mal keine Sorgen.»

«Du bist 'n Engel, Charlie.»

«Nich, daß ich wüßte. Is nich mein Geld. Hanson hat's mir beim Rausgehn für dich in die Hand gedrückt.»

Ich brachte Charlie und seinen Wagen nach Hause, Leonard folgte uns. Nachdem sich Charlie neben seiner Veranda ausgekotzt hatte, wünschten wir ihm frohe Weihnachten und machten uns in Leonards Wagen auf den Weg zurück zu dessen Haus. Leonard saß auf dem Beifahrersitz und starrte grübelnd aus dem Fenster.

«Hat Raul sein Zeug mitgenommen?» fragte ich.

«Ja. Er hat 'n adressiertes Paket mit 'n paar Sachen dagelassen und auf 'nen Zettel geschrieben, ob ich's ihm zu seinen Eltern nachschikken kann. Das Geld krieg ich zurück. Mein Weihnachtsgeschenk hat auf dem Paket gestanden. Er hat's nich mal aufgemacht.»

«Is das euer erster Knatsch?»

«Wir haben uns ständig in den Haaren gelegen, aber so schlimm war's wohl noch nie. Hatten uns gerade wieder gezofft, da bin ich raus und hab den Arschlöchern die Bude angesteckt. Ich weiß nich mal, worüber wir uns gestritten haben. Vielleicht hab ich mir die Wichser bloß deshalb vorgeknöpft und sie ausgeräuchert. Ich mein, natürlich sind sie mir auf den Sack gegangen, und das hat den Ausschlag gegeben, aber wenn ich schlecht drauf bin, krieg ich in letzter Zeit immer verdammt Lust, das nächstbeste Haus abzufackeln. Da kann man so richtig Dampf ablassen.»

«Wie willst du dir bloß die Zeit vertreiben, bis sie ein neues hochgezogen haben?»

39

«Keine Ahnung. Däumchen drehn, mir ein' runterholen.»

«Und was is, wenn da keine Dealer, sondern irgend'ne alte Lady einzieht, die bloß den ganzen Tag ihre Blumen gießen will?»

«Dann werd ich mich nachts rüberschleichen und die Rosen ausreißen.»

«Wie ich seh, bist du auf alles vorbereitet.»

Leonard klopfte sich mit dem Finger an die Schläfe. «Tja, Köpfchen muß man haben.» Nach einer kurzen Pause sagte er: «Raul, der blöde Kerl. Hab gedacht, es würd mir nichts ausmachen, aber weißt du was: er fehlt mir.»

«Raul is ganz in Ordnung, auch wenn ich ihn kaum gekannt hab. Aber vielleicht is es gar nich so schlecht, daß er weg is.»

«Was soll das denn heißen?»

«Du hast dich in letzter Zeit ziemlich rar gemacht, Leonard. Ich will mich ja nich in eure Angelegenheiten einmischen, hab bloß gedacht, wir wären so was wie Brüder, du und ich, und du würdest mich vielleicht mal einweihen.»

«Hey, vergiß nich, daß ich ewig keinen Lover gehabt hab. Du bist auch nich anders, wenn du 'ne Neue hast. Dann hast du bloß noch Vögeln im Kopf.»

«Am Anfang einer Beziehung is das ja wohl normal. Warum bist du nich mal mit ihm vorbeigekommen. Du und ich, wir sind 'ne Familie, Mann. Außerdem mußt du selbst beim Vögeln mal 'ne Pause machen, 'n Buch in die Hand nehmen, mit Freunden quatschen.»

«Du hast schon genug damit zu tun gehabt, dich mit deinen Scheißjobs über Wasser zu halten und dich drüber hinwegzutrösten, daß du keine Ahnung hast, was du mit dir anfangen sollst, daß du 'ne Niete bist und mein Freund obendrein. Das hätt dir bestimmt grad noch gefehlt, daß ich mit meinem Lover bei dir reinschnei.»

«Meinst du, wegen der Nachbarn? Sehn die's dir etwa an der Nasenspitze an? Und wenn schon, das geht mir so was von am Arsch vorbei.»

«Tu nich so blöd. Das hab ich nich gemeint.»

«Sondern?»

«Egal wie gut wir uns verstehn, ich werd das Gefühl nich los, daß du nich damit klarkommst. Daß ich 'nen Kerl bumse, mein ich.»

«Was is schon dabei. Ich bin's bloß nich gewöhnt. Wenn ich zwei Typen seh, die sich in die Arme fallen, und einer davon ist 'n Freund von mir, 'n normaler, mein ich, na ja, ich will dir nichts vormachen, 'n bißchen unwohl fühl ich mich dann schon. Ich krieg nich grad das Kotzen, aber mulmig wird mir schon. Ich mag gar nich dran denken, was ihr in euren vier Wänden veranstaltet, nich bloß, weil's mich nichts angeht, verdammt, Leonard, ich will's mir einfach nich vorstellen. Klar is das dumm, aber mir is immer eingebleut worden, Homos wären pervers. Heute weiß ich, daß es genauso perverse Heteros wie Homos gibt, und auch Typen, die in Ordnung sind. Aber irgendwie krieg ich 'ne Gänsehaut bei dem Gedanken, daß ihr dasselbe Spielzeug habt und keine Skrupel, es miteinander zu treiben.»

«Was meinst du denn, wie's mir geht, wenn ich dich mit 'ner Tusse rummachen seh. Das kommt mir genauso abartig vor, Hap. Ob normal oder nich, mein Körper sagt mir das eine, deiner eben was andres.»

«Okay. Schwamm drüber. Worüber streiten wir uns überhaupt?»

«Weißt du was, Hap?»

«Was?»

«Diesmal hab ich echt geglaubt, es wär mehr als Sex. Hab gedacht, das mit Raul wär was Ernstes und ich würd mit ihm alt werden und bei dir zum Barbecue vorbeikommen, oder um mir Geld zu pumpen, wenn du jemals flüssig wärst. Ich hab ehrlich vorgehabt, mit ihm vorbeizukommen. Ehrlich. Hab bloß abwarten wollen, bis ich wußte, woran ich bei ihm war. Jetzt weiß ich's. Bin wieder mal solo.»

«Vielleicht kommt er ja zurück.»

«Kann ich mir nich vorstellen. Hab's seit zwei Wochen kommen sehn. Wir sind einfach zu verschieden. Ich hab Sex mit Liebe verwechselt, weil ich schon fast vergessen hab, wie sich beides anfühlt. Weißt du was? Er hat auf *Gilligans Insel* gestanden. Hat keine einzige Folge mit dem Kerl verpaßt. Sogar die Begleitbücher hat er gehabt, Fotos von den Hauptdarstellern und haufenweise Videos mit *Gilligans Insel*. Er hat ernsthaft behauptet, Bob Denver wär 'n klasse Schauspieler, und ich glaub, auf den Professor war er besonders scharf. Der Sinn des Lebens hat für Raul darin bestanden, eine Kassette mit der Folge, in der sie das große Wiedersehn feiern, aufzutreiben.»

«Wenn das so is», sagte ich, «kannst du Raul getrost abhaken. Blöd wie der is, kratzt er noch ab, weil er vergessen hat, Luft zu holen. Jetzt was Erfreulicheres: mein Weihnachtsgeschenk für dich. Die Welt sieht gleich viel rosiger aus, wenn ich dir sag, was es is. Das ‹Asleep at the Wheel›-Album, auf das du so scharf gewesen bist.»

«Das, wo 'n Haufen Leute Songs von Bob Wills spielen?»

«Genau das. Auf dem Cover is diese Sängerin mit den großen Titten, die du so geil findest.»

«Dolly Parton.»

«Genau die. Und Willie ‹Steuerschulden›-Nelson is auch drauf.»

«Ohne Scheiß?»

«Ohne Scheiß.»

«Du hast Album gesagt, aber du meinst CD, stimmt's?»

«Stimmt.»

«Na klasse. Weißt du was? Der CD-Player war von Raul. Er hat ihn mitgenommen.»

5

Ich verbrachte die Nacht auf Leonards Schlafcouch, die übersät war von Kartoffelchips, Erdnüssen und Brezelkrümeln. *Gilligan* anzusehen macht anscheinend Appetit auf Knabberzeug.

Leonard hat die halbe Nacht kein Auge zugetan, statt dessen ist er durch Bad und Küche gewandert, hat aus dem Fenster gestarrt und Raul nachgetrauert. Wie ich so dalag und ihm beim Herumschlurfen zusah, war ich mit meinen Gedanken in Grovetown. Ich hatte schon vor Charlies Warnung gehört, daß dort die Zeit stehengeblieben sei. Grovetown war ein zweites Vidor, Texas, die berühmt-berüchtigte Klanhochburg, bloß kleiner. In Vidor gab es nicht einmal einen Schwarzen, den man hätte hängen können. Vidor war weiß und stolz darauf. Leonard kannte Grovetown. Er wußte, worauf er sich einließ, doch falls er überhaupt Bammel hatte, war ihm davon nichts anzumerken.

Ich schloß die Augen und dachte an Florida. Ich konnte ihr Haar riechen, ihre Schenkel an den Fingerspitzen fühlen. In diesem Haus hatten wir uns zum ersten Mal geliebt. In Leonards Schlafzimmer. Mein Gott, es war noch gar nicht so lange her. Schon damals, in jener heißen Sommernacht, als wir nebeneinander im Bett lagen, wußte ich, noch bevor wir uns liebten, daß ich ihr verfallen war und sie mir früher oder später das Herz brechen würde. Und so war's.

Sie hatte sich nicht damit abfinden können, daß ich weiß war, daß ich keine Karriere machte und keinerlei Ambitionen hatte. Ein Tagträumer. «Ich mag jemand, der morgens aufsteht und ein Ziel vor Augen hat. Ein richtiges Ziel. Ich habe eins. Und der Mann, den ich liebe, soll auch eins haben.»

Und sie hatte recht. Ich lebte von der Hand in den Mund, sonst nichts. Früher hatte ich noch Pläne. Heute war es schon eine Leistung, wenn ich nur an übermorgen dachte.

Mein Gott, wie zum Teufel, warum zum Teufel gehen meine Frauengeschichten immer nach hinten los?

Am nächsten Morgen, kurz nach Sonnenaufgang, setzte Leonard den Kaffee auf und rief zwei alte Bekannte an. Er bat sie, eine Weile bei ihm einzuziehen und das Haus zu hüten, damit seine Exnachbarn nicht auf die Idee kämen, sich bei ihm zu revanchieren.

Eine Stunde später platzten seine Bekannten mit zwei Papiertüten voller Klamotten und Toilettenartikeln zur Tür herein. Ich sah die beiden zum ersten Mal. Sie wohnten nicht weit von Leonard. Beide waren schwarz, ziemliche Schränke und offenbar so um die Mitte Dreißig. Sie sahen aus, als ob man ihnen die Köpfe mit kochendem Wasser übergossen und anschließend kahlgeschabt hätte. Man hätte bloß die Finger in ihre Augenhöhlen stecken brauchen, dann hätten sie prächtige Bowlingkugeln abgegeben.

Ihre Gesichter hatten die Wärme und Freundlichkeit eines Springmessers. Das Auge des einen war rundherum verkrustet und erinnerte an den rußigen Kraterrand eines aktiven Vulkans. Die beiden sahen aus wie Typen, die an ihren freien Tagen gerne herumsaßen, jungen Hunden die Hälse umdrehten oder Katzen Kleiderbügel in den Hintern steckten, um sie über einem Lagerfeuer zu rösten.

Mein Job war es, sie zu unterhalten, bis Leonard seinen Koffer gepackt hatte. Sie waren weder zu einem Gespräch über Melvilles überschätztes Meisterwerk *Moby Dick* aufgelegt, noch fiel ihnen zu *Billy Budd* irgend etwas ein.

Die meiste Zeit schwiegen wir uns an oder ließen ein paar Bemerkungen über das Wetter fallen. Schließlich rückte der mit dem verkrusteten Auge mit etwas Interessantem heraus. Er sagte: «Weißte, um diese Jahreszeit machen die Ameisen, was sie wollen. Wir haben die ganze Bude voll mit den kleinen Mistviechern. Scheiß Weihnachtsameisen.»

«Im Ernst?» sagte ich. «Weihnachtsameisen?»

«Bei mir kriechen die sogar in der Schublade zwischen meinen Unterhosen rum», sagte der andere.

«Das liegt daran, weil Clinton seine Unterhosen nich wäscht», sagte Krustenauge.

«Ach ja? Was hast du denn zwischen meinen Unterhosen zu suchen?» sagte Clinton. «Schnüffelst wohl dran, was?»

Ich sah mich nach Leonard um. Er war immer noch im Schlafzimmer. Wahrscheinlich saß er gerade auf dem Bett und bepißte sich vor Lachen auf meine Kosten.

«Mal ehrlich», sagte Clinton, «was die kleinen Scheißer schuften, das geht auf keine Kuhhaut. Letztens haben die meine Banane aufgefressen. Hab sie auf'm Tisch liegenlassen, und am nächsten Morgen haben sie alle dran geklebt.» Er grinste. «Hab sie in die Spüle geschmissen und ersäuft. Schwimmen müssen die nämlich erst noch lernen.»

«Leonard», rief ich. «Wir müssen los, Mann.»

Leonard kam mit seinem Koffer aus dem Schlafzimmer. Beim Hinausgehen blieb er in der Tür stehen, drückte einem der Riesenbabys ein paar Scheine in die Hand und sagte: «Damit ihr mir nich verhungert. Im Schrank is auch noch was. Ihr werdet's schon merken, wenn ich wieder da bin, einverstanden?»

«Hatten sowieso nichts vor», sagte Clinton. «Unser Chef, der Mehlarsch, den hat der Schlag getroffen. Jetzt sitzt er bloß noch blöd rum, glotzt wie 'n Uhu in die Gegend und sabbert sich aufs Kinn. Seine Alte hat uns gefeuert, genau wie die andern Arbeiter aus der Klappstuhlfabrik, weil die Familie nichts damit am Hut hat. Soll angeblich verkauft werden, und der neue Besitzer bringt seine eignen Nigger mit. Wenn überhaupt einer das Ding haben will.»

«War sowieso 'n Scheißjob», sagte Krustenauge. «Die ganzen zehn Jahre, oder wie lang wir da sind, haben wir nich eine Lohnerhöhung gesehn. Der Mehlarsch war so 'n Geizhals, dem fiel jedesmal das Arschloch raus, wenn er bloß zwinkerte. Hoffentlich hockt der für den Rest seines Lebens in so 'nem Gartenstuhl, den wir gebaut haben, und scheißt sich ein, und keiner wischt's weg.»

«Die Jungs sind nich nur ihre Jobs los», sagte ich zu Leonard, «sie haben zu Hause auch noch Streß mit Ameisen.»

«Weihnachtsameisen nennen wir die», sagte Clinton. «Kommen zwar nich bloß Weihnachten raus, aber wir nennen sie eben so.»

«Na denn», sagte Leonard, «wird's euch hier bestimmt gefallen, Jungs. Bei mir gibt's keine Ameisen, weder zu Weihnachten noch sonst. Macht die Glotze an, fühlt euch ganz wie zu Hause. Hauptsache, ihr sorgt dafür, daß die Idioten von nebenan keine Dummheiten machen.»

«Kaltmachen sollen wir sie nich, oder?» fiel Krustenauge dazu ein.

«Nein, Leon», sagte Leonard, «ihr sollt ihnen bloß 'n bißchen Angst einjagen. Wenn ihr sie unbedingt kaltmachen müßt, dann schleppt sie ins Haus. Den Bullen zuliebe. Dann sieht's nach 'nem Einbruch aus, und ihr kommt mit Notwehr davon. Ehrlich gesagt kann mir nich vorstellen, daß sie vorbeikommen. Wenn mein Haus in Flammen aufgeht, wär selbst denen klar, daß ich sie auf dem Kieker hab. Das wollen die bestimmt nich.»

«Verstehe», sagte Clinton.

«Steht ihr auf *Gilligans Insel?*» fragte Leonard.

«Klar», sagte Leon, auch Krustenauge genannt. «Lustige Serie. Diese Ginger würd ich gern mal rannehmen. Aber die bumst bestimmt nich mit Schwarzen.»

«Mit dir schon gar nich», sagte Leonard.

Leon und Clinton grinsten. Leon sagte: «Hmh. Alles klar.»

«Jedenfalls», sagte Leonard, «ich hab da 'n Haufen Videos mit *Gilligans Insel.* Bedient euch. Liegen auf dem Küchentisch.»

«Sag bloß, Raul hat sein ein und alles dagelassen?» sagte ich.

«Sind in dem Paket gewesen, das ich ihm schicken sollte. Als ich vorhin den Toaster gesucht hab, hab ich das verdammte Ding aufgemacht. Er stand auf den blöden Toaster, weil vier Scheiben auf einmal reinpassen. So was fand er toll. Wenn das Ding es mit sechs Scheiben auf einmal aufnehmen würde, hätte er sich wahrscheinlich bepißt. Egal, der Toaster is weg. Er muß ihn mitgenommen haben. Dafür hab ich fast mein ganzes Besteck in dem Paket gefunden. Und die Videos.»

«Is er abgehaun?» fragte Leon.

«Raul?» sagte Leonard.

«Der, den Clinton im Laden angemacht hat», sagte Leon. «Die andre Schwuchtel. Nichts gegen dich.»

«Schon gut. Ja, er is abgehaun. Wenn er wiederkommt, seid nett zu ihm. Ich nehm's ihm nich übel. Richtet ihm aus, daß ich bald zurück bin, falls er fragt. Glaub aber nich, daß er kommt.»

«Können wir 'n paar Mädels herholen?» fragte Leon und kratzte sich am Auge.

«Solange ihr keine Orgien veranstaltet», sagte Leonard. «Wehe, meine Möbel kriegen was ab. Noch was, Jungs: nehmt Gummis, okay? Und damit mein ich nich, daß ihr euch einen teilen sollt. Mit Aids is nich zu spaßen.»

«Gummis benutzen is wie im Regenmantel duschen», sagte Clinton. «Das bringt's nich.»

«Is ja dein Schwanz», sagte Leonard. «Wenn du zu blöd bist, drauf aufzupassen, is das dein Problem. Hoffentlich sind die Mädchen schlauer. Ich ruf euch an.»

«Ihr könnt mir 'nen Gefallen tun und meinen Pick-up ab und zu anschmeißen und 'ne Weile laufen lassen», sagte ich. «Bei der Saukälte friert der mir sonst noch ein. Das Frostschutzmittel muß ab und zu durchziehn. Oder ihr laßt Wasser aus der Heizung ab. Der Schlüssel liegt auf dem Küchentisch. Frohe Weihnachten, Jungs.»

Leonard nahm seinen Koffer, und wir gingen hinaus zu seinem Wagen.

Während Leonard rückwärts aus der Einfahrt fuhr, sagte ich: «Das war vielleicht abgefahrn.»

«Tja», sagte Leonard. «Leon und Clinton, die könnten von André Breton sein. Die sind der lebende Beweis, daß man niemandem erlauben sollte, mit seinem Kopf Basketball zu spielen. Los, wir gehn zu Burger King frühstücken. Man gönnt sich ja sonst nichts.»

«Woher kennst du die Typen überhaupt?»

«Sie haben mal versucht, mich aufzumischen, da hab ich sie verdroschen, als würd ich 'nen Teppich ausklopfen.»

«Alle beide?»

«Nich gleichzeitig. An verschiedenen Tagen. Sie hatten gehört, daß ich schwul bin, und sind im East-Side-Markt auf Raul losgegangen. Richtig weh getan haben sie ihm nich, sind bloß 'n bißchen grob geworden. Seine Dr.-Pepper-Flasche runtergeschmissen und sein Cremeschnittchen zermatscht. Einmal kräftig auf die Verpackung gedrückt, und schon war's hin. Konnte keiner mehr essen. Ich bin runter in den Laden und hab den einen erwischt, den mit dem kranken linken Auge, Leon, und hab ihm so sehr in den Arsch getreten, daß sie ihn wegtragen mußten. 'n kleiner Pferdekuß. Hat sein Bein für 'ne Weile außer Gefecht gesetzt.»

«Alter Thaiboxertrick», sagte ich.

«Stimmt. Später hab ich dann von seinem Bruder Besuch bekommen, der mit 'nem Baseballschläger gegen meine Tür gehämmert hat. Ich bin hinten rumgegangen, hab ihm erst die Schrotflinte über den Schädel gezogen und dann seinen Hintern bearbeitet.»

«Natürlich hast du ihm keine mehr verpaßt, als er am Boden lag?»

«So was würde ich nie tun. Bloß 'n paar Tritte. Bis seine Augen zugeschwollen waren. Seitdem verstehn wir uns blendend. Sie wollen, daß ich ihnen Selbstverteidigung beibringe.»

«Nich zu fassen», sagte ich.

Ein paar Stunden später kamen wir draußen bei meinem Haus an. Ich drehte zwar nicht die Heizung auf, sorgte aber dafür, daß überall die Wasserhähne tropften, und packte dann ein paar Klamotten zusammen. In der Zwischenzeit stopfte Leonard seine mitgebrachte Pfeife und zündete sie an.

«Vergiß dein Schießeisen nich», sagte er.

«Ich mag keine Schießeisen», sagte ich. «Die machen bloß Ärger. Ein Schießeisen kommt selten allein.»

«Und wenn der andre eins hat und du nich, dann hast du den Ärger. Ein Toter kommt selten allein.»

«Tu, was du nich lassen kannst, ich passe. Ich dachte, wir wollten Florida suchen. Woher soll ich wissen, daß wir zum großen Showdown am O. K. Corral fahrn.»

«Manchmal stellst du dich echt selten blöd an, Hap.»

«Schon gut, meinetwegen. Ich nehm an, du hast 'n Schießeisen dabei, stimmt's?»

«Schrotflinte. Hab sie in ihre Einzelteile zerlegt und in Plastikfolie gewickelt. Außerdem zwei Revolver und zwei Winchester, unzerlegt. Plus Munition. Is alles im Kofferraum.»

«Und der Kampfhubschrauber?»

«Im Kofferraum.»

6

Auf dem Weg nach Grovetown legte Leonard eine Hank-Williams-Kassette ein, die wir uns anhörten. Meine Musik war in seinem Wagen tabu. Ich wollte ein paar eigene Kassetten mitnehmen, doch Leonard meinte, in seinem Wagen werde gefälligst auch nur seine Musik gehört. Er hielt nicht viel von meinem Musikgeschmack. Sechziger Jahre Rock 'n' Roll.

Doch nicht einmal Hank Williams konnte einem den herrlichen Tag verderben. Ehrlich gesagt fing ich sogar an, seine Musik zu mögen, auch wenn ich mich davor hütete, es ihm zu sagen.

Die Luft war zwar kalt wie der Hintern eines Eskimos im Klo-Iglu, aber der Himmel war wolkenlos, und die Sonne schien, und die dunklen Wälder von East Texas waren Balsam für die Augen. Das Grün der Kiefern trotzte der Kälte – von ein paar Strähnen rostfarbener Nadeln abgesehen –, und die mächtigen, kahlen Eichen waren ineinander verschlungen wie kunstvoll drapierte Knochen einer unbekannten Tierart.

Wir kamen an einer Schneise vorbei, die Holzfäller in den Wald geschlagen hatten. Es sah aus wie auf einem Schlachtfeld. Auf einer Fläche von zwanzig bis dreißig Morgen stand kein einziger Baum mehr, und der rote Lehmboden war von den Reifen der Trucks aufgerissen worden. Überall hatte man Baumstümpfe und Äste aufgetürmt und angesteckt, von denen nichts als Asche und Holzkohle übriggeblieben war, oder vereinzelt ein paar mächtige Holzscheite, die, statt zu verbrennen, von den Flammen nur geküßt worden waren.

Der riesige Stumpf einer Eiche, die leicht hundert Jahre alt war, hatte die Form eines verwachsenen Totenschädels angenommen, wie das Überbleibsel eines prähistorischen Tieres, das vom Blitz getroffen worden war. Mit Kettensägen, Benzin und Zündhölzern war man den Dinosauriern zu Leibe gerückt. Aus purer Gewinnsucht und dem Bedürfnis nach Satellitenempfang hatten die Holzfäller

Schönheit in Scheiße verwandelt, hatten Wälder zu Papier gemacht, auf dem die Geldscheine gedruckt wurden, die sie für ihren Frevel an den Göttern kassierten. In alldem lag eine traurige Ironie. Irgendwo. Mögen Triebe aus ihren Gräbern sprießen.

Es war kurz nach zwölf, und Hank sang gerade zum dutzendsten Mal «Why don't you love me like you used to do», als wir den Ortsrand von Grovetown erreichten. Hier waren die Bäume mächtig und schwarz und gespenstisch. Tiefhängende Regenwolken waren aufgezogen und hüllten den kalten Sonnentag in traurig-graue Witwenschleier. Die pechschwarzen Wolken klebten über dem Wald beiderseits des schmalen, rissigen Highways, als wären sie flauschige Baumwollhüte, die nur von ein paar Sonnenstrahlen wie von polierten Hutnadeln durchbohrt wurden.

Ich sah den Wald vorbeiziehen und fragte mich, was da draußen wohl sein mochte. Wir befanden uns am Rande des Big Thicket, eines der größten Waldgebiete der USA und das genaue Gegenteil dessen, was der TV-gebildete Amerikaner unter Texas versteht. Trotz der Verwüstungen, die die Papier- und Bauholzindustrie hier wie überall in East Texas angerichtet hatte, gab es immer noch viele unberührte Ecken. Noch jedenfalls.

Da draußen im Thicket gab es Sümpfe und Wildbäche und so dichtes Unterholz, daß nicht mal ein Eichhörnchen ohne Machete hindurchschlüpfen konnte. Die Niederungen waren besonders schlimm. Im Winter gefrierender, schwarzer Morast, im Sommer dampfende Moskitonester, in denen sich fette, giftige Wassermokassins tummelten, so ziemlich die ungemütlichsten Schlangen der Welt.

In meiner Kindheit war einmal ein Onkel von mir, ausgerechnet Benny, der den Wald kannte wie seine Westentasche, vier Tage lang im Thicket herumgeirrt und hatte sich von Pfützenwasser und eßbaren Wurzeln ernährt. Er gehörte zu diesen schizophrenen Leuten, die den Wald und seine Tiere liebten und trotzdem auf alles schossen, was nicht schon ausgestopft war, und wenn es im Auge eines Stefftieres funkelte, hätte er bestimmt auch noch darauf geschossen. Seine Jagdleidenschaft war so grenzenlos, daß mein Vater mir an ihm vorführte, wie ich nicht werden sollte. Mein Vater war derselben Meinung wie ich, daß die Jagd kein Sport ist. Sie wäre es nur dann, wenn die Tiere zurückschießen könnten. Zur Nahrungsbeschaffung ist sie noch zu vertreten. Alles andere ist bloßes Gemetzel, das den primitiven Instinkten, die tief in uns schlummern, das I-Tüpfelchen aufsetzt.

Doch mein Onkel Benny, ein Baum von einem Mann, der immer zu Scherzen aufgelegt war und den ich sehr gern hatte, ging eines Sommernachts auf die Jagd nach Waschbären, um ihnen das Fell abzuziehen. Er war dem Gebell seiner Hunde tief in den Thicket gefolgt, als es plötzlich verstummte und er feststellen mußte, daß durch das dichte Laubdach über ihm weder Mond noch Sterne zu sehen waren.

Benny trug bei der Jagd immer so eine Art Stirnband, an dem eine Lampe befestigt war. Ich habe vergessen, wie das Zeug hieß – Karbid, glaube ich – jedenfalls waren das solche Kügelchen, die man in die Lampe füllte und anzündete, was eine kleine, stinkende Flamme ergab, die vor der Stirn flackerte und Licht spendete. Die Dinger waren damals unter Jägern sehr beliebt.

Bennys Lampe war ausgegangen, und bei dem Versuch, sie wieder anzuzünden, fiel ihm auch noch seine Taschenlampe runter und blieb unauffindbar. Stundenlang ist er über den Boden gekrochen, doch seine Taschenlampe war wie vom Erdboden verschluckt, und die Karbidleuchte konnte er auch vergessen, weil seine Streichhölzer naß geworden waren, als er in ein hüfttiefes, fauliges Wasserloch gestolpert war.

Am Ende ist er unter einem Baum eingenickt und mitten in der Nacht von etwas Riesigem aus dem Schlaf gerissen worden, das durchs Unterholz brach. Benny kletterte im Stockfinsteren auf den Baum und stach sich am Dorn einer armdicken Schlingpflanze, die gerade dabei war, den Baum zu erdrosseln, um ein Haar ein Auge aus.

Nachdem er die Nacht über auf einem Ast gekauert hatte, stieg er am nächsten Morgen herunter und fand Bärenspuren. Das war zu einer Zeit, als im Thicket die Schwarzbären noch nicht so gut wie ausgerottet waren. Damals trieben sich eine Menge von den Viechern dort herum, Wildschweine genauso.

Der Bär war um den Baum herumgeschlichen und hatte Kratzspuren an der Rinde hinterlassen, dort, wo er sich auf die Hinterbeine gestellt hatte, um sich den Festschmaus über ihm zu krallen. Er hatte Onkel Benny nur um eine Handbreit verfehlt.

Benny fand seine Taschenlampe wieder, was ihm jedoch wenig nützte. Er war in der Nacht darauf getreten und hatte die Birne zertrampelt. Auch am späten Morgen war durch das dichte Astgestrüpp über seinem Kopf so gut wie nichts von der Sonne zu sehen. Das Laub und die Kiefernnadeln glichen einem Tarnnetz, das das Tageslicht grünlichbraun färbte.

Wie er so den ganzen Tag herumirrte, machten sich die Moskitos in schwarzen Kamikazegeschwadern über ihn her, die so kompakt waren, daß man sie für Lagen engmaschigen Tülls hätte halten können. Sie labten sich immer und immer wieder an der Wunde über seinem Auge, bis er es schließlich gar nicht mehr aufbekam. Seine Lippen schwollen dick und prall an, sein Gesicht war aufgedunsen. Die Moskitos klebten an ihm wie ein Kettenhemd.

Nach einer kleinen Ewigkeit stellte Benny fest, daß er in Giftefeu geraten war, der ihm Pusteln an Händen und Füßen, im Gesicht und bald am ganzen Körper bescherte, und je mehr er daran kratzte, desto schneller breitete sich der Ausschlag aus, bis es zuletzt sogar seine Eier erwischte. Später pflegte er zu sagen: «Die Beulen von dem Giftefeu sind so dick gewesen, daß es mir die Sackhaare rausgedrückt hat.»

Einmal hat er mir erzählt, daß er vor lauter Schmerzen, vor lauter Einsamkeit, Verzweiflung, Hunger und Durst nahe daran war, sich den Gewehrlauf in den Mund zu stecken und den Qualen ein Ende zu machen. Später war es damit auch nichts mehr. Als er durch einen tieferliegenden Waldstrich kam, merkte er zu spät, daß das, was er für eine dicke Laubschicht gehalten hatte, in Wirklichkeit sumpfiger Morast war, und bei dem Versuch, sich an der freiliegenden Wurzel einer mächtigen Weide herauszuziehen, war das Gewehr versunken.

Auch wenn er am Ende wieder herausfand, hatte er dabei mehr Glück als Verstand. Es war purer Zufall. Oder wie er meinte: «Ein Wunder.» Benny stand auf einmal vor einem abgemagerten jungen

Ochsen aus einer Hereford-Longhorn-Kreuzung, der sich kaum auf den Beinen halten konnte und den Kopf fast bis zum Boden hängen ließ. Er war von den Hufen bis hoch zu den mächtigen Hörnern mit angetrocknetem Schlamm verkrustet. Anscheinend hatte er sich irgendwo im Dreck gesuhlt, um den Moskitos zu entrinnen.

Onkel Benny starrte ihn an, und auf einmal setzte sich der Ochse langsam, aber sicher in Bewegung, und Benny folgte dem dornengespickten Tier durch das Dickicht, wobei er sich immer wieder an dessen verdreckten, kotverschmierten Schwanz festhielt. So erreichten sie schließlich die Weide, von der der Ochse durch eine Lücke im Stacheldraht entwischt war. Als der Ochse durch das Dorngestrüpp und Unterholz brach und das satte Grün der Weide zwischen den Bäumen zu sehen war, war es, so erzählte mir Benny später, als öffneten sich ihm die Himmelspforten.

Der Ochse taumelte auf die smaragdgrüne Weide, brüllte vor Freude, fiel erschöpft um und stand nicht mehr auf. Seine Hinterläufe und Backen waren geschwollen wie aufgegangener Kuchenteig, und der Eiter, der aus seinen Wunden quoll, war gelb wie die Erbsünde und dick wie Rasierschaum.

Onkel Benny meinte, daß der Ochse in ein ganzes Nest von Mokassins oder Klapperschlangen geraten sein mußte, die ihn immer wieder gebissen hatten. Vielleicht war er schon eine ganze Woche im Thicket gewesen. Daß er überhaupt so lange durchgehalten hatte, spricht für die Widerstandsfähigkeit der Longhorns, deren Blut in seinen Adern floß. Er war auf der Stelle tot.

Benny schleppte sich bis zum Highway, wo sein Wagen stand. Seine Jagdhunde sind nie wieder aufgetaucht. Die ganze folgende Woche fuhr er zu der Stelle, wo sie ihn in den Wald geführt hatten, rief ihre Namen und suchte die Feldwege nach ihnen ab. Umsonst. Soviel ich weiß, hat Benny von da an den tiefen Wald gemieden, obwohl er noch ab und zu auf die Jagd gegangen ist, und sein entzündetes Auge hat ihm zeitlebens Sorgen bereitet, bis er es sich mit Fünfundsechzig herausnehmen lassen mußte und durch ein billiges Glasauge ersetzte.

Mit dem Big Thicket ist nicht zu spaßen.

Grovetown war ein kleines Nest. Es gab nur wenige Straßen, von denen einige mit Backsteinen gepflastert waren. Den kleinen Platz in der Ortsmitte säumten ein altes Gerichtsgebäude mit angeschlossenem Gefängnis, eine Tankstelle, die gleichzeitig ein Selbstbedienungsladen war, das Grovetown Café und ein Haufen Antiquitäten- und Trödelgeschäfte. Vor den meisten Gebäuden standen Bänke, auf denen, wenn nicht gerade Weihnachten und die Geschäfte geschlossen gewesen wären, bestimmt ein paar schwatzende, rauchende Opas in dicken Mänteln gesessen hätten, die vergeblich versuchten, ihren Kautabak über den Bordstein zu spucken.

Als wir an der Tankstelle vorbeikamen, sahen wir einen großen, gutaussehenden, blassen Typ um die Dreißig bei den Zapfsäulen stehen. Er trug ein graues Hemd, einen Wintermantel und eine billige Baseballkappe und war gerade dabei, mit einem Schlauch Öl und Dreck aus der Einfahrt zu spritzen. Er glotzte zu uns herüber wie einer, der unaufgefordert die Windschutzscheibe wischt und Reifendruck und Ölstand checkt, wie in der guten alten Zeit. Doch der erste Eindruck konnte täuschen. Ehe man sich versieht, bringt es einer wie der glatt fertig, einem auf die Windschutzscheibe zu pissen und die Luft aus den Reifen zu lassen.

Mein Gott, jetzt fing ich schon an, wie Leonard zu denken, der bis zum Beweis des Gegenteils jeden für ein Arschloch hielt.

Wir kamen an einem Waschsalon vorbei, auf dessen Fensterscheibe ein Schild gemalt war. Es war zwar ausgeblichen, aber immer noch gut lesbar. KEIN ZUTRITT FÜR FARBIGE.

Leonard sagte: «Ich glaub, ich spinne. So was hab ich 1970 zum letzten Mal gesehn. In Jefferson, Texas, muß das gewesen sein.»

Wir beschlossen, uns ein Zimmer für die Nacht zu suchen, bevor wir anfingen, die Stadt auf den Kopf zu stellen. Es gab keine Motels in Grovetown, aber dafür ein altes Hotel und eine Pension. Wir fragten in beiden nach Zimmern und wurden abgewiesen. Angeblich hatten sie über Weihnachten geschlossen. Ich hielt das für unwahrscheinlich. Seit wann machten Hotels und Pensionen an Feiertagen dicht? Und daß sie ausgebucht waren, konnte ich mir auch nicht vorstellen; das Hotel Grovetown war so ausgestorben, daß man fast die Ratten hinter der Holztäfelung furzen hörte.

Auf dem Parkplatz der Pension namens Grovetown Inn standen gerade mal drei Wagen, aber als wir zusammen hineingingen und nach einem Zimmer fragten, glotzten uns die Besitzer an, als wären wir wandelnde Scheißhaufen, die sich ohne einen Cent in der Tasche auf ihren frischen, weißen Laken breitmachen wollten.

Draußen stopfte Leonard seine Pfeife und sagte: «Volles Haus, Kumpel. Wer weiß, vielleicht mögen sie dein Hemd nich? Hab ja schon immer gesagt, daß dich Blau irgendwie unheimlich macht.»

Wir fuhren eine Weile durch die Gegend. Leonard sagte: «Is dir aufgefallen, daß es gar kein Schwarzenviertel hier gibt?»

«Ja, is mir aufgefallen.»

«Die haben meinen Leuten nich mal 'n Plätzchen neben der Müllkippe reserviert. Oder neben 'nem Klärwerk oder 'nem Atomkraftwerk. Ich hab nich einen Schwarzen auf der Straße gesehn.»

«Vielleicht liegt das an den Feiertagen. Es sind auch nich viele Weiße unterwegs. Und da is noch was. Es gibt keine andern Hotels. Das waren alle.»

«Ich hab Hunger. Wenigstens hat das Café offen. Laß uns erst mal essen fassen, dann können wir immer noch überlegen, wie's weitergeht.»

«Die werden sich freuen, wenn wir da reinspazieren, Leonard. Wie wär's, wenn wir's erst mal ruhig angehn lassen. Ich hol uns ein paar Sandwiches zum Mitnehmen.»

«Hey, eins sag ich dir, ich geh nich durch irgendwelche Hintertüren oder stell mich in 'ner andern Schlange an, bloß weil ich 'ne bessere Urlaubsbräune hab als irgendwer anders. Nur, daß du Bescheid weißt, Hap.»

«Ich will bloß keinen Streß. Mir macht Sorgen, daß du zu sehr auf Konfrontationskurs bist.»

«Und mir macht Sorgen, daß du's nich bist, Hap.»

Ich hielt vor dem Café und wollte gerade aussteigen, als mich Leonard am Arm festhielt. «Du hast recht. Ich führ mich auf wie 'n Arschloch.»

«Stimmt.»

«Wir sind hier, um Florida zu finden, nich damit ich beweisen kann, was für 'n abgebrühter Kerl ich bin.»

«Stimmt auch.»

«Worauf wartest du noch? Wir essen im Wagen, und ich verschieb meine Bürgerrechtspredigt auf später. Vorausgesetzt ich find einen, der mich auf der Gitarre begleitet.»

«Bin gleich wieder da.»

Das Grovetown Café war nicht mit einem französischen Restaurant zu vergleichen. Drinnen herrschte eine Bullenhitze. Die Wände zierten schlecht lackierte Vögel und Eichhörnchen aus Keramik, und aus den Lautsprechern dröhnte Hillbilly der übelsten Sorte, wie man ihn hin und wieder zu hören bekommt, ohne es so ganz fassen zu können. Schlager sind nichts dagegen. So etwas läuft bloß in uralten Käffern, wo die Glasscheibe der Jukebox vor Fingerabdrücken grau und speckig ist. Es ist dasselbe wie mit ödem Mainstream-metal oder Rap. Wer hört sich denn allen Ernstes dieses Zeug an? Muß ein schlechter Scherz sein. Die kurzen, spitzen Töne hingen wie Stachel eines Feigenkaktus in der Luft und malträtierten meinen Schädel, passend zu dem ranzigen Fettgeruch, der aus der Küche herüberwehte.

Ich watete durch das Fett und die Musik zu einem Hocker, setzte mich und harrte der Dinge, die da kommen sollten. Aus einer der hinteren Sitzecken beäugten mich zwei Burschen. Sie waren in den Dreißigern und strotzten nur so vor Gesundheit, auch wenn sie den Eindruck machten, als würden sie unter der Woche von «Rückenschmerzen» geplagt, jenem mysteriösen Leiden, das anscheinend mit Vorliebe Rednecks heimsuchte. Irgend etwas sagte mir, daß diese Burschen nicht von ihrer Hände Arbeit lebten. Vielleicht kassierten sie eine Art Krankengeld und schielten deshalb so nervös zu mir herüber, weil sie mich für einen Versicherungsfritzen hielten, der sie ohne Stützkorsetts erwischt hatte.

Ich stellte mir vor, wie sie sich am Ende eines harten Tages, den sie mit Rauchen, Kaffeetrinken und Haßtiraden gegen Nigger und Liberale zugebracht hatten, ein paar Six-Packs mit nach Hause nahmen, um vor der Glotze einzunicken, die halb leergefressene Chipstüte gegen die Plauze gedrückt, nachdem Frau und Kinder ihre Abreibung bekommen hatten.

War ich nicht gerade wieder dabei, über Leute zu urteilen, die ich gar nicht kannte? Ich war auf dem besten Weg, so zu werden wie die,

die mir gegen den Strich gingen. Wahrscheinlich waren es zwei Atomphysiker, die gerade Urlaub hatten und der gemütlichen Atmosphäre wegen hier hereingeschneit waren.

Schluß mit den Vorurteilen. Soviel Fairneß mußte sein. Eigentlich machte mich etwas ganz anderes verrückt, nämlich daß ich Florida wohl bald wiedersehen und die ganzen alten Gefühle in mir aufsteigen würden. Außerdem ging mir diese Saukälte auf die Nerven, und meine Zukunft sah schwärzer aus als die eines Pockenvirus. Mit anderen Worten: ich wollt's der Welt besorgen und fand das Loch nicht.

Ich bemerkte, daß sich einer der Physiker umgedreht hatte und sich der andere zur Seite beugte, um nicht nur mich besser zu sehen, sondern auch einen Blick aus dem Fenster zu werfen. Ich folgte ihrer Blickrichtung und erkannte Leonards Wagen durch die Schaufensterscheibe, an der Fliegendreck klebte. Leonard hielt mit zurückgelehntem Kopf ein Nickerchen auf dem Fahrersitz.

Meine Vorurteile meldeten sich zurück.

Ich atmete tief durch und versuchte mich an einen tröstlichen Bibelvers zu erinnern, um ihn vor mich hin zu beten. «Richtet nicht, auf daß ihr nicht gerichtet werdet.» So etwas in der Art. Mir fiel noch ein Spruch ein, den ich oft von meinem Vater gehört hatte: «Wenn du schon so 'nen Hurensohn verdreschen mußt, dann mach's gründlich und vor allem schnell.»

Aus dem Hinterraum kam eine Lady um die Fünfzig, die ganz ansehnlich gewesen wäre, hätte sie sich nur aufrecht halten können und mal wieder die Haare gewaschen und aus dem Gesicht gekämmt. Sie wischte sich die teigigen Hände an der Schürze ab und fragte: «Was darf's sein?»

«Zwei Hamburger und zwei große Kaffee zum Mitnehmen. Und Pommes.»

«Ziemlich früh für Hamburger», sagte sie.

«Hab's Frühstück verpaßt. Haben Sie Apfeltaschen?»

«Nein. An der Kasse liegt Süßkram. Erdnußriegel, Karamelbonbons, Bounty, Snickers, Mars. Das is alles.»

«Okay. Ich nehm zwei Erdnußriegel.»

«Der Nigger da draußen will bestimmt mehr als nur zwei Erdnußriegel», meinte einer der Typen in der Sitzecke. «Nigger stehn auf Erdnußriegel. Gibt fast nichts, was die mehr mögen, außer 'ner saftigen Muschi und 'ner Wassermelone.»

«Und offne Schnürsenkel», sagte der andere. «Und 'n warmes Plätzchen zum Hinscheißen.»

«Jungs», sagte die Frau, «reißt euch hier drinnen gefälligst zusammen.»

Ich sah mit einem traurigen Lächeln zu ihnen hinüber. Auf einmal wurde mir klar, warum sich viele Klischees so hartnäckig hielten. Es war zuviel Wahres dran. Erst jetzt nahm ich die beiden genauer unter die Lupe.

Stämmige Arschlöcher. Von wegen Physiker. Sie sahen aus wie lebende Buchstützen für das Regal mit den nicht ganz jugendfreien Westernromanen. Einer stiernackiger und dümmer als der andere. Der eine trug so etwas Ähnliches wie einen Schnurrbart, oder ihm war irgendwas beim Rasieren dazwischengekommen. Warum waren die Typen, die mich anmachen oder verdreschen wollten, bloß immer solche Schränke? Es wären zur Abwechslung mal ein paar schmächtige Kerlchen fällig gewesen, Schwächlinge meinetwegen. Typen in Nadelstreifen. Yankees. Das hätte mir die Sache ausnahmsweise etwas leichter gemacht.

Am liebsten wäre mir gewesen, die Typen hätten mich einfach in Ruhe gelassen. Was hatte ich bloß an mir, daß ich immer in die Scheiße trat? Ich konnte einen noch so großen Bogen um eine Kuhweide machen, um mir nicht die Schuhe zu versauen, es fand sich garantiert irgendwo ein frischer Haufen Hundescheiße, in den ich hineinlatschte.

«Den Kaffee bitte mit Milch», rief ich der Lady zu.

«Is das dein Nigger da draußen?» fragte der andere Kerl, der gar nicht mal so häßlich war, aber dessen Bierbauch die Knöpfe an seinem Paisleyhemd zu sprengen drohte. Er grinste vor sich hin, als ob er deine Frau von hinten genommen und sie ihn beauftragt hätte, es dir zu verklickern.

Die Lady sagte: «Macht, daß ihr an die frische Luft kommt, Jungs.» Dann wandte sie sich an mich. «Dauert bloß einen Moment. Sie wollen Ihre Hamburger bestimmt gut durch, oder?»

Ich flüsterte ihr zu: «Ehrlich gesagt, ich hätte sie gern so schnell wie möglich.»

Sie lächelte. «Die tun nichts. Sie mögen bloß keine Nigger.»

«Aha.»

Da war ich aber beruhigt.

Ich schielte zu Leonard hinüber, der tatsächlich vor sich hin ratzte. Vielleicht hielt er seinen Winterschlaf. Na toll. Ich durfte mich hier mit den beiden Riesenbabys amüsieren, und der Schlauste Nigger der Welt war dabei, sich für den Winter einzumummeln.

Die Burschen kamen herüber und nahmen auf zwei Hockern links und rechts von mir Platz.

«Hab dich hier noch nie gesehn», sagte Paisleyhemd.

«Komm auch selten hier vorbei», sagte ich. «Kaffee gefällig?»

«Nö», sagte der andere. «Hatten wir schon.»

«Und nich zu knapp», sagte Paisleyhemd.

«Keine Ahnung, wie's euch geht», sagte ich, «aber mich macht zuviel Kaffee immer ganz nervös. Vielleicht hätt ich mir lieber keinen bestellen sollen, wo ich von heut morgen noch so viel intus hab.»

«Siehst auch 'n bißchen nervös aus», sagte Paisleyhemd. «Vielleicht solltest du gar keinen Kaffee mehr trinken.»

«Ja, vielleicht», sagte ich.

«Mir und meinem Bruder», sagte Paisleyhemd, «macht Kaffee nichts aus. Auch nich Bier, Wein oder Whiskey.»

«Was is mit Weihnachtsameisen?» fragte ich. «Wenn euch die was ausmachen, kenn ich zwei Typen, die euch bestimmt weiterhelfen können.»

«Weihnachtsameisen?» fragte Rotzbremse.

In diesem Moment rief die Lady irgend etwas von hinten. Ihre Stimme klang halbherzig, so als würde sie einen Hund rufen, von dem sie befürchtete, er wäre überfahren worden. «Geht wieder an euren Tisch und setzt euch hin, aber dalli!»

«Schon gut, Mama», sagte Paisleyhemd.

«Mama?» fragte ich.

«Ahmh», sagte Rotzbremse. «Was für Weihnachtsameisen?»

«Wo ich herkomm, gibt's 'ne Menge Ärger mit den kleinen Viechern», sagte ich. «Wenn ihr meint, Feuerameisen sind die Hölle, dann wartet mal ab, bis euch Weihnachtsameisen über den Weg laufen. Ich sag euch, die Viecher verstehn keinen Spaß.»

«Hab noch nie was gehört von Weihnachtsameisen», sagte Paisleyhemd.

«Bis gestern is das in LaBorde den meisten so gegangen», sagte ich. «Spätestens morgen bringen sie's in allen Zeitungen und im Fernsehn. Bei uns sind die Viecher 'ne echte Plage. Sind angeblich aus Mexiko eingeschleppt worden. In 'ner Bananenkiste. Oder 'ner Ladung Zigarren. Das is vielleicht 'ne Teufelsbrut, diese Weihnachtsameisen.»

«Moment mal», sagte Rotzbremse. «Du meinst, wie die Ameisen in dem Film, wo die die Plantage besetzen und dieser Typ –»

«Charlton Heston», sagte ich.

«Ja, kann sein ... kennst du den Film?»

«Klar», sagte ich. «Und genauso müßt ihr euch das vorstellen. Aber in so 'nem Film können sie natürlich nich alles zeigen. Ich sag euch, die haben LaBorde dem Erdboden gleichgemacht. Die Zahl der Toten geht in die Hunderte, wenn nich schon Tausende. Der Typ da im Wagen ist Doktor Pine, von der Regierung. Experte für Weihnachtsameisen. Wißt ihr, warum er eingepennt is? Weil er sich die ganze Nacht mit den Viechern rumgeschlagen hat. Umsonst.»

«'n Nigger als Experte?» sagte Paisleyhemd. «Das kann ja bloß schiefgehn.»

«Keine Ahnung», sagte ich. «Er hat getan, was er konnte, aber die Ameisen waren zu gerissen. Wenn ihr's genau wissen wollt, ich bin von der Stadtverwaltung. Wasserwerke. Wir haben als erste von der Sache Wind bekommen. Viele denken, wir spinnen. Die halten nich viel von den Wasserwerken. Wenn die wüßten, was wir so alles zu sehn bekommen. Krokodile. Schlangen. Weihnachtsameisen. Ersäufen kann man die nich. Die Weihnachtsameisen, mein ich. Ihr laßt am besten keine Bananen oder irgendwelche Früchte im Haus rumliegen. Die riechen das Zeug meilenweit gegen den Wind. Eins schwör ich euch: mich kriegen da keine zehn Pferde wieder hin. Dr. Pine da draußen will zurück. Soll er meinetwegen, aber ohne mich. Die Ameisen werden langsam 'ne Nummer zu groß für 'nen Cowboy.»

«Sie wachsen?» fragte Paisleyhemd.

Ich grinste. «Also, das is kein Science-fiction-Film. Natürlich werden die nich drei Meter groß oder so 'n Scheiß. Bloß so groß wie 'ne Ratte. Manche jedenfalls. Die meisten sind so groß wie 'ne Maus oder 'n Maulwurf.»

«Ach was», sagte Rotzbremse. «Du willst uns ficken, stimmt's?»

«Würde mir nich im Traum einfallen, euch zu ficken», sagte ich. «Wißt ihr, ich würd's ja selber nich glauben, wenn ich's nich mit eignen Augen gesehn hätte. In ihrer Heimat werden die Ameisen lange nich so groß. Nur hier gedeihen die so. Is grad letzte Woche erst rausgefunden worden. Hätt keiner für möglich gehalten, daß das tropische Klima das Wachstum der Viecher hemmt. Aber denen braucht bloß der Hintern kalt werden, und schwupp!, schon sind sie so groß wie 'n Nagetier. Hat irgendwas damit zu tun, wie sie ihre Nahrung aufnehmen und wie ihr Stoffwechsel den Traubenzucker und die Kohlenhydrate verarbeitet, die im Menschenfleisch enthalten sind.»

«Menschenfleisch?» fragte Rotzbremse.

«Ahmh», sagte ich. «Nich, daß sie über einen herfallen und bis auf die Knochen abnagen wie in diesen Horrorfilmen, aber sie können böse zubeißen. Kann tödlich sein, soviel steht fest. Hunderte von Toten, wie gesagt.»

«Totgebissen?» fragte Rotzbremse.

«So genau weiß ich das auch nich, ob die Leute an den Bißwunden oder am Gift krepiert sind. Jedenfalls reißen die einem ziemliche Brocken aus dem Fleisch. Wenn ihr mehr wissen wollt, müßt ihr Dr. Pine fragen.»

«Junge!» sagte Paisleyhemd.

«Aber echt!» sagte ich.

«Warum nennt ihr sie Weihnachtsameisen?» fragte Rotzbremse.

«Was weiß ich. Bin ich der Ameisenexperte? Schätze, weil sie zu Weihnachten entdeckt worden sind.»

Die Lady brachte meine Hamburger.

«LaBorde», sagte Paisleyhemd. «Das is doch gleich um die Ecke.»

«So nah nun auch nich», sagte ich, stand auf, ging zur Kasse und drehte mich noch mal nach ihnen um. «Nur keine Panik. Aber an eurer Stelle würd ich die Augen offenhalten. Immer schön auf den Boden gucken, besonders in der Dämmerung. Da sind sie am liebsten unterwegs.»

Die Lady hinter der Kasse nahm das Geld und sagte: «Die Jungs sind so blöde, daß ich manchmal glaub, da ist im Krankenhaus irgendwas schiefgelaufen, und die haben mir die beiden Hornochsen untergejubelt. Die wissen bloß, was sie aus dem Fernsehn haben.»

«Versuchen Sie's doch mal mit Dokumentarfilmen. Gestern abend gab's ein tolles *National-Geographic*-Special über Bären. Ich hab danach kein Auge zugekriegt, so spannend war das.»

«Tierfilme seh ich auch gern», sagte sie.

Ich steckte das Wechselgeld ein und ging zur Tür.

Paisleyhemd sagte: «Hey, was is mit den beiden Typen, die uns weiterhelfen können.»

«Ach», sagte ich, «ich dachte bloß, ihr würdet euch bestimmt gut verstehn. Sie sind in LaBorde. Waren sie jedenfalls. Aber ihr wißt ja ... die Ameisen.»

«Du willst uns verarschen, gib's zu!» sagte Paisleyhemd.

«Es haben schon viele Leute vor wissenschaftlichen Tatsachen die Augen verschlossen», sagte ich. «Genützt hat's keinem. Glaubt, was ihr wollt, das is nich mein Bier. Ich bin nich dazu da, die Leute aufzurütteln. Ich bin Wasserwerker. Und wißt ihr was: ich bin stolz drauf. Is mir scheißegal, was die andern von den Wasserwerken halten. Ich bin stolz drauf.»

Ich ging hinaus zum Wagen, stieg ein und weckte Leonard. Er kam langsam zu sich und sah mich an. «Mann, ich bin richtig eingepennt.»

«Nichts wie weg hier.»

Leonard ließ den Wagen an, als die Brüder gerade aus dem Café kamen, sich auf dem Bürgersteig aufbauten und mich angafften. Leonard sah sie kurz an, setzte zurück und fuhr los.

«Ärger?» fragte er.

«Nein. Bloß es passiert nich alle Tage, daß man per *Flußfahrt* in eine Science-fiction-Episode der *Andy Griffith Show* reinplatzt.»

7

Wir verließen die Stadt auf demselben Weg, den wir gekommen waren, und hielten an einem Rastplatz, den wir schon einmal passiert hatten. Wir stiegen aus und aßen unter dem wolkenverhangenen, trüben Himmel unsere Hamburger und tranken unseren Kaffee, die Ellbogen auf den Betontisch gestützt. Es war kalt und roch nach Regen. Blauhäher kamen aus dem Wald und stolzierten auf der Suche nach Krümeln wie dreiste Pfaffen um unseren Tisch. Besonders viel haben wir ihnen wohl nicht übriggelassen, bei dem Bärenhunger, den wir hatten.

«Ich könnt noch mal das gleiche vertragen», sagte Leonard. «Obwohl's geschmeckt hat, als hätt jemand das Fleisch vorher unter den Achseln durchgeknetet.»

«Ehrlich gesagt, solange es nich zwischen den Arschbacken von irgendeinem Fettsack gesteckt hat, macht mir das nichts aus.»

«Was schätzt du, wie alt die Erdnußriegel waren? Die waren ja steinhart.»

«Die Erdnußriegel liegen mir nich so schwer im Magen wie die Tatsache, daß wir immer noch keine Bleibe haben. Hast du Appetit auf noch einen? Von den Erdnußriegeln, mein ich.»

«Wie bitte?»

«Schon gut. O Mann, dieses Kaff, das Café, das kommt mir alles vor wie damals Mitte der Sechziger, als ich auf Bürgerrechtsdemos eins aufs Maul gekriegt hab. Nich nur, weil ich für Bürgerrechte war, sondern weil ich als Weißer dafür auf die Straße gegangen bin. Ich weiß nich, ob ich noch mal den Mut aufbringen würde. Wahrscheinlich würd ich mich heute in meiner Bude verbarrikadieren.»

«Hier is es noch genau wie damals, und du hast dich nich verbarrikadiert. Du steckst mal wieder mittendrin im Schlamassel. Außerdem: so mutig bist du damals auch nich gewesen, Hap. Du warst jung und blöd und ein Träumer. Jung bist du nich mehr, aber der

Rest paßt immer noch, auch wenn das mit den Träumen 'n bißchen untergegangen is.»

«Deinen Optimismus möcht ich haben, Leonard. Du hast ja sogar deine Zeit in Vietnam für 'ne wertvolle Erfahrung gehalten. Dabei hättest du allen Grund, dich zu beklagen. Du als Schwarzer, dich haben sie erst verheizt und dir dann 'n Tritt gegeben. Mann, wer weiß, was du aus dir gemacht hättest, wenn dieser Scheißkrieg nich dazwischengekommen wär.»

«Ich mache nichts und niemanden dafür verantwortlich, wer ich bin oder was ich tu. Mir is sauwohl in meiner Haut, Hap. Ich kann tun und lassen, was ich will, und wenn ich auf die Schnauze fall, hab ich mir das selber zuzuschreiben. Dein Problem is, daß du dir Vorwürfe machst, weil du nich auf der Titelseite des *Time Magazine* stehst. Tief in dir drin glaubst du den ganzen Scheiß, den dir Florida eingetrichtert hat, von wegen du wirst es nie zu was bringen. Du glaubst, um was Besonderes zu sein, mußt du Broker an der Wall Street oder Nobelpreisträger sein. Ich werd dir was verraten: Du bist 'n feiner Kerl und außerdem mein Freund, und solange wir uns nur selber und unseren Überzeugungen treu bleiben, is alles in bester Ordnung. Ich weiß nich, worauf es sonst ankommen sollte. Der ganze andre Scheiß is doch bloß Firlefanz.»

«Danke, Leonard.»

«Schon gut. War nur 'n Scherz.»

«Damit hätten wir zwar geklärt, daß wir gute Jungs sind und nichts zwischen uns kommen lassen, aber 'ne Bleibe haben wir trotzdem nich.»

«Vielleicht versuchen wir's mal bei meinen schwarzen Brüdern. Die hausen wahrscheinlich am andern Ende der Stadt. Irgendwo müssen sie ja stecken, die Felder müssen schließlich bestellt werden und das Holz geschlagen. Die Weißen brauchen wen zum Rumkommandieren. Und ab und zu 'nen Nigger, den sie aufhängen können.»

«Trifft sich ja gut, daß du grade da bist.»

Leonard sah in den Himmel. «Ganz schön unheimlich, dieses Wetter. Als ich das letzte Mal so 'nen Himmel gesehn hab, is es auf einmal superkalt geworden, alles is zugefroren, und üble Sachen sind passiert. Ab und zu tut mir immer noch das Bein weh. Und du bist an allem schuld gewesen.»

«Hab's nich vergessen. Aber die Wolken sehn mir eher nach Regen aus. Schätze, daß uns 'ne gehörige Dusche bevorsteht.»

«Wenn wir nirgendwo unterkommen, können wir immer noch nach Hause fahrn und 'ne Nacht drüber schlafen und morgen oder übermorgen wiederkommen.»

«Ich will Florida finden. Morgen oder übermorgen haben wir's auch nich leichter, selbst wenn sich die Wolken verziehn. Eher im Gegenteil. Was ich von Grovetown gesehn hab, läßt nichts Gutes ahnen. Irgendwo muß sie doch sein.»

«Ich geh davon aus, daß sie im Schwarzenviertel abgestiegen is.»

«Wahrscheinlich, aber ich finde, wir sollten erst mal den Bullen 'nen Besuch abstatten. Florida is bestimmt bei ihnen gewesen, um was über den Typen rauszukriegen, der sich angeblich aufgehängt hat. Vielleicht kann der Chief uns ja weiterhelfen.»

Auf dem Rückweg nach Grovetown lauschte ich mit geschlossenen Augen dem Summen der Reifen und versuchte mir einzureden, daß eigentlich alles halb so wild war. Ich wollte mir weismachen, daß ich Leonard gar nicht gut genug kannte, um sicher zu sein, daß ihm die Sache genausowenig geheuer war und er nur deshalb nichts sagte, um mich nicht noch verrückter zu machen, als ich ohnehin schon war. Vielleicht kam es mir ja nur so vor. Leonard hatte schließlich selbst Liebeskummer. Raul war weg.

Aber Raul war nicht tot.

Mein Gott. Florida darf nicht tot sein, laß das dumme Zeug, Hap, du Schwarzseher. Denn wenn sie tot ist, dann macht das schon zwei, eine nach der anderen. Meine Gedanken schweiften zu Florida, ihrer butterweichen kaffeebraunen Haut, ihrem Lächeln, ihren fast makellosen weißen Zähnen, ihren langen, schlanken Beinen und ihrer Art, mir ins Ohr zu flüstern, wenn wir uns liebten. Dann waren da noch die etwas primitiveren Gedanken, die einfach dazugehörten. Ihre Art, mich in sich eindringen zu lassen und ihren Hintern zu bewegen und mir das Gefühl zu geben, wie stark und männlich ich war, ihre Art, mich zu lieben, bis die Welt verging und ich mit allem eins wurde. Ein Nirwana, wo sich Vergangenheit, Gegenwart und Zukunft in nichts auflösten.

Mann, war das gut. Das mußte ich zu Hause unbedingt aufschreiben.

Ja, Hap, träum ruhig weiter. Denk einfach nicht dran, wie du dir eingebildet hast, Florida wär deine Frau fürs Leben. Und dann war sie weg.

Aber Hanson hat sie nicht geheiratet. Mir gefiel die Idee, daß ich etwas damit zu tun haben könnte, daß sie mich noch liebte.

Klar. Und manchmal glaubte ich auch, daß ich unsterblich wär, daß ich nicht älter werden würde und daß mir bald der Sinn des Lebens aufgehen würde, ohne mich zu enttäuschen.

Hin und wieder hatte ich so eine düstere Ahnung, daß ich den Sinn des Lebens längst kannte. Wir kommen ganz einfach auf die Welt, um uns fortzupflanzen, und dann sterben wir. Was mich betraf, war ich anscheinend bloß zum Sterben auf die Welt gekommen.

Kopf hoch, Hap, alter Pechvogel. Schluß mit dem Trübsalblasen. Vertreib die bleiernen Wolken aus deinem Kopf und die Erinnerungen, mit denen du nicht fertig wirst. Eins nach dem andern. Behalt die Nerven und sieh nach vorn.

Doch dann kam mir Trudy, meine Exfrau, in den Sinn, die seit ... Gott, wie lange ist sie jetzt tot?

Vier Jahre.

Meine Güte.

Es kommt mir vor, als wäre es gestern gewesen.

Oder vor tausend Jahren.

Sie war eine Augenweide, blond und langbeinig, mit einem engelhaften Lächeln und einem verdorbenen Herzen. Auch damals war es Winter. Leonard wäre beinah mit draufgegangen, und alles war meine Schuld.

Okay, Trudy ist tot, Hap, denk ich bei mir, aber was mit Florida ist, weißt du nicht. Du malst mal wieder den Teufel an die Wand. Es geht ihr bestimmt gut. Du findest sie schon. Wenn nicht heute, dann morgen. Sie lebt. Vielleicht wird sie nicht gerade erfreut sein, dich zu sehen. Vielleicht gibt sie dir den Rat, dich um deinen eigenen

Scheiß zu kümmern, womit sie sogar recht hätte, aber sie bloß zu sehen und zu wissen, daß es ihr gutgeht, das ist alles, was zählt.

Hap, mein Alter, es geht ihr gut.

Sie ist gesund und munter.

Rosig wie ein Pfirsich.

Quietschfidel.

Es donnerte. Es blitzte.

Ich schlug die Augen auf und sah mich im trüben, wolkenerstickten Licht nach Leonard um. Mit ausdrucksloser Miene warf er mir einen kurzen Blick zu, die Finger um das Lenkrad gekrallt. Dann sah er wieder auf die Straße.

Die Wolken waren mittlerweile schwarz und mit ein paar milchigen Flecken verziert. Sie senkten sich über den Highway wie Dornbüsche aus der Hölle. Die Windschutzscheibe verdüsterte sich, als ob die Dämmerung einsetzte.

Leonard schaltete das Licht und die Scheibenwischer ein; es begann zu regnen.

8 In Grovetown angekommen, erfuhren wir auf der Polizeiwache von einer Lady mittleren Alters, deren mit Haarspray gekittete, blondierte Turmfrisur hoch genug war, um eine ganze Kolonie afrikanischer Wespen zu beherbergen, daß Chief Cantuck zu einem Brand hinausgefahren sei. Sie beschrieb uns den Weg, wobei sie Leonard beäugte, als würde er sich jeden Moment auf sie stürzen und sie vergewaltigen. Sie hatte sich einen kleinen Weihnachtsbaum aus Aluminium in einen Wald von Glückwunschkarten auf die eine Schreibtischecke gestellt; sie lehnte sich zu dieser Seite, wie um sich notfalls dahinter zu verstecken.

Als wir wieder im Wagen saßen, sagte ich: «Du hast die Lady ganz schön nervös gemacht, Leonard. Sie hat gedacht, du würdest sie gleich auf dem Schreibtisch durchnehmen.»

«Das hätte der so passen können. Ehrlich gesagt hätt ich ihren Dutt gevögelt, nur für den Fall, daß irgendwas da drin gevögelt werden wollte. Die kleine Ritze da gleich über dem Haaransatz hat mich an ein Arschloch erinnert.»

«Da behaupte noch einer, du hättest keinen Sinn für Romantik», sagte ich.

Wir folgten der Wegbeschreibung aus der Stadt, bis wir den Wagen des Chief neben einem klapperigen Löschwagen am Straßenrand fanden. Der Regen hatte in der Zwischenzeit nachgelassen, obwohl die Wolken noch lange nicht abgeregnet waren. Man brauchte kein Wetterfrosch zu sein, um vorherzusagen, daß es wieder schütten würde, und nicht zu knapp.

Der Chief, ein Fettwanst mit Strohhut und Khakihosen, der ein Hosenbein im Stiefel, das andere darüber trug, hatte die Hände hinter dem Rücken verschränkt und betrachtete das brennende Haus. Der Regen hatte dem Feuerchen nicht das geringste anhaben können. Die Feuerwehrleute waren Freiwillige in Zivil, die eine Handvoll Helme und gerade ein Atemgerät dabeihatten – nicht, daß sie es gebraucht hätten. Sie standen mit einem dicken weißen Schlauch, aus dem ein mickriger Wasserstrahl sickerte, teils auf dem Löschwagen, teils um ihn herum. Plötzlich hatte einer von ihnen einen Geistesblitz, sprang vom Löschwagen herunter und drehte einen Wasserhahn auf, an dem ein löchriger Gartenschlauch befestigt war. Er spritzte damit durch ein Fenster, das vor Hitze zersprungen war. Er hätte genausogut versuchen können, die Flamme eines Ölförderturms auszupinkeln. Zwei andere Typen verdrückten diese ekligsüßen Biskuitröllchen, wobei es der eine sogar fertigbrachte, mit einer Zigarette im Mundwinkel zu kauen.

«In letzter Zeit haben wir's wohl irgendwie mit brennenden Häusern und dem Gesetz», sagte ich.

«Sieht so aus», sagte Leonard.

Das Haus, allem Anschein nach eine ziemliche Bruchbude, war ein hoffnungsloser Fall. Ich hatte bei Leonards diversen Brandstiftungen genug Erfahrung gesammelt, um sagen zu können, ob ein Haus noch zu retten war, und dieses hier war es garantiert nicht.

Wir stiegen aus und gingen hinüber zum Chief, der uns aus dem linken Augenwinkel musterte. Regenwasser troff ihm vom Hutrand. Er hatte Glotzäuglein wie ein Boston-Terrier und ein kurzes, fliehendes Kinn, das an einen Leguan erinnerte. Er hob leicht den Kopf, als ob er uns von einem Felsen aus erspäht hätte, wobei sein linkes Auge von einem Regentropfen getroffen wurde und zu blinzeln anfing. Schwarzes, klebriges Zeug, das aus der Kautabakpackung in seiner Brusttasche stammte, troff ihm aus den Mundwinkeln und lief in die Falten zu beiden Seiten seines Kinns, die als Abflußrinnen dienten. Seine Plauze wogte bei der kleinsten Bewegung und manchmal auch von allein, gerade so, als wüßte sie selbst am besten, wohin sie wollte. Aber das war noch gar nichts gegen die mächtige Beule in seiner Hose, die einem einfach ins Auge stechen mußte. Anscheinend hatte er sich einen Bruch gehoben und war ein heißer Kandidat für ein Bruchband. Man konnte meinen, aus seinem rechten Bein würde eine Grapefruit sprießen. Gleich neben der Grapefruit steckte ein großkalibriger .44er Westernrevolver in einem langen, schwarzen Holster. Chief Cantuck mußte so um die Fünfzig, wenn nicht älter sein, was bei der Visage und der Plauze schwer zu sagen war.

«Wer seid ihr?» fragte er, indem er sich zu uns umdrehte.

«Hap Collins», sagte ich und gab ihm die Hand.

Als Leonard ihm die Hand entgegenstreckte, zögerte der Chief und faßte sie schließlich an wie etwas Totes. Leonard packte die Hand des Chief und schüttelte sie kräftig. «Leonard Pine, Schlauster Nigger der Welt.»

«Was?» sagte der Chief.

«Er macht bloß Spaß», sagte ich.

«Soso. Also, was wollt ihr? Das hier geht nur die Polizei und die Feuerwehr was an. Ihr habt hier nichts zu suchen.»

Ich sagte: «'ne Lady in Ihrem Büro, eine mit 'ner Pyramide auf'm Kopf, hat uns gesagt, daß wir Sie hier finden würden.»

«Schön. Dann spuckt schon aus, was ihr wollt», sagte Chief Cantuck. «Übrigens find ich, die Pyramide hat was, oder seht ihr das anders?»

«Die Hütte können Sie wohl vergessen», sagte Leonard und nickte zu dem brennenden Haus hinüber.

«Kann schon sein», sagte Cantuck. «Scheiß drauf! War eh bloß 'ne Hundehütte für weißes Gesocks. Gehört Bill Spray. Der vermietet das Loch an jeden, der fünfunddreißig Dollar im Monat aufbringt, oder an 'n Weibsbild, das ihm den Stengel ölt. Eins davon oder beides, und ihr habt die Bude für 'nen Monat, vorausgesetzt, ihr haltet sie selber in Schuß.»

«War wohl nich grad 'n Schuppen, auf den die Rockefellers scharf gewesen wären», sagte ich.

«Das nich, aber mit 'n paar hundert Dollar für Sperrholz, 'n paar Paneelen, 'n bißchen Wellblech und Pappe zieht Bill die Hütte wieder hoch und vermietet sie. Bloß schade, daß die Typen, die da drin gewohnt haben, nich zu Hause waren. Meinetwegen hätt die Bagage ruhig gegrillt werden können. Bin von den Nachbarn ständig rausbeordert worden, weil die sich gefetzt haben. So 'ne alte Seekuh hat hier mit zwei Kerlen gehaust. Die beiden haben sich um die fette Sau gekeilt, als wär sie Marilyn Monroe.

Bei meinem letzten Besuch lagen überall Pornos in der Bude verstreut. Lauter so Heftchen mit Weibern, die sich die Pfoten in die Muschi stecken oder 'ne Karotte in den Arsch schieben. All so 'n

Zeug. Aber das war noch nich alles. Die haben auch 'n Haufen Sex-Spielzeug gehabt. So niedliche Plastikschwänze mit Knubbeln dran, die wie vergammelte Gurken aussehn. Da zum Beispiel.» Er zeigte auf irgend etwas in der Asche. Es waren zwei große Batterien in einer hautfarbenen Lache, die die Form einer Riesenbanane hatte.

«Das war einer von den Plastikschwänzen. Wenn ich dran denke, wie das Ding in der Muschi von der alten Schlampe gesteckt hat, wird mir ganz anders. 'n paar Elvis-Karten hab ich auch gefunden. Hab sie zum Ausqualmen beiseite geschoben.»

«Was bitte?» sagte ich.

«Elvis-Karten.» Er ging und scharrte ein paar Schritte weiter mit dem Fuß in der Asche, bis ein angekohlter Satz Spielkarten zum Vorschein kam, deren Rückseite Elvis' Konterfei zierte.

«Wenn die abgekühlt sind, behalt ich sie.»

«Warum?» fragte Leonard.

«Da is Elvis drauf.»

«Aha», sagte Leonard.

«Is wohl nich grad die Musik, die eure Sorte hört», meinte Cantuck zu ihm. «Meine bessere Hälfte, für die is Elvis Gott. Die freut sich bestimmt über die Karten, angekokelt oder nich. Also, was zum Teufel wollt ihr?»

«Wir suchen nach 'ner alten Freundin von uns», sagte ich, «und da haben wir gedacht, Sie wissen vielleicht was über sie. Ihr Name is Florida Grange.»

«So 'ne kleine Farbige?»

«Kommt drauf an», sagte Leonard. «Welche Farbe hat sie denn gehabt?»

«Sehr witzig», sagte Cantuck.

«Ich hab nich gesagt, daß ich der Witzigste Nigger der Welt bin, ich hab gesagt, ich bin der Schlauste Nigger der Welt.»

«Mach so weiter, und du bist gleich der Verdroschenste Nigger der Welt.»

Da war es wieder, dieses Funkeln in Leonards Augen, das immer dann auftauchte, wenn er das Haus seiner Nachbarn abfackelte oder jemandem eine Abreibung verpaßte, der dumm genug war, sich mit ihm anzulegen.

«Komm, Leonard», sagte ich. «Halt mal die Luft an, okay?»

Leonard sah Cantuck herausfordernd an, machte kehrt und stieg in den Wagen.

«Er macht sich bloß Sorgen», sagte ich. «Sie is seine Schwester, wissen Sie.»

«Ach ja?» sagte Cantuck. «Damit du Bescheid weißt: is mir scheißegal, ob sie siamesische Zwillinge sind und sie mit seiner linken Nuß in der Tasche getürmt is. Ich laß mich nich von 'nem Nigger verarschen. Was treibst du dich überhaupt mit der Fettlippe rum? So was sehn wir hier nich gern. Ich hab auch Niggerfreunde, aber deshalb laß ich mich nich gleich mit denen blicken.»

«Müssen ja dicke Freunde von Ihnen sein, Chief. Hat Ihnen schon mal einer gesagt, daß Sie hier ziemlich hinterm Mond sind, daß sich die Zeiten geändert haben?»

«Ja, und wir scheißen drauf.»

«Sie haben doch bestimmt schon was von Bürgerrechten gehört, oder?»

«Klar. Und die respektier ich auch, weil sich das so gehört. Genau deshalb is die Kleine hier gewesen, wegen der Bürgerrechte von 'nem Nigger. Was kann ich dafür, wenn sich das blöde Schwein aufhängt?»

«Das is nich mein Bier. Mich interessiert bloß Florida.»

Cantuck schwieg eine Weile und warf mir einen rätselhaften Blick zu, den ich nicht ganz deuten konnte. Dann sagte er: «Gutgebaute Niggerin. Mann, mit der mal zu vögeln, das wär sogar 'n Grund, damit anzugeben, obwohl ich so was sonst für mich behalten würd. Mann, war das 'n geiler Arsch.»

Tief durchatmen, Hap. Der Typ ist nichts weiter als ein bekloppter Redneck, wie sie hier überall herumlaufen. Die Sorte kennst du doch. Bei denen kann man sich das Maul fusselig reden. Unverbesserlich.

«Wissen Sie», sagte ich, «die beiden arbeiten für mich. Leonard und Florida. Bin mit ihnen zufrieden, und manchmal schnapp ich mir die Kleine und dann ... verdammt, Chief – nach dem, was Sie grad gesagt haben – Sie wissen schon, was ich mein.»

Ich gab mir alle Mühe, ein versautes Grinsen aufzulegen.

Cantuck grinste zurück. «Mein Daddy hat mir eingebleut, daß die Niggerweiber nur für eins gut sind, dafür aber verdammt gut. Als er noch Chief war, hat er viel mit Niggern zu tun gehabt. Hat 'ne Menge Niggerweiber auf seine Weise zur Kasse gebeten, du weißt schon. In der Frage halt ich's mit meinem alten Herrn. Ich steck meinen Schwanz in alles, was nich niet- und nagelfest is und 'n Loch hat. Als kleiner Junge hab ich den Hühnern mit meinem Pimmel die Arschlöcher rausgerissen. Das ging so weit, daß mich Mama jedesmal mit dem Gürtel versohlt hat, wenn sie 'n totes Huhn gefunden hat, egal ob ich's gewesen bin oder nich. Wenn nachts die Schweine gequiekt haben, is Mama in mein Zimmer gekommen und hat mich verdroschen.»

«Kein Wunder, daß Ihre Nuß so mitgenommen aussieht.»

«Ja. Kann schon sein. Ich hab schon immer für mein Leben gern gefickt ... Sieht meine Nuß echt so schlimm aus?»

«Na ja, an Ihrer Stelle würd ich mir 'n Bruchband oder so was besorgen. Mann, tut das nich weh?»

«Nich, wenn ich's ruhig angehn lasse.»

«Bei allem Respekt vor Ihrer Nuß, Chief, wo steckt Florida?»

«Saukalt hier draußen, findest du nich? Komm, wir steigen in den Wagen und unterhalten uns da weiter.»

Ich stieg auf der Beifahrerseite ein. Auf der Ablage zwischen mir und Cantuck lag eine Schrotflinte. Er startete den Motor und drehte die Heizung auf. Das ganze Armaturenbrett und der Rest des Wagens war übersät mit Stickern von so ziemlich jedem Wohltätigkeitsverein, den man sich vorstellen kann. Muskelschwund. Diabetes. Krebs.

«Spenden Sie da überall?» fragte ich. «Oder sammeln Sie bloß Sticker?»

«Ich spende», sagte er. «Ein Dollar hier, ein Dollar da. Ich verdien mir nich gerade 'ne goldene Nase in meinem Job, deshalb is es nich viel, aber immerhin. Das gehört sich einfach. Aus Nächstenliebe. Hab mal 'nen Sohn gehabt mit Muskelschwund. Is letztes Jahr dran gestorben. Spätestens seitdem kann ich keine Krüppel mehr sehn, nich mal, wenn's 'n Nigger is.»

Einen Moment lang starrte er schweigend auf den Sticker der

Muskelschwundhilfe. «Armer Junge», sagte er. «Am Ende war's so schlimm mit Jimmy, daß ich ihn überall hab hintragen müssen. Er war elf. Mein Jüngster. Verdammt gutes Alter für 'nen Jungen, aber für ihn war's die Hölle. War mir wie aus dem Gesicht geschnitten. Guter Junge. Hat sich immer Mühe gegeben, 'n guter Junge zu sein. Hat immer gute Noten nach Hause gebracht, bis er zu schwach geworden is, um zur Schule zu gehn. Sein ganzer Körper hat sich in Pudding verwandelt, einfach so.»

«Das tut mir leid.»

«War 'n guter Junge. Hat bis zum Schluß versucht, mich aufzumuntern, zu lächeln. Als er gestorben is, hab ich seine Hand gehalten, so winzig, daß sie in meiner Faust gar nich zu sehn war. Ohne diese Scheißkrankheit wär er aufs College gegangen und hätt's zu was gebracht. Gott hab ihn selig.»

«Tut mir wirklich leid, Chief.»

«Fang bloß nich an zu heulen. Hast ihn ja nich mal gekannt. Dir hat er nichts bedeutet. Ich hätt gar nich erst davon anfangen sollen ... zurück zu der Niggerbraut –»

«Florida.»

«Ja, Florida. Sie is zu mir auf die Wache gekommen und hat 'n paar Fragen gestellt. Danach is sie abgezogen, und ich hab sie nie wieder gesehn, außer mal in der Stadt. Drüben an der Tankstelle mit ihrer kleinen Karre.»

«Ein grauer Toyota.»

«Stimmt. Hübscher Flitzer.»

«Mehr wissen Sie nich?»

«Tut mir leid. Hab mit angehört, wie 'n paar von den Jungs über sie hergezogen sind, über ihre Aufmachung, du weißt schon. Aber wär sie 'n bißchen blasser gewesen, hätten sie sie in die Kirche geschleppt und anschließend überall rumgereicht.»

Ich dachte an Florida und die knappen, engen Kleider, die sie meist trug. Mir fiel Charlies Geschichte ein. Auf einmal hatte ich eine gräßliche Vision von Cantuck als Schreckgespenst mit 'ner Sattlernadel und Draht.

«Mal was andres», sagte ich, «dieser Typ, der sich im Knast aufgehängt hat. Warum hat der das gemacht, wenn ich fragen darf?»

«Wer weiß schon, was im Kopf von so 'nem Nigger vorgeht? Ich war nich dabei. Bin gar nich in der Stadt gewesen.»

«Kommt das oft vor, daß sich in Ihrem kleinen Knast die Leute aufhängen?»

Chief Cantuck musterte mich. «Bist du von der Zeitung, oder was? Das Niggermädel hat gemeint, sie schreibt an irgendeinem Artikel. Ich glaub fast, sie hat gesagt, daß sie eigentlich Anwältin is.»

«Stimmt.»

«Ach ja? Dann hast du gerade 'n Eigentor geschossen, Freundchen. Wenn sie Anwältin is, hat sie wohl kaum für dich gearbeitet, hab ich recht?»

«Na ja, sie hat sich um meine Rechtssachen gekümmert.»

«Das kannst du deiner Großmutter erzähln, Kumpel.»

Ich hatte den Kerl für einen dummen alten Knacker gehalten und ihn nicht ernst genommen, dabei hatte er mich die ganze Zeit an der Nase herumgeführt. Ich war auf sein Süßholzgeraspel eingestiegen, bis er mich da hatte, wo er wollte. Auf einmal schlug er einen anderen Ton an und hörte auf, den verrückten Alten zu spielen. «Du hältst dich wohl für besonders schlau», sagte er. «Tut mir leid, da mußt du schon früher aufstehn.»

«Okay, ich seh's ein», sagte ich.

Beiläufig öffnete er sein Holster und beugte sich, den Revolver tätschelnd, zu mir herüber. Sofort standen mir Schweißperlen auf der Oberlippe und liefen mir in den Mund.

«Paß mal auf, du und der Klugscheißer von 'nem Nigger, ihr wart mir von Anfang an nich geheuer. Wenn du den Mund aufmachst, kommt bloß Scheiße raus. Irgendwas stimmt nich mit euch Jungs, und das stinkt mir. Noch so 'n paar Weltverbesserer, die meinen, sie müßten sich in unsre Niggergeschichten einmischen und Horrormärchen drüber verbreiten. Hat schon mal einer von euch nach denen gefragt, die der Nigger auf dem Gewissen hatte? Nach dem Weißen zum Beispiel, den dieser Gitarrero wegen 'n paar lausigen Dollars abgestochen hat?»

«Ich hab doch gar nichts über seine Schuld oder Unschuld gesagt. Ich will bloß wissen, wo Florida is.»

«Bloß weil ich 'ne geschwollene Nuß, schlechte Zähne und Übergewicht hab, bin ich noch lange kein Vollidiot. Mit dir nehm ich's noch allemal auf, College-Boy.»

«Ich hab das College abgebrochen. Außerdem bin ich aus dem Alter schon lange raus.»

«Hättest es zu Ende machen sollen, Bürschchen. Vielleicht wär was bei rumgekommen. Ich verrat dir was, Schlauberger. Deine Niggerfreundin hat hier rumgeschnüffelt, weil sie der Meinung war, der Kerl is umgebracht worden, und zwar von den Kaukasischen Rittern. Mit den Rittern hier is nich zu spaßen. Das is 'n Haufen mieser Schweine, genau wie der Klan, dasselbe in Grün, aber hin und wieder vollbringen die 'ne gute Tat. Manche Typen haben's eben nich verdient zu leben.»

«Soll das heißen, daß der Klan, oder diese Ritter meinetwegen, den Knastbruder umgebracht haben?»

«Das hab ich nich gesagt. Aber eins steht fest: Die Ritter können's auf den Tod nich ausstehn, wenn man die Nase in ihre Angelegenheiten steckt. Ein toter Nigger geht denen ziemlich am Arsch vorbei, und wem das nich paßt, der steht bei denen ganz oben auf der Liste. Hab ich mich klar genug ausgedrückt?»

«Glaub schon. Ihre Hand da am Revolver, is das so was wie 'ne Drohung?»

«Ja», sagte er, zog sein Schießeisen aus dem Holster und legte es sich aufs Knie. «Schon möglich. Weißt du, manchmal wedelt man bloß so damit rum ...» Er fuchtelte mit dem Revolver, den er auf mich gerichtet hielt, und legte ihn dann wieder auf sein Knie, «... und denkt an nichts Böses, da kann so 'n Schießeisen schon losgehn. Dabei wollte man's nur 'nem Typen vorführen, der's sich ansehn wollte.»

«Das wär Mord, Chief. Mein Kumpel drüben im Wagen fände das bestimmt nich lustig.»

«Darauf pfeif ich. Dem könnte genausogut was zustoßen. Wenn ihr nich aufpaßt, kann's passieren, daß ihr alle beide in dem Feuerchen da schmort, und die Jungs von der Feuerwehr spritzen euch mit Benzin ab statt mit Wasser. Muß nich sein, kann aber. Ich mein, scheiße, Bürschchen, irgendwie kann ich mir verdammt gut vorstellen, daß ihr auch auf Plastikschwänze und so 'n Zeug steht. Vielleicht habt ihr euch hier mit dem Gesocks amüsiert und, als die Bier holen waren, mit 'nem Elektroschwanz rumgespielt oder so. Und auf einmal hat die Bude Feuer gefangen. Keine Ahnung, irgendwie gefällt mir die Idee, wir hätten euch mit den Gummischwänzen im Arsch gefunden, der Optik wegen ... Na jedenfalls wär so 'n gegrillter Nigger im Haus von dem Gesocks genug, um denen alles mögliche anzuhängen.

Die kommen hier sowieso auf keinen grünen Zweig mehr, dafür werd ich schon sorgen. Sie wissen's zwar noch nich, aber wenn ich sie erwisch, fliegen sie im hohen Bogen aus der Stadt. Das geht ganz schnell. Zu packen haben sie sowieso nichts mehr. Wenn sie sich weigern, werd ich sie schon überreden. Dich muß ich hoffentlich nich mehr überreden, sonst werd ich womöglich euch allen zusammen den Arsch garnieren, damit's hübsch ordentlich aussieht.»

«Nich nötig», sagte ich mit Blick auf den Revolver auf seinem Knie, den er befingerte, daß ich mir fast in die Hose schiß.

«Weißt du, Schlauberger, es haben sich schon ganz andre Leute über tote Nigger den Kopf zerbrochen, und 'n paar von denen tun's jetzt nich mehr. Über gar nichts mehr. Kapiert?»

«Denk schon.»

«Und noch was: In Grovetown und Umgebung is noch nie ein Klan-Mitglied wegen irgend'ner Scheiße überführt worden. Nur, daß du Bescheid weißt.»

«Ich werd's mir merken.»

Der Regen hatte wieder eingesetzt und ergoß sich in solchen Strömen über die Windschutzscheibe, daß es einem die Sicht nahm. Der Wagen war überheizt.

«Noch was, dann bin ich fertig», sagte Cantuck. «Fürs Protokoll. Ich hab der Kleinen kein Haar gekrümmt, und ich hab auch keinen Grund, irgendwen zu verdächtigen. Klar? Aber den Rittern trau ich alles zu. Ob du's glaubst oder nich: wenn ich spitzkrieg, daß sie irgendwen übertrieben hart rangenommen haben, bekommen sie's mit mir zu tun.»

«Ja, sicher.»

«Und jetzt gehst du schön rüber zu deinem Niggerschätzchen,

und ihr zwei bewegt eure Ärsche dahin zurück, wo ihr hergekommen seid, wo du ihn zum Essen ausführen kannst oder zum Vögeln oder was immer du gerne mit Niggern anstellst. Aber lauf mir ja nich noch mal über den Weg, Freundchen, und deine Kommentare über meine Eier kannst du dir auch sparen. Is nich grad charmant von dir, weißt du. Und übrigens: ich hab mein Lebtag noch kein Huhn gevögelt, hab bloß gedacht, du würdest so was gern hören. Wenn du mich das nächste Mal verarschen willst, dann überleg dir gefälligst zwei, drei Züge im voraus.»

«Und was is mit den Schweinen? Haben Sie die gevögelt?»

«Schwing deinen Arsch aus meinem Wagen, Schlauberger.»

Als ich zu Leonard in den Wagen stieg, fragte er: «Was gibt's Neues?»

«Du kannst dir nich vorstellen, was der Chief alles über die politische Situation in Albanien weiß.»

«Schon möglich, aber ich wette, der Wichser hat keine Ahnung von deren Hauptim- und -exporten.»

«Der Kerl is gerissener, als er aussieht, Leonard. Mag sein, daß er 'n Arschloch is, hinterhältig, ignorant. Aber ein Idiot is er nich. Und lange um den heißen Brei rumreden is auch nich seine Sache. Im Gegenteil: er hat mir über unsre Anwesenheit in seinem Städtchen so klipp und klar die Meinung gegeigt, daß ich finde, wir sollten schleunigst verschwinden.»

Leonard starrte in dieselbe Richtung wie ich. Die Jungs von der Feuerwehr hatten das Interesse an dem brennenden Haus verloren und gafften allesamt in unsere Richtung. Einer von ihnen kaute auf seinem Biskuitröllchen herum, dessen klebrigweiße Füllung an seinem Mund hing wie Schaum bei einem tollwütigen Hund.

«Die haben wohl noch nie zwei so süße Typen wie uns gesehn», sagte Leonard.

Chief Cantuck stieg aus seinem Wagen und kam auf uns zu, blieb stehen und wartete. Der Revolver baumelte in seiner Hand.

«Der findet uns auch süß», sagte Leonard.

«Nichts wie weg hier», sagte ich.

«Ich kann's nich leiden, weggescheucht zu werden», sagte Leonard. «Und auch nich, wenn einer denkt, ich hätt was gegen Elvis.»

«Ja, aber ich kann's noch weniger leiden, abgeknallt zu werden.»

Leonard schluckte seinen Ärger herunter, schmiß den Wagen an und fuhr los. Als wir an Chief Cantuck vorbeifuhren, beugte er sich vor und warf uns ein tabaktriefendes Grinsen durch den Regen zu.

Beim Blick zurück über die Schulter sah ich ihn zwischen den Überresten des Hauses stehen, wie er mit einem Stock nach den durchnäßten, qualmenden Elvis-Karten stocherte.

9

Auf dem Rückweg in die Stadt wurde der rumorende, düstere Himmel immer wieder von gewaltigen Blitzen aufgerissen und in ein gleißendes Licht getaucht. Als wir auf die Ortsmitte zusteuerten, legte Leonard eine fetzige Zydeco-Kassette ein, die sogar mir zusagte. Die Akkordeonrhythmen dieser Typen, die wie heiße Teufelsfurze aus Leonards billigen Lautsprechern bliesen, brachten die Drähte zum Glühen und machten mir Appetit auf Gumbo.

Wir hielten an der Tankstelle, ich stieg aus und schnappte mir einen der Zapfhähne. Leonard wollte sich vor dem Tanken unbedingt den Song auf der Kassette zu Ende anhören, und da sein billiges Autoradio nur bei laufendem Motor funktionierte, stand ich mit gezücktem Zapfhahn in der Hand da und wippte im Rhythmus der Musik ungeduldig mit dem Fuß.

Ein Bekannter von mir namens Gerald Matter, der vor einer Weile selbst Tankwart in LaBorde gewesen war, hat mir einmal den Tip gegeben, niemals bei laufendem Motor zu tanken, denn sonst könnte ich beim kleinsten Funken meinen Hintern vom Mond abkratzen. «Auf Nummer Sicher gehen» war schon immer Geralds Motto gewesen.

Obwohl er die Tankstelle 1978 aufgeben mußte, weil er die Pacht nicht mehr bezahlen konnte, ist er dem Öl- und Benzingeschäft treu geblieben. Er hat versucht, mit einem geschärften Buttermesser eine Tankstelle in Gilmer zu überfallen, was ihn eine Weile hinter Gitter gebracht hat. Die fette Lady, die die Tankstelle in Schwung hielt, sprang ihm über den Ladentisch hinweg an die Gurgel, nahm ihm das Messer weg und schlug ihn windelweich. Sodann fing sie an, ihn zu skalpieren, bevor sie von einer Handvoll entsetzter Kunden überwältigt wurde, die nach der «Kristallschale» anstanden, die es gratis zur Tankfüllung dazugab.

Gerald hat inzwischen seine Zeit abgesessen und ist wieder auf freiem Fuß, vielleicht ist er sogar nicht mehr ganz so dumm wie damals. Dafür geniert er sich jetzt bodenlos und trägt immer einen Hut, egal ob auf der Straße oder in den eigenen vier Wänden, damit niemand seinen ramponierten Schädel zu Gesicht bekommt. Doch außer der Mütze mit den Ohrenklappen, die er manchmal aufhat, kaschiert keine seiner Kopfbedeckungen sein fehlendes linkes Ohr. Gerald hat das Öl- und Benzingeschäft an den Nagel gehängt, betreibt jetzt statt dessen eine kleine Teppichreinigung und geht gerne früh ins Bett.

Wie ich so mit dem Zapfhahn dastand, kam der lange, blasse Kerl, den wir schon einmal gesehen hatten, in seinem Wintermantel, die Baseballkappe in der Hand, aus dem Laden. Er stimmte in Clifton Cheniers «Eh, Petite Fille» mit ein, das aus Leonards Lautsprechern schallte. Er grinste, sang mit Clifton eine Strophe im Duett, machte merkwürdige Verrenkungen und tänzelte auf den Wagen zu. Seine hoch aufgeschossene Statur, sein kreidebleiches Gesicht und seine Zuckungen erinnerten an einen Albino-Grashüpfer auf Speed.

Immerzu tänzelnd und grinsend erreichte er den Wagen, blieb stehen und brach in Gelächter aus. «Mein lieber Schwan», sagte er, «wenn man 'nem Redneck 'n Akkordeon in die Hand drückt, kann er einem, wenn's hoch kommt, ‹Home on the Range› oder irgend'ne Scheißpolka vordudeln. Aber kaum fängt 'ne Fettlippe an drauf zu spielen, kriecht einem der Sound in den Hintern und knetet die Eingeweide durch.»

«Stimmt», sagte Leonard, der sich, ganz in die Musik vertieft, neben der Fahrertür aufs Dach stützte. Als der Song zu Ende war, stellte Leonard den Motor ab, und ich machte mich ans Tanken.

«Bei euch alles klar?» fragte das Bleichgesicht mit einem Grinsen so ansteckend wie Syphilis.

«Kann nich klagen», sagte ich. «Könnte wärmer sein und aufhören zu regnen, aber ansonsten.»

«Laut Wetterbericht wird's noch ungemütlicher. Von Kanada pfeift 'ne Mordsbrise rüber, da brodelt's wie 'n Kochtopf voller Schweinefüße, bloß nich so warm. Da braut sich was zusammen, das haut den stärksten Pinguin um.»

«Meine Güte», sagte ich. «So schlimm?»

«Na hoffentlich habt ihr in den Koffern da hinten drin nich bloß

Hawaiihemden und Sonnenhüte ... hey, wo wir schon bei Schweinefüßen sind –»

«Sind wir?» sagte ich.

«Ich schon», sagte der Typ. «Ich hab im Laden 'n paar eingelegte, mit richtig viel Pfeffer. Fünfzig Cent das Stück. Mal probieren? Sind ganz frisch. Will sie loswerden, sonst vergammeln die mir noch. Sind von 'nem Kumpel von mir, der 'ne Farm hat. Die Dinger sind so scharf, da kannst du schon nach dem ersten mit deinem Schwanz Hanteln stemmen.»

«Das kann ich gebrauchen», sagte ich. «Früher hab ich morgens vor dem Frühstück mit meinem Schwanz Hanteln gestemmt, ohne eingelegte Schweinefüße. Heute muß ich dafür schon richtig ausgeschlafen sein, und nach dem ersten Versuch bin ich schon wieder müde.»

«Das is die Scheiße», sagte er. «Wenn man alt genug is, um zu wissen, worauf's ankommt, is man genau dafür schon wieder zu schlapp.»

«Okay, paß auf», sagte ich, «wir nehmen zwei Dosen Öl, aber eigentlich sind wir hergekommen, weil wir jemanden suchen.»

Leonard sagte: «'ne Lady namens Florida Grange.»

«Ach die. Nette Lady. Und ziemlich sexy. Sie hat sich hier 'n paar Tage rumgetrieben.» Er sah Leonard an. «Seid ihr verwandt?»

«Falsch», sagte Leonard.

«Bist du ihr Macker? Oder du?» sagte er und musterte mich streng. «An deiner Stelle würde ich das hier lieber für mich behalten.»

«Nich nötig», sagte ich. «Wir haben nichts mit ihr.»

«Schuldet sie euch Geld?»

«Falsch.»

«Seid ihr Bullen oder so was?»

«Falsch.»

«Dann werd ich euch was verraten: Ich hab mir mächtig den Arsch aufgerissen, die Kleine anzubaggern, aber sie hat mich abblitzen lassen. Schätze, sie steht nich auf weiße Typen.»

«Glaub mir», sagte ich, «du hast's erfaßt.»

«Hast du dich auch bei ihr ins Zeug gelegt?» fragte er.

«Es hat nich sollen sein», sagte ich. «Bin wohl so was wie ihr Ex.

Aber im Moment sind wir dabei, ihrem jetzigen 'nen Gefallen zu tun, der macht sich nämlich Sorgen um sie. Außerdem is sie auch 'ne alte Freundin von uns. Oder so ähnlich. Nehm ich an.»

«Verstehe», sagte der Typ. «Glaub ich jedenfalls.»

Auf einmal wurde es stockfinster, es donnerte, und ein Blitz jagte den anderen, und im nächsten Moment kam es mir vor, als ob eine riesige Flutwelle über uns hereinbrach. Der Regen prasselte so heftig nieder, daß es einen fast von den Beinen holte.

«Scheiße», sagte das Bleichgesicht und setzte seine Baseballkappe auf. «Was hab ich euch gesagt? Kommt mit, wir reden drinnen weiter.»

Leonard ging mit dem Typen hinein. Ich machte den Tankdeckel zu, steckte den Zapfhahn zurück in die Säule und hätte um ein Haar zur Tür schwimmen können. Drinnen war geheizt, das Licht brannte, und durch den eisigen Regen und den düsteren Mittagshimmel wirkte der Laden klein und behaglich.

Der Laden war vollgestopft mit allem, was man fürs tägliche Leben braucht. Brot, Cracker, eine Kühltheke mit Kochschinken, Mettwurst, Oliven und Leberkäse. Außerdem Softdrinks, Erdnüsse, Chips und anderes Knabberzeug. Ein paar Dosen Motoren- und Getriebeöl und Bremsflüssigkeit. Ein Regal, auf dem sich Baseballkappen mit dem Firmenlogo des Traktorherstellers John Deere stapelten. Ein paar Cowboyhüte aus Stroh. Ein Kartonaufsteller mit bunten Plastikkämmen und an der Wand ein verstaubter Kalender von vor zehn Jahren, auf dem eine vollbusige Traumfrau in Shorts und Trägerhemdchen prangte und lächelnd einen Schraubenschlüssel hochhielt; darüber stand «Januar» und der Name der Werkzeugmarke.

Neben der Kasse befanden sich zwei große Einweckgläser, in denen für meinen Geschmack eher unappetitlich aussehende Schweinefüße in einer gelben Salzlake schwammen. Sah fast so aus, als ob sie vergessen hätten, den kleinen Leckerbissen vor dem Einlegen die Scheiße zwischen den Hufen wegzuspülen, aber vielleicht lag das auch nur an dem vielen schwarzen Pfeffer und der Gelatine.

In der Mitte des Raumes umringten Garten- und Korbstühle ein Ölfaß, das zu einem Ofen umfunktioniert worden war. Vor zwei

Stühlen standen Spucknäpfe mit ausgekautem Tabak. Um sie herum war der Boden mit Zeitungen ausgelegt, die nicht weniger vollgespuckt waren. Auf dem zerfurchten, angesengten Linoleum, das unter dem Ofen hervorlugte, lag zwischen Staubflocken und einer zerknüllten Kautabakpackung etwas, das wie blaues Glas oder Plastik aussah und das Licht der Glühbirne einfing und zurückwarf.

Neben dem Ofen stapelte sich etwas Brennholz. Tief in einem der Scheite steckte eine Axt, in deren Schatten es sich eine graue Eidechse bequem gemacht hatte, die so tat, als wäre sie nichts weiter als ein verwachsenes Stück Holz.

Am Ende des Ladens stand ein mit Lämpchen und buntem Schnickschnack geschmückter Weihnachtsbaum aus Aluminium. Die Lämpchen brannten nicht, und der Engel, der das Bäumchen krönte, war zu schwer für die dünne Spitze und neigte sich bedenklich zur Seite, so, als ob er jeden Moment vom Himmel stürzen wollte.

Leonard bezahlte das Benzin und kaufte etwas Motoröl. Beim Herausgeben des Wechselgeldes sagte das Bleichgesicht: «Tasse Kaffee gefällig?»

«Gute Idee», sagte Leonard.

«Hab hinten schon Wasser aufgesetzt. Macht's euch bequem.»

Wir suchten uns ein Plätzchen am Ofen und setzten uns hin. Leonard musterte die Spucknäpfe mit dem Tabaksabber und meinte: «Sieht aus, als wenn der Knabe mit jedem 'nen längeren Plausch hält. Vielleicht hat er was aufgeschnappt, was sonst niemand weiß.»

«Und vielleicht auch bloß den Wetterbericht und wo er Schweinefüße herkriegt», sagte ich.

Kurz darauf kam er mit zwei Bechern Kaffee zurück. Er reichte jedem von uns einen und verschwand wieder nach hinten, um seinen Becher und zwei zerfranste weiße Handtücher zu holen. Er warf uns die Handtücher zu. Wir trockneten uns ab. Dann stellte er seinen Becher auf den Ofen, zog seinen Wintermantel aus und drapierte ihn über einen Stuhl nahe beim Feuer. Er ließ sich auf einem anderen nieder, wobei er die Beine nahe am Feuer hochlegte.

«Also, ihr sucht nach der Kleinen?» fragte er.

«Stimmt», sagte ich.

«Mein Name is übrigens Tim Garner.»

«Nett, deine Bekanntschaft zu machen», sagte ich. Leonard und ich beugten uns vor, um ihm einer nach dem anderen die Hand zu schütteln und uns vorzustellen. Als wir damit fertig waren, lehnte sich Tim zurück und nippte an seinem Kaffee.

«Soll das heißen, sie is verschwunden?»

«Soviel wir wissen, is sie das letzte Mal hier gesehn worden», sagte Leonard.

«Ohne Scheiß?»

«Ohne Scheiß», sagte Leonard. Draußen durchzuckten Blitze den Himmel, und der Laden war auf einmal taghell erleuchtet. Das Licht erlosch, und die eingelegten Schweinefüße sahen einen flüchtigen Moment lang so aus wie seltsame Körperteile in den Bottichen von Dr. Frankensteins Labor.

«Scheiße», sagte Tim, als das Licht wieder anging. «Das hat mir gerade noch gefehlt ... Mal überlegen. Sie hat sich 'n paar Tage hier rumgetrieben, bloß mit der Zimmersuche war das so 'ne Sache ... wartet's ab, ihr werdet schon noch merken, daß Gastfreundschaft hier nich grad großgeschrieben wird.»

«Ach was», sagte ich. «Kann ich mir nich vorstellen. So 'n sympathisches Städtchen wie das hier.»

Tim grinste mich an. «Ich nehm an, mit dem Arschloch von Chief habt ihr schon Bekanntschaft gemacht.»

«Wie kommst du darauf?» fragte Leonard.

«Daß er 'n Arschloch is oder daß ihr mit ihm gesprochen habt?» sagte Tim.

«Beides», sagte Leonard.

«Wenn ich in der Stadt irgendwen suche, geh ich als erstes zu den Bullen, oder nich?»

Leonard nickte.

«Ich wette, der alte Cantuck war begeistert, euch zusammen rumrennen zu sehn. Wenn der 'nen Weißen zusammen mit 'nem Schwarzen sieht, denkt der sich, einer von beiden gehört mit 'ner Harke in der Hand auf 'nen Laster verfrachtet.»

«Mag sein», sagte ich. «Unser Besuch hat ihn jedenfalls nich vom Hocker gerissen. Irgendwie hatte ich das Gefühl, daß er uns lieber tot als lebendig gesehn hätte. Die Jungs von der Feuerwehr haben wir auch getroffen. Sind bestimmt prima Saufkumpane, wenn man weiß, bierbäuchig und strohdoof is. Die müssen sich doch gegenseitig zu Tode langweilen. Worüber können die sich schon miteinander unterhalten?»

«Muschis», sagte Tim.

«Okay», sagte ich. «Klingt einleuchtend.»

Tim nahm die Axt, hob daran hängende Holzscheit und katapultierte es mit einer blitzschnellen Drehung des Handgelenks durch die offene Ofentür.

Ich wollte noch auf die Eidechse hinweisen, die gar nicht wußte, wie ihr geschah, doch Tims Bewegung kam so unerwartet und rasch, daß es schon zu spät war. Die Eidechse gab beim Eintauchen in die Flammen ein kurzes Puffen von sich, ehe sie schwarz anlief und auf dem Scheit zu einem Häufchen Asche verbrannte; ihr Schwanz zuckte am längsten, bis auch er sich einkringelte und herunterfiel. Ich deckte den Mantel des Schweigens darüber. Man kann niemandem vorwerfen, aus Versehen eine Eidechse umgebracht zu haben.

«Cantuck is 'n komischer Kauz», sagte Tim. «Ihr dürft ihn nich unterschätzen. Er is nich so blöd, wie er tut. Außerdem is er ziemlich flink, dafür, daß seine linke Nuß aussieht, als hätt er 'nen Softball in der Hosentasche. Nein, blöd is er nich. Und in seinem Job is er auch nich der Schlechteste. Er tut bloß so. Kann ihm nur recht sein, daß ihn alle für 'nen Vollidioten halten.»

«Das hab ich gemerkt», sagte ich, auf die Überreste der Eidechse starrend, die von den Flammen verzehrt wurden. Das Tierchen erinnerte an einen Klumpen geschmolzener Gummibärchen.

«Er is 'n Ignorant, aber im großen und ganzen is er fair und hält sich an die Spielregeln», sagte Tim. «Auf eine alttestamentarische Art und Weise.»

«Ich würd gern mal wissen, wie sehr er sich an die Spielregeln gehalten hat, als sich der Schwarze in seinem Knast aufgehängt hat», sagte ich.

«Der durchgeknallte Hurenbock hat's nich anders verdient», sagte Tim. «Das war 'n eiskalter Killer. Wenn du mich fragst, ich tipp auf Selbstmord – der Chief war's jedenfalls nich. Wie auch. Is ja nich mal in der Stadt gewesen. Als Cantuck zurückgekommen is, war Soothe, das Schwein, schon längst tot und begraben.»

«Auch wenn der Chief nich da war», sagte Leonard, «kann er die Sache ausgeheckt haben. Wär immerhin ein gutes Alibi.»

«Kann schon sein», sagte Tim, «aber ehrlich gesagt, angenommen der Chief oder irgendwer hat tatsächlich bei dem Wichser nachgeholfen – und wenn schon. Bobby Joe hatte jeden Scheiß angestellt, den man sich vorstellen kann. Wirklich jeden. Rhetorisch hat er was drauf gehabt. Wenn der dich gefickt hat, konnte er dir glatt weismachen, was da in deinem Hintern steckt, wär deine eigne Scheiße.

Er kann froh sein, daß er überhaupt so alt geworden is, wenn man überlegt, was 'n Schwarzer hier in Grovetown zählt. Hat's bestimmt bloß deshalb so lange gemacht, weil alle vor ihm Schiß gehabt haben. Außerdem hat er ziemlich gut gesungen. Und er is nich irgendwer gewesen, sondern L. C.s Enkel.

Dafür hat er sich hier zwar nichts kaufen können, aber ich wette, daß 'ne Menge Weiße klammheimlich ihren Spaß gehabt haben, als Bobby Joe samstags drüben vorm Gericht auf der Klampfe gespielt hat. Samstag is hier der Tag, an dem die Schwarzen in die Stadt kommen. Um einzukaufen, Erledigungen zu machen, 'n Schwätzchen zu halten. Aber nur 'n kurzes. Und dann nichts wie nach Hause. Die drehn ihr eignes Ding drüben am andern Ende der Stadt, und Bobby Joe war clever genug, sich da auszutoben. Hier haben viele gemeint, daß es sie nichts angehn würde, was die – 'tschuldigung – Nigger miteinander treiben. Nach dem Motto: Wen kratzt es schon, wenn sich die Nigger gegenseitig umbringen und sich das Leben zur Hölle machen. Ein Nigger weniger is für die ungefähr so wie 'ne Kakerlake weniger.»

«Bloß, daß Kakerlaken kein Basketball spielen», sagte Leonard.

«Ja, mit dem Dunking haben sie's nich so. Ich erzähl euch was von Bobby Joe, damit ihr 'ne Ahnung habt, was für 'n Kerl das war. Einmal hat er die Frau von seinem Neffen vergewaltigt, und als sie ihn angeschwärzt hat und der Neffe was unternehmen wollte, da hat ihn Bobby Joe aufgeschlitzt, daß er fast krepiert wär, und dann hat er sich die Frau vorgeknöpft. Angeblich hat er sie gezwungen, seinen deutschen Schäferhund zu vögeln.»

«Das is ja ekelhaft», sagte ich.

«Ich erzähl euch bloß, was ich gehört hab», sagte Tim. «Beweisen kann ich's nich. Hab auch keine Fotos oder so was, aber ich glaub's. Bobby Joe hätt ich alles zugetraut. Außer 'n Juraabschluß.»

«So 'n Arschloch kann doch keiner sein», sagte Leonard.

«Uns geht's um Florida», sagte ich. «Bobby Joe Soothe interessiert uns nur insofern, als Florida hierher gefahren is, um Material für so 'n Artikel zu sammeln, den sie über Soothes Tod schreiben wollte.»

«Ich weiß», sagte Tim. «Das hab ich noch aus ihr rausbekommen. Hab mich 'n bißchen mit ihr unterhalten, wenn wir uns über den Weg gelaufen sind. Sie hat Bobby Joe für unschuldig gehalten, bloß weil er als Schwarzer in 'nem weißen Knast gesessen hat.»

«Das is nich das Problem», sagte ich. «Ob schuldig oder nich, wenn hier einer hinrichtet, dann der Staat Texas, und zwar mit 'ner Nadel voll Gift.»

«Jetzt sind wir wieder da, wo wir angefangen haben», sagte Tim. «Wie gesagt, was mit Soothe passiert is, geht mir echt am Arsch vorbei.»

«Und mir», sagte Leonard, «geht's am Arsch vorbei, ob er's verdient hat oder nich. Ich bin nich so 'n Weichei wie Hap. Der hat noch seine Roy-Rogers-Montur und spielt mit Wasserpistolen. Fest steht: Florida is in Grovetown gewesen, und jetzt is sie verschwunden, und das gefällt mir nich.»

«Glaubt ihr, daß ihr was zugestoßen is?» sagte Tim.

«Vielleicht. Außerdem: was nich is, kann noch werden», sagte Leonard. «Hoffentlich sind wir bloß alte, aufgeregte Omas.»

«Ich weiß nich, ob ich mehr für euch tun kann, als euch die Daumen zu drücken», sagte Tim.

«Is dir irgendwas an ihr komisch vorgekommen, als du sie das letzte Mal gesehn hast?» fragte Leonard.

«Höchstens, daß sie 'n bißchen geschafft aussah, oder nervös, aber hier braucht man sich als Schwarzer bloß 'ne Weile rumzutreiben, da wird man schnell nervös. Eine Woche Grovetown, und du glaubst an Zeitreisen. An eurer Stelle würd ich's nich drauf ankommen lassen.»

«Mit andern Worten», sagte Leonard, «abgesehn von dir sind alle Weißen in der Stadt wie die Geier drauf aus gewesen, sie aus dem Weg zu räumen.»

«Kann man so sagen.»

«Ich kann mir schon vorstellen, daß in eurem Kaff die Zeit stehngeblieben is», sagte Leonard, «aber daß hier jeder Weiße ein blutrünstiger Wichser is, das kauf ich dir nich ab. Willst du mir das etwa weismachen? Wenn, dann frag ich mich, wieso du nich dazugehörst? Warum drohst du mir nich? Du bist auf Florida scharf gewesen. Wie kommt's, daß du gar keine Angst hast, daß die Weißen Ritter des Arschlochs mit 'nem Eimer Teer und 'nem Korb voll Hühnerfedern dir 'nen Besuch abstatten, weil du deine Kröte in ein schwarzes Loch stecken wolltest?»

«Hey, du hast es wohl eilig, mich anzuscheißen, was, Kumpel?» sagte Tim.

«Leonards Motto lautet: ‹Jeden Tag ein neuer Freund›», sagte ich.

Tim legte sein ansteckendes Grinsen auf. «Okay, schon gut. Du hast gar nich so unrecht, Kumpel. Aber der Reihe nach. Erstens is mein Schwanz keine Kröte, sondern genauso hübsch wie 'ne geschälte Banane, bloß tausendmal härter. Erst recht, wenn ich 'n paar Schweinefüße intus hab. Zweitens is 'ne Muschi kein schwarzes Loch. Ob schwarz, weiß, gelb, rot oder was sonst für 'ne Farbe, von innen sind alle Muschis rosa und fühlen sich wie 'n heißer Nerz auf deinem Würstchen an. Soviel dazu.

Weiter. Natürlich sind hier nich alle beim Klan. Richtig dabei sind nur die Hundertfünfzigprozentigen. Der Rest sind Leute, die ihnen Rückendeckung geben, sich aber nich an der Drecksarbeit beteiligen, und solche, die, auch wenn ihnen das Ganze stinkt, den Mund halten, und zwar aus gutem Grund. Wenn ihr mir nich glaubt, sag ich euch eins: vor gar nich so langer Zeit haben sie 'ne kleine Schwarze zugenäht und sind ungeschoren davongekommen.»

«Die Story kennen wir», sagte ich.

«Sie sind dafür berüchtigt, daß sie Schwarze an Bäume nageln und mit Lötkolben bearbeiten. Sie brennen ihnen die Eier weg. Keiner will was davon wissen, aber es passiert. Vielleicht nich grad hier in der Stadt, aber in der Umgebung. Und vielleicht nich in letzter Zeit, aber lange is es nich her, und morgen kann's wieder soweit sein.

Ich kann mir so viele schwarze Muschis angeln, wie ich will. Es hat nämlich niemand was dagegen, wenn sich 'n weißer Mann mit 'ner Schwarzen amüsiert, solange er ab und zu dreckige Witze reißt und bloß an der Muschi von der Niggerin interessiert is. Andersrum funktioniert das hier natürlich nich. Wenn sich 'n Schwarzer mit 'ner Weißen einläßt, dann gilt das gleich als abartig, und der Kerl wird hingerichtet.

Davon mal ganz abgesehn. Der Hauptgrund, warum mich die Kerle in Ruhe lassen, hat mit meinem Vater zu tun. Das is nämlich Jackson Truman Brown, der alte Scheißkerl. Ich hab den Namen meiner Mutter behalten. Jedenfalls, Daddy hat hier in Grovetown schon immer das Sagen gehabt. Läuft ständig rum wie aus'm Ei gepellt, trägt schicke Anzüge und redet genau wie er aussieht, aber im Grunde is er 'n Plantagenbesitzer, der den alten Zeiten nachheult, als man noch Schwarze fürs Furzen totpeitschen konnte oder hängen ließ. Der Vater von seinem Vater, mein Urgroßvater, is dadurch berühmt geworden, daß er mal 'nen Schwarzen hängen ließ, weil er Urgroßpapas Alte 'n bißchen länger angeglotzt hat, als er es für richtig hielt. Aber den Kerl aufzuhängen hat ihm nich gereicht. Als er tot war, hat ihn Urgroßpapa auf dem Feld draußen auf 'nen Pfahl stekken lassen und hat ihn als Vogelscheuche benutzt, damit sich seine Sklaven dran satt sehn konnten, bis er verrottet war. Da haben nich nur die Vögel Schiß gekriegt, auch seine Sklaven.»

«Was is denn dein Vater von Beruf?» fragte ich.

«Ihm gehört Jacksons Weihnachtsbaumschule und das Sägewerk. Er macht ein Heidengeld. Ganz Texas, die ganzen Staaten sind scharf auf seine Weihnachtsbäume. Das sind diese bescheuerten Tannen, die alle genau gleich aussehn, keine einheimischen Bäume. Yankee-Bäume. Die sind so gezüchtet worden – oder wie das heißt, wenn Bäume neue Bäume machen –, daß sie die Hitze von Texas und den Lehmboden noch besser abkönnen als 'ne einheimische Kiefer. Er kutschiert die Dinger in klimatisierten Trucks von hier bis nach Kansas City. Und wem sein Job in Grovetown lieb is, der tut gut dran, meinem Daddy in den Arsch zu kriechen. Ihm gehört nich bloß das Sägewerk und die Baumschule, sondern auch 'ne Menge andres Zeug und 'ne Menge Leute. Schwarze und Weiße. Das einzige, was er sich noch nich unter den Nagel gerissen hat, is das Café und der Chief, wobei das beim Chief wohl kaum 'nen Unterschied macht. Wie gesagt, er is 'ne ehrliche und faire Haut, aber mit meinem Alten is er ziemlich oft einer Meinung.»

«Jetzt weiß ich, warum du 'n Aluminiumbaum hast», sagte Leonard.

«Spricht irgendwie Bände, nich wahr?» sagte Tim.

«Was is mit deiner Tankstelle?» fragte ich. «Gehört die ihm auch?»

«Ja, die gehört ihm auch, so leid's mir tut. Er hat mir das Geld geliehn, mit der Betonung auf geliehn, nich etwa geschenkt, und wenn ich nich pünktlich bezahle, kann ich wieder in der Baumschule anfangen. Ich hasse den Scheißkerl, und das weiß er auch, aber es amüsiert ihn bloß. Ich will nichts auf der Welt so sehr wie genug Kohle, um meine Schulden bei ihm zu begleichen und mich freizukaufen. Ja, ich will nichts so sehr wie Geld. Ich geb's zu. Ich mein, ausgerechnet ich, der Sohn des reichsten Mannes der Stadt, bin immer in abgerissenen Klamotten rumgelaufen und hab mein Lunchpaket immer in 'ne Scheißpapiertüte eingepackt. Nich mal 'ne Lunchbox, wie die andern Kinder, hat er mir spendiert. Das bildet den Charakter, hat er gemeint. In Wirklichkeit hab ich mich vor den andern geschämt. Ich hab mir geschworen, daß ich mir die Chance, an Geld zu kommen, wenn ich mal groß bin, nicht entgehn lasse. Wenn ich bloß dran denke, was für 'n armer Schlucker ich bin und grad mal die versiffte Tanke hier hab, obwohl ich in Saus und Braus leben könnte, wenn der nich so geizig wär, das macht mich ganz irre. Da könnt ich echt ausrasten.

Meine Rache ist süß. Ich bin so was wie 'n Schandfleck für ihn. Bin mal 'n paar Jahre aufs College gegangen und hab nich Wirtschaft studiert, sondern Ethnologie. Aber ich hab's abgebrochen. Ich kann euch was über die Indianer Nordamerikas erzähln, wenn ihr Lust habt, aber was ich gelernt hab, is ungefähr so nützlich wie Zitzen an 'nem Eber. Immerhin bin ich sein Sohn und kann mir einiges erlauben. Wenn ich wollte, könnte ich rübergehn und das Café abfackeln. Mein Daddy würd das schon so deichseln, daß es am Ende heißt, ich wollte den Laden nur mal durchheizen. Bloß die Kohle für die Tankstelle, die erläßt er mir nich, und wenn ich nich zahle, kriegt er sie wieder. Noch 'n Kaffee, Jungs?»

Leonard und ich lehnten dankend ab. Tim bot uns noch mal die Schweinefüße an, diesmal billiger, aber auch die verschmähten wir.

«Eine Frage noch», sagte ich. «Hast du vielleicht 'ne Ahnung, wo wir hier für 'n paar Tage 'n Zimmer kriegen?»

«Schwierig», sagte Tim. «Ich mein, keine Ahnung.»

«Du hast keine Ahnung?» sagte Leonard. «Dann würd ich gern mal wissen, wo Florida übernachtet hat?»

Tim grinste, aber diesmal war es ein dämliches Grinsen, kein ansteckendes. «Na, draußen, bei meiner Mutter.»

10

Wir kauften Zutaten für ein paar Sandwiches, und Tim rief seine Mutter an, um uns eine Bleibe zu besorgen. Wie sich herausstellte, gehörten seiner Mutter mehrere Trailer, die sie vermietete, und einer davon war gerade zu haben.

«Nichts für ungut, Jungs», sagte Tim, nachdem er aufgelegt hatte, «aber ich bin knapp bei Kasse und muß euch bitten, mir außer der Miete für Mama eine kleine Vermittlungsgebühr zu zahlen.»

«Was verstehst du unter klein?» fragte Leonard.

«Fünfzig Dollar.»

«Wenn's weiter nichts is!» sagte ich.

«Mamas Trailer sollte euch das schon wert sein.»

Leonard reichte ihm zähneknirschend die fünfzig Dollar in zwei Zwanzigern und einem Zehner.

«Hat dir Florida auch 'ne Vermittlungsgebühr gezahlt?» fragte Leonard.

«Klar», sagte Tim und schob das Geld in seine Brieftasche. «Ich hab nie behauptet, daß ich 'n Menschenfreund bin.»

Tim beschloß, die Tankstelle dichtzumachen und uns den Weg zu seiner Mutter zu zeigen. Eigentlich habe er nur aus Langeweile an Weihnachten aufgehabt, sagte er uns, und außerdem weil er gehofft habe, als einzige offene Tankstelle weit und breit ein paar Dollar extra zu machen, doch bei diesem Wetter wäre das sowieso eine Schnapsidee gewesen.

Wenigstens hatte der Regen etwas nachgelassen, und wir nutzten den günstigen Zeitpunkt zum Einsteigen. Tim fuhr einen alten, grünen Pick-up mit Allradantrieb, breitem Radstand und mordsmäßigen Schmutzfängern. Auf dem einen war die silberne Silhouette einer Badenixe zu sehen. Der andere hätte denselben Anblick abgegeben, wäre er nicht halb abgerissen gewesen, so daß nur noch der Kopf der Lady übrigblieb.

Wir folgten Tim in Leonards Schüssel, und während der Fahrt

sagte Leonard: «Das hätte er uns auch gleich sagen können, daß Florida bei seiner Mutter übernachtet hat.»

«Schätze, er wollte einfach nichts überstürzen», sagte ich. «Wegen Florida. Weißt du noch, wie er uns als allererstes ausgefragt hat, ob wir Verwandte sind, Freunde oder Geldeintreiber? Wahrscheinlich hat er Florida bloß unnötigen Ärger ersparen wollen. Oder auch seiner Mutter. Wie auch immer, ich glaub, er hat's aus Vorsicht getan. Er hätt sich auch genausogut dumm stellen können.»

«Der Kerl gefällt mir nich.»

«Echt? Es gibt schlimmere. Macht vielleicht zu sehr einen auf Kumpel, aber was soll's.»

«Fünfzig Dollar Vermittlungsgebühr? Is mir scheißegal, ob er als kleiner Junge wie 'n Penner rumlaufen mußte. Was mir nich egal is, das sind meine fünfzig Dollar, die er eingesackt hat.»

«Du bist vielleicht 'n mißtrauischer Knochen, Leonard. Dann is er eben geldgeil und meinetwegen 'n Möchtegerncasanova. Is beides kein Verbrechen.»

«Okay, aber findest du's denn nich unheimlich, das Alte-Kumpel-Gequatsche von dem Kerl?»

«Ich find's eher unheimlich, wie schnell ich darauf anspringe.»

«Das kannst du laut sagen.»

«Ach ja? Wie war das noch mit den Kakerlaken, die nich Basketball spielen können?»

«Der war nich schlecht», sagte Leonard. «Mal ganz im Ernst, wenn Florida da draußen gepennt hat, dann kannst du Gift drauf nehmen, daß der seine Nase in ihre Unterwäsche gesteckt hat.»

«Und wenn schon. Glaub mir, Kumpel, wenn Florida keinen Bock auf Anmache hat, wird sie so ungemütlich, daß du ganz schnell den Schwanz einziehst. Kann sein, daß das nur 'n Hetero versteht, aber diese Lady, so jung und sexy sie is, so faustdick hat sie's hinter den Ohren. Jedenfalls was den Umgang mit Männern angeht. In andern Dingen vielleicht nich. Aber eins weiß ich: sie hat 'ne Einsplus in ‹Wie gehe ich mit die Männern um›.»

«Okay, da is was Wahres dran. Ich hab ja gesehn, wie sie dich um den Finger gewickelt hat.»

«Bin nich stolz drauf.»

«Hast auch keinen Grund dazu.»

Die summende Wagenheizung hatte uns eben noch warm gehalten, die Scheibenwischer waren beinah ausgelassen hin und her gewippt, als sich der graue, vernieselte Himmel schlagartig verdüsterte und es wie aus Kübeln zu schütten anfing. Der Wagen kühlte aus, das Gebläse keuchte, als würde es an Lungenentzündung eingehen, und die Scheibenwischer kämpften wie zwei Ertrinkende gegen die Wassermassen an.

Am Ende half alles nichts mehr. Tim mußte am Straßenrand anhalten und blieb im Wagen sitzen. Wir parkten hinter ihm und warteten. Nach einer geschlagenen Dreiviertelstunde ließ der Regen soweit nach, daß wir weiterfahren konnten. Ich warf einen Blick aus dem Beifahrerfenster und sah, wie wir an einem alten, grauen holzverschalten Haus vorbeituckerten. Es war ein langer, windschiefer Flachbau, dessen Bretterboden wohl schon lange vor der Schwerkraft kapituliert hatte und zwischen den alten Leichtbetonblöcken eingefallen war, die teils verrutscht, teils abgesackt waren. Durch eins der Fenster erkannte ich einen dunklen Weihnachtsbaum, der auf halb acht hing, und über der Tür sah ich ein erloschenes Neonschild, das ich wegen des Wolkenbruchs nicht entziffern konnte.

«Schwarzer Bluesschuppen», sagte Leonard.

«Ja», sagte ich.

Wir fuhren im Schrittempo weiter und durchpflügten die Wassermassen, die von unten gegen den Wagen peitschten und uns links und rechts umgaben. Ich bekam langsam eine Ahnung davon, wie man sich in einem U-Boot vorkommen mußte.

Tims Mutter lebte ziemlich weit draußen in einer Senke, wo nur verschlammte Wege hinführten und mir bei dem Sauwetter ziemlich mulmig zumute war. Zu dem wenigen, das ich über Grovetown wußte, gehörte, daß der Staudamm des Lake Nanonitche nicht weit sein konnte. Beim letzten Dammbruch vor ein paar Jahren hatte die Flutwelle drei Menschen das Leben gekostet und soviel Land unter sich begraben, daß Grovetown und Umgebung zum nationalen Katastrophengebiet erklärt worden war.

Bei der Ankunft im Trailerpark wurde mir nur noch mulmiger. Ich traute kaum meinen Augen. Sechs schrottreife Trailer, einer davon doppelt so groß wie die anderen, standen auf Stelzen knapp vier Meter über dem Erdboden und waren nur über wenig vertrauenerweckende Holztreppen zu erreichen.

Wir parkten und blieben in Leonards Wagen sitzen, während Tim zu dem großen Trailer hinüberging, die Treppe hochstieg und anklopfte. Er ging hinein und kam erst nach einer Weile wieder raus.

Er stieg in Begleitung einer alten Dame, die einen orangen Regenmantel und dazu passende Gummistiefel trug und sich mit ihm einen Regenschirm teilte, die Treppe herunter und winkte uns heran. Wir stiegen aus, um sie im strömenden Regen am Treppenabsatz in Empfang zu nehmen. Die Frau war jenseits der Sechzig und ungefähr so attraktiv wie eine Quetschkommode.

Tim sagte: «Das is meine Mutter.»

«Habt ihr Geld?» sagte sie.

Der Apfel fällt nicht weit vom Stamm.

«Genug, um uns ein Mittagessen mit Nachtisch zu leisten, solange die Kellner keinen Frack anhaben», sagte Leonard.

Mama sah ihn prüfend an. «Mitkommen!»

Bis auf die Knochen durchnäßt, folgten wir ihnen durch den knöcheltiefen Schlamm. Die Alte hatte ein steifes linkes Bein, vergrub die linke Hand in ihrer Manteltasche. Sie hielt sich an Tim fest, als ob sie sich allein nicht auf den Beinen halten konnte.

Wir stiegen eine Treppe hoch, was der Alten offensichtlich schwerfiel, und standen auf dem Absatz vor einer verbogenen Trailertür. Die Aluminiumfolie, mit der die Tür verkleidet war, löste sich an der Seite ab, und ein riesiger schwarzer Brandfleck war neben dem Türrahmen zu sehen, wo Flammen aus dem Trailer gezüngelt waren und die Außenseite verkohlt hatten.

Mrs. Garner steckte einen Schlüssel ins Schloß, und sobald sie ihn herumgedreht hatte, packte Tim die Tür und rüttelte daran. Sie kreischte wie ein Tier, dann waren wir drinnen.

Es stank fürchterlich nach nassem Köter und kaltem Rauch. Der Teppich sah aus, als hätte er vorher in einem Schweinestall gelegen, und er war es auch, der den Hundegestank verströmte. Der Brandgeruch stammte von einer Wandpartie gleich neben der Tür, wo statt der Holztäfelung verkohltes Isoliermaterial zu sehen war. Das

«Wohnzimmer» bestand aus einer durchgesessenen Couch, die auf Leichtbetonklötzen stand, und einem Sessel, dessen Polsterung fast den Boden berührte. Außerdem gab es einen kleinen Gasheizer, dessen Grillstäbe entweder ganz fehlten oder durchgebrochen waren.

Eine Ecke des Raumes diente als Kochnische, und es war unschwer zu erkennen, daß brennendes Fett über den Herd gelaufen war. Der Geruch des muffigen Teppichs und der verkohlten Isolierung, der uns durchs Wohnzimmer verfolgte, mischte sich mit dem ranzigen Fettgestank des Ofens. Der Kühlschrank pfiff aus dem letzten Loch wie ein Sterbender, der sich an eine traurige Weise zu erinnern versucht.

«Na bitte», sagte Leonard, «is doch gemütlich hier.»

«Wenn's euch nich paßt, könnt ihr euch gleich verpissen», sagte Mrs. Garner, ohne mit der Wimper zu zucken.

«Soviel zum Feilschen», sagte Leonard. «Was soll der Spaß denn kosten? Dafür, daß wir hier draußen zelten werden.»

«Zehn Dollar die Nacht, im voraus. Verbraucht ihr zu viel Gas oder Strom, wird 'n Zuschlag fällig. Ich kontrollier die Zähler.»

«Die Hütte sieht aus, als hätten Sie sie nach 'nem Waldbrand oder Tornado aus dem Fluß gefischt», sagte Leonard.

«Vor 'nem halben Jahr war sie ganz in Ordnung», sagte Mrs. Garner. «Dann sind so 'n paar Vollidioten eingezogen. 'n paar von diesen scheinheiligen Bibelfressern, bei denen die Kerle ihre Hosen bis zu'n Achseln hochziehn und am liebsten grüne Anzüge zu weißen Schuhen anziehn und die Weiber ihre Haare hochstekken und häßliche Kleider anhaben.»

«Pfingstler», sagte ich.

«Vollidioten», sagte Mrs. Garner.

«Haben die hier drinnen mit 'ner Kuhherde gehaust?» fragte Leonard.

«Bist 'n ganz Schlauer, was?» sagte Mrs. Garner.

«Meine besten Freunde nennen mich den Schlausten Nigger der Welt.»

«Ja, kann ich mir vorstellen. Was die frommen Sackgesichter dabeihatten, war so 'n blöder Chihuahua. Einer von diesen häßlichen kleinen Kötern aus Mexiko, die wie kahlrasierte, kranke Ratten aussehn. Die gehören alle ins Versuchslabor, die Mistviecher.

Drei Kerle, drei Weiber und zwei Gören. Hab ihnen zwanzig Dollar die Nacht abgeknöpft, weil's so viele gewesen sind. Die haben 'nen Haufen Bibeln und Traktate und religiösen Scheiß hier angeschleppt. Blöde Vollidioten.»

«Beruhige dich, Mama», sagte Tim. «Du sollst dich doch nich aufregen.»

«Quatsch nich, als wenn ich die Scheißerei hätt», sagte sie.

«Schon gut», sagte Tim und sah uns achselzuckend an.

«Die Gören haben den Köter gewaschen», sagte sie, «und stellt euch vor, haben die die blöde Ratte doch tatsächlich zum Trocknen in den Ofen gesteckt. Ofen an und rein mit dem Vieh. Is im Handumdrehen trocken gewesen. Und dann hat der kleine Scheißer Feuer gefangen und losgeheult – richtig geschrien hat er. Wenn 'nem Hund was weh tut, kann der ganz schön Rabatz machen. Hab ihn bis rüber zu mir schreien hören. Als sie ihn rausgelassen haben, war er fast 'n Schmorbraten. Der hat die ganze Bude auf den Kopf gestellt. Erst hat er die Bibeln und Traktate in Brand gesteckt, der Scheißer, und dann auch noch die Wandverkleidung. Ich hab die Bibelfresser an ihren frommen Ärschen genommen und rausgeschmissen. Die qualmenden Reste von dem Vieh haben sie in 'nem Eimer mitgenommen. Hat schon zum Heulen ausgesehn, auch wenn's bloß 'n Chihuahua gewesen is, wie das verkohlte Schwänzchen da aus dem Eimer rausgeguckt hat, wie 'n abgebrannter Kerzendocht.»

«Puh», sagte Leonard. «Zum Glück war's kein richtiger Hund.»

«Jedenfalls haben diese Hirnamputierten ihren Köter abgefakkelt und meinen Trailer ruiniert. Was für Trottel. Ich hoff bloß, daß ihr keine Trottel seid.»

«Nein, Ma'am», sagte Leonard. «Ich auf keinen Fall. Und auf Hap paß ich schon auf.»

«Hauptsache, du steckst ihn nich in den Ofen», sagte sie. «Und wenn du noch was an der Bude auszusetzen hast, kannst du gleich wieder 'ne Fliege machen. Hab mich nich drum gerissen, an euch beide zu vermieten. Mein Sohn hat mich gebeten, euch zu helfen, so wie der kleinen Farbigen letztens. Lieber würd ich auf das Geld pfeifen, als mir Ärger einzuhandeln. Hab ich mich klar ausgedrückt?»

Wir sagten, das hätte sie.

Sie zeigte auf eine enge, finstere Luke. «Da geht's zum Scheißhaus. Die Spülung hat schon bessere Zeiten gesehn, also wischt nich soviel, daß ihr das Klo mit Papier vollstopft. Sonst kriegt ihr's nie runter. Das wär's dann wohl. Nehmt ihr die Bude oder nich?»

«Abgemacht», sagte ich. «Ich kann's mir zwar denken, aber wieso stehen die ganzen Trailer auf Stelzen?»

«Vor ungefähr fünf Jahren haben wir hier 'ne schlimme Sintflut gehabt, und alles hat unter Wasser gestanden. Wenn's hier unten mal so richtig schüttet, kannste Katzenwelse aus'm Klo fischen. Damals hat die Flutwelle alle Trailer mitgerissen. Zum Glück war ich grad in der Stadt. 'n paar alte Knacker, die in dem Trailer ganz hinten gewohnt haben, sind dabei ersoffen.»

«So was hab ich mir gedacht», sagte ich.

«Deshalb hab ich die Trailer auf Stelzen hieven lassen. Das sind dicke, stabile Pfähle hier drunter.»

Zum Beweis hüpfte sie drei-, viermal auf ihrem gesunden Bein. «Seht ihr, wackelt nich mal.»

Sie zeigte auf den Herd. «Die Herdflammen tun's. Der Ofen nich. Die Sauerei mit dem Köter hat er nich verkraftet. Ihr werdet sowieso nich viel kochen. Man braucht die Flammen bloß anmachen, dann stinkt's schon nach angebranntem Chihuahua. Ich weiß ja nich, mir würde der Appetit dabei vergehn.»

«Ja», sagte Leonard. «Das kann ich mir vorstellen.»

«Ich zeig euch noch das Schlafzimmer. Übrigens: daß ihr mir hier niemanden anschleppt. Schon gar keine Weiber. Das is kein Puff hier.»

«Wir kennen sowieso niemanden, den wir einladen könnten», sagte Leonard.

«Gut. Mitkommen.»

Tim sah uns an und versuchte vergeblich zu lächeln. Wir folgten Mammi ins Schlafzimmer, in dem ein Einzelbett stand, dessen Matratze zum Fürchten aussah.

«Da hat's wohl einer nich mehr bis zum Klo geschafft», sagte Leonard.

«Der Chihuahua», sagte sie. «Die Mistviecher bellen und pissen lieber, als daß sie rammeln und fressen. Das is das Problem. Die wissen nich, worauf's ankommt. Meine Schwester hat auch mal so 'nen kleinen Scheißer gehabt, hat ihm einmal die Woche einen runterholen müssen, so spitz is der gewesen. Hab nie kapiert, wieso er nich einfach wie jeder anständige Hund seinen Stengel gelutscht hat. Wenn mehr Männer ihren Stengel lutschen könnten, wär die Welt jedenfalls besser dran. Würde weniger Scheiße gebaut werden. Dreht die Matratze einfach um.»

«Die Couch gehört mir», sagte ich.

«Wir werfen 'ne Münze», sagte Leonard.

«Gebt euch keine Mühe, die Couch hat der Köter genauso eingesaut», sagte sie.

«Wenn das so is, nehm ich das Bett», sagte ich. «Ich dreh die Matratze um.»

11

Tim half seiner Mutter nach Hause, und Leonard und ich gingen ins Wohnzimmer und ließen unsere neue Umgebung auf uns wirken. «Na ja, wenigstens is es billig», sagte ich.

«Was hast du denn erwartet, Schlauster Mehlarsch der Welt? Soll sie für dieses Loch etwa absahnen?! Scheiße, mir is kalt.»

Wir warfen den wenig vertrauenerweckenden Gasheizer im Wohnzimmer an, fanden einen zweiten, genauso verdächtigen im Schlafzimmer und warfen auch den an. Die Herdflammen zündeten wir ebenfalls an, aber die Alte hatte recht gehabt. Das ranzige Fett wurde heiß, im Ofen wurde der Hund zum Leben erweckt, und die ganze Bude fing an, wie eine Knochenmühle zu stinken.

«Was is wohl schlimmer», sagte Leonard. «Vor Kälte oder vor Gestank einzugehn? Werfen wir 'ne Münze, wer das Bett kriegt?»

«Ich hab zuerst gesagt, daß ich das Bett nehm. Du hast sie doch gehört: der Hund hat auf beide gepißt, also was is das Problem?»

«Das Problem is, daß die Couch wie 'n Folterinstrument aussieht.»

«Nichts zu machen, Kumpel. Das Bett gehört mir.»

Mit lautem Geknarre und Gequietsche ging die Tür auf, Tim kam triefend naß herein und stemmte die Tür wieder zu.

«Scheiße», sagte er. «So 'nen Regen hat's hier nich mehr gegeben, seit die alten Knacker ersoffen sind.»

«Gut zu wissen», sagte Leonard. «Hab ich was zum Nachdenken, wenn ich nich einschlafen kann.»

«Damals haben die Trailer noch nich auf Stelzen gestanden», sagte Tim. Er blieb vor dem kleinen Heizgerät stehen. «Brrrr.»

«Tim», sagte Leonard, «wieso hast du nich gleich verraten, daß Florida hier bei deiner Mutter übernachtet hat?»

«Keine Ahnung. War 'n nettes Mädchen. Frau, mein ich. Woher hätt ich wissen sollen, was ihr beide von ihr wollt. Hab euch erst mal 'n bißchen auf den Zahn fühlen wollen. Sie hat mal so was gesagt, daß sie nirgends untergekommen is, da hab ich ihr von hier erzählt.»

«Hat natürlich nichts damit zu tun gehabt, daß du deinen Anker bei ihr auswerfen wolltest, oder?» sagte Leonard. «Daß du sie hier rausgeschleppt hast, mein ich. Immer in Reichweite. Und in deiner Schuld.»

«Doch», sagte Tim. «Kann schon sein. Aber ich hab's auch gemacht, um ihr zu helfen.»

«Und um fünfzig Dollar zu verdienen», sagte Leonard.

«Stimmt», sagte Tim. «Abgesehn davon, wie dankbar wird schon jemand sein, den man in so ein Loch steckt? Sie hat hier drin übernachtet, in diesem Trailer ... Ich hätt mir den ganzen Streß auch sparen können, mich beim Chief unbeliebt zu machen und Mama mit reinzuziehn. Wenn sie Pech hat, is der Klan hinter ihr her, weil sie 'ner Schwarzen ausgeholfen hat. Den barmherzigen Samariter hat sie noch nie gespielt. Sie würde an jeden vermieten, der 'n paar Dollar in der Tasche hat.»

«Mann, haben wir aber ein Schwein», sagte ich.

«Du weißt schon, was ich mein», sagte Tim. «Sie hat kein Drama draus gemacht, an Florida zu vermieten. Sonst gammeln die Trailer sowieso bloß vor sich hin.»

«Was du nich sagst», meinte Leonard.

«Ich tu, was ich kann, um ihr zu helfen», sagte Tim, «aber die Tanke und so. Hab selber genug zu tun. Ich kann mich doch nich zerreißen.»

«Wohnst du auch hier draußen?» fragte ich.

«Ich hab meine eigne Bude hinterm Laden. Manchmal penn ich auch hier. Kommt selten vor, daß Mama Gäste hat. Hierher verirren sich bloß Leute, die's echt nötig haben. Die bleiben selten für länger. Meistens haun sie schon am nächsten Morgen wieder ab. Wie die Typen, die sich hier einnisten, um mit irgend 'ner Nutte die Sau rauszulassen. Im Moment seid ihr die einzigen.»

«Ich will mich ja nich einmischen –», sagte ich.

«Glaub ihm kein Wort», sagte Leonard. «Hap hat den schwarzen Gürtel im Einmischen.»

«Wieso zieht deine Mutter nich zu dir in den Laden?» fragte ich, «das is doch echt zum Gruseln hier draußen.»

«Sie will nich», sagte Tim. «Hier hat sie ihre Ruhe. Nach der

Scheidung von meinem Vater hat sie im Sägewerk schuften müssen, wie die andern Lohnsklaven. Sie is in irgendeine Maschine geraten. Hat 'n Bein verloren. Jetzt trägt sie 'ne Prothese. Ihre Hand ... die is platt wie 'ne Flunder. Sieht aus wie die von Mickey Mouse. Ohne Scheiß. So platt wie 'n Stück Pappe. Bloß, daß sie nich aus Pappe is. Die is hinüber. Mit Mama geht's immer mehr bergab. Wird jedes Jahr schlimmer. Aber sie will unabhängig bleiben, unbedingt. Manchmal glaub ich, das is das einzige, was sie noch am Leben hält: ihre Unabhängigkeit.»

«Dafür hört sie sich noch ziemlich rüstig an», sagte ich. «Kratzbürstig, aber rüstig.»

«Heute hat sie 'nen guten Tag erwischt», sagte Tim.

«Von Chihuahuas hat sie bestimmt die Schnauze voll», sagte Leonard.

«Ihr dürft nich alles so ernst nehmen, was sie von sich gibt», sagte Tim. «Wenn der Köter einen von den Pfingstlern gegrillt hätte, wär sie bestimmt nich so in die Luft gegangen.»

«Kann ich gut verstehen», sagte Leonard. «Vielleicht sind das auch die Zeugen Jehovas, die mir immer ihren Scheiß andrehn wollen, nich die Pfingstler. Ich kann die nie auseinanderhalten.»

«Hört mal, Jungs», sagte Tim, «wir kennen uns zwar kaum, aber ich glaub, ich sollte euch warnen. Wenn zwei Typen wie ihr, 'n Weißer und 'n Schwarzer, hier rumschnüffeln, das gibt Ärger. Falls Florida tatsächlich was passiert is, wer auch immer dahintersteckt, der könnt euch an den Kragen wollen. Vielleicht solltet ihr das mit Florida vergessen. Überlaßt das lieber dem Chief. Der is schon in Ordnung. Laßt ihn nach Florida suchen.»

«Ich weiß ja nich, ob der sich da besonders reinhängt», sagte ich.

«Okay», sagte Tim. «Aber wenn du eines Morgens mit durchgeschnittener Kehle im Straßengraben aufwachst, und Leonard hängt am nächsten Apfelbaum, und sein Schwanz steckt abgeschnitten in deinem Mund, dann sag nich, ich hätt dich nicht gewarnt.»

«Mein Schwanz kommt mir nich in seinen Mund, ob abgeschnitten oder nich», sagte Leonard.

«Darauf kannst du Gift nehmen», sagte ich.

«Okay», sagte Tim. «Wie ihr wollt.»

Wir gaben Tim die Miete für seine Mutter, und er ging. Als er weg war, sagte ich: «Vielleicht hätten wir ihn nich so verarschen sollen. Er meint's bloß gut.»

«Scheiß auf den Kerl», sagte Leonard. «Ich hab das Gefühl, der will unbedingt, daß wir die Sache dem Bullen mit dem dicken Ei übergeben. Der hat wohl Schiß, daß er 'n paar Fragen beantworten muß. Und übrigens, Kumpel, mußt du deine Nase immer überall reinstecken?»

«Wie bitte?»

«Was geht's dich an, ob seine Mama mit ihm in der Tanke wohnt oder nich?»

«Du hältst ihn doch für 'nen geldgeilen, hinterfotzigen Wichser. Vielleicht is ihm das bloß noch nich aufgefallen.»

«Kümmer dich lieber drum, ihn über Florida auszuquetschen, statt den Missionar raushängen zu lassen. Schätze, die Alte fühlt sich sauwohl, so wie sie is, und Tim is das einfach peinlich. Der würde noch ihr letztes Hemd verscheuern, um sich davon Gummis zu kaufen.»

«Wer weiß ... Mann, das is vielleicht eine, was? Ihre Story mit dem Chihuahua und den Pfingstlern. Is das nich widerlich? Den armen Köter einfach abzufackeln.»

«Schrecklich», sagte Leonard, schürzte die Lippen und fing an zu grinsen. «Aber saukomisch, wenn man den Hund nich selber gekannt hat.»

12

Wir holten unsere Koffer und die Lebensmittel aus dem Wagen und wurden wieder klitschnaß. Draußen war es mittlerweile so dunkel, als wäre es Zeit, schlafen zu gehen.

Im Trailer zogen wir uns trockene Sachen an, hockten uns neben einen der Heizer auf den Boden und machten uns ein paar Schinkensandwiches ohne alles. Wir balancierten unser Abendbrot auf den Knien, kauten langsam und tranken Limo dazu. Draußen wurde der Sturm immer stärker und heulte wie ein Schwein, dem die Kehle durchgeschnitten wird.

Als wir satt waren, stellten wir unsere Vorräte in den versifften Kühlschrank, dessen Gestank aus der Kombination von verbranntem Hund, angekohlter Täfelung und vollgepißtem Teppich herausstach. Es war ein unverwechselbares, ebenso penetrantes Aroma.

Den Rest des Nachmittags verbrachten wir neben dem Gasheizer und lasen in den zerfledderten Taschenbüchern, die wir mitgebracht hatten. Es waren alte Romane von Edward P. Bradbury alias Michael Moorcock, die im Stil Edgar Rice Burroughs geschrieben waren, nämlich schnörkellos, witzig und ziemlich simpel. Trotz des Gestanks und trotz der Tatsache, daß es jenseits der Vierzig nicht so leicht ist, ohne Rückenschmerzen und eingeschlafene Beine längere Zeit auf dem Boden zu sitzen, war es eigentlich gar nicht so ungemütlich. Ich hatte schon ewig nicht mehr einfach in einem Buch geschmökert, schon gar nicht in so einem, und ich brannte mit Leib und Seele darauf, mich von ihm entführen zu lassen, weg von Crackhäusern, von einem Chief mit dicken Eiern und einer Vermißten, die ich einmal geliebt hatte und es vielleicht immer noch ein bißchen tat.

Wenn ich als kleiner Junge so ein Buch las, schlüpfte ich in die Rolle des Helden, und diejenigen, die ich am liebsten hatte, waren groß und stark, kannten keine Angst und kriegten das Mädchen am Ende immer. Ich nahm an, mein Leben würde später auch so aussehen.

Ich hatte mich geirrt.

Aber für ein paar Stunden war ich von meinem wahren Leben abgelenkt, konnte ich meine Sorgen und die Wirklichkeit vergessen. Ich war auf einem fernen Planeten und kämpfte mit meinem edlen scharfen Schwert gegen Monster. Und ich gewann.

Es war ein kurzes Vergnügen. Irgendwann hatte ich den Faden verloren und fand mich im Hier und Jetzt wieder. Ich dachte an Florida. Ich fragte mich, wie es ihr gehen mochte, und befürchtete, daß ich es längst wußte. Der Regen hatte nichts Angenehmes mehr. Er schaffte es, daß ich wieder fror und mir durchnäßt und traurig vorkam.

Als ich von meinem Buch hochblickte, sah mich Leonard an.

«Hunger?» fragte er.

«Haben wir nich gerade erst gegessen?»

«Vor fast drei Stunden.»

Wir aßen noch einmal, mehr aus Langeweile als alles andere, und wollten dann weiterlesen, doch ich war mit meinen Gedanken woanders. Leonard ging es genauso. Er holte zwei Decken aus dem Schlafzimmer, warf eine über die Couch und benutzte die andere als Zudecke. Dann nahm er das vergammelte Sitzpolster vom Sessel, um es zum Kopfkissen umzufunktionieren. Schließlich zog er sich bis auf die Boxershorts aus, mummelte sich in die Decke, lag da und blies mit jedem Atemzug ein Kondenswölkchen aus, das schnell zerstob. Er sagte: «Irgendwie komisch, so ohne Raul. Hatte mich so an ihn gewöhnt.»

«Tut mir leid, Kumpel.»

«Mir auch. Schätze, ich hab mich wie 'n Idiot aufgeführt.»

«Würd man dir fast nich zutraun.»

«Nich wahr? Wie hältst du's bloß mit mir aus?»

«Vermutlich, weil du's mit mir aushältst.»

«Ich kapier nich, wie wir uns so gut verstehn können, wo alle meine Beziehungen in die Hose gehn. Du und ich, wir sind durch dick und dünn gegangen, haben uns gegenseitig die Hölle heiß gemacht, uns in die Scheiße geritten – was red ich, eigentlich bist du's, der mich in die Scheiße reitet.»

«Da is was dran», sagte ich.

«Und trotzdem. Zwei wie wir, Freunde, der eine hetero, der andre schwul, und wir kommen besser miteinander aus als mit unsern Sexpartnern.»

«Vielleicht is ja gerade der Sex das Problem. Kaum fängst du an, den Mambo zu schieben, wie die beiden Bären in dem Special, schon geht alles den Bach runter.»

«Dafür haben die ziemlich glücklich ausgesehn.»

«Schon, bloß in der Wildnis is das doch so: das Bärenmännchen pumpt das Weibchen mit Sperma voll, macht sich danach aus dem Staub und überläßt ihr die Aufzucht der Jungen.»

«Das is nich nett.»

«Kann man wohl sagen.»

«Ganz unter uns, Hap, wenn zwei Typen bumsen, wird keiner von beiden schwanger.»

«Was ich sagen will, is, daß Sex, egal welcher, die Sache nur noch komplizierter macht. Warum, weiß ich auch nich, aber irgendwie is er immer das Haar in der Suppe.»

«Willst du etwa darauf verzichten?»

«Wenn das so weitergeht, bleibt mir gar nichts andres übrig, aber von wollen kann gar keine Rede sein. Hab schon so lange keine Frau mehr gehabt, schätze, wenn mir Mama Bär aus dem *National-Geographic*-Special zugezwinkert hätte, dann hätt ich nich nein gesagt.»

«Na, wenigstens wissen wir jetzt, daß du 'nen Bär besteigen würdest. Aber von der Lösung des Rätsels menschlicher und tierischer Beziehungen sind wir genausoweit entfernt wie vor fünf Minuten.»

«Vielleicht haut das bei uns deshalb hin, weil ich jederzeit nach Hause gehn kann, um mich von deinen Macken zu erholen. Ich muß eben nich ständig bei dir rumhängen, und bei dir bricht auch nich gleich die Welt zusammen, wenn ich mich verzieh. Ich bin nich scharf auf deinen Hintern.»

«Kaum zu glauben, wo ich doch so 'n Prachtexemplar von 'nem Schwulen bin...»

«Schon möglich, aber so is es. Und wenn ich mit dir mal Zoff hab, dann weiß ich, daß am nächsten Tag alles vergessen is. Du läßt mich nich im Stich.»

«Sag mal, Hap, warum hast du mir nie was zum Valentinstag geschenkt?»
«Leck mich.»

Mit dem Rest des Tages war nicht mehr viel anzufangen, zumal mich die letzte Nacht ziemlich geschafft hatte, also ging ich ins Schlafzimmer, schnappte mir die zwei übrigen Decken und legte mich aufs Bett, doch der Gestank der Hundepisse war unerträglich. Kaum hatte ich die Matratze umgedreht, roch es nach Chanel No. 5.

Florida.

Sie stieg mir zu Kopf. Weich und dunkel und smart und sexy. Ich sehnte mich fast nach der Seite mit der Hundepisse zurück. Ich lag eingerollt da, ein winziges Kissen unter dem Kopf, zählte die Wasserflecken an der Decke und lauschte Leonard, der die größten Hits der Country-music vor sich hin summte. Wenn er nicht einschlafen konnte, tat er das manchmal, er summte etwas vor sich hin. Vielleicht ist das der Grund gewesen, warum ihn Raul verlassen hat. Das und sein mangelnder Respekt vor *Gilligans Insel*.

Die Wasserflecken verdüsterten sich am Ende zu einem einzigen großen Schatten, als der trübe Nachmittag in den Abend überging. Leonards Summen klang immer entfernter und verebbte langsam.

Meine Augen füllten sich mit Tränen, und ich kann beim besten Willen nicht sagen, ob ich um Florida weinte oder um mich. Ich hatte Florida verloren, und ich wollte sie zurück, doch ich wußte, egal was, das würde bestimmt nicht passieren. Ich hätte mir darüber Gedanken machen sollen, was ihr zugestoßen sein könnte, und neue Pläne schmieden sollen, wie wir sie ausfindig machen könnten, statt dessen lag ich da und bemitleidete mich und wurde wütend, weil sich ein Teil von mir an meinem Selbstmitleid weidete, und vielleicht, ja, vielleicht zeterte und blökte es aus einer düsteren Ecke in mir: «Das kommt davon, daß du mich verlassen hast, Baby. Mausetot bist du.»

O Gott, Florida.

Sei nicht tot.

Und dann, irgendwo zwischen alldem und dem benebelnden, süßlichen Geruch von Chanel No. 5 und Leonards leise summendem «Walkin' the Floor Over You» nickte ich ein.

Regen und Wind schlugen und peitschten gegen den Trailer, und ich spürte Florida neben mir, in den Duft von Chanel No. 5 gehüllt, und streckte die Arme nach ihr aus, doch ich bekam sie nicht zu fassen. Sie war körperlos wie ein Schatten, und als ich die Augen aufschlug, stand sie am Fußende des Bettes und starrte auf mich herab. Ich sah sie durch die Dunkelheit hindurch. Ich sah, daß sie nackt war und wie eine Harpyie vor mir stand, die Beine angewinkelt, den Oberkörper nach vorn gebeugt. Die Brüste wogten, die Brustwarzen waren steif vor Kälte. Lehm klebte in ihrem Haar und ließ es rötlich schimmern, und ihr schlanker Körper wirkte durch den glänzenden Lehm noch geschmeidiger. An ihren Schamhaaren klebten Lehmklumpen.

Auf einmal merkte ich, daß es nicht bloß Lehm war, der da so rot glitzerte. Ihr Schädel war eingeschlagen, und das Rote, das von der Vulva an der Innenseite ihrer Schenkel herunterlief, war alles andere als feuchter Lehm. Ich versuchte vergeblich, mich aufzurichten. Sie beugte sich immer weiter vor und streckte ihre Arme nach mir aus. Es gefiel mir nicht, wie sie mich ansah. Ihre Augen waren kalt und leblos wie die eines Fisches in der Kühlbox.

Sie öffnete den Mund, und Lehm fiel heraus. Sie sagte: «Hilf mir doch, Hap.»

«Ich helfe dir, Florida. Ich helfe dir. Mein Gott, wir haben schon geglaubt, du wärst tot.»

Sie lachte, und Lehm sprudelte aus ihrem Mund wie aus einem Zapfhahn.

Ich war plötzlich hellwach, schnellte im Bett hoch und sah Leonard, der auf dem abgesackten Bettrand saß und mir die Hand auf die Schulter legte.

«Is ja gut, Kumpel», sagte er. «Es is alles in Ordnung. Komm zu dir.»

Ich rutschte nach hinten an die Wand. «Scheiße», sagte ich. «Ich hab gedacht, ich hätt Florida gesehn.»

«Ich weiß. Du hast ihren Namen mindestens ein halbes dutzendmal gerufen. Ich bin davon wach geworden. Alles in Ordnung, Kumpel?»

«Ja. Wie spät is es?»

«Keine Ahnung. Nich sehr spät.»

«Mein Gott, ich hätt schwören können, daß sie leibhaftig vor mir gestanden hat ... Sie is tot, Leonard. Sie is überall mit Lehm beschmiert gewesen, als wär sie begraben worden.»

«Glaubst du, sie is tot, bloß weil du's geträumt hast? Das heißt überhaupt nichts.»

«Sie is tot, weil es so is. Träume setzen bloß zusammen, was wir schon längst wissen. Florida liegt irgendwo da draußen tot und begraben, und du weißt es.»

«Einen Scheiß weißt du.»

«So? Was glaubst du denn?»

«Okay. Ich glaub auch, daß sie tot is. Kann mir nich vorstellen, daß sie hier rüberfährt und einfach vom Erdboden verschluckt wird. Sie is schon 'ne ganze Weile verschwunden. Hier is sie zum letzten Mal gesehn worden. Bei dem Übernachtungsangebot in Grovetown halt ich's für unwahrscheinlich, daß sie sich hier rumtreibt. Es sieht nich gut aus, Hap.»

«Ich weiß.»

«Aber das is bloß so 'ne Ahnung von mir. Das muß gar nichts heißen.»

«Und jetzt?»

«Wir sind hergekommen, um sie zu finden, und das werden wir auch. Tot oder lebendig. Morgen früh rufen wir als erstes Hanson oder Charlie an. Vielleicht haben die inzwischen was von ihr gehört. Wer weiß, vielleicht is sie schon längst wieder in LaBorde. Wenn, dann hat ihr wahrscheinlich Hanson nich mal erzählt, daß wir nach ihr suchen. Der hat alle Hände voll zu tun, sich mit ihr zu versöhnen, Rohre zu verlegen.»

«Ach was, Leonard. Das würde er nie tun. Sie is wie 'ne Tochter für ihn. Hast du das vergessen?»

«Ach ja. Jetzt wo du's sagst.»

«Mann, sind das nich tolle Weihnachten?»

«Ja. Frohe Weihnachten. Weißt du, Hap, ich hab selber nich besonders gut geschlafen. Ich frier mir da drüben den Arsch ab, überall stinkt's nach Hundepisse, daß ich das Kotzen kriege, und dann fängst du auch noch mit dem Geschrei an, aber mal abgesehn davon, ich hab über die Sache nachgedacht.»

«Vorsichtig. Überanstreng dich nich.»

«Wenn wir morgen anrufen und Hanson hat nichts von ihr gehört, dann sollten wir, so leid's mir tut, dem Chief noch 'nen Besuch abstatten und ihn mit 'ner Vermißtenanzeige auf die Sache ansetzen.»

«Der schert sich 'nen Dreck darum.»

«Würd mich nich wundern, wenn der Kerl Bescheid weiß, was Florida passiert is. Ich glaub zwar nich, daß er sie ausfindig macht, aber vielleicht bringt er uns auf 'ne heiße Spur oder gibt uns 'nen Tip, was ihr passiert sein könnte. Wir sollten ihm 'n bißchen Feuer unterm Hintern machen, ihn nervös machen.»

«Hältst du's für möglich, daß er hinter der ganzen Sache steckt? Vielleicht is er der Oberste Ritter der Geschwollenen Linken Nuß, oder so 'n Scheiß?»

«Keine Ahnung. Ziemlicher Dünnpfiff, was wir uns so ausdenken. Kann mich nich so richtig dafür erwärmen. Apropos: ich geh jetzt rüber und hol meine Decken, und dann wirst du schön dein Bett mit mir teilen.»

«O Gott, Leonard, haben meine männlichen Reize so viele Hormone bei dir freigesetzt, daß deine Hirnarterien geplatzt sind?»

«Nein, aber mir is kalt, und wir sollten unsre Decken und 'n bißchen Körperwärme miteinander teilen.»

«Das macht mich richtig an, wenn du so redest.»

«Hap, eins versprech ich dir, wenn du irgendeinem meiner Freunde erzählst, daß ich mit 'nem Hetero in einem Bett gelegen hab, und sei's nur, um nich zu erfrieren, dann bring ich dich um. Wenn sich das rumspricht, is mein Ruf im Eimer. Übrigens, seit wann benutzt du Parfum?»

«Florida», sagte ich. «Kommt von der Matratze.»

«Oh.»

Er holte seine Decken, und wir teilten uns die Matratze. Kurz bevor er die Augen schloß, sagte er: «Weck mich, wenn der Weihnachtsmann da is.»

So war es schon wärmer, neben Leonard. Ich schlief besser, tiefer. Aber gegen Morgen wurde ich wieder von einem Alptraum aus dem Schlaf gerissen.

Diesmal saßen Florida und ich nackt auf Gartenstühlen auf einem Floß aus unbearbeiteten Baumstämmen, das in einer mondklaren Nacht flußabwärts trieb. Der Mond stand hoch am Himmel und leuchtete. Als sich Florida zu mir umdrehte, spiegelte sich der Mond in ihren Augen. Sie sagte: «Komm und nimm mich, Hap, Liebling.»

Auf einmal waren wir unter Wasser, in einer kalten, nassen Einöde. Sie hatte ihre Arme um meinen Hals geschlungen und zog mich mit ihrem ganzen Gewicht in die Tiefe, immer weiter, bis zum Grund des mächtigen, schwarzen Flusses, und, sosehr ich mich auch wehrte, sie ließ mich nicht los.

Ich stand auf, zog mich an, aß ein paar Scheiben Schinken und trank Limo dazu und wartete, daß es Tag wurde.

13 Der Regen hatte bis zum Morgengrauen nachgelassen, und als Leonard aufgestanden war, fuhren wir in die Stadt, um uns Kaffee und ein richtiges Frühstück zu genehmigen. Wir hatten vor, Hanson anzurufen.

Grovetown wurde langsam munter. Weihnachten war vorbei, die Läden hatten wieder geöffnet. Im Café war der Bär los. An Tims Tankstelle standen zwei Wagen. Eine fette Lady in einem Blümchenkleid, dessen Stoffülle ausgereicht hätte, um daraus einen Bremsfallschirm für einen Landrover zu schneidern, tankte gerade ihren Wagen auf, wobei ihre blaugetönte Frisur eine kräftige Regendusche abbekam. An der Service-Zapfsäule saß ein alter Knacker mit einem Gesicht so entspannt wie ein Schließmuskel am Steuer seines grauen Pick-up und kurbelte das Fenster herunter, um blaugrauen Zigarrenqualm in den Regen zu husten.

Tim, der ihm den Wagen auftankte, hielt den Kopf schräg, so daß das Wasser von seiner Baseballkappe ablief. Die fette Lady und der Alte nahmen Notiz von uns, nur für den Fall, daß wir mit dem Gedanken spielten, ihre fahrbaren Untersätze zu entführen. Tim hob den Kopf, sah uns und zwinkerte uns zu. Wir gingen in den Laden und warteten auf Tim. Er kam grinsend herein. «Na, habt ihr euch das mit den Schweinefüßen anders überlegt?»

«Nein», sagte ich, «aber wir würden ganz gern in LaBorde anrufen, wenn's erlaubt is. Du kriegst das Geld wieder.»

«Solange du zahlst, kannst du meinetwegen bis nach Australien telefonieren.»

Tim zeigte mir den Apparat, der hinter dem Ladentisch stand, und ließ mich allein. Ich versuchte es zuerst bei Hanson zu Hause, aber niemand hob ab. Auch auf dem Revier war er nicht, also ließ ich mich mit Charlie verbinden.

«Ich bin's», sagte ich. «Was gibt's Neues? Is Florida bei euch aufgetaucht?»

«Fehlanzeige», sagte Charlie. «Also habt ihr sie auch nich gefunden.»

«Sieht nich gut aus. Sie is hier gewesen, jetzt is sie weg. Wir sehn uns heute 'n bißchen um, aber ich werd das Gefühl nich los, daß es dem Chief hier ziemlich am Arsch vorbeigeht, was aus Florida geworden is. Das is 'n Fall für Bullen, die ihren Job ernst nehmen. Die Ranger zum Beispiel.»

«Daß sie weg is, heißt noch lange nich, daß ihr was passiert sein muß.»

«Den Spruch kenn ich, aber ich hab 'n ungutes Gefühl.»

«Könnte mir vorstellen, daß sie einfach weitergefahrn is, um Hanson ein für allemal loszuwerden. Ich mein, wenn sie schon mal unterwegs is. Wär doch möglich.»

«Aber nich sehr wahrscheinlich.»

«Da wär ich mir nich so sicher. Hab mir sagen lassen, daß sie 'ne ganz schöne Stange Geld mitgenommen hat.»

«Wovon redest du?»

«Ich werd dafür bezahlt, im Dienst des Gemeinwohls rumzuschnüffeln, Hap. Hab 'nen Freund von mir angerufen, der bei Floridas Bank arbeitet. Sie hat ihr Sparkonto geplündert. Dreißigtausend Dollar. Was sagst du dazu?»

«Keine Ahnung. Kann schon sein, daß sie weg wollte, aber das paßt nich zu Florida. Wenn sie von irgendwas die Schnauze voll hat, dann macht sie kurzen Prozeß und haut nich einfach ab. Außerdem hat sie 'ne Anwaltspraxis.»

«Sie hat auch ihre Wohnung aufgegeben.»

«Das kann genausogut bedeuten, daß sie das Kriegsbeil mit Hanson begraben hat und bei ihm einziehn wollte. Als wären sie verheiratet. Aber irgendwas is dazwischengekommen.»

«Sieht so aus. Ich tipp trotzdem darauf, daß sie auf und davon und längst über alle Berge is.»

«Hoffentlich hast du recht, Charlie. Was gibt's sonst?»

«Hanson is verschwunden. Auf Sauftour, schätz ich. Bei ihm zu Hause geht keiner ran, und im Büro is er heute morgen auch nich aufgekreuzt. Es ist noch früh, aber ich glaub nich, daß er kommt. Obwohl's ausgemacht war. Wir hatten was zu erledigen.»

«Wie kommst du darauf, daß er 'ne Sauftour macht?»

«Weil er fast nichts andres mehr gemacht hat, bevor er Leonard und dich um Hilfe gebeten hat. Wird wohl kaum zur Vernunft gekommen sein, bloß weil ihr zwei Detektiv spielt.»

«Scheint nich gerade große Stücke auf uns zu halten, der Lieutenant. Aber weißt du was, Charlie? Er hat recht. Nich was das Saufen angeht, sondern daß er nich auf uns baut. Wir sind hier ungefähr so nützlich wie 'n Reserveschwanz von 'nem toten Schwein. Wir haben keinen blassen Schimmer, wo sie steckt, und von Detektivarbeit verstehn wir nichts.»

«Ich spring für Hanson ein, solang's geht. Bloß, weißt du, wenn man zur Zeit länger mit ihm zu tun hat, wird man das Gefühl nich los, daß er sie nich mehr alle hat.»

«Alkohol soll auch nich grad intelligenter machen.»

«Stimmt. Ich werd das Saufen auch aufgeben, bevor's mich noch umhaut. Bloß, wenn der Chief Wind bekommt, daß Hanson weg is oder auf Sauftour, dann hat er wieder was gegen ihn in der Hand. Hanson kann froh sein, wenn er 'nen Job als Türsteher findet.»

«Hat seine Sauferei was mit Florida zu tun? Oder is das einer der Gründe, weshalb sie Streß miteinander haben? Was er uns da letztens auftischen wollte, hat sich 'n bißchen zu gereimt angehört.»

«Ich kauf's ihm ab. Es stimmt, was er sagt. Er hat bloß vergessen, daß die Sache vom Alkohol auch nich besser wird. Er will seinen Ärger im Suff ertränken und handelt sich damit bloß neuen Ärger ein. Er hat 'ne erwachsene Tochter, die er seiner Meinung nach viel zu sehr vernachlässigt hat, und 'ne Exfrau, die er immer noch liebt. 'ne verkorkste Beziehung mit Florida, 'nen unsicheren Job, Hämorrhoiden und einen in der Krone. So mies wie der grad drauf is, dreht er schon durch, wenn du bloß 'n falsches Wort sagst.»

«Ja», sagte ich. «Kann mich lebhaft erinnern, wie er mit der Lampe nach Leonard geworfen hat.»

«Wenn ich ihm deine Neuigkeiten erzähl, setzt er sich glatt in den Wagen und kommt zu euch rüber, um das Kaff aufzumischen, und dann scheiß auf die Rumschnüffelei. Mann, vielleicht brauch ich's ihm nich mal zu erzählen. Wenn er heute früh einen über den Durst getrunken hat, kann er schon unterwegs sein.»

«Chief Cantuck wird sich über 'nen durchgedrehten schwarzen Bullen mit 'ner Fahne bestimmt freuen. Obwohl, wär 'n spannendes Duell. Sonst noch was?»

«Kann ich mich 'n bißchen bei dir ausheulen?»

«Schieß los.»

«Geht mir echt dreckig. Meine Alte hat's auf mich abgesehn. Ich kann ihr gar nichts recht machen. Im Moment liegt sie mir in den Ohren, weil ich's nich geschafft hab, die Garagentür zu reparieren. Die Männer von ihren Freundinnen können angeblich alles reparieren. Wenn du meine Alte reden hörst, kommt's dir vor, als hätten die Säcke den ganzen Tag nichts Besseres zu tun, als mit Schraubenzieher und Kneifzange durch die Gegend zu rennen und aus Rasenmähern und Garagentüren Atomraketen zu basteln. Was noch ... ach ja, hab mal wieder aufgehört zu rauchen, das schlägt mir aufs Gemüt. Solang ich nich die Finger von den Kippen lasse, darf ich bei meiner Alten nich mehr ran. Ich krieg erst wieder 'ne Kostprobe, wenn ich 'nen Monat clean bin.»

«Das is dein Todesurteil.»

«Na ja, dich hat auch schon ewig keine mehr rangelassen, und du lebst noch. Das werd ich schon überstehn.»

«Bist du fertig mit dem Ausheulen?»

«Gleich. Weißt du was? Ich hab mein Buch mit den Schattenfiguren verloren. Hat meine Alte bestimmt versteckt. Hab schon fast den Kranich hingekriegt. Und weißt du, was noch?»

«Spuck's aus.»

«K-Mart macht dicht.»

«Na so was.»

«In nich mal drei Wochen. Kannst du dir das vorstellen?»

Ich sagte, daß ich es nicht könnte, und ein paar Sekunden später legten wir auf. Dann war Leonard an der Reihe. Er rief bei sich zu Hause an, in der Hoffnung, Raul wäre zurückgekommen.

Ich gab Tim ein paar Dollar fürs Telefonieren, und Leonard kaufte einen Cowboyhut aus Stroh, um seinen Kopf vor dem Regen zu schützen.

Draußen im Wagen sagte Leonard: «Was Neues von Charlie?»

«Sie haben nichts von Florida gehört. Hanson is mit den Nerven am Ende, wahrscheinlich auf Sauftour. Charlies Alte läßt ihn nich mehr ran und hat, glaubt er, sein Schattenbuch geklaut. Und er scheißt sich ein, weil K-Mart zumacht. Hab ihm gesagt, er soll 'n paar richtige Bullen herschicken.»

«K-Mart macht echt zu?»

«So zu wie die Brieftasche von 'nem Republikaner.»

«Ihr weißen Demokraten geht mir auf 'n Sack.»

«Ach ja? Und ich steh nich auf Schwarze, die zu blöd sind, zu kapieren, daß sie besser nich die Republikaner wählen. Scheiße, Mann, mit dem Hut siehst du echt bescheuert aus.»

«Laß uns nich über Politik reden, Hap. Das schlägt mir auf den Magen. Außerdem stehn mir Hüte ... Hat Charlie nach mir gefragt?»

«Nein.»

«Auch egal.»

«Is Raul wieder da?»

«Nein. Aber Leon findet die *Gilligan*-Videos zum Schreien.»

14

Wir parkten auf der anderen Straßenseite vor der Polizeiwache und gingen hinein. Die Lady mit der Wespennest-Frisur saß an ihrem Schreibtisch. Der kleine Weihnachtsbaum stand immer noch inmitten des Waldes aus Glückwunschkarten. Die Lady beäugte Leonard genauso vorsichtig und ängstlich wie am Tag zuvor. Er grinste sie breit und vielsagend an, als stellte er sich vor, wie schön es wäre, sich über ihre Frisur herzumachen.

Ein etwa dreißigjähriger Officer in hellbrauner Uniform mit einem Cowboyhut auf dem Kopf war in die Schublade eines Aktenschrankes vertieft und tat so, als hätte er uns nicht hereinkommen sehen. Leonard fragte die Sekretärin, ob der Chief da sei, und der Officer zog einen Ordner aus der Schublade, drehte sich gemächlich um, tat so, als würde er uns jetzt erst bemerken, und grinste.

«Kann ich was für euch tun?» sagte er. «Ich bin Officer Reynolds.»

Er war ein hünenhafter Kerl mit großer Plauze und kleinen Narben im Gesicht. Hatte wohl als Jugendlicher zuviel an seinen Aknepickeln herumgedrückt. Sein Hut, einer der teuren Sorte aus Panamastroh, war mit einem Band aus Klapperschlangenhaut und einer kleinen roten Feder verziert. In seinem Holster steckte ein Westernrevolver, der fast so groß war wie eine Haubitze. Aus seiner Brusttasche lugten drei Tootsie-Roll-Lutscher und ein Kugelschreiber, der, nach dem Tintenfleck an der Naht zu urteilen, explodiert sein mußte. Trotz der Plauze sah er aus wie jemand, mit dem nicht zu spaßen war, schon gar nicht, wenn er einen nicht leiden konnte. Seine Visage verriet, daß es nicht viel gab, das er leiden konnte, außer Lutscher vielleicht.

Leonard nahm seinen Strohhut ab und sagte: «Na bitte, war doch schlau von mir, so 'n Ding zu kaufen.»

Reynolds grinste: «O Mann, von euch hab ich schon gehört.»

«Tatsache?» sagte Leonard. «Hoffentlich nur Gutes.»

«Nein», sagte Reynolds. «Ich hab gehört, daß ihr eure Nasen in Sachen steckt, die euch nichts angehn.»

«Wer? Wir?»

«Ja», sagte er. «Ich hab gehört, daß ihr zwei Schlappschwänze – 'tschuldigung, Ma'am.»

Die Lady am Schreibtisch lief knallrot an und wühlte aufgeregt in ihren Papieren. Reynolds lächelte ihr zu und sagte: «Wie wär's, wenn Sie sich 'ne Tasse Kaffee holen, Charlene?»

Charlene zog eine Schublade aus dem Schreibtisch, holte ihre Tasse heraus, auf der ein Cartoon abgebildet war, und trippelte kurz auf der Stelle, so daß ihre Schuhe tackerten wie ein Pudel mit zu langen Krallen, der immerzu im Kreis läuft. Dann verschwand sie wortlos aus dem Zimmer.

Reynolds drehte sich wieder zu uns um. Er grinste immer noch übers ganze Gesicht. «Sie is 'ne eifrige Kirchgängerin. Wenn sie Wörter wie Schwanz hört, is sie jedesmal ganz konsterniert.»

«Aha», sagte ich.

«‹Konsterniert›», sagte Leonard. «Ziemlich schwieriges Wort für 'nen Officer, oder?»

«Schon möglich», sagte Officer Reynolds, der den Ordner auf den Aktenschrank legte. «Ich hab auch 'n paar nette Sätze auf Lager. Zum Beispiel: ‹Der Neger starb langsam und qualvoll an den Folgen gezielter Schläge.›»

«‹Neger› is so 'n Wort, das ich noch nie leiden konnte», sagte Leonard. «Is nich so respektvoll, und irgendwie kann sich der Sprecher auch nich dazu durchringen, das zu sagen, was ihm eigentlich auf der Zunge liegt, nämlich ‹Nigger›.»

«Ich vertrete hier das Gesetz», sagte Reynolds. «Ich bin ein Drittel des Polizeiaufgebots von Grovetown. Der Chief, Charlene und ich, wir dürfen dich nich einen verdammten, scheißefressenden Nigger nennen. Das gehört sich einfach nich. Sir.»

«Freut mich, mit so 'ner pflichtbewußten Autoritätsperson das Vergnügen zu haben», sagte Leonard, «aber Ihr Boß, der sagt ‹Nigger›. Haben wir selber gehört.»

Reynolds gab keine Antwort. Statt dessen musterte er Leonard eine Weile, und Leonard musterte ihn.

Reynolds war einen Kopf größer als Leonard und hatte ein breiteres Kreuz. Er sah auch mit Plauze wie ein harter Bursche aus, mit mächtigen Armen und Beinen, dick wie Baumstämme. Leonard wirkt bulliger, als er eigentlich ist, aber man muß schon ziemlich blöd sein, um nicht zu merken, daß er einem gefährlich werden kann. Irgend etwas sagte mir, daß auch da, wo dieser Reynolds hinschlug, kein Gras mehr wuchs. Er sah aus, als würde er es ohne weiteres mit einem Elefanten aufnehmen, vielleicht sogar ihm den Arm in den Arsch stecken und die Eingeweide ausreißen.

Wenn's hart auf hart gekommen wäre, hätte ich mein Geld auf Leonard gesetzt, aber auch bloß, weil er mein Freund ist und ich ihm helfen würde.

Reynolds knetete seine Wurstfinger, daß die Gelenke knackten. Immer noch grinsend, lehnte er gegen den Aktenschrank, die Hand am Revolver. Seine Finger erinnerten an dicke Wurzeln, seine Knöchel an Hutmuttern. Er sagte: «Hab mir sagen lassen, ihr zwei Gentlemen tut so, als wärt ihr das Gesetz.»

«Dasselbe haben wir über Sie gehört», sagte Leonard.

Reynolds verzog leicht die Oberlippe, so daß sich sein Grinsen in ein Knurren verwandelte. «Wenn du dir einbildest, ich kann dich nicht wegen Beamtenbeleidigung einlochen, hast du dich geschnitten. Mach nur so weiter, und du findest deinen Arsch ganz schnell im Kittchen wieder.»

«Mit welcher Begründung?» sagte Leonard. «Größere Schlagfertigkeit?»

Es war Reynolds deutlich anzumerken, daß er nicht mehr zum Scherzen aufgelegt war, aber mehr ließ er nicht durchblicken. Am anderen Ende des Raumes ging eine Tür auf, und Chief Cantuck kam heraus. Er hatte seinen Hut abgenommen und war verschwitzt. Auf seiner roten Nase waren die Poren geweitet, als wäre die Weihnachtsfeier letzte Nacht etwas zu überschwenglich gewesen. Er schwitzte wie im Hochsommer. Sein Schmerbauch war immer noch genauso groß und sein Hodenbruch auch. Er sah aus, als ob er jeden Moment platzen würde.

«Chief», sagte Leonard. «Altes Haus. Wie hängen die Trauben ... Oh, seh schon.»

«Die halten sich für besonders komisch», sagte Reynolds.

«Hey, ich hab kein Wort gesagt», sagte ich. «Leonard redet die ganze Zeit.»

«Ich kenn deren Masche», sagte Cantuck. «Beim letztenmal war's auch nich besser.»

«Soll ich sie für 'n Weilchen einlochen?» sagte Reynolds. «Dann können sie sich 'n paar bessere Scherze ausdenken.»

«Es is kein Verbrechen, 'n Arschloch zu sein», sagte Cantuck. «Ich nehm an, ihr seid nich hergekommen, um meinen Officer zu verarschen oder euch über meine Eier lustig zu machen?»

«Wär auch zu einfach», meinte Leonard. «Eigentlich wollten wir Anzeige erstatten.»

«Schön», sagte Cantuck, «meinetwegen. Kommt mit.»

Als wir Cantuck folgten, sagte Reynolds: «Wir sprechen uns noch, Nigger.»

Leonard blieb stehen und sagte in aller Seelenruhe: «Ich hinterlaß meine Visitenkarte bei der Sekretärin, als kleine Erinnerung.»

Cantucks Büro war einigermaßen nett und ordentlich. Die Wand hinter dem Schreibtisch war mit Fotos eines Jungen tapeziert, den ich aufgrund seines kränklichen Aussehens und der Ähnlichkeit mit Cantuck – bis auf die geschwollene Nuß, versteht sich – für den Sohn hielt, von dem er mir erzählt hatte. Ein paar Fotos zeigten außerdem eine einfache Frau in den besten Jahren, die so verbraucht aussah, als würde sie tagein, tagaus den Augiasstall ausmisten.

Auf Cantucks Schreibtisch standen Fotos von ihm selbst, dem Jungen und der Ehefrau neben einer durchsichtigen Sammelbüchse der Muskelschwund-Hilfe, in der sich außer etwas Kleingeld ein paar zusammengerollte oder gefaltete Scheine befanden. Auf der linken Schreibtischseite stand noch eine mit der Aufschrift «Helft den Behinderten» und auf der anderen Seite eine dritte, auf der um Spenden für die Krebsforschung geworben wurde.

Die Sammelbüchsen wirkten merkwürdig in dieser Umgebung. Ich fragte mich, wer wohl das Geld in die Muskelschwund-Büchse gesteckt hatte. Der Chief? Reynolds? Charlene? Die Gefangenen? Hatte Florida ein paar Münzen hineingeworfen?

Cantuck setzte sich an seinen Schreibtisch. Wir nahmen ihm gegenüber Platz. Leonard legte seinen Hut auf den Rand des Tisches und fingerte ab und zu daran herum.

Cantuck nahm eins der Bilder des Jungen vom Tisch, hielt es sich vor den Bauch und sah es an. Dann stellte er es zurück. An der Art seiner Bewegungen merkte ich, daß es sich um ein unbewußtes Ritual handeln mußte.

«Ihr Sohn?» fragte ich.

«Ja», sagte er. «Was wollt ihr?»

«Wir wollen jemanden als vermißt melden», sagte ich. «Florida Grange. Wir glauben, daß da was faul is.»

«Und natürlich sind wir hier in Grovetown die Übeltäter, bloß weil viele von uns die Rassentrennung befürworten?»

«Sie is hier gewesen», sagte ich. «Jetzt is sie weg.»

«Die hat bestimmt irgendwo 'nen jungen Hirsch aufgegabelt. Seht doch mal im Süden der Stadt nach ihr. Zehn Meilen von hier, im Farbigenviertel.»

«Wir haben eigentlich gehofft, Sie würden das übernehmen», sagte ich. «Das is doch Ihr Job.»

Cantuck sah uns fragend an. Er knöpfte seine Brusttasche auf und holte eine fest zusammengerollte Kautabakpackung heraus. Er öffnete sie, brach einen Priem ab, steckte ihn in den Mund und fing an zu mahlen. Er kaute langsam, als würde er seine kleinen grauen Zellen auf Trab bringen.

«Wollt ihr etwa die Formulare für 'ne Vermißtenmeldung ausfüllen?» fragte er.

«Ja», sagte ich.

«Halt ich für Zeitverschwendung», sagte er.

«Soll das heißen, Sie werden so oder so nich nach ihr suchen?» fragte Leonard.

«Nein. Das soll heißen, daß ich's für Zeitverschwendung halte. Sie wird schon wieder auftauchen. Wenn ihr mich fragt, is sie bestimmt gerade dabei, irgend'ner Fettlippe drüben in Niggertown die Rute zu ölen.»

«Vorsicht», sagte Leonard. «Noch so 'n Spruch, und ich könnte das als Beleidigung auffassen.»

«Scheiße», sagte Cantuck. «Das würde mir aber leid tun. Ich werd euch mal was sagen, ihr tauben Nüsse. Wenn ihr so 'n Formular ausfüllt, bedeutet das Arbeit für mich. Und da hab ich was gegen. Jedenfalls bei so 'nem Scheiß. Trotzdem, ob ihr's glaubt oder nich, wenn ihr das Formular ausfüllt, mach ich mich auf die Suche, bis ich sie gefunden hab, wenn's sein muß. Ich bin zwar nur 'n Kleinstadtbulle und, wie ihr wißt, nich besonders helle, und 'n dickes Ei hab ich auch, aber das is mein Job. Das Gesetz gilt für Schwarze wie für Weiße. Ich hab nichts gegen Schwarze. Von dir mal abgesehn, Schlauster Nigger der Welt ... so hast du dich doch genannt, oder?»

«Schon», sagte Leonard. «Aber aus Ihrem Mund hört sich das beschissen an. Mein Name ist Leonard. Leonard Pine.»

«Weißt du ... Leonard ... du willst doch bloß, daß ich dich respektier, weil du schwarz bist», sagte Cantuck. «Nich etwa, weil du 'n Scheiß wert bist. Du willst, daß ich nett zu euch bin, obwohl du, ihr alle beide, von Anfang an bloß eure Show abgezogen habt, nach dem Motto ‹Wir sind besser. Wir sind schlauer. Wir sind HipHop-Typen› ... so heißen die doch, oder?»

«Kommt hin», sagte Leonard. «Aber nich da, wo ich wohne.»

«Kein einziges Mal habt ihr mir den Respekt entgegengebracht, der einem gebührt, jedenfalls 'ner Autoritätsperson wie mir. Trotzdem erwartet ihr, daß ich euch Honig um den Bart schmiere und in den Arsch krieche.»

«Sie sind auch nich grad zimperlich gewesen», sagte ich. «Das mit der Knarre, die Sie mir unter die Nase gehalten haben, is Ihnen wohl entgangen.»

«Ich geb's zu. Aber ihr habt mich verarscht, habt mich für blöd verkaufen wollen, und obendrein sollte ich auch noch dazu lächeln und euch 'nen Gefallen tun. Eure Mamas wären bestimmt nich stolz drauf, wie ihr euch benommen habt.»

Im stillen dachte ich, wo er recht hat, hat er recht.

«Wie war das noch gleich, von wegen wir sollten aufpassen, daß wir nich mit den andern in dem brennenden Haus enden?» fragte ich. «Schon vergessen?»

«Ich wollte euch bloß Angst einjagen, euch verscheuchen, bevor was passiert, was uns allen leid täte, euch sofort und mir, wenn ich davon hören müßte – fünf oder zehn Minuten lang wär ich bestimmt geknickt. Jetzt hab ich auch noch die Texas Rangers am Hals, als ob ihr zwei Saftsäcke nich schon genug wärt.»

«Texas Rangers?» sagte ich mit, wie ich fand, ziemlich unschuldiger Miene. Charlie hatte Nägel mit Köpfen gemacht und sich gleich an die Strippe gehängt, als ich aufgelegt hatte.

«Irgendwer», sagte Cantuck, «hat das Gerücht verbreitet, daß der Nigger, der sich hier aufgehängt hat, in Wirklichkeit umgebracht worden is. Vielleicht hat eure Freundin Florida sie alarmiert. Oder ihr selber. Hab's vor fünf Minuten erfahrn. Sie schicken irgend so 'n Scheißranger her, der die Sache unter die Lupe nehmen soll, um unserm unterbelichteten Drei-Mann-Polizeiaufgebot zu zeigen, wie der Hase läuft. Das stinkt mir gewaltig. Und ihr stinkt mir auch. Wärt ihr bloß da geblieben, wo ihr hergekommen seid. Hätten eure Daddies ihn bloß rausgezogen, bevor sie gekommen sind. Dann hätte die Welt zwei Probleme weniger.»

Einen Moment lang schweigen wir. Dann sagte ich: «Können wir jetzt das Formular ausfüllen?»

«Meinetwegen. Aber dann tut mir den Gefallen und fahrt nach Hause. Sucht euch 'nen andern zum Verarschen. Ich hab mir meine Eier nich ausgesucht, Jungs, und ich kann auch nichts dafür, daß ich glaub, daß die Bibel Rassentrennung fordert, vom Job und 'n paar gemeinsamen Lachern mal abgesehn.»

«Scheiße», sagte Leonard, «ich hab noch kein bißchen mit Ihnen gelacht.»

«Eigentlich bin ich gar nich so übel», sagte Cantuck, «solang man mir nich blöd kommt. Und von meinem Job versteh ich auch was. Wenn ihr abhaut, geht's mir gleich viel besser. Wenn sich Florida hier irgendwo rumtreibt, find ich sie. Und wenn sie abgehaun is, find ich das vielleicht auch raus. Mit Schwarz und Weiß hat das nichts zu tun.»

Kurzes Schweigen. Cantuck hob eine fleckige Kaffeekanne hinter seinem Schreibtisch vom Boden hoch. Nachdem er hineingespuckt hatte, stellte er sie wieder ab. Tabaksaft rann ihm von der Unterlippe übers Kinn. Er wischte ihn mit dem Ärmel ab, den er anschließend begutachtete. «Scheiß Angewohnheit. Meine Frau kann's nich ausstehn. Mein Junge hat Schleim dazu gesagt. Formulare gibt's drüben. Noch was, du Schlauster Nigger –»

«Ja, Massa Chief», sagte Leonard.

«Hände weg von Officer Reynolds. Der is kein so angenehmer Zeitgenosse wie ich. Und vergiß deinen Hut nich.»

Cantuck stand auf, wir auch. Cantuck sagte: «Würd's euch was ausmachen, noch 'n bißchen Kleingeld in die Sammelbüchsen zu werfen, bevor ihr geht? Ich versuch zu helfen und andre zum Spenden zu animieren.»

Wir wollten erst nicht unseren Ohren trauen, doch dann machte Leonard zögernd seine Brieftasche auf, zog eine Dollarnote heraus, faltete sie zusammen und stopfte sie in die Büchse der Muskelschwund-Hilfe.

Ich tat dasselbe.

Wir gingen zurück ins Vorzimmer, wo die Sekretärin wieder an ihrem Schreibtisch saß. Der Chief folgte uns. Reynolds war verschwunden. Auf Cantucks Bitte überreichte uns Charlene eine Vermißtenanzeige, die ich ausfüllte und zurückgab.

Cantuck riß sie mir fast aus der Hand. «In Ordnung ... Mr. Hap Collins», sagte er, indem er meinen Namen vom Blatt ablas. «Ich kümmer mich drum.»

Er ging zurück in sein Büro und machte die Tür zu.

Charlene blickte von der Tür, die ins Schloß fiel, zu Leonard.

«Hübsche Frisur», sagte Leonard zu ihr.

15

Am Ausgang liefen wir Officer Reynolds über den Weg, der damit beschäftigt war, eine Plastikfolie über seinen Hut zu ziehen. Er drehte sich um und sah uns an. Vorsichtig zog er einen Lutscher aus seiner Brusttasche, wickelte ihn aus und ließ das Papier auf den Boden fallen. Dann steckte er sich den Lutscher in den Mund, zwinkerte uns zu und ging hinaus in den Regen.

Ich sagte: «Meinst du, du hättest 'ne Chance gegen ihn?»

«Keine Ahnung», sagte Leonard. «Bin nich mal sicher, ob wir beide mit Knüppeln 'ne Chance gegen ihn hätten. Aber der Trick is, daß wir uns davon nichts anmerken lassen.»

«Schätze, das kratzt den wenig.»

«Weißt du was? Ich find ihn irgendwie niedlich.»

«Ach du Scheiße!»

«Im Ernst, Hap. Mir gefällt, wie er seinen Lolli lutscht.»

«Der Kerl is 'n Schläger.»

«Ich hab nich gesagt, daß er mir sympathisch is. Aber ich würd ihn nich grad aus dem Bett schmeißen, wenn er krümelt. Oder Lollis lutscht.»

«Mann, Leonard. Wenn der mit dir ins Bett steigt, dann höchstens, um dich dran zu fesseln und in Flammen aufgehn zu lassen.»

«Wow. Glaubst du echt?»

Leonard gluckste. Ich hob das Lutscherpapier auf und warf es in den Mülleimer neben der Tür. Leonard setzte seinen Hut auf, und wir gingen hinaus. Auf dem Weg zum Wagen wurden wir klitschnaß. Leonard ließ den Motor an und drehte die Heizung auf.

«Ich hab ein schlechtes Gewissen wegen Cantuck», sagte ich. «Ich wollte sehn, ob wir nich mehr aus ihm rauskitzeln können, und jetzt komm ich mir vor wie 'n Schwein.»

«Hey», sagte Leonard. «Wenn einer versucht hat, was aus ihm rauszukitzeln, dann ich.»

«Sich über seine Eier lustig zu machen is nich gerade die feine Art, oder?»

«Schon gut, ich war 'n ziemlicher Arsch. Die ganzen Fotos von seinem Sohn und die dummen Sammelbüchsen. Ich möcht nich in seiner Haut stecken. Was hast du noch gesagt, woran sein Sohn gestorben ist?»

«Muskelschwund.»

«Trotzdem. Bloß weil er seinen Sohn geliebt hat und fleißig Spenden sammelt, heißt das noch lange nich, daß er kein guter Bulle is.»

Ich merkte, wie meine nasse Jacke an Leonards Polster klebte. Die Heizung brauchte lange, um in Schwung zu kommen. Mein Magen knurrte. Ich brauchte einen Kaffee.

Ich sagte: «Ich plapper dir zwar ungern nach, aber bloß weil er 'n Bulle is, heißt das noch lange nich, daß er auch 'n Arschloch is.»

«Mann», sagte Leonard, «du hast recht. Ich red schon wie so 'n liberaler Phrasendrescher. Das kommt davon, daß ich zu oft mit dir rumhänge.»

«Als ich klein war, Leonard –»

«O nein, nich noch 'ne Predigt.»

«Hör zu. Mein Vater hat manchmal ziemlich übel vom Leder gezogen. Wenn er gegen ‹die Nigger› gewettert hat, is er richtig ausgeflippt.»

«In meiner Familie hat's welche gegeben, denen is es mit Weißen genauso gegangen.»

«Ja, und dann bin ich mal zu meinem Vater in die Werkstatt rübergegangen, und da sind 'n paar schwarze Kids rumgerannt und lachten, weil mein Vater Fünfdollarscheine unter ihnen verteilt hat. Jedem einen. Er is auch nich grad im Geld geschwommen, und als die Kids weg waren, hab ich ihn gefragt: ‹Dad, was soll das?›, und er hat gesagt: ‹Ich hab gedacht, sie hätten vielleicht Hunger.›

Dad hat die Schwarzen als Rasse gehaßt, aber als Individuen hat er sie gemocht. Natürlich hat er auch 'n paar als Individuen gehaßt, aber du weißt schon, was ich mein.»

«Klar.»

«Nich, daß ich seinen Rassismus verteidigen will. Im Gegenteil. Ich hab diese Macke von ihm grad deshalb gehaßt, weil er ansonsten genauso gewesen is, wie ich auch sein wollte.»

«Nur weil dein alter Herr in Ordnung war, heißt das noch lange nich, daß es Cantuck auch is. Würde mich wundern, wenn der den Stift fallen läßt, um nach irgend'ner Schwarzen zu suchen, der vielleicht was passiert is.»

«Wenn du meinen Vater gekannt hättest, hätt's dich auch gewundert, daß er Fünfdollarscheine unter schwarzen Kids verteilt hat.»

«Hier geht's aber nun mal nich um deinen Daddy. Was wissen wir schon von diesem Cantuck. Selbst wenn er nichts mit Floridas Verschwinden zu tun hat, is er trotzdem überzeugt, daß sie irgendwo da draußen rumhurt. Der hält uns Schwarze doch bloß für 'ne Horde Tiere, die nichts als Fressen und Ficken im Sinn haben.»

«Is jedenfalls alles, was ich im Sinn hab.»

«Vielleicht haben wir alle nichts andres im Sinn. Was den Chief angeht, macht der sich vielleicht nich grad die Mühe, ein Tier zu schlagen, aber das is auch alles. Vielleicht kann er sich nich dazu aufraffen, 'nem Schwarzen ein Haar zu krümmen, aber er würd nie auf die Idee kommen, daß die was andres können, als den niedersten Instinkten zu folgen. Rumhuren zum Beispiel.»

«Mit andern Worten, wir sind genauso schlau wie vorher.»

«Wenigstens wissen wir jetzt, daß mit seinem Officer nich gut Kirschen essen is. Hat Cantuck selber gesagt. Weißt du was? Ich sterbe vor Hunger. Laß uns ins Café gehn und frühstücken.»

«Du weißt doch, was uns da erwartet.»

«Wir sind hergekommen und wollten wie die Fliegen um die Scheiße summen und drin rumstochern, bis wir gefunden haben, was wir suchen. Scheiße mischt man am besten auf, indem man mitten reinspringt.»

«Wie wär's mit 'ner bequemeren Variante. Eine, wo uns die Kacke nich um die Ohren fliegt?»

«Meinetwegen bleib hier und mach's dir bequem. Ich hab Hunger, ich bin klatschnaß, und mir is kalt. Im Café is es warm, nehm ich an, und Kaffee gibt's da auch. Ich bring dir welchen mit.»

«Warum fahrn wir nich rüber ins Schwarzenviertel und hören uns da mal um?»

«Später.»

«Warum nich jetzt?»

«Du kneifst, Hap.»

«Man kann's ja mal versuchen.»

Leonard stellte den Motor ab, legte die Hand auf den Türgriff und drehte sich zu mir um.

«Okay, schon gut», sagte ich. «Laß ich mich eben mal wieder breitschlagen.»

16

Leonard hatte recht. Im Café war es warm. Und voll war es auch. Die beiden Brüder, die ich vor den Ameisen gewarnt hatte, waren da und natürlich ihre Mutter. Ansonsten saßen dort eine Menge stämmige Burschen und alte Knacker herum. Sogar die blauhaarige Lady, die ich an Tims Tankstelle gesehen hatte, war gekommen. Sie saß neben einem älteren Herrn, der ein Gesicht zog, als litte er unter Verdauungsbeschwerden.

Hinter der Durchreiche zur Küche erkannte ich einen grauhaarigen schwarzen Koch. Er trug eine weiße Kochmütze, ein fleckiges weißes Hemd und war schweißgebadet. Bei meinem letzten Besuch an Weihnachten hatte er frei gehabt. Er war nicht begeistert, uns zu sehen, genausowenig wie die anderen. Die Mutter der niedlichen Jungs, mit der ich mich damals unterhalten hatte, lächelte mir zu wie jemandem, der wohl nicht mehr lange zu leben hat. Vielleicht war sie von mir und meinem kleinen Freund ja auch einfach bloß hingerissen.

Der Koch sah Leonard an, schüttelte den Kopf und verschwand, an irgend etwas wild herumkratzend, aus dem Blickfeld.

Wir gingen zu zwei Hockern am Ende der Theke und setzten uns vor einen Ständer mit Salz- und Pfefferstreuer, Ketchup und Tabascosoße.

Neben Leonard saß ein Fettsack mittleren Alters und paffte eine Zigarre. Er blies eine Rauchwolke in die Luft, klemmte sich die Zeitung, die er gerade las, zusammengefaltet unter den Arm und setzte sich mit seinem Kaffee zu einem anderen Kerl in eine Sitzecke weiter hinten.

«Hab ich gefurzt?» fragte Leonard.

Die Lady kam lächelnd herüber. Ihr war die Nervosität anzumerken. «Darf's was zum Mitnehmen sein?»

Eigentlich keine schlechte Idee, denn ehrlich gesagt kriegte ich mächtig Schiß, wie uns diese Wichser anglotzten und sich die Finger leckten, aber ich hatte zu viele Western gesehen, und ein Cowboy rennt nicht davon.

Bloß, daß Cowboys im Film normalerweise gedoubelt werden.

«Nein», sagte ich. «Wir hätten gern was zum Hieressen. Für mich Pfannkuchen, Rührei, Biskuits und Kaffee. Und für meinen Kumpel hier das gleiche.»

«Ach ja?» fragte Leonard.

«Ja», sagte ich.

Leonard tippte seinen Hut an und sagte: «Sie haben's gehört.»

Die Lady warf uns einen traurigen Blick zu und verschwand.

Die Brüder kamen herüber und nahmen mich in ihre Mitte. Der mit dem verkorksten Schnurrbart sagte, ein breites Grinsen im Gesicht: «Gibt doch keine Weihnachtsameisen, stimmt's?»

«Nein, mein Sohn, schätze, die gibt's nich», sagte ich.

«Hast uns angelogen?»

«Ja, das hab ich.»

«Hätt's dir beinah geglaubt», sagte Rotzbremse. Er grinste mich an und verzog sich mit seinem Bruder in eine der hinteren Sitzecken.

Die Tür ging auf, und ein eisiger Wind wehte herein. Als wir uns umdrehten, hörten wir eine Stimme sagen: «Ihr zwei seid wohl auf der Durchreise?»

Die Stimme gehörte einem Mann in einem grauen Regenmantel, der einen teuren grauen Cowboyhut trug, den eine durchsichtige Plastikfolie vor dem Regen schützte. Er zog den Mantel aus, ließ ihn über dem Boden abtropfen und hängte ihn an einen Kleiderhaken neben der Tür. Den Hut hängte er an einen zweiten Haken.

Seinem Aussehen nach mußte er so um die Sechzig sein. Er trug als einziger im Café einen Anzug. Ein nettes dunkelgraues Teil, das aussah, als hätte er es bei J. C. Penny in der Abteilung für gehobene Ansprüche erstanden. Sein silbergraues, perfekt frisiertes Haar war von seinem Hut nicht zerzaust worden. Es wurde von einer dicken Schicht Haarspray zusammengehalten, die eines Fernsehpredigers würdig gewesen wäre. Er trug eine knallrote Krawatte, die mit einem goldenen Hufeisen am gestärkten weißen Hemd befestigt war, und graue Cowboystiefel aus Echsenleder. Er war von kräftiger Statur und hatte einen Bauchansatz. Er war sehr blaß und anscheinend sehr eingebildet.

Neben Grauer Anzug stand ein ziemlich beachtlicher Gentleman, der aussah, als ob er Baseballschläger auf der Kniescheibe zerbrechen könnte. Ich taufte ihn liebevoll Bär.

Auf der anderen Seite stand ein noch hünenhafterer Gentleman mit mächtigem Kreuz, großer Plauze und viel zu breitem Arsch. Er sah aus, als würde er an einem schlechten Tag Gorillas zum Spaß die Schwänze verknoten. Ich gab ihm den Spitznamen Elefant.

«Haben Sie was gesagt?» fragte Leonard.

Grauer Anzug grinste. Er hatte ein selten tiefes Grübchen auf der rechten Wange. Ich schätze, er war stolz auf sein Grübchen. Bestimmt glaubte er, daß die Frauen ganz scharf darauf waren. Ich hätte auch gerne ein Grübchen gehabt. Ich hätte gerne volles Haar gehabt. Ich hätte gerne, daß meine grauen Strähnen so schick ausgesehen hätten wie bei ihm. Ich wünschte, ich wäre zu Hause geblieben. Gegen eine Frau, die scharf auf mich war, hätte ich auch nichts gehabt.

Grauer Anzug hörte gar nicht mehr auf zu grinsen. «Ich hab gesagt, ihr zwei seid wohl auf der Durchreise.»

Ehe wir antworten konnten, ging er zu einer Sitzecke, und die Kerle, die dort saßen, erhoben sich wie selbstverständlich und suchten sich mitsamt ihren Tellern und Tassen einen anderen Tisch. Grauer Anzug rutschte bis an die Wand durch. Bär setzte sich neben ihn, Elefant ihm gegenüber. Draußen prasselte der Regen. Genau das richtige Wetter, um im Bett zu bleiben.

Leonard sagte: «Nein, wir sind nich auf der Durchreise. Eigentlich wollen wir uns hier niederlassen.»

«Und aus welchem Grund?» fragte Grauer Anzug.

«Wir wollen hier ein kleines Afro-Amerikanisches Kulturzentrum aufmachen. Für Schwarze, versteht sich. Hap hier arbeitet bloß für mich.»

«Wenn ich fleißig bin», sagte ich, «läßt mich Mr. Leonard am Freitagnachmittag manchmal sogar früher gehn und gibt mir fünfzig Cent Trinkgeld.»

Grauer Anzug war sichtlich amüsiert und rief der Lady hinter der

Theke zu: «Maude. Wo bleibt mein Kaffee? Die Jungs hier wollen auch welchen!»

Maude sah Grauer Anzug an, daß einem das Blut in den Adern gefror, aber er tat so, als hätte er es nicht bemerkt. Dann widmete er sich wieder Leonard und sagte: «Weißt du, als ich ein kleiner Bengel war, da gab's hier immer Minstrel-Shows.»

Er sah Leonard einen Moment lang schweigend an. «Weißt du überhaupt, was das is, Boy?»

«Ich trag keine kurzen Hosen», sagte Leonard. «Also nennen Sie mich gefälligst nich Boy. Und meinen Kumpel hier auch nich.»

«Okay», sagte Grauer Anzug. «Mann. Is es das, was eure Sorte hören will? Mann?»

«Mann klingt gut», sagte Leonard. «Was meinst du, Hap?»

«Gefällt mir», sagte ich. «Auch wenn ich nich zu ‹eurer Sorte› gehör.»

«Als kleiner Bengel», fing Grauer Anzug wieder an und unterbrach sich, um sich eine Zigarette in den Mund zu stecken. Bär zückte eine Schachtel Streichhölzer, zündete eins an seiner Schuhsohle an und hielt es Grauer Anzug hin. Der nahm Bärs Hand, führte die Flamme an die Zigarettenspitze und paffte. Bär warf das Streichholz auf den Boden.

Maude sagte: «Heb das auf!»

Niemand hob das Streichholz auf.

«Ich seh sie noch vor mir», fuhr Grauer Anzug fort, «die Weißen, die als Neger zurechtgemacht in den Shows aufgetreten sind. ‹Blackface› nannte man das damals. Haben sich Schuhcreme ins Gesicht geschmiert. Dicke, weiße Lippen aufgeschminkt. Witze haben die gerissen, die waren saukomisch. Weißt du», er zeigte mit der Zigarette auf Leonard, «irgendwie erinnerst du mich an die Jungs von damals, bloß daß du keine Schuhcreme im Gesicht hast. Glaub ich jedenfalls. Und weißt du was? Du bist saukomisch. Genau wie in der guten alten Zeit. Das gefällt mir. Herzlich willkommen! Hab gar nich gewußt, wie ich's vermißt hab, witzige Nigger zu sehn. Nich bloß Weiße mit Schuhcreme im Gesicht. Diesmal hab ich 'nen echten Nigger erwischt. Einen, der aus 'nem echten schwarzen Loch gekrochen is.»

«Red nich so», sagte Maude, die mit einer Kaffeekanne hinter der Theke vorkam. Sie stellte die Kanne auf den Tisch, an dem Grauer Anzug und die anderen saßen. «In meinem Café redest du gefälligst nich in diesem Ton.»

«Reg dich ab, Maude», sagte Grauer Anzug. «Das is 'n Plausch unter Männern. Stimmt's, Nigger?»

Leonard antwortete nicht. Er schob seinen Strohhut in den Nakken und saß da, die Ruhe in Person.

Grauer Anzug goß sich Kaffee ein. Maude rieb sich die Handflächen aneinander, verschränkte die Finger, ließ kurz die Gelenke knacken und ging wieder hinter die Theke. Ich hörte, wie sie hinter uns Luft holte. Hastige, schnelle Atemzüge, wie meine eigenen, wenn ich nicht die Luft angehalten hätte.

«Alle Achtung, Rammler», sagte Grauer Anzug, «du siehst mir aus wie einer aus 'ner Vollblutzucht. Ich meine, weshalb sind Leute eurer Sorte wohl so gut im Football und Basketball? Na, weil wir Weiße euch rangezüchtet haben. Wir haben die größten und dümmsten Niggerböcke genommen, die wir finden konnten, und mit 'ner fetten schwarzen Mama zusammengepfercht. Die konnte Riesenschwänze nehmen dick wie Männerhandgelenke. Der alte Bock war so geil, der hätt sogar 'ne Kuh bestiegen, wenn unsre Großväter ihn drum gebeten hätten – wahrscheinlich brauchtens sie das nich mal –, und der hat die alte Niggerschlampe durchgefickt, bis ihr die Luft weggeblieben ist. Dann haben unsre Großväter sie noch von 'nem Pony oder 'nem Esel decken lassen, um den richtigen Pepp in den Wurf zu bringen. Und so haben wir am Ende, über Generationen von Zuchtniggern, gutgebaute, kräftige Nigger wie dich rausbekommen. Übrigens, hab ich dir schon gesagt, daß ich 'ne Schwäche für Nigger mit Strohhüten hab?»

Das ganze Café brach in Gelächter aus. Sogar die blauhaarige Lady lachte. Als das Gelächter verebbte –

«Mama hat gesagt, Sie sollen hier drin nich so was sagen.»

Ich drehte mich um und sah ... Rotzbremse. Zusammen mit seinem Brüderchen war er aus seiner Sitzecke gekommen. Sein Bruder sagte: «Das reicht! Mama hat gesagt, das reicht.»

«Billy, du und Caliber, ihr haltet mal schön die Klappe», sagte

Bär. «Keiner will euch weh tun. Setzt euch hin und trinkt euren Kaffee.»

Billy und Caliber rührten sich nicht vom Fleck.

Leonard sagte: «Da haben wir wieder was über Schwarze wie mich dazugelernt, stimmt's?»

«Ganz genau», sagte Grauer Anzug kichernd, und die anderen kicherten mit.

Als es still geworden war, sagte Leonard: «Wissen Sie, ist doch irgendwie komisch, jeder von uns is nur so knapp dran vorbeigeschrammt», Leonard hob seine Hand und formte aus Daumen und Zeigefinger ein C, «als Scheißhaufen zu enden. Jeder einzelne von uns. Ich mein, da is grad so 'n Stück Platz zwischen dem einen Loch und dem andern. Und jeder von uns hat das Arschloch um so 'n bißchen verpaßt.» Leonard nahm seine Hand herunter und grinste Grauer Anzug an. «Bloß Sie nich, Mister. Sie haben's geschafft. Ihre Mama hat 'nen Scheißhaufen gelegt, 'nen Anzug drumgewickelt und ihn auf Ihren Namen getauft.»

Grauer Anzug lief rot an wie eine reife Tomate. Bär sprang auf, um sich auf Leonard zu stürzen, als ein eisiger Windstoß durch das Café fegte und Officer Reynolds zur Tür hereinkam. Er hatte schon wieder einen Lutscher im Mund.

Alle blieben wie angewurzelt stehen. Reynolds ließ den Blick schweifen und sah zu Bär hinüber, der halb aus der Sitzecke gekommen war. Bär setzte sich wieder hin. Grauer Anzug stand auf, damit ihn Reynolds bemerkte, und sagte: «Willie, ich bin's.»

Reynolds nahm den Lutscher aus dem Mund und sagte: «Ja, Sir.»

An die Lady hinter der Theke gewandt sagte er: «Maude, is mein Frühstück fertig?» Er sah uns an. «Zum Mitnehmen?»

Maude blickte umher, als hielte sie nach einem Wunder Ausschau, seufzte und ging in die Küche, aus der sie mit einer fetttriefenden braunen Papiertüte wiederkam. Sie reichte sie Reynolds.

Reynolds sagte: «Freut mich, daß ich hier keine häßlichen Szenen mit ansehn mußte. Hätte mir leid getan. Dem Chief auch. Wenn ich da tatenlos zugucke, werd ich gefeuert. Ich will aber nich gefeuert werden. Mir gefällt mein kleiner Scheck. Aber wenn ich jetzt geh, wie soll ich dann dafür sorgen, daß ihr keine Dummheiten anstellt?» Er sah Leonard an. «Kannst du mir das vielleicht verraten?»

«Ihnen würd schon 'ne Ausrede einfallen», sagte Leonard.

Officer Reynolds steckte grinsend seinen Lutscher in den Mund und ging in die kalte Dezemberluft hinaus.

Bär stand auf, die Arme vor der Brust verschränkt. Auch Elefant stand auf und knetete seine ledrigen Pranken. Wahrscheinlich hatten sie schon zu vielen Kindern die Hälse umgedreht. Er war an die zwei Meter groß und hatte ein noch breiteres Kreuz, als ich zuerst gedacht hatte. Gleiches galt für seinen Hintern. Selbst von vorne war unübersehbar, was für enorme Ausmaße dieser Fleischberg hatte.

«Ihr werdet hier doch keine Schlägerei anfangen», sagte Maude. «Das is mein Café, und ich will hier keine Schlägereien. Die beiden wollten grad gehn.» Sie beugte sich über die Theke und tippte mir auf die Schulter. «Ihr wolltet doch grad gehn, oder?»

Ich hatte nichts dagegen einzuwenden, aber ehe ich zu Wort kam, sagte Grauer Anzug: «Stimmt, sie wollten grad gehn, aber auf allen vieren.»

«Das is hier kein Western-Saloon», sagte Maude. «Das is mein Café.»

«Mama sagt, das reicht», meinte Caliber. Er und Billy kamen langsam näher, ohne daß man ihnen besondere Beachtung schenkte. Alle warteten darauf, daß Leonard und ich uns in die Hose scheißen würden. Ich weiß nicht, wie es Leonard ging, aber in meinem Bauch rumorte es mächtig.

Ich suchte nach einer Möglichkeit, uns achtbar aus der Affäre zu ziehen, oder auch weniger achtbar, doch wie so oft verbaute Leonard den Weg.

«Bevor wir zum sportlichen Teil kommen», sagte er, stieg gemächlich vom Hocker herunter und beugte sich leicht zur Seite, «wollte ich das Riesenbaby noch was fragen.» Leonard nickte zu Elefant hinüber. «Jetzt mal ehrlich, Mann, is das dein Arsch, den du da hinter dir herschleppst, oder ziehst du 'nen Anhänger?»

17

Elefant stand einen Schritt näher als Bär, und kaum hatte Leonard zu Ende gesprochen, machte er einen Ausfallschritt und schickte einen gewaltigen Heumacher Richtung Leonards Kopf. Er hatte jedoch so weit und unkontrolliert ausgeholt, daß Leonard locker einen Teller Rührei mit Biskuits und eine halbe Tasse Kaffee hätte verdrücken können, bevor es brenzlig wurde.

Leonard trat dazwischen, fing den Schlag mit der linken Hand ab und traf Elefant mit der rechten an der linken Schläfe, und zwar so schwer, daß Elefants fettiges schwarzes Haar aufstob wie ein verängstigter Affe auf der Flucht.

Noch ehe sich das Haar gelegt hatte, packte Leonard Elefants Schlagarm, wand sich darunter hindurch und riß den Ellbogen des Fettwansts nach hinten, dessen Birne dadurch mit einem Mordsgetöse auf die Theke knallte.

Leonard packte Elefant beim Schopf, riß seinen Kopf hoch und donnerte ihn wieder auf die Theke, ehe er von ihm abließ. Elefants ramponierte Visage klatschte gegen einen der Hocker. Ein Stück seiner Wange war rot verschmiert und glitt rechts am Hocker herunter, während sein Körper nach links wegsackte. Mann, mir wäre fast das Frühstück hochgekommen, wenn ich es denn angerührt hätte.

Das alles war in Null Komma nichts vonstatten gegangen.

Dann stürzte sich Bär auf mich. Ich hatte vorsorglich schon nach der Ketchupflasche hinter mir gegriffen und holte damit aus. Sie befand sich immer noch samt Salz- und Pfefferstreuer und der Tabascosoße in dem Ständer, der Bärs Schädel so hart traf, daß die Ketchupflasche zu Bruch ging. Die rote Soße spritzte nicht nur Bär voll, sondern quer durchs Café auf den Mantel von Grauer Anzug.

Grauer Anzug sagte: «Verdammt!»

Plötzlich machte keiner mehr einen Mucks. Wir standen da wie in Bernstein gegossene Steinzeitmücken, auch wenn unschwer zu erkennen war, wie es in den braven Bürgern von Grovetown brodelte.

Nichts ging diesen Saubermännern mehr gegen den Strich als ein Nigger, der einem Weißen die Fresse poliert, und wenn der auch noch Rückendeckung von einem Weißen bekam, hörte der Spaß erst recht auf. Das erste war für sie zum Kotzen, das zweite so, als sollten sie beim Kotzen auch noch ein fröhliches Gesicht machen.

Ich ließ die zerplatzte Ketchupflasche samt Ständer fallen. Sie krachte auf den Boden, daß alle einen Satz machten. Dann kehrte wieder Totenstille ein. Auf einmal platzte mir der Kragen, und ich schrie: «Wird das heute noch mal was, ihr Arschlöcher?»

«Aufhören», sagte Caliber. «Laßt sie in Ruhe, oder ihr werdet für den Schaden blechen. Verklagen werden wir euch.»

Grauer Anzug sagte: «Schnappt sie euch! Macht sie kalt, die Schweine!»

Schon ging die ganze wild gewordene Horde auf uns los. Ich fuhr die Ellbogen aus und sah ein Gebiß durch die Luft fliegen, dann wurde ich von rechts am Kinn getroffen, und eine kurze Rippe verabschiedete sich. Ich bekam das Gesicht eines der Kerle zu fassen und stach ihm in die Augen, bevor ich ihn mit einem Tritt gegens Knie von den Beinen holte. In diesem Moment sprang mir irgendeiner auf den Rücken, und ich fing an, mit den Armen zu rudern, um ihn abzuschütteln, konnte mich aber nicht schnell genug herumwerfen, weil ich an der Hüfte festgehalten wurde. Ich sah aus dem Augenwinkel, wie Leonard einen der Fettwänste mit einer schnellen Links-rechts-Kombination außer Gefecht setzte und dann einem anderen so kräftig in die Weichteile trat, daß der vom Boden abhob. Ein alter Knacker hinter ihm, dem er einen Ellbogencheck versetzte, spuckte ihm eine Ladung Kautabak an den Hinterkopf, ehe Leonard im Getümmel der Angreifer unterging. Er wurde von einem Knäuel zappelnder, um sich schlagender Körper zu Boden gerissen und vergrub seine Zähne ins Ohr eines der Kerle, dessen Kollegen auf Leonards Hut herumtrampelten.

Ich sah, wie Caliber auf irgendwen einschlug und, seitlich schwer getroffen, zu Boden ging. Billy gab sich alle Mühe, einen Mann nach dem anderen zu packen und von Leonard und mir abzudrängen, aber da hätte er auch gleich versuchen können, den Ozean auszulöffeln. Grauer Anzug stand auf einer Sitzbank und betrachtete das

Schauspiel wie Xerxes, der die letzten Verteidiger der Thermopylen in die Knie gehen sieht. Er hatte sich eine neue Zigarette in den Mund gesteckt, ohne sie anzuzünden.

Ich wurde so hart in die Mangel genommen, daß ich bloß Ellbogenchecks, Fußtritte, Kopfstöße und Pferdeküsse austeilen konnte, aber ich hatte keine Chance. Langsam, aber sicher ging ich zu Boden. Mir brannte das Gesicht von den vielen harten Schlägen, die ich einstecken mußte. Ich knallte mit dem Rücken auf den Boden, über mir nichts als trampelnde Füße und die blutigen, haßerfüllten Grimassen der Fettwänste, der alten Knacker und der blauhaarigen Lady.

Wie ein Gewitterregen prasselten ihre Fäuste und Schuhabsätze auf mich nieder. Meine Eier kriegten einiges ab. Ich fragte mich, ob Chief Cantuck und ich Bruchbänder im Partnerlook finden würden. Dann würde er sein Ei auf der linken und ich meins auf der rechten Seite tragen können, und wenn wir nebeneinander hergingen, würde das bestimmt harmonisch aussehen.

Im Café gingen die Lichter aus und wieder an, doch sah ich sie jetzt durch einen Blutschleier, und es war mein Blut.

Alles tat mir weh.

Das letzte, was ich sah, bevor es um mich herum Nacht wurde, war der Schuh der blauhaarigen Hexe, der auf meinen Kopf zuflog.

Als ich wieder zu mir kam, litt ich Höllenqualen, ich war klitschnaß und wurde immer nasser und zitterte am ganzen Körper. Außerdem stellte ich fest, daß ich mich vollgepißt hatte, und an meinem Hemd und meiner Jacke klebte Erbrochenes. Ich saß im strömenden Regen mit dem Rücken gegen eine Mauer gelehnt, wahrscheinlich im Hof hinter dem Café, und hatte einen Kupfergeschmack im Mund. Das eine Auge war fast zugeschwollen. Ein Zahn war locker. Die Nieren taten mir weh. Die Rippen taten mir weh. Es tat weh, Luft zu holen. Sogar das Nachdenken tat weh. Ich hatte Angst, bei der ersten schnelleren Bewegung würde mir ein Arm oder ein Bein abfallen.

Ich hörte ein Stöhnen und drehte den Kopf, ganz vorsichtig, damit er mir nicht wegkugelte. In der Hofeinfahrt drängte sich die Menge aus dem Café zwischen den Pfützen.

Zwei Fettärsche, der eine mit zwei blauen Augen, der andere mit einem ziemlich tiefen Riß in der Lippe, hielten Leonard, der so gut wie weggetreten war, zwischen sich. Seine Knie waren eingeknickt, die Beine schlaff, seine Stiefelspitzen scharrten über den Boden. Sein Kopf hatte fast die Größe eines Medizinballs. Lippen, Nase und Lider waren eine blutige Masse geschwollenen Fleisches. Aus seinem Mund stoben kleine weiße Dampfwölkchen, die sich in nichts auflösten.

Die blauhaarige Lady baute sich vor ihm auf und sagte: «Haltet ihn höher.»

Bei dem Versuch, Leonard in die Eier zu treten, rutschte sie aus und flog auf den Hintern. Die ganze Mannschaft eilte der Alten zu Hilfe, die von zwei Typen wieder auf die Beine gestellt wurde. Als sich die anderen vom Fleck bewegt hatten, sah ich, daß auch Billy und Caliber im Hof lagen. Sie hatten anscheinend eine ziemliche Tracht Prügel bezogen. Zwischen den beiden hockte ihre Mutter. Ihr Haar pappte am Schädel wie Seetang an einem Felsen. Sie schrie, ihre Jungs seien verletzt und ob ihnen denn niemand helfen wolle, aber niemand wollte sich dazu aufraffen. Sie kniete neben Billy, seinen Kopf in ihrem Schoß, und schrie: «Hört auf! Hört auf! Hört sofort auf!»

Billy hob die Hand und strich ihr übers Haar. Er sagte etwas mit leiser Stimme und ließ die Hand wieder sinken. Dann stemmte er mit aller Kraft den Oberkörper hoch, um sich gegen die Mauer zu lehnen. Es schien ihn nicht besonders zu interessieren, was jetzt passierte, solange man ihn bloß in Ruhe ließ.

Maude stand plötzlich auf und bahnte sich den Weg durch die Menge ins Café.

Die blauhaarige Lady hatte inzwischen wieder Aufstellung genommen. Sie trat Leonard wie bei einem Football-Punt kräftig in die Eier. Leonard stieß seinen Atem in Form einer mächtigen weißen Dampfwolke aus, wie ein feuerspeiender Drache, und sackte zwischen den beiden Kerlen noch tiefer. Die Alte sagte: «An allem sind die Nigger schuld.»

Ich versuchte aufzustehen, doch ich war zu schwach. Ich kippte auf die Seite und sah die Mauer auf mich zukommen. Als ich wieder zu Leonard hinüberblickte, war Blauhaar von Grauer Anzug abgelöst worden. Der Regen hatte seine Fernsehprediger-Frisur ruiniert. Die Haare hingen ihm ins Gesicht, und mir fiel auf, daß sich an seinem Hinterkopf eine kahle Stelle von der Größe eines Fünfzigcentstücks befand. Gut. Wenigstens hatte er eine Glatze. Ich konnte den Kerl nicht ausstehen.

Auf seinem Anzug waren Ketchupspritzer, die der Regen zu rostfarbenen Lachen über das ganze Jackett verteilt hatte. Sein weißes Hemd sah aus, als ob Blut darauf getropft wäre. Er sagte: «Haltet ihn fest!» Die beiden Kerle packten energisch zu und hoben Leonard an, und Grauer Anzug machte sich an die Arbeit. Er verpaßte Leonard einen Schlag in die Magengrube und dann einen Kinnhaken, wobei er sich die Hand weh tat. Er schüttelte sie, rief «Scheiße» und trat Leonard vors Schienbein, dann in den Oberschenkel von Leonards krankem Bein.

Grauer Anzug griff in die Hosentasche, zog ein großes Taschenmesser heraus und klappte es auf.

Ich versuchte, auf allen vieren zu Leonard hinüberzukrauchen, kam aber nicht übers Schneckentempo hinaus. So mußte sich eine Nacktschnecke fühlen, die man auf dem Fleck festgenagelt hatte. Ich kam mir vor wie jemand, der mit dem Wagen von der Straße abgekommen ist und einen Telefonmast in Zeitlupe auf sich zukommen sieht und nichts dagegen tun kann.

Grauer Anzug sagte: «Nigger zähmt man genau wie 'nen wilden Hengst. Man braucht bloß den Testosteron-Hahn abdrehn. Der ganze Eierlikör handelt dem Nigger eh bloß Ärger ein.»

Die herumstehenden Kerle lachten. Einer trat vor, öffnete Leonards Reißverschluß, griff ihm in die Hose und holte seinen Spaßmacher heraus.

«Nein», rief ich. «Nicht», aber meine Worte klangen wie ausgehustet.

Grauer Anzug drehte sich zu mir um. Er zeigte mir sein hübsches Grübchen, das auf einmal so tief aussah, daß eigentlich ein Eimer an einer Winde darüber gehörte. Er sagte: «Sieh einer an, der Niggerlover ist auch wieder da. Wenn ich dem Nigger sein Gehänge abgeschnitten hab, steck ich's dir in die Hosentasche, Bürschchen.»

Grauer Anzug beugte sich vor, nahm Leonards Hoden, hob sie und setzte gerade das Messer an, als ein Schuß durch die Luft peitschte.

Es war Maude. In der einen Hand hielt sie einen Revolver, in der anderen eine Winchester, die sie unter den Arm geklemmt hatte.

«Das läßt du schön bleiben, solange du in meinem Café bist, und wenn's nur der Hinterhof is.» Maude feuerte mit dem Revolver auf eine der Mülltonnen, die umfiel. Dann richtete sie den Revolver und das Gewehr auf Grauer Anzug, der immer noch Leonards Eier in der einen und das Messer in der anderen Hand hielt. Sie sagte: «Jackson Brown, wenn du den Nigger da kastrierst oder meinen Jungs zu nah kommst oder mir oder dem Kerl da drüben, eine falsche Bewegung von irgendeinem von euch, und ich puste dir das letzte bißchen Grips aus der Birne. Ich mein's ernst. Glaubt bloß nich, das würd mir was ausmachen. Los jetzt, ihr Schwachköpfe, schwingt eure Ärsche in den Sattel und zieht Leine.»

Grauer Anzug sagte: «Das wird dir noch mal leid tun, Maude.»

«Noch gehört dir der Laden nich, Jackson. Ich hab keine Angst vor dir. Was is, sitzt du auf deinen Ohren? Du sollst die Eier von dem Nigger loslassen.»

Das war also Tims Vater. Jackson Truman Brown, der König von Grovetown, in einem aufgeweichten Hinterhof mit einem Taschenmesser in der einen Hand und Leonards Eier in der anderen.

Seine Herrlichkeit ließ Leonards Gonaden sachte aus der Hand gleiten, klappte sein Messer zu und steckte es ein. Er tat es so, als hätte er sich gerade die Fingernägel saubergemacht. Als die beiden Fettärsche Leonard losließen, knallte er mit dem Gesicht auf den Boden. Beim Aufprall ließ er einen fahren und blieb reglos liegen.

Eine Sirene heulte ein einziges Mal auf und verstummte. Als ich mich umdrehte, sah ich den Wagen des Chief in der Einfahrt. Am Steuer saß Officer Reynolds. Er stieg aus und schlenderte, seinen letzten Lutscher im Mund, über den Hof. «Feierabend, Leute», sagte er. «Geht nach Hause.»

«Drinnen liegen Draighten und Ray», sagte einer der Fettärsche. «Die Typen haben sie übel zugerichtet.»

«Gut», sagte Reynolds, «dann nehmt sie mit. Bringt sie zum Arzt, wenn's sein muß. Ich will, daß ihr hier alle verschwindet. Und zwar sofort.»

«Officer», sagte Jackson Brown, «finden Sie nich, daß Sie ein bißchen übertreiben.»

Officer Reynolds musterte Brown einen Moment lang und sagte mit beschwichtigender Miene: «Sie wissen doch, wie das is, Mrs. Brown. Überlegen Sie mal. Ich in meiner Position.»

Brown befolgte seinen Rat und überlegte. «Aufgeschoben is nich aufgehoben», sagte er.

«Schon möglich», sagte Officer Reynolds. «Maude, pack die Schießeisen weg, bevor du dir damit weh tust oder den Nigger hier anschießt. Wir wollen doch nich, daß dem was passiert. Nigger sind was Besonderes, das weißt du doch. Die stehn unter Naturschutz, wie 'ne bedrohte Tierart.» Er sah mich an. «Niggerlover sind auch was Besonderes. Was ganz Besonderes.»

Maude senkte die Schießeisen. Caliber humpelte zu ihr hinüber und nahm ihr erst die Winchester, dann den Revolver ab. Billy drehte sich um und zog sich mühsam an der Wand hoch. Er und Caliber sahen ziemlich mitgenommen aus, aber lange nicht so schlimm wie Leonard. Wahrscheinlich gab auch ich keinen besonders schönen Anblick ab.

Die Menge begann sich aufzulösen. Brown sah mich an, strich sich über sein Grübchen und sagte: «Ihr habt euch wohl 'n bißchen übernommen, was?»

Nachdem ich ein paarmal tief durchgeatmet hatte, sagte ich: «Kann sein, aber wie Sie Leonards Eier befummelt haben, nich schlecht, wie 'n echtes Naturtalent.»

Brown glotzte mich an, drehte sich um und hielt lange genug inne, um Maude einen strafenden Blick zuzuwerfen. Er nickte ihr zu und ging dann durch die Hintertür ins Café. Die anderen hatten sich schon aus dem Staub gemacht, so daß nur noch Maude, ihre Söhne, ich, Leonard und der gute alte Officer Reynolds übrig waren.

«Der Nigger sieht irgendwie nich mehr so schlau aus», sagte Reynolds. «Du übrigens auch nich. Hast du noch was Schlaues zu sagen?» Ich hatte mich auf alle viere hochgerappelt. Officer Reynolds kam näher und stellte sich vor mich hin. «Ich hab gefragt, ob du noch was Schlaues zu sagen hast?»

«Nein», sagte ich.

«Gut. Dann nimm deinen Nigger, steck ihm den Schwanz in die Hose und mach den Reißverschluß zu, und dann verschwindet ihr beide aus Grovetown. Wenn ihr zu Hause seid, kauft 'n hübsches Briefpapier, lila oder pink wär nett, und schreibt mir 'n Dankeschön, dafür, daß ich euch vor dem Schlimmsten bewahrt hab. Vergeßt nich, Maude auch zu schreiben. Und wehe, du und dein Nigger laßt euch hier in Grovetown, Texas, noch mal blicken. Bloß schade, daß ich nich mehr dazu gekommen bin, deinen Nigger hochzunehmen. Der hat bestimmt geglaubt, daß er's mit mir aufnehmen könnte. Ich hätt ihn gern vom Gegenteil überzeugt.»

Officer Reynolds ging zu seinem Wagen, öffnete die Tür und warf einen Blick zurück. «Billy. Caliber. Sorgt dafür, daß die Schießeisen weggepackt werden.»

«Ja, Sir», sagte Caliber.

Ich legte mich vorsichtig auf den Boden und kühlte mein Gesicht auf dem eisigen, nassen Asphalt. So glühend heiß, wie sich mein Gesicht anfühlte, tat das verdammt gut. Der Regen tat gut. Meine bleischweren Lider fielen langsam zu.

Ich hörte, wie Officer Reynolds wegfuhr.

18

Die Eichen und Kiefern und Hickorybäume, die den Straßenrand säumten, waren schwarz vor Nässe. Zwischen den Ästen schimmerte ganz selten einmal der grollende graue Himmel durch. Das Geräusch der hin und her schlagenden Scheibenwischer und die Vibration der Reifen auf dem Asphalt hielt ich im ersten Moment für das Trommelfeuer von Schlägen und Tritten, die auf nacktes Fleisch einprasseln.

Einen Augenblick lang glaubte ich, wieder in eine Schlägerei geraten zu sein. Vor lauter Schmerzen vermischte sich in meiner Vorstellung die frühere Prügelei mit der neuen.

Mir wurde erst allmählich klar, daß ich in einem Wagen saß, einem uralten blauen Ford Fairlane, und daß es nicht Nacht war, sondern Vormittag und die Schlägerei gerade erst zu Ende. Ich saß auf dem Beifahrersitz, das Gesicht zur Tür, die Stirn ans Seitenfenster gelehnt, gegen das der Regen schlug. Der kalte Fahrtwind, der durch die Fensterritze kam, blies mir wohltuend ins heiße Gesicht. Ich roch nach getrocknetem Urin.

Ich hatte keine Ahnung, wer am Steuer saß, und erst war es mir egal. Vielleicht war ich auf dem Weg hinunter zum Fluß, wo man mir eine rostige Nockenwelle an die Füße binden und mich auf Erkundungsfahrt zum Flußbett hinunterschicken würde, so für drei Minuten, und dann war Feierabend. In ein oder zwei Jahren würde irgendein Angler meine vergammelte Birne aus dem Wasser fischen und die Polizei alarmieren, und eine Gebißuntersuchung würde ergeben, daß ich sechs Plomben hatte, tot war und Hap Collins hieß.

Als ich mich stark genug fühlte, einen ganzen Brotlaib ohne anfeuernde Zurufe hochzustemmen, drehte ich den Kopf und sah zum Fahrer.

Es war der Koch aus dem Café. Die Kochmütze hatte er abgenommen, trug aber immer noch dasselbe fleckige weiße Hemd und sagte: «Penn ruhig weiter. Hast ganz schön was abgekriegt.»

«Stimmt», sagte ich. «Aber du hättest mal die andern sehn sollen.»

«Hab ich, und verglichen mit euch zwei haben die noch ganz gut ausgesehn.»

«Das hab ich befürchtet.»

«Na ja, so gut haben Draighten und Ray auch wieder nich ausgesehn. Ihr habt die beiden ganz schön verkloppt. Auch die andern haben sich 'n paar blaue Augen, dicke Backen und Nasenbluten abgeholt. Wenn's nich so viele gewesen wären und nich so eng, dann hättest du und dein Kumpel sie bestimmt aufmischen können. Auch wenn ich's bloß halb mitgekriegt hab. Als die Luft dick geworden is, bin ich hinten rausgetürmt und rüber zum Antiquitätenladen. Hab dem Chief Bescheid sagen lassen, daß bei uns die Hölle los is. Deshalb is auch der Officer aufgekreuzt.»

«Danke.»

«Na ja, das mit dem Officer hätt auch ins Auge gehn können. Der mischt selber beim Klan mit.»

«So wie Jackson Brown?»

«Stimmt. Die stecken unter einer Decke. Mr. Jackson, der is der Erhabene Zyklop von der Bande oder so 'n Scheiß. Die nennen sich nich Klan, aber sie sind's. Der Officer muß 'n bißchen vorsichtig sein. Nich mal in Grovetown kann der sich alles erlauben. Du kannst froh sein, daß euch das nich draußen im Wald passiert is.»

«Bin ich auch.»

«Sonst würden dir jetzt die Ameisen den Arsch anknabbern. In der Stadt muß der Officer nach der Pfeife vom Chief tanzen. Würd mich zwar nich grad zu sich nach Haus zum Essen einladen, der Chief, aber was seinen Job angeht, is er nich der schlechteste. Absichtlich würd der bei so was nich bloß blöd rumstehn.»

«Gut zu wissen. Noch mal, danke.»

«Das kannst du dir sparen. Hättet ihr das Café noch mehr demoliert, wär ich meinen Job los gewesen. Der Laden hält sich eh bloß grad so über Wasser. Das is nich wie bei McDonald's. Zwei, drei Wochen Ebbe in der Kasse, dann is Feierabend. Erst recht, wenn 'ne neue Einrichtung fällig wird.»

«Wo is Leonard? Der Kumpel von mir?»

«Auf'm Rücksitz. Wenn hier einer 'ne Abreibung bekommen hat, dann der. Ihr könnt froh sein, daß ihr noch gradeaus gucken könnt.»

«Arbeit auf den Rosenfeldern. Konservenfraß. Kein Sex. Das härtet ab.»

«Übrigens, ich heiß Bacon.»

«Bacon?»

«Ja, wie der zum Essen.»

«Deine Mama hat dich Bacon genannt?»

«Mein Daddy. Er hat für sein Leben gern Bacon gegessen, also hat er mich Bacon genannt. Schätze, den echten Bacon hat er immer noch lieber gehabt als mich. Is mir jedenfalls so vorgekommen.»

Ich brachte das Kunststück fertig, mich umzudrehen und einen Blick auf den Rücksitz zu werfen. Leonard lag der Länge nach auf dem Rücken, und er sah schlimm aus. Sein Gesicht erinnerte an das Ergebnis eines Strahlenexperiments. Wenn ich nicht gewußt hätte, daß er es war, hätte ich ihn wohl kaum wiedererkannt. Sein zertrampelter Strohhut bedeckte seinen Schritt.

«Er braucht 'nen Arzt», sagte ich.

«Schon unterwegs. Bei 'nem weißen Arzt in der Stadt brauchen wir's gar nich erst versuchen. Erst recht nich, wenn die spitzkriegen, daß Mr. Jackson Brown dahintersteckt. Falls du dich über den Hut wunderst, es hat ihm keiner den Schwanz in die Hose stecken wollen.»

«Das wird ihn treffen, wo er seinen Schwanz für sein schönstes Körperteil hält.»

«Caliber hat's mit zwei Stöcken versucht, aber mehr als das Ding anheben und nach links und rechts drehn hat er auch nich hingekriegt. Is einfach nich in die Hose reingegangen, und anfassen wollte er ihn schon gar nich. Ich auch nich. Also haben wir den Hut draufgelegt.»

«Tolle Idee. Wenigstens hat er seinen Schwanz noch. Diesem Brown hat's nichts ausgemacht, ihn anzufassen. Oder abzuschneiden.»

«Kann mir nich vorstellen, daß er das gebracht hätte. Er weiß, wie weit er gehn kann. So weit jedenfalls nich. Nich in der Stadt, vor den ganzen Zeugen, auch wenn die meisten dichthalten würden. Irgendeiner muß immer den Sündenbock spielen. Und bei so 'ner Sauerei, 'nen Nigger am hellichten Tag zu kastrieren, da gibt's bestimmt nich viele Freiwillige.»

«Mit andern Worten, sie würden nich für Jackson Brown in den Knast gehn?»

«Du hast's erfaßt. Aber wie's aussieht, hat Mr. Jackson nichts zu befürchten, ob's dem Chief paßt oder nich. Mrs. Rainforth –»

«Is das Maude?»

«Hmh. Sie wird sagen, was passiert is, genau wie ihre Jungs, aber die andern werden sich hüten, stecken ja selber drin. Die beiden, die ihr verdroschen habt, die werden für die ganze Sache gradestehn. Kriegen ja auch genug Kohle dafür.»

«Wohin fahren wir? Und warum?»

«Ich bring euch zu mir, erst mal. Ich sag dir warum: weil Mrs. Rainforth mich dafür bezahlt. Soll euch mit zu mir nehmen und 'n bißchen verarzten. Krieg was extra dafür.»

«Hab schon gedacht, du hättest Mitleid mit uns gehabt.»

«Ich hab nichts gegen euch. Das is 'ne Sauerei, was da passiert is, aber ohne Mrs. Rainforths Zulage, ohne Rückendeckung von ihr würdet ihr jetzt noch im Hof liegen. Wart's ab, meine Bude is auch nich viel besser als der Hof.»

«Warum tut Mrs. Rainforth das für uns?»

«Weiße Ladys kommen oft auf komische Ideen. Erstens mal kann sie Mr. Jackson nich ausstehn. Dem gehört die halbe Stadt, und das Café will er sich auch unter den Nagel reißen, aber sie will nich verkaufen. Außerdem haben er und ihr Ehemann, Bud, sich gehaßt wie die Pest. Der is längst tot, aber Mr. Jackson, der vergißt so was nich, und Mrs. Rainforth schon gar nich. Nich, daß sie auf einmal 'n Herz für Nigger hat, aber hassen tut sie eigentlich auch niemanden. Es tut ihr leid, was euch beiden passiert is.»

«Wie sieht's mit dir aus? Hat sie 'n Herz für dich?»

«Scheiße, Mann, ich bin der Koch. Ich bin schon so lange in dem Laden, die hat aufgehört, sich über mich den Kopf zu zerbrechen.

Ich gehör zur Einrichtung, außerdem ... Äääääh! Weißt du, Mister ... Wie heißt du überhaupt?»

«Hap. Hap Collins.»

«Mann, wir holen dich erst mal aus den Pißwindeln raus, Mister Hap. Da brennen einem ja die Augen.»

19

Bacons Zuhause war beim besten Willen nur als Bruchbude zu bezeichnen. Das Haus war völlig heruntergekommen, und der Vorgarten stand unter Wasser. Eine ausrangierte Waschmaschine mit aufgeklapptem Deckel, deren Trommel vor leeren Bierdosen überquoll, diente als Dekoration. Wie ein toter Kamerad lag daneben ein umgekippter Kühlschrank, dessen Tür abgebrochen war; sein moosbewachsenes Inneres war schwarz vor Dreck und beherbergte ein verlassenes Vogelnest.

Neben dem Haus standen irgendeine große Maschine und ein Pick-up abgedeckt unter einer alten Plane, die so weit heruntergezogen war, daß ich weder die Art der Maschine noch das Fabrikat des Wagens erkennen konnte.

Bacon fuhr langsam durch die Pfützen bis vor die Veranda, deren Dach unter der Last des Wassers leicht absackte. Das wäre nicht so schlimm gewesen, wenn die Veranda nicht offensichtlich das ganze Haus gestützt hätte. Das Haus bestand anscheinend in der Hauptsache aus Sperrholzplatten und morschen, wenig vertrauenerweckenden Balken, die möglicherweise aus einer Brandruine stammten. Als Dach diente außer etwas Teerpappe vor allem Wellblech, von dem das Regenwasser nur so herabstürzte.

Bacon stieg aus, watete zur Veranda, die unter seinen Füßen nachgab, und öffnete die Haustür. Er ging hinein, kam kurz darauf wieder, um mir die Beifahrertür aufzuhalten, und sagte: «Mit dem Melonenkopp da hinten mußt du mir helfen, Mister Hap.»

«Ich bin ein Wrack», sagte ich. «Kannst du nicht mich reintragen und ihn hierlassen?»

Bacon grinste. «Hast 'n paar Schrammen abgekriegt, so schlimm wird das schon nich sein. Das Beste haben die sich für deinen Kumpel aufgehoben.»

«Gott sei Dank», sagte ich. «Sonst hätten sie mir noch weh getan.»

Ich rutschte vom Sitz in eine knöcheltiefe Pfütze. Ich fühlte mich, als hätte man mich in Stacheldraht gewickelt und mit einem Flammenwerfer in Brand gesteckt. Ich konnte mich nicht ganz aufrichten. Bacon öffnete die Tür zum Rücksitz, griff Leonard unter die Arme und zog ihn aus dem Wagen. «Nimm seine Füße», sagte Bacon.

«Wenn ihm bloß nich der Scheißhut vom Schwanz fällt», sagte ich.

Es war mühsam, und mir tat alles weh, aber schließlich kriegten wir Leonard ins Haus und schleppten ihn in eines der drei Zimmerchen – das Schlafzimmer. Dafür, daß es keine Heizung gab, war es drinnen eigentlich ganz gemütlich und sah um einiges besser aus als von außen. In der einen Ecke des Zimmers standen ein Nachtstuhl und eine Badewanne. Der Fußboden war zur Hälfte mit einem Teppich ausgelegt, der einst beige gewesen sein mochte, aber inzwischen speckigbraun und mit schwarzen Flecken übersät war, die nicht zum Design gehörten.

«Die Einrichtung», sagte Bacon, «is später Sklaven-, früher Niggerstil.»

Ich begriff, was Bacon vorhin getan hatte, als er kurz hineingehuscht war. Er hatte einen Putzlappen voller Farbkleckse auf dem Bett ausgebreitet, auf das wir Leonard legten. Bacon schaltete einen kleinen Heizlüfter an, der in einer Ecke des Zimmers stand, und ich zog Leonard die Schuhe aus. Mit ein paar Armee-Decken, die Bacon unter dem Bett vorgeholt hatte, deckten wir Leonard zu, ohne ihm den Hut vom Schritt zu nehmen.

Dann gingen wir zurück in das winzige Wohnzimmer, in dem sich ein Regal mit eingestaubten Nippesfiguren, eine durchgesessene Couch, ein klobiger Heizlüfter und ein Kaffeetisch befanden. Auf dem Tisch stand ein uralter Fernseher, den zwei V-förmige, mit Alufolie umwickelte Streben schmückten. Als mich Bacon den Apparat angaffen sah, sagte er: «Wenn ich nich ab und zu was zu essen brauchen würde, hätt ich mir längst 'ne Satellitenschüssel zugelegt.»

«Hör auf, dich runterzumachen», sagte ich. «Mir geht's viel zu beschissen, um Mitleid mit dir zu haben.»

«Wenn du glaubst, ich mach mich runter, bist du schiefgewickelt. Und zieh gefälligst deine vollgepißte Hose aus, bevor du dich auf die Couch schmeißt.»

«Wie stellst du dir das vor? Soll ich etwa nackt rumsitzen?»

Bacon verschwand im Schlafzimmer und kam mit einer Khakihose, einem Paar trockener, schwarzer Socken und einem karierten Hemd zurück.

«Mußt's baumeln lassen, saubere Unterhosen hab ich nich.»

Ich schlurfte gebückt wie Quasimodo ins Schlafzimmer und zog mich aus. An der Wand stand ein mannsgroßer Spiegel, in dem ich mich begutachtete. Mein Gesicht war aufgedunsen, an Oberlippe und Augenbrauen klebte Schorf, auf meiner Stirn sprossen tischtennisballgroße Beulen, und mein ganzer Körper war von riesigen dunkelblauen Flecken und Schürfwunden übersät. Sogar meine Eier waren blau angelaufen und geschwollen. Ich mußte sie mit der Hand festhalten, damit sie nicht weh taten, als ich in die Badewanne stieg, um mich zu waschen. Es war die reinste Tortur. Das heiße Wasser ließ lange auf sich warten und kühlte schnell wieder ab.

Ich nahm meine Hose und mein Hemd mit in die Wanne, ließ sie einweichen, wrang sie aus, so gut ich konnte, und breitete sie über den Wasserhähnen aus. Statt in die Kanalisation abzulaufen, versickerte das Wasser, das ich aus der Wanne ließ, direkt im Boden unter dem Haus. Ich spürte den kalten Wind, der darunter hindurchpfiff und den Abfluß hochwehte. Auch so konnten Sanitärprobleme gelöst werden. Zweckmäßig. Bequem. Hirnverbrannt.

Ich stieg aus der Wanne, trocknete mich mit einem unappetitlichen Handtuch ab und zog die Klamotten an, die mir Bacon gegeben hatte. Die Hosenbeine waren zu lang, also krempelte ich sie um. Das große, luftige Hemd fühlte sich gut an auf meinem geschundenen Körper. Ich ging zum Wasserlassen zum Nachtstuhl hinüber. Die Innenseite des Kloszetts war schwarz vom Urinstein. Anscheinend hatte es zum letztenmal saubere Zeiten gesehen, als man es aus der Kiste geholt hatte. Ich pißte, und meine Pisse war voller Blut.

Das hatte ich schon oft erlebt. Ein paar kräftige Schläge auf die Nieren, und schon war es soweit, aber es war jedesmal wieder ein grausiger Anblick.

Beim Nachspülen fragte ich mich, ob meine Pisse zu dem Badewasser in den Matsch unter dem Haus abfloß. Ich schnappte mir meine Socken und Schuhe und blieb vor dem Bett stehen, um einen Blick auf Leonard zu werfen.

Ich konnte nicht mehr für ihn tun, als nicht in Tränen auszubrechen, so übel war er zugerichtet. Ich strich ihm über die Schulter und ging zurück ins Wohnzimmer, wo ich mich auf die Couch setzte und Schuhe und Socken daneben stellte. Ich sagte: «Wo bleibt der Arzt?»

«Kommt gleich», sagte Bacon. «Mrs. Rainforth hat ihn angerufen. Hat ihm gesagt, daß wir im Anmarsch sind. Er wohnt 'ne ganze Ecke von hier. Das kann dauern. Wer weiß, vielleicht hat's bei ihm Scheiße geregnet, und seine Bude steht unter Wasser.»

Das dritte Zimmer diente als Küche, war aber nur insofern ein Zimmer, als darin ein Gasherd, ein Kühlschrank, eine Spüle, ein Tisch mit Stühlen und ein großer Eimer standen, der das Regenwasser auffing, das durch ein Loch in der Decke tropfte. Über der Spüle befand sich ein Fenster, vor das eine Sperrholzplatte genagelt war. Bacon warf den fettigen Herd und den Heizlüfter an, und klein wie es war, wurde das Haus langsam wärmer. Bacon sagte: «Lange bleibt ihr mir nich hier, dann setz ich euch vor die Tür. Ich will keinen Ärger mit den Ku-Kluxern. Kaffee gefällig?»

«Gute Idee. Junge, ich kann mich nich erinnern, daß ich schon mal so fertig war und mich immer noch auf den Beinen halten konnte. Ich mein, ich hab schon Schlimmeres einstecken müssen, aber nich so.»

Mir fiel ein, wie mich einmal eine Kugel erwischt hatte. Damals war es mir echt dreckig gegangen, und ich hatte eine Scheißangst gehabt. Leonard war noch schlimmer getroffen worden und hätte um ein Haar ein Bein verloren. Aber ich verdrängte den Gedanken an damals, wo ich nur konnte. Ich hatte das Gefühl, daß auch dieser kleine Ausflug nicht gerade zu den Top ten meiner Lieblingserinnerungen gehören würde.

«Du und fertig», sagte Bacon, «wart mal 'n paar Stunden, spätestens morgen früh bist du steifer als der Schwanz von 'nem jungen Bullen, nur nich so glücklich. Du weißt ja wohl, daß die auf euch gewartet haben, oder?»

«Vorhin im Café?»

«Ja. Die haben gewußt, daß ihr kommt, du und der andre. Mr. Hut-auf'm-Schwanz.»

«Leonard», sagte ich.

«Haben euch genau da gehabt, wo sie euch haben wollten, und das Café hat ja auch gut was abgekriegt. Schätze, das is auf Mr. Jacksons Mist gewachsen, der hat Mrs. Rainforth noch nie leiden können. Er kommt sonst nie ins Café. Nich mal auf 'ne Tasse Kaffee. Er muß sich gedacht haben, wenn er schon irgendwo die Tapeten vollscheißt, dann lieber in 'nem Laden, der nich ihm gehört. Und wo er genug Leute zusammentrommeln kann. Wer nich spurt, riskiert seinen Job. Obwohl die bestimmt Spaß dran gehabt haben, euch zu verdreschen.»

«Sie sind ganz gut bei der Sache gewesen. Ich hätt gedacht, daß er sich 'n abgeschiedeneres Plätzchen aussucht.»

«Stimmt schon. Wahrscheinlich will er auch bloß, daß ihr vor lauter Schiß nich mehr dazu kommt, Fragen zu stellen. Außerdem kann er so zeigen, daß er der Boß is und sich 'nen Dreck um das Gesetz schert.»

Ich streckte mich vorsichtig auf der Couch aus, die verdammt unbequem war und muffig roch. Ich drehte den Kopf und sah das Regal mit dem eingestaubten Nippes. Ich sagte: «Du siehst nich grad wie 'n Nippessammler aus.»

«Das ist mein ein und alles. Am liebsten hätt ich 'n ganzes Zimmer voll davon. Besonders von den kleinen Kätzchen und Entchen aus Porzellan da ... die sind von meiner Frau.»

«Wo is sie?»

«Tot.»

«Oh, das tut mir leid.»

«Mir nich. Ich will den ganzen alten Krempel schon seit Jahren in 'ne Kiste packen und wegschmeißen, aber ich bin noch nich dazu gekommen. Milch is alle. Willst du Zucker?»

«Nur schwarz», sagte ich.

«Ganz mein Motto, besonders, was Frauen angeht», sagte er und brachte den Kaffee herein. «Rück mal 'n Stück, Mann. Ich will fernsehn. Gleich kommen die 12-Uhr-Nachrichten. Mal sehn, wer wen umgebracht hat.»

«Ich bin verletzt.»

«Egal. Beweg deinen Arsch.»

Ich richtete mich mühsam auf, rutschte ans Ende der Couch und nahm den Kaffee, den er mir hinhielt.

«Danke», sagte ich.

«Nichts zu danken. Hätt mir sowieso welchen gemacht.»

Bacon machte den Fernseher an und fummelte eine Weile an den Streben herum. Er stellte alles mögliche mit ihnen an, außer sie zu verknoten, aber er bekam kein Bild. Bloß Rauschen.

«Scheiße», sagte er und machte den Fernseher wieder aus. «Dann müssen wir uns wohl unterhalten.»

«Glaubst du, es is Jackson Brown gewesen, der den Kerl im Knast aufgehängt hat?»

«Bobby Joe? Wenn irgendeiner den Strick verdient hat, dann dieser Flachwichser.»

«Scheint ja hier in der Gegend sehr beliebt gewesen zu sein. Ich hab noch keinen getroffen, der ihn leiden konnte.»

«Kein Wunder. War mir 'n Vergnügen, ihn einzumotten.»

«Häh?»

«Ich hab den Trottel unter die Erde gebracht oder jedenfalls die Grube für ihn geschaufelt. Ich hab 'nen Bagger, mit dem ich mir hin und wieder was dazuverdiene. Gräben und Abwasserkanäle ausheben, Gräber schaufeln, man tut, was man kann. Von irgendwas muß ich ja meine Rechnungen bezahlen.»

Jetzt begriff ich, was für eine Maschine das war, die draußen unter der Plane stand.

«Ja und? Glaubst du, Brown is es gewesen?»

«Er hat sich vielleicht nich grad selber die Hände schmutzig gemacht, aber er steckt bestimmt dahinter, denn daß es Selbstmord war, kann ich mir bei Bobby Joe nich vorstellen. Schätze, Bobby Joe hat den weißen Schwachkopf mit seinem Gequatsche hier runtergelotst, weil er geglaubt hat, der bringt ihm 'nen Sack Geld mit. Dann hat er sich vollaufen lassen und sich gesagt, Kleingeld is besser als kein Geld. Hat ihn für die paar Kröten umgebracht, die er in der Tasche gehabt hat. Da hat er nix gekannt. Fieser wie Hinternkrätze. Vielleicht hat er auch bloß mal zugucken wollen, wie sich der Mehlarsch vor ihm windet. Hast du gehört, wie sie den Weißen gefunden haben?»

«Nein.»

«Hat mit durchgeschnittener Kehle kopfunter an 'nem Ast gebaumelt.»

«Scheiße. Weißt du, Bacon, eigentlich sind wir nich hergekommen, um uns verdreschen zu lassen, sondern weil wir 'ne Frau suchen.»

«Welcher Mann sucht keine?»

«Wir suchen 'ne bestimmte, namens Florida. Is dir vor kurzem 'ne gutaussehende junge Schwarze über den Weg gelaufen? Eine wie die vergißt man nich so schnell.»

«Dieser schwarze Heuler? Mann, 'ne Viertelstunde nachdem die hier aufgekreuzt is, haben alle Bescheid gewußt. Jeder Niggerschwanz is hinter ihr hergewesen, und die Mehlärsche haben auch geglotzt. Wenn ich noch krauchen könnte, hätt ich's genauso gemacht.»

«Sie hat sich für die Soothe-Sache interessiert und was drüber in Erfahrung bringen wollen. Hast du 'ne Ahnung, wo sie abgeblieben is?»

«Die is verrückt. Kommt hier an und erzählt überall rum, daß sie sich um Bobby Joes Nachlaß kümmern will, als ob der überhaupt einen hätte. Muß ihn wohl mit L. C. verwechselt haben. Bobby Joe hat ganz anständig Gitarre gespielt, aber ansonsten is er 'n Arschloch gewesen, und Arschlöcher haben nich verdient, daß man sich mehr um sie kümmert, als ihnen 'ne Grube zu schaufeln. Wenn er am Ende nich Prediger geworden wär, hätt er den perfekten Bösewicht abgegeben. Einer, der den eigenen Neffen aufschlitzt.»

«Die Story kenn ich schon.»

«Auch die mit dem deutschen Schäferhund?»

«Ja.»

«Die stimmt nich. Der Köter war 'n halber Collie.»

«Du hast nich zufällig auch seinen Namen auf Lager?»

«Ralph. Dann erzähl ich dir was andres. Bobby Joe is mal am Eingang von 'ner Kneipe in 'n bißchen Katzenscheiße getreten. Der Typ, dem der Laden gehört, hat damals 'nen Haufen Katzen gehabt, ohne sich groß um die Viecher zu kümmern. Hat sie überall rumstreunen lassen und ihnen ab und zu was zu fressen in den Hof geschmissen. Und natürlich sind die Katzen nich sterilisiert gewesen. Na, und du weißt ja, wenn's ums Rammeln geht, kommen die gleich nach Ratten und Karnickel. Die also nichts als gerammelt und alles vollgeschissen. Bobby Joe is da öfter einen kippen gegangen, weil jeder Schiß vor ihm gehabt hat, das hat ihm gefallen. Er is am liebsten in Läden gegangen, wo sich die andern vor Angst bepißt haben. Dann kam er sich immer ganz groß vor. Jedenfalls latscht der da in die Katzenscheiße, und weißt du, was er macht?»

«Ich komm nich drauf.»

«Er geht rein, läßt sich 'n Bierkrug geben und schaufelt was von der Katzenscheiße rein. Dann kommt er zurück und läßt den Besitzer sich selber 'n Bier kaufen. Richtig mit Geld rausholen und auf die Theke legen und so.»

«Wenigstens kriegt der das Geld zurück», sagte ich.

«Ja. Da soll noch einer sagen, das Leben wär ungerecht. Okay, Bobby Joe läßt also den Besitzer – den nennen alle Tiny Joe Timpson, weil er so groß is wie 'n ausgewachsener Bär, der auf 'nem Baumstumpf steht – den läßt er sein Bier in den Krug mit der Katzenscheiße füllen und austrinken. Und Bobby Joe is nun echt kein Riese. Is nich grad 'n Zwerg, aber 'n Riese is er auch nich. Dieser Tiny hat dieses Jahr schon sechs Leute auf dem Gewissen. Zwei hat er erwischt, wie sie bei ihm eingebrochen sind, und zwei andre hat er umgelegt, weil sie dahintergekommen sind, daß er ihre Weiber gevögelt hat. Dann hat er noch zwei Frauen umgelegt. Die eine hat ihn angemacht, weil er ihren Mann jede Nacht unter den Tisch gesoffen hat. Als es ihm mit der Alten zu bunt wurde, hat er sie abgeknallt. Aus Notwehr, hat er gemeint. Cantuck hat die Sache zwar unter die Lupe genommen, aber mit Tiny legt sich keiner gern an. Am Ende hat's geheißen, sie wär mit 'nem Bierkrug auf ihn losgegangen.»

«Und die andre Frau?»

«Hat in seinem Hof gelegen, und er is beim Rausfahrn drübergerollt.»

«Is sie da eingepennt?»

«Ja, nachdem ihr Tiny eins mit der Colaflasche übergezogen hat.»

«Und Cantuck hat nichts unternommen?»

«Er wollte. Aber so was machen Schwarze unter sich aus, und den

Weißen is das bloß recht. Aber jetzt siehst du mal, was für 'n Kaliber dieser Tiny ist, und Bobby Joe, der läßt ihn das Bier mit Katzenscheiße drin trinken.»

«Meine Herren, wenn das mal kein neuer Cocktail wird.»

«Dafür hat Tiny schon gesorgt. Am nächsten Tag hat er sich das Gewehr geschnappt und hat die Viecher der Reihe nach abgeknallt, und als die Patronen alle waren, hat er die übrigen totgeschlagen. Der würd sich nich mal mehr 'n Bild von 'ner Katze an die Wand hängen. Die Katzenscheiße, die is ihm im Hals steckengeblieben.»

«Soviel ich weiß, is Florida nich hergekommen, um sich Bobby Joes Nachlaß unter den Nagel zu reißen, sondern um 'nen Artikel über ihn zu schreiben.»

«Hab mal 'n paar Typen so was sagen hören, mehr weiß ich auch nich. Sie is oft draußen im Roadhouse gewesen, um Leute nach Bobby Joe auszufragen, als wär der so 'ne Art Star gewesen. Sie hat seine Gitarre kaufen wollen, Tonbänder, das ganze Zeug. Geld genug hat sie wohl gehabt, und sie hat's überall rausposaunt. Die Typen da haben ihr diesen ganzen Scheiß erzählt, von wegen L. C. und Bobby Joe hätten ihre Seele draußen an der Kreuzung dem Teufel verkauft und seine Pisse getrunken, um in die Saiten zu haun, und sie hat gar nich genug davon kriegen können.»

«Warum sollte sie überall rumerzählt haben, daß sie Soothes Sachen kaufen wollte?»

«Weil sie weder die Sachen von L. C. noch die von Bobby Joe allein auftreiben konnte. Bei seinen Verwandten is sie nich fündig geworden, die wollten nichts mit ihm zu tun haben. Hatten selber Schiß vor ihm. Mann, der Kerl hat seine eigne Schwester vergewaltigt. Wenn 'ne Hündin über den Hof spaziert is, hat er sich auf sie gestürzt, hat sie durchgenommen und abgemurkst. Gab keinen größeren Hurensohn als diesen Bobby Joe. Das war vielleicht 'n Teufel, sag ich dir. Die Sache mit seinem Nachlaß is bloß deshalb aufgekommen, weil Bobby Joe auf 'ner Konzerttour in der Nähe von Tyler von irgend so 'nem Schreiberling interviewt worden is, dem er weismachen wollte, daß er Sachen von L. C. hätte. Hat ihm lauter wirres Zeug erzählt, von wegen er hätt 'n paar unveröffentlichte Songs von L. C. und 'n paar uralte Aufnahmen, die auf keiner Platte drauf sind.»

«Und? Hat er sie gehabt?»

«Nich daß ich wüßte. Nich, daß irgendwer wüßte, den ich kenn.»

«Mit andern Worten, Florida saß auf dem trockenen?»

«Und sie hat Geld für Informationen geboten. Viel Geld. Von den Typen im Roadhouse is die Hälfte keinen Scheiß wert. Die hätten ihr alles erzählt, was sie hören wollte, wenn dabei 'n paar Dollar oder die Aussicht auf 'ne saftige Muschi für sie rausspringt. Außerdem kann ich's nich ab, wenn einer so tut, als wär der Nigger 'n Genie oder so gewesen. Das war 'n Scheißkerl, nich mehr und nich weniger. Er hat sich mit dem Mehlarsch im Roadhouse hier in der Nähe getroffen. Ich hab sie selber gesehn. Hab mir 'n Bier bestellt und den beiden zugesehn, und Bobby Joe hat den Kerl echt um den Finger gewickelt. Hat ihn über Musik vollgequatscht und 'n bißchen was vorgespielt, bis der weiße Knabe nur noch genickt hat, als ob er 'nen Gott vor sich hätte oder so. Den Teufel hat er vor sich gehabt, sonst nichts. Dann sind sie im Wagen von dem Weißen weggefahrn, und bloß 'n paar Stunden später haben sie den Kerl mit durchgeschnittener Kehle am Baum gefunden, neben der Straße, die zu Bobby Joes Haus führt. Auf eine Art war Bobby Joe ja ziemlich gerissen, aber manchmal auch bloß 'n besoffener Handlanger mit schlechter Laune. Er hat nich weiter als bis zu seiner Schwanzkuppe gedacht oder bis zur nächsten Pulle. Ja, so war er, und mehr gibt's zu dem Mann nich zu sagen. Als Officer Reynolds bei ihm aufgekreuzt is, hat ihm sein Voodooscheiß auch nichts genützt. Als der Officer von dem toten Weißen erfahrn hat, is er rüber zum Roadhouse, hat 'n paar Fragen gestellt, und ich und 'n paar andre haben ihm erzählt, daß wir Bobby Joe mit dem Weißen haben rausgehn sehn. Später hat der Officer, der alte Scheißkerl, Bobby Joes Tür eingetreten, da hat der besoffene Wichser mit der Armbanduhr und der Brieftasche von dem Weißen am Tisch gesessen und die Kohle gezählt. Bobby Joe wollte dem Officer mit seiner Gitarre eins überziehn, aber der hat Kleinholz draus gemacht und dann Bobby Joe windelweich geprügelt. Hat ihm das Maul aufgerissen, in die Tischplatte beißen lassen und dann auf den Hinterkopf gedroschen, daß ihm alle Schneidezähne rausgebrochen sind.»

«So was nennt man wohl ‹Brutalität im Dienst›.»

«Bei uns is das normal. Mit weißen Bullen legt man sich lieber nich an. Aber Bobby Joe hat's nich anders verdient. Meinetwegen hätten sie mit dem sonstwas machen können.»

«Woher willst du wissen, daß es so passiert is?»

«Filipine hat's mir erzählt.»

«Filipine?»

«Der Typ wohnt 'n Stück weiter die Straße runter. Mutter schwarz, Vater so 'n Filipino. Er hat den Officer zu Bobby Joes Haus geführt. Is ihm wohl nichts andres übriggeblieben, sonst hätt ihm der Officer den Arsch über die Ohren gezogen.»

Ich ließ mir die ganze Geschichte durch den Kopf gehen und verstand plötzlich, wieso Florida ihr Bankkonto geplündert hatte. Die Frau hatte etwas im Schilde geführt, das alles überstieg, was ich für möglich gehalten hatte. Sie hatte sich nicht nur als eine Art Wahrheitsapostel gesehen, sondern auch als Bewahrerin eines Erbes, die für ihre Mühen ganz nebenbei Lorbeeren ernten würde. Sie hatte aus diesem Bobby Joe einen zweiten Robert Johnson machen wollen. Mit Zeitschriftenartikeln, einem Buch, Fernsehreportagen. So wollte sie die Sache aufziehen. Florida steckte voller Ehrgeiz. Wahrscheinlich hatte sie ihr Apartment aufgegeben, um hierher zu ziehen, in die Höhle des Löwen.

Ich hörte, wie draußen ein Wagen durch die Pfützen preschte, und mir wurde, gelinde gesagt, mulmig.

Bacon stand auf, ging ans Fenster und zog den Vorhang zurück, um hinauszusehen. «Der Doktor», sagte er.

Der Doktor kam klitschnaß herein, ein alter, glatzköpfiger Giftzwerg. Die schwarze Haut auf seiner Stirn war von tiefen Falten durchzogen, die wie eine ausgeleierte Jalousie durchhingen. Auf seinem grauen Regenmantel perlten die Wassertropfen wie Bläschen auf der Pelle eines Rhinozeros. Statt einer kleinen schwarzen Arzttasche hielt er eine große rote Plastiktüte in der Hand, als käme er gerade vom Einkauf in einem Spielzeugladen. Er stellte die Tüte ab, zog den Regenmantel aus und ließ ihn auf den Boden fallen, auf dem sich eine Wasserlache bildete.

«Hey, passen Sie mit meinem Fußboden auf!» sagte Bacon.

Der Doktor sah sich in der Wohnung um und sagte dann zu Bacon: «Soll das 'n Witz sein?»

«Ja, ja, schon gut», sagte Bacon.

Der Doktor schnappte sich seine Tüte, und Bacon führte ihn nach hinten zu Leonard. Kurz darauf kam Bacon aus dem Schlafzimmer zurück und sagte, nachdem er die Tür hinter sich geschlossen hatte: «Der war schon immer 'n altes Ekelpaket. Aber er is 'n guter Arzt. Ihm sind bloß mal 'n paar Hunde verreckt, aber die waren auch ganz übel von 'nem Auto erwischt worden. Er hat 'n Händchen für Pferde. Dafür hat er schon 'ne Menge Katzen ins Jenseits befördert, aber die Viecher hab ich noch nie ausstehn können.»

«Er is 'n Tierarzt?»

«Der kümmert sich um jeden, wenn Not am Mann is. Der nächste richtige Doktor wohnt fünfzig Meilen weit weg, und bei dem Regen wär der sowieso nich gekommen, schon gar nich nach Grovetown.»

«Na toll. Ein Tierarzt.»

Nach zwanzig Minuten kam der Doktor mit seiner großen roten Plastiktüte aus dem Schlafzimmer und seufzte.

«Wie geht's ihm?» fragte ich.

«Sieht viel schlimmer aus, als es is. Er hat 'ne Menge eingesteckt, aber die Kerle, die ihn verprügelt haben, müssen wohl das Zielwasser vergessen haben. So 'n zäher Bursche, der wird schon wieder. Hab mal 'n Schwein behandelt, das hat so ähnlich ausgesehn. Ein paar Gören waren zu den Schweinen ins Gehege geklettert und haben sich mit Baseballschlägern über sie hergemacht, bis der alte Eber ausgerastet is. Hat einen von den Burschen umgerissen und sein Gesicht angeknabbert, bevor er sich über den Zaun retten konnte.»

«Wird er wieder gesund?»

«Nich grad von heut auf morgen, aber gesund wird er. Wie's aussieht, hat er nich mal richtige innere Verletzungen, was mich wundert.»

«Er hat gelernt, sich in acht zu nehmen, mit dem Schlag mitzugehn», sagte ich. «Mit so was hat er Erfahrung.»

«Ich hab ihm übrigens den Schwanz in die Hose gesteckt.»

«Gut», sagte Bacon. «Von uns wollte ihn keiner anfassen.»

«Ich hab Handschuhe angehabt», sagte der Doktor. «Jetzt bist du an der Reihe, Whitey. Raus aus den Klamotten.»

Ich kam kaum von der Couch hoch. Ehrlich gesagt, ich schaffte es nicht. Bacon mußte mir beim Aufstehen helfen. Er roch nach Fritierfett und Schweiß. Meine Muskeln taten höllisch weh, mir war zum Kotzen. Gerade zu stehen war ungefähr das Schmerzhafteste, was ich je getan hatte, gleich nach Steuern zahlen. Ich knöpfte vorsichtig mein Hemd auf, und der Doktor half mir, es auszuziehen. An den Stellen, wo mich Faustschläge und Fußtritte getroffen hatten, war meine Haut lila und schwarz und grün angelaufen. Die Beule neben der Schläfe tat am meisten weh.

Der Doktor drückte hier und da, tastete und begutachtete. Dann sagte er: «Die Beule hier, da hat dich 'n Schuh erwischt.»

«Kann sein», sagte ich. «Hab mir keine Notizen gemacht.»

«Hose runter.»

Ich gehorchte. Meine Eier hatten die Farbe halbverfaulter Pflaumen und waren mindestens doppelt so groß wie vorher.

«Besorg dir lieber 'ne Unterhose», sagte der Doktor. «Wenn die Jungs hin und her baumeln, siehst du bald Sterne.»

«Ja», sagte ich. «Sie sind doch nich hinüber, oder?»

«Nein. Das wird schon wieder. Kauf dir 'ne Tüte Bittersalz, und pack dich damit ein, zwei Stunden am Tag in 'ne heiße Wanne.» Er musterte meinen Kopf. «Da hat aber einer gut zugetreten. Hast du irgendwelche Gedächtnislücken?»

«Kann mich nich erinnern.»

«Ha, ha», sagte der Doc. Keiner verstand mehr Spaß.

«Bacon, hab ein Auge auf ihn. Wenn er Schwierigkeiten hat, sich zu erinnern oder Sätze nachzusprechen, dann ... Was weiß ich. Gib ihm zwei Aspirin und halt ihn wach.»

«Scheiße, Mann, was geht mich der Kerl an. Ich kenn den ja nich mal. Pennt der ein und wacht nich wieder auf, is das doch nich meine Schuld. Kratzt mich nich die Bohne, ob der krepiert. Ich schlaf wie 'n Baby. Hab ich ihn in die Scheiße geritten? Er und der alte Melonenkopp da hinten, die haben sich das selber eingebrockt, nich ich.»

«Macht das unter euch aus», sagte der Doc. «Mein Problem is es auch nich.»

«Sollte es aber», sagte ich. «Schließlich sind Sie hier der Medizinmann.»

«Bloß für Tiere. Wenn die rauskriegen, daß ich dich behandelt hab, kann ich meine Praxis dichtmachen. Außerdem, wenn du mich fragst, bist du kerngesund.» Er stach mit dem Finger in die Rippen. «Tut das weh?»

«Ja, verdammt.»

«Gut. Das war's. Ihr werdet's überleben. Laßt es demnächst 'n bißchen ruhiger angehn. So zwei Glückspilze wie ihr sind mir lange nich untergekommen. Man sieht's euch zwar nich an, aber ihr seid zäh wie Truck-Stop-Burger. Der Typ da drinnen, seine Birne hat vorher anders ausgesehn, stimmt's?»

«Stimmt.»

«Dann is er zäh, nich bloß häßlich. Das wird schon wieder mit euch. Macht sechzig Dollar pro Nase.»

«Pro Nase?» sagte ich. «Was zahlen Hunde denn bei Ihnen?»

«Die Hunde nichts, aber ihre Besitzer zahlen sechzig Dollar pro Nase fürs Durchchecken.»

«Kriegen wir nichts gegen die Schmerzen?»

«Mein Mitgefühl und Bacons Aspirin. Ich bin keine Apotheke. Ich bin Tierarzt.»

«Na toll», sagte ich und gab ihm etwas von Charlies Geld.

Gegen zehn am Abend ließ der Regen nach. Ich hatte mich kaum auf der Couch bewegt, was ich jetzt bereute, denn ich war steif wie ein Brett. Bacon machte ein paar Spiegelei-Sandwiches und schaffte es doch noch, den Fernseher in Gang zu bringen. Wir sahen uns einen alten Gangsterfilm in Schwarzweiß an, der von langen, dämlichen Werbespots unterbrochen wurde. Als wir die Sandwiches aufgegessen hatten, sagte Bacon: «Wie wär's mit 'nem Whiskey? Ich kipp mir vorm Schlafengehen immer ein oder zwei hinter die Binde.»

«Ich hab aufgehört zu trinken.»

«Bist du Alkoholiker?»

«Das nich, wollte bloß was für meine Gesundheit tun.»

«Na, ich hol mir einen. Kannst es dir ja überlegen, wegen der Schmerzen und so.»

«Ach, scheiß drauf. 'nen kleinen kann ich mir genehmigen.»

Er schenkte uns zwei Plastikbecher ein und gab mir eine Handvoll Aspirin. Ich schluckte die Aspirin, wir nippten an unserem Whiskey und sahen uns den Film an. Kaum hatte ich meinen Becher ausgetrunken, wurden mir die Lider schwer. Die Gangster waren gerade dabei, einen anderen um die Ecke zu bringen, als ich den Faden der Handlung verlor. Im nächsten Moment war es Morgen.

20

Ich wollte aufstehen und pinkeln gehen, doch das war schwieriger als erwartet. Ich hatte schon Mühe, meine Beine über den Rand der Couch zu hieven.

Ich sah Bacon in der Küche auf einem Klappbett schlafen, die Decke bis zur Nase hochgezogen. Ich kam doch noch von der Couch hoch und schlurfte ins kombinierte Schlaf- und Badezimmer, pißte und sah nach Leonard. Er schlug die Augen auf und sah mich an.

«Ich muß mal», sagte er.

Ich schlug die Decke zurück und sah, daß der Doc ihn in ein paar von Bacons alten Klamotten gesteckt hatte. Wir brauchten zusammen ungefähr zwanzig Minuten vom Bett bis zum Klo. Ich war selbst nicht gerade der Leichtfüßigste. Leonard ließ Wasser und sah in den Spiegel. «Ach du Scheiße», sagte er. «Ich seh aus wie der Elefantenmensch.» Ich half ihm zurück ins Bett. Wir machten Fortschritte: Der Rückweg dauerte bloß zehn Minuten.

«Mann, geht's mir beschissen», sagte er. «Wo sind wir?»

Ich erzählte ihm, was passiert war.

«Bacon? Heißt er echt Bacon?»

«Ja. Und er is 'n altes Ekel. Kannst du dich an den Arzt erinnern?»

«Nich so richtig.»

«Der war auch 'n Ekel. Und außerdem Tierarzt.»

«War ja klar.»

«Grovetown is 'n Nest von Ekeln. Ich will nach Hause.»

«Ich auch. Hap?»

«Was?»

«Dieser Bacon, der kann uns nich hören, oder?»

«Nein.»

«Ich muß dir was beichten, ganz unter uns, ich hab eine Scheißangst gehabt. Ich mein's ernst. Wenn ich einem von den Kerlen noch mal über den Weg laufe, ich glaub, dann piß ich mir in die Hose.»

«Schon passiert.»

«Stimmt.»

«Bevor ich's vergesse, als du im Hof auf den Boden geknallt bist, hast du mächtig einen fahrn lassen. Hab mich richtig für dich geschämt. Und deinen Hut haben sie auch zertrampelt.»

«Dabei hat der mir so gut gestanden.»

«Red keinen Scheiß.»

«Ich hab schon oft was auf die Schnauze gekriegt, aber so derb noch nie», sagte Leonard. «So hat mich noch niemand zur Sau gemacht. Ich hab's schon mit drei, vier Wichsern gleichzeitig aufgenommen. Und du auch. Die Arschlöcher von nebenan zum Beispiel. Aus dem Crackhaus. Die hab ich plattgemacht wie nichts.»

«Diesmal sind's einfach zu viele gewesen. Außerdem war der Laden so klein, daß das Überraschungsmoment fehlte, und wir sind auch nich mehr die Jüngsten. Ganz ehrlich, Leonard, so 'nen wilden Schlägertrupp wie den, jung und alt, Männer und Frauen, so was hab ich noch nich erlebt. Die haben uns wie 'ne Flutwelle überrollt. Unter diesen Umständen haben wir uns ganz gut gehalten, und daß wir bloß fix und fertig sind, aber nich tot, das verdanken wir unsern Selbstverteidigungskünsten.»

«Wenn du mich fragst, haben wir einfach Schwein gehabt.»

«Du hast recht.»

«Ich will echt nach Hause. Ich hab zum erstenmal die Schnauze gestrichen voll. Mußtest du mir unbedingt von der Sache mit dem Furz und dem Schwanz erzählen? Daß ich mich vollgepißt hab, is schon schlimm genug.»

«Ich dachte, bevor du's von jemand anders erfährst... Wie war das noch: ein Unglück kommt selten allein.»

«Sieht aus, als ob wir das Maul mal wieder zu weit aufgerissen haben.»

«Du vielleicht. Ich nich.»

«Das hab ich jetzt davon.»

Wir saßen eine Weile schweigend da, bis ich sagte: «Kennst du den Witz mit den einsamen Cowboys?»

«Bitte, Hap, jetzt nich.»

«Als kleine Aufmunterung.»

«Hap, das is jetzt nich der Augenblick, um Witze zu reißen.»

«Also, da war mal dieses Kaff voller Cowboys, und da kommt so 'n Typ angeritten –»

«Hap, bitte.»

«– geht in den Saloon und spült 'n paar Drinks runter –»

«Du erzählst ihn sowieso, stimmt's?»

«– und als er schon ziemlich voll is, sagt er zum Barkeeper: ‹Wo stecken denn die Mädels? Mann, ich hab schon 'n halbes Jahr keine Frau mehr gehabt.›»

«Is das 'n sexistischer Witz?»

«Glaub schon.»

«Okay, weiter, auch wenn du den falschen erwischt hast.»

«Dann machen wir eben 'nen schwulen Cowboy aus dem Typ. Er sagt also: ‹Ich hab schon 'n halbes Jahr keinen knackigen Hintern mehr gehabt.› Vorausgesetzt das is 'n progressiver Western-Saloon.»

«Bring's hinter dich.»

«Der Barkeeper sagt: ‹Mann, hier gibt's keine Mädels ... Typen.› Tut mir leid, Leonard, das müssen Mädchen sein, sonst haut der Witz nich hin.»

«Okay, scheiß drauf.»

«Der Barkeeper sagt also: ‹Mädels gibt's hier nich, aber wir haben 'ne Lösung für dein Problem.› Der Cowboy sagt: ‹Ach ja, und die wäre?› Und der Barkeeper sagt: ‹Zeigt's ihm, Jungs.› Also nehmen die Jungs den Cowboy mit nach draußen hinter den Saloon, und da is so 'n Feld mit Wassermelonen.»

«Ich ahne es.»

«Wart's ab. Sie führen ihn an den Zaun, und der Cowboy glotzt auf die Wassermelonen und sagt: ‹Kapier ich nich.› Da sagt einer von den Jungs: ‹Wir bohren uns einfach 'n Loch in so 'ne Melone, und in 'ner heißen Sommernacht wie heute, da ficken wir sie, und das fühlt sich saugeil an.›»

«Das is ekelhaft, Hap. Erzähl weiter.»

«Im ersten Moment is der Cowboy, gelinde gesagt, schockiert, aber, na ja, es is bei ihm eben schon 'n halbes Jahr her, also klettert er über den Zaun, guckt sich noch mal um und sucht sich 'ne knackige Melone, so 'ne gestreifte Wassermelone, und verdammt noch mal, für ihn is es fast so was wie Liebe auf den ersten Blick. So 'n Kribbeln im Bauch. Er hebt sie hoch, holt nein Taschenmesser raus und fängt an, in der Melone rumzustochern, als sich die Jungs hinter ihm auf einmal vor Lachen wegschmeißen. Er dreht sich um und sieht sie an und sagt: ‹Was habt ihr denn?›

‹Paß auf, Cowboy›, sagt der eine, ‹du spielst mit dem Feuer. Das ist Johnny Ringos Mädchen.›»

Nach einem langen Moment des Schweigens seufzte Leonard auf. «O Mann, der is noch schlechter, als ich gedacht hab. Einfach geschmacklos. Was ja noch okay wär. Aber der is noch nich mal witzig.»

«Und ob.»

«Nein, is er nich. Hap?»

«Was?»

«Weißt du was?»

«Ja. So oder so, wir müssen zu Ende bringen, was wir angefangen haben.»

Mit Leonard war nicht viel los. Erst gefiel ihm mein Witz nicht, und dann schlief er einfach ein, als ich mit ihm redete. Ich ging zurück ins Wohnzimmer. Bacon war aufgestanden und hatte das Klappbett weggeräumt. Er trug geblümte Boxershorts, ein fleckiges T-Shirt und gammelige braune Latschen. Er stand am Herd und sagte: «'n Rührei zum Frühstück?»

«Klingt gut.»

«Wie wär's mit 'n bißchen mehr und dazu Biskuits?»

«Einverstanden.»

Ich ging in die Küche und setzte mich an den Tisch. In der Küche war es warm. Bacon hatte vor dem offenen, brennenden Ofen geschlafen. Er holte eine Dose mit Biskuits aus dem Kühlschrank, schlug den Deckel an der Tischkante ab, pulte die Biskuits heraus und warf sie in eine fettige Pfanne. Dann hielt er inne, um sich am Arsch zu kratzen, und fuhr mit der Zubereitung des Frühstücks fort. Ich versuchte, die Biskuits im Auge zu behalten, die er vor der Kratzerei in die Pfanne geworfen hatte.

Er stellte die Pfanne in den Ofen, machte die Klappe zu und fing an, die Eier aufzuschlagen. «Geht's dir besser?»

«Etwas. Jedenfalls besser, als ich befürchtet hab.»

«Ihr habt Glück gehabt, daß ihr die einzigen Typen, die wissen, wie man zuschlägt, gleich am Anfang ausgeknockt habt. Ziemlich unangenehme Burschen, die beiden. Beim nächstenmal sind die bestimmt schlauer. Haben bloß nich damit gerechnet, daß ihr wie zwei Japse loslegt.»

«Koreaner. Wennschon, dennschon. Hapkido.»

«Mir wurscht. Nächstes Mal werden die jedenfalls andre Saiten aufziehn, falls sie euch nich gleich abknallen.»

«Meinetwegen braucht's kein nächstes Mal geben. Ich will bloß nach Hause.»

«Gute Idee. Bei mir bleibt ihr bestimmt nich. Ich finde, ihr seid fit genug, um weiterzuziehn. Wird höchste Zeit. Ich will nich noch mehr Ärger, als ich so schon hab.»

Bacon gab die Eier in eine Schüssel, schüttete etwas Milch dazu und fing an, sie zu schlagen. Das Resultat goß er in eine leicht geölte Bratpfanne, in der er beim Brutzeln immer wieder herumrührte.

Kurz darauf stand das Frühstück auf dem Tisch. Bacon holte die Biskuits aus dem Ofen und stellte die Pfanne auf den Herd. «Hat dein Kumpel keinen Hunger?»

«Würd's dir was ausmachen, ihn selber zu fragen?»

«Wenn du deine Muskeln nich auf Trab hältst, auch wenn sie weh tun, kriegst du sie gar nich mehr auseinander.»

Ich machte mich schweren Herzens auf den Weg ins Schlafzimmer. Leonard schlief. Bis ich wieder zurück war, hatte Bacon längst aufgegessen. Die Hälfte der Biskuits war weg. Von der Margarine war nur noch die fettige Verpackung übrig, und das Rührei auf meinem Teller war kalt.

Ich warf einen mißtrauischen Blick auf die Pfanne mit den Biskuits. Zwei davon hatte Bacon angefaßt, nachdem er sich am Arsch gekratzt hatte. Ich aß die anderen beiden und das Rührei.

«Wie is der Film gestern abend ausgegangen?» fragte ich. «Ich bin eingepennt.»

«Die beiden Typen sind zusammengeschlagen worden, und dann sind sie zurück, um sich an den Schlägern zu rächen. Sie haben's nich überlebt.»

«Du spinnst», sagte ich.

«Okay. Sie sind nach Hause gefahrn und lebten glücklich und zufrieden bis ans Ende ihrer Tage. Und der Typ, bei dem sie gepennt haben, bevor sie abgehaun sind, hatte endlich seine Ruhe und is mit 'nem Ständer gestorben.»

«Du spinnst.»

«Ich muß zur Arbeit. Neben der Wanne steht 'ne Packung Bittersalz, falls du 'n Bad nehmen willst.»

«Bacon?»

«Ja.»

«Danke, daß ich auf der Couch pennen durfte und du das Klappbett genommen hast und so.»

«War das erste und letzte Mal. So viel verdien ich auch nich an euch. Schätze, noch weiß keiner, wo ihr abgeblieben seid, aber noch 'n paar Tage, und es hat sich rumgesprochen. So was spricht sich immer rum.»

Ich zog meine Brieftasche heraus, gab Bacon einen Zwanziger und sagte: «Fürs Einkaufen.»

«Danke», sagte er.

«Würd's dir was ausmachen, 'ne Packung Vanillekekse mitzubringen? Leonard is ganz verrückt danach.»

«Vanillekekse», sagte Bacon und machte sich auf den Weg zur Arbeit.

21

Gegen fünf am Nachmittag hörte der Regen auf. Ich stand am Fenster und betrachtete den Himmel, die dunkle Silhouette des Waldes und den Highway am Ende des überschwemmten Vorgartens. Der Himmel sah seltsam rot und verquollen aus, als ob er hinter einer dünnen Haut blutete. Der Highway glänzte im roten Abendlicht wie ein angelecktes Erdbeereis. In diesem Moment kam ein Wagen in Sicht und bog dort vom Highway ab, wo die Hauszufahrt gewesen wäre, hätte sie nicht unter Wasser gestanden.

Es war Bacons alte Klapperkiste, der zwei andere Wagen folgten. Ich bekam weiche Knie, dann erkannte ich, daß der eine Leonards Wagen war und Tim am Steuer saß. Die Windschutzscheibe war auf der Beifahrerseite eingeschlagen und eine schwarze Plastikfolie mit grauen Klebestreifen darüber gespannt. Auf der Fahrerseite hatte das Glas zwar gehalten, war aber mit einem Spinnennetz von Rissen überzogen.

Der dritte Wagen war der des Chief, und Cantuck saß allein in ihm. Bacon stieg aus, eine Einkaufstüte unter den Arm geklemmt, und stand mit gesenktem Kopf im knöcheltiefen Wasser neben dem Wagen, so als hätte man ihn gerade dazu verdonnert, jedem hiesigen Knastbruder einen zu blasen und einen Erlebnisbericht darüber zu verfassen.

Ich ließ den Vorhang los, um nach Leonard zu sehen. Er war aufgewacht. Ich half ihm, sich aufzusetzen, und erzählte ihm, wen ich draußen gesehen hatte, als wir hörten, wie die Tür aufging. Auf dem Weg ins Wohnzimmer ließ ich die Schlafzimmertür offenstehen, damit Leonard alles mitbekam.

Tim schaffte es, als erster hereinzukommen. Er war unrasiert und machte einen müden und abwesenden Eindruck. Ohne mich richtig anzusehen, verzog er den Mundwinkel zu einem Lächeln. Bestimmt gab ich nicht gerade einen berauschenden Anblick ab.

Bacon schlüpfte mit seinen nassen Schuhen und Socken in der

einen Hand, der Einkaufstüte in der anderen durch die Tür. Er stellte die Tüte auf den Fernseher und langte hinein, um eine Pakkung Vanillekekse herauszuholen, die er mir zuwarf. «Kleines Abschiedsgeschenk.»

Ich fing sie auf und ließ sie an meiner Seite herunterbaumeln.

Cantuck war in der Tür stehengeblieben, um sich an der Schwelle den Matsch von den Schuhen zu kratzen. Als er damit fertig war, schloß er hinter sich die Tür. Seine rechte Backentasche war mit Tabak vollgestopft, und sein Bruch sah heute besonders prall aus, als würde er jeden Moment aufplatzen und verkrüppelte Zwillinge gebären. Beim Sprechen suppte ihm schwarzer Tabaksaft aus dem Mund.

«Wo steckt der Schlauste Nigger der Welt?»

«Im Schlafzimmer. Im Moment is er der Dickgeschwollenste Nigger der Welt.»

Ohne zur offenen Schlafzimmertür hinüberzusehen, sagte Cantuck zu mir: «Kennt ihr 'nen Typen namens Charlie? 'n Bulle aus LaBorde?»

«Charlie Blank?» sagte ich.

«Genau der», sagte Cantuck. «Hat mich im Büro angerufen. Ich soll euch ausrichten, daß ihr nach Hause kommen sollt. 'n Kumpel von euch, 'n schwarzer Bulle namens Marvin Hanson, liegt im Koma.»

«Im Koma?»

«Is letzte Nacht besoffen in den Wagen gestiegen und auf dem Weg hierher verunglückt. Im Sturm von der Straße abgekommen, nich angeschnallt. Is gegen 'nen Baum gefahren und beim Aufprall durch die Windschutzscheibe geflogen. Is mit der Birne an 'nem Ast hängengeblieben, nachdem er 'nen Stacheldrahtzaun mitgenommen hat.»

«Ach du Scheiße», sagte Leonard.

«Dieser Charlie hat gemeint, ich soll's euch unbedingt sagen und euch nach Hause schicken. Hab ihm versprochen, eure Sachen zu packen. Schon passiert.»

«Wir sind beim Trailer vorbeigefahrn, um eure Klamotten zu holen», sagte Tim, der mit tief in den Hosentaschen vergrabenen Händen dastand, als wollte er am liebsten im Boden versinken. «Sie haben Leonards Windschutzscheibe demoliert.»

«Hab's gesehn», sagte ich.

«Die Schweine», sagte Leonard.

«Keine Ahnung, wer's gewesen is», sagte Tim. «Jedenfalls haben sie die Sitze aufgeschlitzt und das Autoradio samt Kassetten zertrümmert.»

«Die Hank Williams auch?» fragte Leonard.

«Keine Ahnung», sagte Tim mit Blick auf die Schlafzimmertür. «Glaub schon. Die Einzelteile haben sie ins Handschuhfach gestopft. Die Reifen haben sie auch zerstochen. Hab sie ausgewechselt. Die Rechnung liegt bei den Kassetten im Handschuhfach. Is vielleicht nich der richtige Augenblick, aber ihr wißt ja, ich bin knapp bei Kasse.»

«Du kriegst dein Geld schon», sagte ich. «Wie schlimm steht's um Hanson?»

«Wie's um einen eben steht, wenn man im Koma liegt», sagte Cantuck. «Mehr weiß ich auch nich.»

«Wie haben Sie überhaupt rausgekriegt, daß wir hier sind?» fragte ich.

«Ich hab's ihm erzählt», sagte Tim.

«Und woher hast du's?» sagte ich.

«Von Maude. Bin bei ihr gewesen, um mich für meinen Vater zu entschuldigen. Besser gesagt, um klarzustellen, daß ich mit dem alten Scheißkerl nichts zu tun hab. Bei der Gelegenheit hab ich gleich 'nen Job abgestaubt. Soll wieder zusammenzimmern, was ihr kaputtgemacht habt. Das Geld kann ich gut gebrauchen. Als ich ihr gesagt hab, ich wär 'n Freund von euch, hat sie mir erzählt, wie ihr zugerichtet worden seid und wo ihr steckt. Dann hab ich dem Chief Bescheid gesagt und angeboten, euch den Wagen vorbeizubringen.»

«Na toll», sagte ich. «Und Officer Reynolds weiß inzwischen wohl auch, wo wir sind, was?»

«Nein», sagte Cantuck. «Ich hab's ihm nich gesagt. Es gibt 'n paar Sachen, die bind ich ihm nich auf die Nase.»

«Ja, aber auch nur, weil er zu groß is», sagte ich.

Cantuck grinste mich an. «Da kennst du mich aber schlecht, mein Sohn. Sehr schlecht. Hey, Bacon, hast du was zum Reinspukken?»

Bacon verschwand in die Küche. Ich hörte, wie er im Mülleimer herumwühlte, und setzte mich auf die Couch. Ich konnte schon nicht mehr stehen. Bacon kam mit einer leeren Maisdose zurück. Cantuck nahm sie, spuckte seinen geschwürigen Kautabak hinein und stellte die Dose neben Bacons Einkäufe auf den Fernseher.

Bacon sagte: «Abhaun müßt ihr sowieso, Mister Hap.»

«Bevor ihr euch auf die Reise macht», sagte Chief Cantuck, «erzähl ich euch, was es Neues gibt ... Bacon, hast du Kaffee?»

«Ja, Sir.»

«Dann mach uns welchen.»

«Ja, Sir.»

Es war traurig anzusehen, wie sich der alte schwarze Kerl in die Küche verzog. Seit Cantucks Ankunft war er anscheinend zehn Jahre älter und zwanzig IQ-Punkte dümmer geworden.

Der Chief schnappte sich einen klapprigen Stuhl, ließ sich rittlings darauf nieder, rückte seine Nuß zurecht und sagte: «Was die Kleine angeht –»

«Florida», sagte ich.

«Ja. Vielleicht habt ihr doch recht gehabt. Möglich, daß sie in Schwierigkeiten is. Oder schon drüber weg –»

«Machen Sie's nich so spannend», rief Leonard von hinten.

«Irgendwas stimmt da nich», sagte Cantuck. «Reich mir mal den Spucknapf, Tim.»

Tim schnitt eine Grimasse, als er die Maisdose vom Fernseher nahm und sie Cantuck mit spitzen Fingern hinhielt, der sie vor sich auf den Stuhl stellte, seinen Mantel zurückschlug und eine Packung Beech-Nut-Kautabak aus seiner Brusttasche holte. Er rollte die Packung auf und brach ein Stück ab. Der Tabak verströmte einen frischen, süßen Geruch wie Ahornsirup. Bloß schade, daß er nicht auch so schmeckte.

Cantuck stopfte sich Tabak in den Mund, als würde er eine Kanone laden. Er half etwas mit dem Finger nach, wischte sich die Spucke am Ärmel ab und sagte: «Da steckt was dahinter. Erst die

Sache mit Bobby Joe, und dann is auf einmal diese Florida verschwunden.»

«Dann sind wir wohl doch nich solche Arschlöcher, wie Sie gedacht haben», sagte ich.

«Und ob ihr Arschlöcher seid», sagte Cantuck, «nur 'n bißchen schlauer als erwartet.»

Ich hörte, wie sich Leonard im Bett wälzte, um eine bessere Lauschposition einzunehmen.

«Heute morgen hab ich von 'nem Texas Ranger und von Tad Griffin, dem County-Sheriff, Besuch bekommen. Sie haben so 'nen Kerl mitgebracht, so 'ne Art Leichenbeschauer, 'n Pathologe oder wie sich die Hurensöhne nennen.»

«Gerichtsmediziner», sagte Tim.

«Genau», sagte Cantuck. «Wollten Bobby Joe, den toten Neger, ausbuddeln, um rauszufinden, ob er Selbstmord begangen hat oder nich. Die können das irgendwie feststellen. Hast du das gewußt?»

«Ich weiß bloß, was sie im Fernsehn zeigen», sagte ich.

«Die brauchen sich bloß seinen Hals ansehn, die Wundmale, und schon wissen sie, ob er's selber gemacht hat oder ob jemand nachgeholfen hat. Behaupten sie jedenfalls. Die können einem alles erzählen.»

Cantuck schwieg einen Augenblick, steckte sich zwei Finger in den Mund, um seinen Tabak festzudrücken, und wischte sie sich an der Hose ab.

«Raus mit der Sprache», sagte ich. «War's Selbstmord oder war's keiner?»

«Keine Ahnung», sagte Cantuck.

«Wann werden Sie's wissen?» sagte ich.

«Schwer zu sagen. Die Leiche is nämlich weg», sagte Cantuck.

«Was?»

«Hab ihn doch selber unter die Erde gebracht», sagte Bacon. «Sie sind dabeigewesen.»

«Ich weiß», sagte Cantuck. «Wir sind rausgefahren und haben an derselben Stelle gegraben, aber er war weg. Das Grab war leer, bis auf 'n paar Regenwürmer. Ganz schöne Riesenviecher. Prima Angelköder.»

«Wer sagt, daß er überhaupt im Sarg drin gewesen is?» fragte ich.

«Er war drin», sagte Cantuck. «Bin damals noch selber rausgefahrn, damit bei der Beerdigung alles mit rechten Dingen zugeht. Bobby Joes Familie wollte nichts mit ihm zu tun haben. Für die is er mit dem Teufel im Bund gewesen, von wegen Voodoo und so. Ich hab dem Leichenbestatter über die Schulter geguckt, als sie ihn in die Kiste gepackt haben, dann bin ich mit dem Baptistenprediger raus zum Armenfriedhof für Farbige, wo sie ihn begraben haben. Bacon hat die Grube ausgehoben. Hab's mit eignen Augen gesehn.»

«Farbige?» rief Leonard. «Sie können sich wohl auch nich entscheiden, was Chief? Sind wir nun Nigger, Farbige oder Neger?»

«Such's dir aus», sagte Cantuck.

«Solange Sie nich mit so was wie ‹ethnische Minderheit› kommen», sagte Leonard.

«Keine Angst», sagte Cantuck. «Tu ich schon nich.»

«Soll das heißen, jemand hat die Leiche gestohlen?» fragte ich.

«Es sei denn, sie hat sich in 'nen Wurm verwandelt und is weggekrochen. Der ganze Sarg samt Leiche. Weg. Bobby Joe war nich einbalsamiert, weil keiner dafür aufkommen wollte. Egal wer die Leiche ausgebuddelt hat, das muß 'ne schöne Sauerei gewesen sein.»

«Irgendeine Idee, wer's getan haben könnte?» fragte ich.

«Kaum», sagte Cantuck, der sich den Tabak in die andere Bakkentasche schob. «Vielleicht 'n Dummerjungenstreich, schwarze Messe oder so 'n Scheiß.»

«Ach, hören Sie auf, Chief», sagte ich.

«Kann doch sein», sagte Cantuck. «Aber wer weiß, vielleicht steckt auch was andres dahinter. Vielleicht hat's 'n paar Leuten nich gepaßt, daß Soothe neben ihrer Verwandtschaft liegt.»

«Da war doch diese Familie, die sich drüber so aufgeregt hat», sagte Bacon. «Vielleicht haben die ihn woanders hingeschafft.»

«Wen meinst du?» fragte ich.

«Mrs. Bella Burks' Leute», sagte Bacon.

Cantuck nickte und nahm den Ball auf: «Die sind wegen der Sache zu mir ins Büro gekommen, aber ich hab nichts für sie tun können. Die Burks wollten nich, daß Bobby Joe auf demselben Friedhof wie ihre Mama beerdigt wird, von wegen schwarze Magie und so, weil er nich getauft war. Die haben ihr Grab mit Kruzifixen und Amuletten gepflastert. Vielleicht haben sie gedacht, das reicht nich, haben die Leiche ausgegraben und beiseite geschafft. Ich würd's ihnen nich mal verübeln.»

«Und wenn sie's nich waren?» sagte ich. «Was bleibt dann?»

«Kann mir vorstellen, worauf du hinaus willst», sagte Cantuck. «Jemand hat Bobby Joes Leiche verschwinden lassen, damit nich bewiesen werden kann, daß es kein Selbstmord war. Vorausgesetzt es war keiner.»

«In diesem Fall», sagte ich, «daß heißt, wenn es kein Selbstmord war, wirft das kein gutes Licht auf Sie. Wenn er ermordet worden is, geht's Ihnen an den Kragen, stimmt's?»

«Stimmt», sagte Cantuck. «Der Sheriff und der Ranger sehn das auch so. Haben sie mir klipp und klar gesagt. Ganz ehrlich, ich glaub langsam selber dran, daß der Knabe umgebracht worden is.»

«Als Sie grad weg waren, versteht sich», sagte ich.

«Ja, als ich grad weg war. Sonst wär er nämlich nich aufgehängt worden, sondern hätt den Rest seiner Tage auf die Giftspritze warten dürfen. Dafür hätt ich schon gesorgt, aber das hab ich euch schon mal gesagt.»

«Ja», sagte ich, «kommt mir bekannt vor.»

«Wenn einer so 'n Ding dreht wie Bobby Joe, diesen dämlichen Yankee samt seiner Kohle hier mit der Aussicht auf Sachen runterzulotsen, die's gar nich gibt ... okay, der Yankee hat sich auch selten blöd angestellt, aber was soll's, Dummheit is kein Verbrechen. Bobby Joe hätt dem genausogut die Kohle abknöpfen können, ohne irgendwem 'n Haar zu krümmen. Hätte den Großstadtwichser abzocken können, und gut. Aber Bobby Joe wollte sich den Spaß nicht entgehn lassen, ihn ins Jenseits zu befördern. Vielleicht, weil's 'n Weißer war. Vielleicht, weil Bobby Joe einen in der Krone hatte. Vielleicht auch bloß, weil ihm grad danach war.»

«Ich tippe auf letzteres», sagte Tim.

«Aber warum zum Teufel hat er ihn gleich wie 'n Schwein ausweiden müssen? Hätte er ihn nich anders kaltmachen können?» sagte Cantuck. «Auch wenn's bloß 'n Yankee gewesen is. Nein, dieser Bobby Joe, das war 'n mieses Schwein.»

«Wem sagen Sie das», meinte Tim.

«Und trotzdem», fuhr Cantuck fort, «er hat in meinem Knast gesessen, und wenn ich jemanden einbuchte, dann hat der gefälligst in Ruhe gelassen zu werden. Meine Leute haben dafür zu sorgen, daß man ihn in Ruhe läßt. Wenn ich rausfinde, daß sie's nich getan haben, werd ich dafür sorgen, daß sie selber in die Todeszelle wandern und anstelle des Niggers die Nadel gesetzt kriegen. So 'ne Scheiße laß ich nich zu.»

«Weiß das auch Reynolds?» fragte ich.

«Hab ihn heute morgen noch mal dran erinnert. Hab ihm gesagt, wenn er auch nur irgendwie seine Finger im Spiel hat, werd ich dafür sorgen, daß sie ihm abgehackt werden.»

«Wie hat er darauf reagiert?» fragte ich.

Cantuck zögerte. «Nervös. Auf der Fahrt zum Friedhof is er mir ziemlich nervös vorgekommen. Und verdammt erleichtert, als das Grab leer war.»

«Sie meinen, Reynolds is selber überrascht gewesen?» sagte ich.

«Ich mein gar nichts.»

«Würde bedeuten, daß er die Leiche nich weggeschafft hat», sagte Leonard.

«Das bedeutet gar nichts», sagte Cantuck. «Er is mir einfach nervös vorgekommen, und später erleichtert. Könnte was bedeuten, vielleicht bedeutet's aber auch bloß, daß er vom Leichenausbuddeln keinen Ständer kriegt, und als ihm der Anblick der Leiche erspart geblieben is, war er eben froh drüber. Wißt ihr, wenn ich 'ne Leiche seh, krieg ich auch nich grad 'nen Ständer. Kann ich gut verstehn. Ehrlich gesagt, krieg ich von gar nichts mehr 'nen Ständer.»

«Nich mal von Hühnern?» sagte ich.

«Nich mal von Hühnern», sagte Cantuck. «Na ja, wenn ich mir die Stoppelfeder rund ums Arschloch von so 'nem Huhn lang genug anseh, wer weiß, vielleicht tau ich dann auf.»

«Trotzdem haben Sie ihn in Verdacht, stimmt's?» sagte ich.

«Kann sein.»

«Schließlich haben Sie Reynolds auf den Zahn gefühlt», sagte ich.

«Ich wollt sehn, ob die Wellen hochschlagen. Es hat schon ein paar Wellen geschlagen, aber keine sehr hohen. Andrerseits is aus

Reynolds nich leicht schlau zu werden. Wenn ich die Wahl hätte, würd ich nich mit ihm arbeiten. Er vögelt meine Sekretärin, und die is verheiratet. Ich mag keine Typen, die verheiratete Frauen flachlegen, egal ob's ihr Spaß macht oder nich. Sie hat 'ne Familie, und ihr Mann is 'n guter Kerl. Mit konkreten Beweisen hätt ich die beiden längst gefeuert. Die hat's nötig, wo sie ständig in die Kirche rennt. Ein falsches Wort, und sie tut grad so, als ob man sich von ihr einen hat blasen lassen. Dabei vögelt sie diesen Hurensohn, sobald man ihr nur den Rücken zudreht. Ich kann's zwar nich beweisen, aber ich weiß es.»

«Hört sich an, als wären Sie eifersüchtig», sagte Tim.

«Ein bißchen schon. So leid's mir tut, ich glaub, ich bin's. Hab selber 'n Auge auf sie geworfen. Würd zu gern mal an ihrer Frisur rumfummeln. Aber ich bin verheiratet, und für 'nen verheirateten Mann gehört sich das nich, also was soll's. Wenn in der Bibel stehn würde, es is okay, rumzurennen und jedes Loch zu vögeln, das man finden kann, dann würd ich's mir vielleicht überlegen, aber das steht nun mal nich drin.»

«Nett von Ihnen, daß Sie uns an Ihrem Ärger im Büro teilhaben lassen», sagte ich. «Kommen hier rein und scheißen sich über Ihren Deputy aus.»

«Ja», rief Leonard, «das is verdammt weiß von Ihnen.»

«So bin ich nun mal», sagte Cantuck. «Dieser Reynolds geht mir gegen den Strich. Genau wie meine Sekretärin.»

«Wieso feuern Sie sie dann nich?» sagte ich.

«Das is leichter gesagt als getan. Charlene braucht den Job wegen ihrer Gören. Und was Reynolds angeht, ich hab mir den Kerl nich ausgesucht. Die Stadt hat ihn mir aufs Auge gedrückt. Genauer gesagt Brown, der das mit dem Bürgermeister ausgemauschelt hat. So is das in der Politik. Mich hat keiner gefragt. Was Reynolds macht, hat Hand und Fuß, bloß mit der Fairneß nimmt er's nich so genau. Er versteht was von seinem Job, aber manchmal verwechselt er ihn mit seinem Privatvergnügen.»

«Glauben Sie, Brown hat Reynolds in der Tasche?» fragte ich.

«Nich grad in der Hosentasche vorn am Schwanz, aber vielleicht hinten an der Arschbacke. Reynolds macht im Grunde, was er will, aus Spaß an der Freude, und 'ne Menge von dem, was er Spaß nennt, is nich lustig.»

«Wie gesagt, nett von Ihnen, daß Sie uns das alles erzähln, Chief», sagte ich. «Nur warum?»

Cantuck überlegte kurz. Er hielt sich an der Stuhllehne fest und beugte sich zurück. In diesem Moment bohrte sich ein roter Sonnenstrahl durch den Vorhang direkt in sein linkes Auge. Er warf den Kopf herum, lehnte sich wieder vor und sagte: «Schätze, ich hätt mich mehr dahinterklemmen sollen, wo die Kleine abgeblieben is.»

«Jetzt sollen wir Sie wohl so sehr ins Herz schließen, daß wir nach Hause fahrn und die ganze Scheiße hier vergessen, es einfach Ihnen überlassen und darauf setzen, daß Sie's schon richten werden.»

«Kann sein», sagte Cantuck.

Bacon brachte den Kaffee. Erst zwei Tassen, dann noch mal zwei und zuletzt seine eigene. Er stand neben dem Fernseher und nippte an seinem Kaffee.

«Was is mit den ganzen Kerlen, die über uns hergefallen sind?» fragte ich.

«Eure Aussage steht gegen ihre», sagte Cantuck. «Draighten und Ray behaupten, sie hätten's allein mit euch aufgenommen. Laut ihrer Aussage is sonst niemand dran beteiligt gewesen, und natürlich habt ihr angefangen.»

«Und das glauben Sie?» sagte ich.

«Was ich glaube, spielt keine Rolle. Wenn wir mit den Vernehmungen durch sind, wird's am Ende heißen, es war ein Kampf zwei gegen zwei, und euer Wort und das von Maude und ihren Jungs steht gegen das der andern, die die Sache ganz anders gesehn haben wollen.»

«Und wenn wir Anzeige erstatten?»

«Dann tun die's auch.»

«Was jetzt?»

«Jetzt verfrachten wir euch in euren Wagen, und dann ab nach Hause.»

22

Leonard und ich hielten es für das beste, eigene Klamotten anzuziehen. Tim holte unsere Koffer aus Leonards Wagen und bat Bacon, ihn nach Hause zu bringen. Als sich die beiden gerade auf den Weg machten, ging ich ins Schlafzimmer, schloß hinter mir die Tür, schlüpfte in meine Klamotten und half dann Leonard beim Umziehen. Ich stützte ihn, während er unter Schmerzen in seine Hose stieg und sagte: «Kaufst du dem Chief das ab?»

«Keine Ahnung», sagte ich und half Leonard dabei, sich auf den Bettrand zu setzen. Ich faltete die Klamotten zusammen, die uns Bacon geliehen hatte, und legte sie auf einen Stuhl.

Dann half ich Leonard, sein Hemd anzuziehen, das er im Schneckentempo zuknöpfte. Ohne mich anzusehen, sagte er: «Kann's kaum erwarten, nach Hause zu kommen.»

«Ich auch.»

«Gab mal Zeiten, da hab ich geglaubt, mir kann keiner was anhaben, aber jetzt bin ich mir da nich mehr so sicher. Beim kleinsten Geräusch werd ich nervös, und hör ich's zweimal, scheiß ich mir fast in die Hose, aus Angst, die ganze Meute steht vor der Tür, um mich zu holen. Selbst wenn ich auf'm Damm wär, würd ich mich wahrscheinlich einrollen wie 'n Baby, und die könnten mit mir machen, was sie wollen.»

«Unsinn, Leonard. Das is nich deine Art.»

«Gestern oder vorgestern hätt ich das auch gesagt, aber ich schätze, ich hab einfach riesiges Schwein gehabt.»

«Wer soviel durchgemacht hat wie du und trotzdem noch steht, der hat nich bloß Schwein gehabt. Dein Problem is, daß dein Lover abgehaun is, daß du 'ne kräftige Abreibung bekommen hast und daß alle deinen Schwanz gesehn haben. Ganz zu schweigen davon, daß du gefurzt und dich vollgepißt hast.»

«Danke, daß du mich dran erinnerst.»

«Glaub mir, du wirst drüber wegkommen.»

«Willst du wieder hierher zurück, Hap?»
«Beeil dich, Leonard, wir müssen los.»
«Hap?»
«Ich hab keine Ahnung.»

Der Chief und ich luden Leonard, in eine Decke gemummelt, die wir von Bacon geliehen hatten, auf den Rücksitz seines Wagens, und als kleines Souvenir gab uns der Chief seine Thermosflasche. Ich schleppte mich gefolgt vom Chief ins Haus, goß den Rest von Bacons Kaffee in die Thermosflasche und sagte: «Sie haben nich zufällig noch 'n paar Sandwiches übrig, Chief?»

«Haut ab, und laßt euch ja nich wieder hier blicken», sagte er. «Diesmal seid ihr mit 'nem blauen Augen davongekommen. Wenn ihr mir noch mal über den Weg lauft, werd ich euch für 'n Weilchen einbuchten. So ungefähr bis ich auf Rente geh.»

«War nett in Ihrem Städtchen, Chief.»

Ich nahm die Thermosflasche und ging in Begleitung des Chief hinaus zum Wagen.

Der Himmel hatte sich wieder verfinstert. Das Rot war restlos ausgeblutet. Der Chief sagte: «Wenn ihr euch beeilt, seid ihr zeitig zu Hause und habt sogar den Sturm abgehängt. Der geht bestimmt gleich los, aber solange ihr keine Zeit verliert, seid ihr ihm voraus. Die Karre is vollgetankt – ich war so frei –, und heißen Kaffee habt ihr auch. Die Thermospulle könnt ihr behalten. Lieber verzicht ich drauf, als euch wiederzusehn. Comprende?»

«Sie schicken uns doch nächstes Jahr 'ne Weihnachtskarte, oder?»

«Meinetwegen setz dich schon mal neben den Briefkasten. Bevor ich's vergesse, mein Sohn: Frohes neues Jahr.»

Ich machte die Fahrertür auf und warf die Thermosflasche in den Wagen. Auf dem aufgeschlitzten Sitz lag ein Kissen. Ich pflanzte mich darauf, startete den Motor und schaltete das Licht ein.

Als ich zurücksetzte, hob der Chief die Hand und winkte uns zum Abschied zu.

Ich fuhr auf den Highway und hielt kurz darauf am Straßenrand.

«Was is los?» fragte Leonard.

«Sekunde», sagte ich.

Ich stieg aus und blickte in den ganz und gar dunklen Himmel. Doch hinter uns folgten noch dunklere Wolkenmassen, die wie rußige Wattebausche heranbrausten, wirbelten und donnerten. Die Luft war kalt und feucht, und es roch nach Gewitter.

Ich machte den Kofferraum auf, schnappte mir einen Revolver und eine Winchester mit Schulterband, sah nach ob sie geladen waren, und nahm sie mit nach vorn, wo ich sie beim Einsteigen auf den Beifahrersitz legte.

«Ich dachte, du stehst nich auf Schießeisen?» sagte Leonard.

«Heute mach ich 'ne Ausnahme.»

«Gib mir mal eins nach hinten», sagte er. «Zur Beruhigung.»

Ich reichte ihm den Revolver, und er steckte ihn sich in den Hosenbund. Die Winchester neben mir tätschelnd, sagte ich: «Braver Junge. Schön dageblieben. Braver Junge.»

Unterwegs wurde der Himmel schwarz wie der Boden eines uralten Plumpsklos. Die Bäume am Straßenrand waren nur schemenhaft zu erkennen und sahen wie Kohlezeichnungen aus. Der Sturm kam unaufhaltsam näher, bis er sich schließlich wie eine bleierne Dunstwolke über uns senkte. Der Regen prasselte auf die Windschutzscheibe, und die Reifen stimmten auf dem nassen Asphalt ein unheimliches Liedchen von platzenden Reifen, Rutschpartien und Blechsalat an.

Es war so schon schwer genug, etwas durch die rissige Scheibe zu erkennen, doch bei diesem Wolkenbruch war es so gut wie unmöglich. Ich nahm den Fuß vom Gas und beugte mich über das Lenkrad, um den Wagen an der gelben Straßenmarkierung entlang auf Kurs zu halten. Es wäre vernünftiger gewesen anzuhalten, doch das kam nicht in Frage. Nicht bevor wir Grovetown weit hinter uns gelassen hatten.

Ein paar Meilen weiter entdeckte ich im Rückspiegel Scheinwerfer, denen weitere Scheinwerfer folgten. Sie kamen sehr schnell näher, viel zu schnell angesichts des Wetters.

Wenn ich nicht gerade damit beschäftigt war, Leonards Schüssel auf der Straße zu behalten, beobachtete ich die Scheinwerfer im Rückspiegel, die uns langsam, aber sicher einholten. Ich bekam weiche Knie, als es auf einmal taghell im Wagen wurde. Ein großer schwarzer Pick-up saß uns auf der Stoßstange, so dicht, daß es auf den ersten Blick aussah, als würden wir ihn abschleppen. Er ließ sich zurückfallen, schloß auf, fiel wieder zurück.

Als uns der Pick-up überholte, warf ich einen Blick hinüber. Es war ein großer schwarzer, hochfrisierter Truck auf Breitreifen, die kraftvoll und elegant durch das Wasser auf dem Asphalt pflügten. Man konnte fast glauben, das verdammte Ding hätte einen See überqueren können. Die Fenster waren getönt, so daß ich in der Dunkelheit, die inzwischen hereingebrochen war, niemanden erkennen konnte. Der Pick-up raste an uns vorbei und preschte voran, bis seine Rücklichter schließlich nicht mehr auszumachen waren.

Im Spiegel sah ich ein zweites Scheinwerferpaar näher kommen, und dahinter noch ein drittes. Ich warf einen Blick zu Leonard. Er lag auf der Seite, starrte mich an und sagte: «Ärger?»

«Keine Ahnung.»

In einer Senke, durch die ich Leonards Schüssel steuerte, fiel Nebel dicht wie Schafwolle auf die Windschutzscheibe. Meter um Meter krochen wir wieder bergauf, bis sich der Nebel lichtete und ich plötzlich den großen schwarzen Pick-up direkt vor mir sah. Er stand quer über den Highway, und seine Scheinwerfer strahlten in den Wald zu einem morastigen Teich, der von Rohrdickicht gesäumt war. Zwischen der Nasenspitze des Trucks und dem Wasser war weniger als eine halbe Fahrbahnbreite frei.

Eins der Scheinwerferpaare, die uns verfolgten, schoß wie zwei vom Himmel fallende Meteoriten heran und saß uns auf der Stoßstange. Der Lichtkegel des anderen Paares füllte die Gegenspur.

Es gab kein Vor und kein Zurück. Ich dachte daran, den Truck einfach zu rammen, doch damit würde ich ihn zwar bestimmt von der Straße befördern, aber anschließend hätten sie Leonard und mich von den Sitzen kratzen können.

Unsere einzige Chance bestand darin, vor den Scheinwerfern nach links auszuscheren und haarscharf an dem querstehenden Pick-up vorbeizuschrammen, um dann auf freier Strecke wieder Asphalt unter die Räder zu bekommen.

Fürs erste. Mit etwas Glück konnte ich Leonards Schüssel danach auf hundert Sachen hochjagen, falls das Gebläse nicht durch die Motorhaube fliegen und die Reifen mitspielen würden. Frühestens nach zehn Sekunden hätte uns der frisierte Truck wieder eingeholt.

Dann würden wir weitersehen.

«Festhalten, Kumpel!» rief ich Leonard zu und trat das Gaspedal durch. Der Wagen machte nicht gerade einen Satz, aber er zog an. Ich sah, wie die Fahrertür des Pick-up aufging und ein Kerl mit weißer Kutte und Kapuze ausstieg. Er hatte eine Schrotflinte in der Hand und nahm mich ins Visier.

Ich riß das Lenkrad nach links herum, als ein Donner durch die Luft peitschte. Es war ein Schuß. Die Plastikfolie auf der Beifahrerseite wurde von den Schrotkugeln zerfetzt. Ich hörte Leonard fluchen, fluchte mit und steuerte im nächsten Moment um den Bug des Trucks herum. Als ich über den Schotter fegte, gab es einen lauten Knall wie von einem explodierenden China-Böller, und einen Sekundenbruchteil danach war mir klar, daß der linke Vorderreifen geplatzt sein mußte. Der Wagen kam ins Schleudern, ich versuchte gegenzusteuern, ohne zu wissen, in welche Richtung wir rutschten, und dann –

– hoben wir ab. Wir wirbelten durch die Luft weit auf den Teich hinaus. Der Wagen schlug auf dem Wasser auf, das zu allen Seiten spritzte und durch die Windschutzscheibe drang.

Schilf schlug uns entgegen, und der Wagen schnellte zurück, als wollte er über den Teich gleiten, doch dann sank er vornüber geneigt ab. Das Wasser flutete jetzt durch die Windschutzscheibe und über das Armaturenbrett und schwappte um meine Beine.

Leonard rief: «Los, Hap. Mach, daß du rauskommst.»

Ich kletterte über den Sitz nach hinten, schnappte mir Leonard und versuchte, die Tür aufzustoßen. Nichts zu machen. Der Wasserdruck.

«Versuch's allein, Hap.»

Der Wagen kippte immer weiter vornüber, und immer mehr Wasser strömte herein. Leonard sagte: «Schon überredet, schaff mich hier raus.»

«Los, durch die Windschutzscheibe», sagte ich.

Leonard half mir, so gut er konnte, ihn auf den halb überfluteten Vordersitz zu hieven. Ich fischte die heruntergefallene Winchester aus dem Wasser und schlug damit den Rest der Windschutzscheibe aus. Als ich das Gewehr gerade geschultert hatte, ging der Wagen mit der Nase voran unter.

Ich packte Leonard am Kragen, zerrte ihn mit hinaus in die eisige schwarze Brühe und wurde mit ihm in die Tiefe gerissen. Im ersten Moment wußte ich nicht, ob ich mich der Oberfläche entgegenbewegte oder weiter hinabtauchte, bis ich die Orientierung wiederfand und mich von der Kühlerhaube abstieß, um dem Sog des sinkenden Wagens zu entkommen.

Ich zerrte mit aller Kraft an Leonard, aber wir kamen kaum voran. Er war zu schwer und konnte sich so gut wie nicht bewegen. Ich war nahe daran, Leonard loszulassen, doch dann packte ich ihn noch fester und sagte mir: entweder beide oder keiner. Über uns fiel Licht ins Dunkel, ich tauchte auf und hievte Leonard an die Oberfläche.

Leonards Kopf sprang wie ein Korken aus dem Wasser und lugte vom Mund aufwärts heraus. Wir schnappten nach Luft. Der Regen prasselte auf uns nieder. Um uns war es immer noch dunkel, dunkler als zuvor, geradezu nachtschwarz. Und es stank bestialisch nach fauligen Wasserpflanzen, Fisch und Moder. Es war ein penetranter, kaum auszuhaltender Gestank, der von Wind und Regen aufgeweht wurde.

Ich verstärkte meinen Griff an Leonards Kragen und machte mich daran, ans Ufer zu schwimmen, als es plötzlich knallte und das Wasser wie bei hüpfenden Fröschen aufspritzte.

Ich schielte zum Highway, von wo aus die Scheinwerfer des Pickup und der beiden anderen Wagen, die uns verfolgt hatten, herüberschienen. Sie hatten sie so postiert, daß ihre Lichtkegel auf den Teich fielen. Offenbar hatte gerade jemand versucht, mich abzuknallen, vermutlich mit einer .36er.

Neben den Fahrzeugen standen mehrere maskierte Typen in weißen Kutten und richteten ihre Gewehre auf uns. Die Schrotkugeln flogen uns nur so um die Ohren, das Wasser spritzte, und eine Kugel durchschlug meine Wange, als wir von einem zweiten Sog des Wagens wieder in die Tiefe gerissen wurden.

23

Doch der Teich war längst nicht so tief wie erwartet.

Kaum waren wir abgetaucht, da berührte ich mit den Füßen das Heck des Wagens, der senkrecht im Schlamm steckte. Ich stieß mich ab und schwamm seitwärts, blieb im Gestrüpp einiger Wasserpflanzen hängen, brach in Panik aus, verlor um ein Haar das Gewehr, strampelte mich frei und tauchte auf.

Knapp über der Wasseroberfläche schnappten Leonard und ich nach der stechendkalten Luft, und ich sagte mir, wenn es schon sein mußte, wollte ich lieber mit einer Kugel im Kopf als mit Wasser in der Lunge enden. Obwohl ich kein schlechter Schwimmer war, hatte ich panische Angst vor dem Ertrinken und noch dazu den Verdacht, daß ich eine magische Anziehungskraft auf Wasser ausübte. Leonard hatte einmal gesagt, wenn es irgendwo im Umkreis von hundert Meilen ein Wasserloch gäbe, brächte ich es garantiert fertig, kopfüber hineinzufallen – und wahrscheinlich würde ich ihn noch mitreißen.

Wir waren im Rohrdickicht aufgetaucht, ohne daß man uns die Köpfe durchgepustet hatte. Der Regen wurde immer schlimmer, rings um uns wühlten die eiskalten Tropfen das Wasser auf. Ich spähte durch das Schilf zu dem im Regen verschwimmenden Scheinwerferlicht hinüber und sah die verkleideten Arschlöcher ans Ufer hinabsteigen. Sie hielten nach uns Ausschau und schnatterten wie Enten. Offenbar hatten sie uns nicht entdeckt, noch nicht jedenfalls.

Sie schwärmten nach rechts und links um den nicht gerade riesigen Teich aus. Ich wußte, daß sie uns früher oder später finden würden, und dann wäre es für sie ein Kinderspiel, uns abzuknallen.

Meine Wange brannte von dem Durchschuß, und ich war mit den Kräften ziemlich am Ende. Von dem vielen Gerudere taten mir die Beine weh. Mir war so verdammt kalt, daß sich meine Eier anfühlten, als wären sie auf der Suche nach Wärme in mich hineingekrochen.

Wenigstens hatte ich die Schmerzen, die mir als Andenken von der Schlägerei geblieben waren, fast vergessen. Ich war viel zu sehr damit beschäftigt, mir den Arsch abzufrieren, Wasser zu schlucken und mir nicht den Kopf wie einen Schweizerkäse durchlöchern zu lassen. Wie heißt es doch gleich: Kein Unglück ist so groß, es hat sein Glück im Schoß.

Leonard sah fertig aus wie ein Welpe, der an Staupe leidet. Er konnte die Beine kaum bewegen. Ich hielt ihn über Wasser und merkte, wie mein Arm langsam schwer wurde. Ich packte ihn fester am Kragen, schlug so leise wie möglich mit den Beinen und schleppte Leonard, auf dem Rücken schwimmend, hinter mir her. Wir kamen sehr langsam voran, und ich schluckte eine Menge der fauligen Brühe. Ich wollte mich schon von dem Gewehr trennen, um mir die Sache zu erleichtern, überlegte es mir aber wieder anders.

Ich schlug mich durch das raschelnde Schilf und hörte eine Stimme vom Highway herüberschallen. Im nächsten Moment fielen mehrere Schüsse. Rund um Leonards Kopf spritzte das Wasser, und ich sah ihn an. Er hatte nichts abbekommen, spuckte bloß Wasser.

«Keine Panik, Kumpel», sagte ich. «Sie sehn uns nich, bloß das Schilf. Sie ballern nur drauflos.»

Er schüttelte leicht den Kopf und zog eine Augenbraue hoch. «Is das nich 'n lauschiges Plätzchen?»

Ich schwamm weiter und stieß kurz darauf mit den Füßen auf Grund. Ich drehte mich um und verdrückte mich mit Leonard im Schlepptau durchs Rohrdickicht ans Ufer. Als ich ihn an Land gezerrt hatte, merkte ich, daß ich meine Hand nicht mehr von seinem Kragen losbekam; sie war eiskalt und verkrampft. Ich mußte mit der anderen meine Finger durchkneten, den Daumen in meine Faust hineindrücken und dagegenpressen, damit meine Flosse wieder zum Leben erwachte. Ich sah Leonard an, der auf dem Rücken lag und zitterte. Er drehte mir den Kopf zu und sagte: «Cantuck, dieses Arschloch. Der hat uns reingelegt. Der hat den Schweinen Bescheid gesagt. Ich hab eine Stinkwut im Bauch, Hap.»

Ich streckte den Arm aus, klopfte ihm auf die Schulter und dachte bei mir: Ja, Leonard, sei ruhig wütend, richtig stinkwütend. Im Moment bleibt uns sowieso nichts andres übrig.

«Hast du noch den Revolver?» fragte ich.

Er schlug den vollgesogenen Mantel zurück und zog sein Hemd hoch. Der Revolver steckte immer noch im Hosenbund. Leonard zog ihn heraus und schüttete das Wasser aus dem Lauf.

«Gut», sagte ich und ließ den Blick schweifen, um zu sehen, wo wir uns befanden. Die Wurzeln einiger großen Weiden und Eichen reichten von der Uferböschung bis zum Wasser hinunter und bildeten Knäuel zu unseren Füßen. Ein paar der Wurzeln waren armdick und führten hinter uns einen Hang hinauf. Die Szenerie war in Dunkelheit getränkt, die aus dem Wald schwappte wie aus einem Tintenfaß. Ich war froh darüber, wenn auch nicht gerade aus dem Häuschen. Leider verschluckt die Dunkelheit keine Kugeln, und das Mündungsfeuer einer Schrotflinte kann so hell strahlen wie ein Komet.

Durch das Schilf sah ich koboldhafte Schatten im Scheinwerferlicht tanzen. Zu unserer Linken hörte ich jemanden mit der Leichtfüßigkeit eines brünstigen Rhinozerosbullen am matschigen Ufer entlangstapfen.

Leonard flüsterte: «Nimm das Gewehr. Du weißt, wie man schießt, Hap. Auch wenn du niemandem weh tun willst, wie man schießt, weißt du.»

Ich ging in die Hocke, packte Leonard und schleppte ihn dorthin ins Wasser zurück, wo die Wurzeln am dicksten waren. Dann flüsterte ich ihm zu: «Ich kann dich da nich hochziehn und verstecken, ohne daß die's mitkriegen. Allein bin ich schneller und kann sie ablenken. Bleib unten. Und keine Widerrede.»

«Hap. Nimm das Gewehr.»

Ich bettete Leonard in eine Kuhle zwischen zwei Wurzeln, wo er aufgrund des matschigen Überhangs, der Dunkelheit des Waldes und seiner schwarzen Haut gut verborgen war.

Als wir uns die Hände gedrückt hatten, ließ ich ihn allein und schmierte mir im Gehen etwas Matsch ins Gesicht und auf die Handrücken. Ich zog mich an den Wurzeln aus dem Wasser und kauerte mich hin, bevor ich im Schutz der Bäume und des Schilfs am Ufer entlangschlich.

Doch von schleichen konnte keine Rede sein. Bei jedem Schritt machten meine Sohlen schmatzende Geräusche. Ich nahm das Gewehr von der Schulter und schlug mich ins Unterholz, ungefähr auf gleicher Höhe mit Leonard, der unten zwischen den Wurzeln lag. Als ich mich gerade auf die Lauer gelegt hatte, bog ein großer, bierbäuchiger Kerl in einer schmutzigweißen Kutte um eine Schilfreihe. Der Riesenkobold hatte eine Schrotflinte in der Hand.

Ich dachte bei mir: Bevor du dich anschleichst, solltest du erst mal dein Kluxer-Kostüm ausziehn, du dummes Arschloch. Du bist so unsichtbar wie ein weißes Zelt bei 'nem Bombenangriff.

Während er gebückt näher kam, schlotterten mir vor Ekel, Erschöpfung und Angst die Knie. Ich hätte ihm ohne weiteres in den Kopf schießen können, denn er rechnete nicht damit, daß ich bewaffnet war, und wußte nicht einmal, wo ich steckte. Vielleicht nahm er an, daß ich ertrunken wäre oder daß ich im Teich herumpaddeln würde. Vielleicht nahm er an, wenn er mich erst gefunden hätte, wäre es leichter, mich umzubringen, als eine Ameise auf einem alten Stück Brot zu zerquetschen.

Ich machte keinen Mucks und hielt Augen und Ohren offen. Die anderen waren weder zu sehen noch zu hören. Als der Kerl direkt neben mir war, sprang ich so schnell ich konnte aus dem Schatten der Bäume, holte mit der Winchester aus und rammte sie ihm mit aller Kraft seitlich an den Schädel. Er hatte mich einen Augenblick früher bemerkt, als mir lieb war, und duckte sich ab, so daß ihn der Hieb nicht von den Beinen holte, sondern bloß streifte. Trotzdem zeigte der Kerl Wirkung und verlor seine Zipfelmütze. Als sie ins Wasser flog, erkannte ich auch im Dunkeln, daß es der Fettsack aus dem Café war, den ich Bär getauft hatte. Sein richtiger Name war Ray.

Er taumelte auf das Ufer zu, und der Matsch quoll unter seinen Quadratlatschen hervor. Mit dem einen Bein rutschte er auf dem glitschigen Boden aus, so daß er gezwungen war, das andere abzuknicken, um sein ganzes Gewicht auffangen zu können. Er schaffte es nicht. Ich hörte das Knie krachen. Der Fettsack schrie auf und fiel samt Flinte ins Wasser, wo er anfing, grölend um sich zu schlagen. Plötzlich verstummte er, und mir ging auf, daß er in Leonards Richtung gestürzt war, der sich seiner angenommen haben mußte. Wahrscheinlich hatte Leonard diesen fiesen Würgegriff angelegt, den er so gut beherrschte. Er hatte die Qual der Wahl. Wenn er wollte, konnte er einem im Handumdrehen das Lebenslicht auspusten oder auch bloß kurz die Hirnarterien abdrücken, so daß einem schnell schwarz vor Augen wurde und man, wenn überhaupt, nicht sehr bald wieder zu sich kam. Außerdem kriegte man davon nicht das geringste mit, denn worauf es bei diesem Griff ankam, war nicht Kraft, sondern Können und Entschlossenheit.

Ich schlüpfte zurück ins Unterholz und schlich mich im Dunkeln von Baum zu Baum. Das Scheinwerferlicht, das zwischen dem Rohrdickicht hindurchschien, wurde vom Wald regelrecht verschluckt. Ich sah hinaus auf den Teich, dessen Wasser im Scheinwerferlicht tiefblau schimmerte und vom Regen aufgewühlt wurde – ein schöner, irgendwie hypnotisierender Anblick.

Ich kam zu einer Eiche mit großer Astgabel, schulterte mein Gewehr und kletterte auf einen weit ausgreifenden, mächtigen Ast, von dem aus ich den ganzen Teich bis zum Highway hinüber im Blick hatte. Obwohl die Eiche kahl war, gab der starke Ast, der sich gabelförmig teilte, zusammen mit den kleineren Zweigen eine ziemlich gute Deckung ab, wenn man nicht gerade drei Meter über dem Erdboden vermutet wurde.

Ich umklammerte mit den Beinen den mächtigen Ast und stützte einen Ellbogen auf die Astgabel, die Winchester im Anschlag. Wenn ich wollte, hätte ich sogar im Dunkeln dem nächstbesten Frosch mit einem sauberen Schuß die Hämorrhoiden aus dem Hintern pusten können. Ungelogen. Tatsache!

Eine der Zipfelmützen war beim Pick-up geblieben und stützte sich lässig auf ein Gewehr. Wahrscheinlich sollte er aufpassen, daß niemand in den Truck und die beiden anderen Wagen hineinraste. Ich schüttete das Wasser aus dem Lauf meiner Winchester, hoffte, daß sie noch funktionierte, und nahm den Kopf des Kerls ins Visier. Anzunehmen, daß die anderen, wo auch immer sie steckten, es vorziehen würden, sich aus dem Staub zu machen, wenn ich das Hirn des Kerls in der Gegend verspritzt hätte, doch ich brachte es nicht fertig. Es wäre ein leichter Schuß gewesen, aber ich brachte es einfach nicht fertig.

Auf dem Highway tauchten plötzlich Lichter auf. Die Zipfelmütze drehte sich um und sah in ihre Richtung. Na, was jetzt, Freundchen? Wie willst du den Truck und zwei Wagen von der Straße kriegen? Wie willst du das erklären? Dann fiel mir ein: Scheiße, vielleicht denkt der gar nich dran, irgendwas zu erklären. Vielleicht ballert der einfach drauflos, um keine Zeugen zu hinterlassen.

Der Wagen kam langsam näher. Ich erkannte Chief Cantucks Streifenwagen und dachte: Du scheinheiliges, klumphodiges Arschloch, du hast uns reingelegt. Hast uns erst nach Hause geschickt und uns dann die Kerle auf den Hals gehetzt. Klar, daß wir mit unsrer alten Mühle noch nicht weit sein konnten. Hast sie uns auf den Hals gehetzt, weil wir spitzgekriegt haben, daß du den Typen im Knast aufgehängt hast oder hast aufhängen lassen, und um zu verhindern, daß wir dich anschwärzen. Deshalb auch keine Anzeige. Deshalb die Ammenmärchen.

Cantuck hielt an und stieg aus. Durch die Nachtluft, die über dem Teich lag, hörte ich ihn rufen: «An deiner Stelle würd ich das Schießeisen fallen lassen, Leroy. Ich weiß, wer du bist und wem die andern Wagen gehören. Jetzt is Feierabend.»

«Is doch bloß 'n Nigger», sagte Leroy, «einer von außerhalb. Der Niggerlover is auch dabei.»

«Weg mit dem Schießeisen», sagte Cantuck, und ich sah, wie er die Hand zum Revolver führte.

Ich dachte: Moment mal, was is da los? Dann sah ich einen der Kluxer am linken Ufer im Schilf herumschleichen. Er ging in die Hocke und legte das Gewehr auf die Knie. Offenbar glaubte er sich unbeobachtet. Am rechten Ufer entdeckte ich noch einen der Kluxer oder wie auch immer die Wichser sich nannten. Der Kerl versteckte sich hinter einem Baum, und ich erkannte auf den ersten Blick, daß unter der klitschnassen Kutte nur Elefant stecken konnte. Der Fettsack schleppte einen so riesigen Arsch mit sich herum, als ob er – was hatte Leonard gesagt? –, als ob er einen Anhänger hinter sich herzog.

«Wirf die Knarre weg!» rief Cantuck.

Der Kerl am Pick-up sagte: «Tut mir leid, Chief. Ich komm nich mit zurück. Keiner von uns.»

«Solltest du aber», sagte Cantuck. In diesem Moment trat der Kerl am Pick-up mit der Fußspitze gegen sein Gewehr, um es aufzufangen und schußbereit unter den Arm zu klemmen, wie er es in irgendeinem Western gesehen hatte. Doch Cantuck kannte den Film. Er zog seinen Revolver und schoß Leroy in den Kopf. Zuerst hielt ich es für einen Schatten, was da über Leroys Kapuze huschte, doch es war Blut. Leroy fiel auf den Rücken, stemmte die Schuhabsätze so fest gegen den Asphalt, daß er einen halben Meter unter den Pick-up rutschte, bis er reglos liegenblieb, die Knie angewinkelt, die Beine gespreizt wie ein Flittchen.

Wieder peitschte ein Schuß durch die Nacht, und ich merkte zu spät, daß er von dem Kerl am linken Ufer stammte, der aufgestanden war und abgedrückt hatte. Die Kugel schlug in den Seitenspiegel von Cantucks Wagen ein, und Glassplitter wirbelten durch die Luft. Cantuck schrie auf, riß den Kopf so heftig herum, daß ihm der Hut herunterfiel. Er taumelte rückwärts, griff sich ans Auge und stürzte. Der Kluxer feuerte ein zweites Mal und traf das Heck des Wagens, vor dem sich Cantuck mit der Hand am Auge auf dem Boden wälzte.

Ich hob die Winchester, zielte auf den Schützen und drückte ab. Die Kugel traf das, was ich ins Visier genommen hatte. Die Zipfelmütze. Sie wurde ihm vom Kopf gerissen und flog weg.

Der Entblößte hatte keine Ahnung, woher der Schuß gekommen war. Er trottete nach links und rechts, als Elefant über das Wasser brüllte: «Scheiße, Kevin, du hast Cantuck abgeknallt.»

Kevin, ein dunkelhaariger Kerl mittleren Alters, ging in die Hocke, blickte hektisch nach links und rechts und rief: «Halt's Maul. Einer hat auf mich geschossen.»

Elefant schrie: «Was?»

«Halt's Maul», schrie Kevin zurück. Ich zielte auf sein Gewehr und nagelte es ihm vor den Bauch. Er landete im Dreck, wo ich ihn mit einer Salve von Warnschüssen eindeckte. Ich plazierte drei Schüsse knapp neben seinen Kopf, so daß der Dreck nur so aufspritzte. Im strömenden Regen blieb er mit dem Gesicht nach unten liegen, das Gewehr weit von sich gestreckt. Anscheinend hatte er keine Lust mehr, sich zu rühren.

Inzwischen hatte mich Elefant ausfindig gemacht und feuerte einen Schuß ab, der mich zwar verfehlte, aber den Ast, auf den ich mich stützte, so kräftig durchschüttelte, daß ich das Gleichgewicht verlor und hinunterstürzte. Beim Aufschlag auf den Boden sprang die Winchester von mir weg ins nasse Laub.

Ich wollte gerade hinterherhechten, als ich hörte, wie ein Gewehr entsichert wurde. Ich drehte mich um und sah Elefant zwischen den Bäumen stehen. Er hatte mich im Visier. Die durchnäßte Kapuze klebte an seinem Gesicht. Die Konturen von Nase und Mund zeichneten sich unter dem Stoff ab, der wie Kuchenteig an ihnen pappte.

Er streifte sich die Kapuze ab und grinste übers ganze Gesicht. «Jetzt fährst du zur Hölle, Niggerlover.»

Ich kniete vor ihm und sah mein Ende nahen, als es auf einmal einen lauten Knall gab, der von einem roten Blitz begleitet wurde. Elefants rechtes Bein schoß nach vorn wie bei einem Place-Kicker, der den Ball verfehlt hat, nur daß es komisch verdreht war und weiter schnellte, als es sollte. Er fiel auf den Arsch und stieß einen markerschütternden Schrei aus.

Hinter ihm am Ufer lag Leonard, der aussah, als wäre er gerade durch die Hölle gefahren, ohne das Licht einzuschalten. Er lag flach auf dem Boden und klammerte sich an Bärs Schrotflinte.

Ich lief zu Elefant hinüber, der unentwegt schrie, und nahm ihm das Gewehr ab. Ich nickte Leonard zu und sagte: «Bleib unten.» Dann verzog ich mich aus der Schußlinie zurück in den Wald, um nach Kevin Ausschau zu halten. Er lag nicht mehr dort, wo ich ihn festgenagelt hatte. Ich suchte das Ufer nach ihm ab und entdeckte ihn, wie er zu einem der Wagen rannte.

Ich kletterte ein Stück die Uferböschung hinauf und beobachtete ihn dabei, wie er in einen der Wagen stieg und mit quietschenden Reifen zurücksetzte. Mit Elefants Gewehr zerschoß ich einen der Scheinwerfer, doch Kevin ließ sich nicht beirren. Der zweite Schuß plättete einen Reifen, doch Kevin fuhr immer weiter und ratterte auf der Felge über den nassen Asphalt.

Nachdem ich meine Winchester aufgehoben hatte, sah ich nach Elefant. Sein rechtes Bein war vom Knie abwärts ein einziger blutiger Fetzen. Er schrie und jaulte wie ein Hund, der Glassplitter verschluckt hat.

Ich ging an ihm vorbei zu Leonard, der sich kaum noch festhalten konnte und allmählich ins Wasser zurückrutschte. Als ich ihn ans Ufer hochgeschleppt hatte, sagte ich: «Wo is der andre?»

«Wenn er nich ersoffen is», sagte Leonard, «liegt er unten zwischen den Wurzeln. Hab ihn schlafen geschickt und mit meinem Gürtel gefesselt.»

Ich schnappte mir Elefants Gewehr und die Schrotflinte, warf sie in Ufernähe ins Wasser und nahm meine Winchester von der Schulter.

«Ich wollte ihn kaltmachen, Hap. Dir zuliebe hab ich ihn am Leben gelassen. Genau wie den andern Wichser.»

«Du hättest allen Grund gehabt, beide kaltzumachen», sagte ich. «Scheiß drauf. Cantuck liegt da oben. Sieht aus, als hätt's ihn bös erwischt.»

«Ich weiß», sagte Leonard. «Hab mich wohl geirrt, was ihn angeht.»

Ich ließ die Winchester bei Leonard und ging zu Elefant, dem ich das weiße Laken, das er anhatte, über den Kopf zog, wobei er mich anschrie und zum Teufel wünschte. Ich sagte: «Du hast die Wahl, entweder ich binde dir das Bein – oder was davon übrig ist – ab, oder du scheißt mich weiter zusammen und verblutest.»

Statt zu antworten, schrie und stöhnte er nur, aber er lehnte sich zurück, so daß ich ihm mit dem Laken das Bein über der Wunde abbinden konnte. Das Laken färbte sich auf der Stelle rot.

Ich ging zurück zu Leonard. Er sagte: «Wie geht's ihm?»

«Vielleicht hast du ihn doch erledigt», sagte ich. «Der läuft aus wie 'n löchriger Gartenschlauch. Ich muß hoch und über Cantucks Funkgerät Hilfe holen.»

«Schätze, wo der herkommt, scheren die sich 'nen Teufel um ihn», sagte Leonard.

«Irgendwas müssen wir jedenfalls tun.»

Ich ging ans Ufer hinunter zu Bär. Seine Hände waren hinter dem Rücken mit dem Gürtel an eine Wurzel gefesselt. Er war so tief abgerutscht, daß ihm das Wasser bis zur Nase stand. Da er bewußtlos war, öffnete ich den Gürtel, packte ihn und zog ihn ans Ufer. Ich riß ihm das Laken vom Leib, fesselte seine Hände hinter dem Rücken, winkelte seine Beine an und knotete sie mit den Lakenenden an die Handgelenke.

Leonard ächzte und stöhnte, als ich ihm auf die Beine half, doch das ging in Elefants Geschrei unter, der sich im nassen Laub wälzte. Er hatte keinen Moment damit aufgehört.

Leonard nickte zu Elefant hinüber. «Is das Draighten oder Ray?»

«Deine Sorgen möcht ich haben», sagte ich.

Elefant hörte auf, sich zu wälzen. Er lag einfach nur da, zitterte und hielt die Hände vor die Brust wie ein auf dem Rücken liegender Hund, der alle viere von sich streckt.

Wir machten uns auf zum Highway.

24

Als wir endlich Cantuck erreicht hatten, war er schon wieder auf den Beinen. Er lehnte gegen seinen Wagen, hielt seinen Revolver in der einen Hand und die andere vors Auge. Blut sickerte zwischen den Fingern hervor und wurde vom Regen weggespült. Seine Khakijacke war blutverschmiert, und auch seine Hose hatte etwas abbekommen.

Er sagte: «Ich hab 'nen Splitter im Auge.»

«Wir bringen Sie zum Arzt», sagte ich.

«Fahrt nach LaBorde», sagte er. «Ihr wollt ja wohl nich kehrtmachen. In Grovetown gibt's kein Krankenhaus im Umkreis von fünfzig Meilen.»

«Einer der Wichser liegt drüben im Wald», sagte ich. «Hat ihn ziemlich übel erwischt. Wenn er nich bald 'nen Arzt sieht, krepiert er. Das war einer von denen, die uns im Café angefallen haben. So 'n Fettarsch. Da is noch einer, hab ihn gefesselt.»

«Draighten», sagte Cantuck, der plötzlich zusammensackte und anfing zu röcheln.

«Durchhalten, Cantuck.»

Ich machte die hintere Wagentür auf, half Leonard beim Einsteigen, hievte Cantuck hoch und stützte ihn. Er war wabbelig und schwer, und meine diversen Verletzungen, das Schwimmen und das Versteckspiel hatten mich so sehr mitgenommen, daß ich jetzt, ohne den Adrenalinstoß, jeden einzelnen Knochen spürte und stehend k. o. war.

Ich schob Cantuck auf den Beifahrersitz, humpelte zum Pick-up, hob den toten Kerl hoch, den Cantuck Leroy genannt hatte, und wuchtete ihn auf die Ladefläche seines Trucks.

Der Schlüssel des Pick-up steckte. Ich startete den Motor, fuhr auf den Seitenstreifen, warf den Schlüssel unter den Truck und schlurfte zu dem anderen Wagen der Kluxer. Der Zündschlüssel war abgezogen, aber die Tür war nicht abgeschlossen. Ich nahm den

Gang heraus, ging ans Ende des Wagens und schob ihn, nachdem ich tief Luft geholt hatte, auf den Teich zu. Er stürzte an einer flachen Stelle ins Wasser, so daß das Heck noch herauslugte.

Als ich zu Cantuck in den Wagen gestiegen war, wurde mir schwarz vor Augen, und ich mußte den Kopf aufs Lenkrad legen und eine Weile verschnaufen. Ich sagte: «Sie müssen Hilfe für die Arschlöcher ordern, Chief.»

Ich nahm das Funkgerät vom Armaturenbrett und reichte es Cantuck. Er murmelte einer Rettungsmannschaft in LaBorde einen Notruf durch und gab unsere Position an.

Ich hielt es nicht aus, auf sie zu warten, dazu ging es mir zu dreckig, und ich hatte Angst, der Wichser, der auf dem Platten abgehauen war, würde wiederkommen oder Verstärkung holen. Cantuck machte der Splitter in seinem Auge zu schaffen, und Leonard war totenstill geworden. Ich sah zu ihm nach hinten. Er hatte die Augen geschlossen und atmete schwer.

Ich startete den Wagen, schaltete Heizung und Scheinwerfer an, atmete tief durch und fuhr los. Es goß immer noch in Strömen, und der Himmel war schwarz wie die Nacht. Wenigstens hatte Cantucks Wagen mehr unter der Haube als Leonards, und die Reifen waren auch besser, was mir die Sache erleichterte.

Draighten und Ray gingen mir durch den Kopf, wenn auch nur kurz. Länger ertrug ich den Gedanken an sie nicht. Es war nicht meine Schuld. Ich hatte nicht gewollt, was passiert war, aber ich konnte auch nichts mehr daran ändern. Denk einfach nich dran, sagte ich mir. Denk an die Straße, an die gelbe Linie im Scheinwerferlicht. Immer schön die Fahrspur halten und nich ohnmächtig werden. Wenn du ohnmächtig wirst, is es aus. Halt durch und werd nich ohnmächtig.

Cantuck brauchte eine Weile, bis er das Funkgerät zurück ins Armaturenbrett gesteckt hatte. Dann lehnte er sich zurück, ohne die Hand vom Auge zu nehmen. Im grünen Schein des Tachos sah ich sein blutverschmiertes Gesicht. Die Stellen, wo das Blut getrocknet war, sahen wie große Muttermale aus.

«Das Auge is im Arsch», sagte Cantuck.

«Es is okay», sagte ich, als ob es das wirklich war.

Die Scheibenwischer kamen kaum gegen den starken Regen an. Mein Atem war heiß und trocken, ich zitterte vor Anspannung am ganzen Körper.

Und so schleppten sich die Sekunden dahin. Ich starrte durch die Windschutzscheibe in den Regen und die Dunkelheit, sah und hörte den unermüdlichen Scheibenwischern dabei zu, wie sie sich abrakkerten und trotzdem kaum etwas nützten.

Regen an der Windschutzscheibe. Regen am Fenster.

Als ich aufwachte, dachte ich im ersten Moment, ich würde immer noch am Steuer von Cantucks Wagen sitzen, doch ich lag im Bett, und es war drei Wochen später. Es regnete immer noch, wie fast die ganzen drei Wochen über. Seen und Flüsse waren angeschwollen, ganze Landstriche standen unter Wasser, und in den Nachrichten hieß es, der Staudamm bei Grovetown würde es nicht mehr lange machen.

Ich lag im Bett, starrte auf die Fensterscheibe, gegen die der Regen schlug, und allmählich wurde mir auch bewußt, worauf ich starrte und warum die Scheibenwischer fehlten; ich lag im Bett und schüttelte die Nachwirkungen eines Alptraums ab.

Es war nicht das erste Mal, daß ich von jenem Abend in Cantucks Wagen geträumt hatte. Seit damals, besonders in der ersten von zwei Nächten im Krankenhaus, plagten mich eine Menge Träume, die alle nicht besonders angenehm waren. Vor dem Ausflug nach Grovetown hatte ich eine Zeitlang immer wieder geträumt, wie ich es mit dieser scharfen Mexikanerin trieb, die ich in irgendeinem Heftchen gesehen hatte. Schätze, ich hab damals von ihr geträumt, um über Florida hinwegzukommen. Ich hatte die Mexikanerin in meinem Kopf so zum Leben erweckt, daß sie ganz heiß auf meine Rute war. In meinen Träumen war ich so ein toller Hengst, daß sie nie genug bekommen konnte. Mir gefiel ihre Art, zu schreien und zu stöhnen und mich mit ihrer süßen hohen Stimme auf spanisch «Baby» zu nennen, auch wenn sie nichts weiter als ein Abziehbild in meinem Kopf war, ein Kopfkissen in meinen Armen.

Aber seit der Sache in Grovetown war dieser Traum wie weggeblasen, und ich konnte ihn genausowenig zurückholen, wie ich eine 747 vom Himmel pfeifen und zur Notlandung zwingen konnte. Jedesmal wenn ich sie mir vorzustellen versuchte, verschwamm die kleine Mexikanerin vor meinen Augen und löste sich auf. Statt dessen hatte ich jetzt andere Träume.

In einem davon spukte Florida herum. Also so eine Art Kreuzung zwischen Zombie und Nachtgespenst. Ich ging einen Highway, eine Straße oder einen Waldweg entlang und sah sie von weitem, wie sie, ohne mich anzusehen, meinen Weg kreuzte. Sie trug eines ihrer kurzen Kleider und hohe Absätze und verschwand im Wald. Ich rannte hinterher, doch als ich die Stelle erreichte, wo sie den Wald betreten hatte, war sie wie vom Erdboden verschluckt.

Ich träumte auch von dem Teich aus jener Nacht und von Draightens Geschrei und seinem zerfetzten Bein. Bald danach hatte ich gehört, daß er schon tot war, als der Rettungswagen eintraf. Verblutet. Er hatte es sich selbst zuzuschreiben. Trotzdem schwirrte er mir im Kopf herum. Irgendwo gab es Menschen, die ihn geliebt hatten und die er geliebt hatte, er hatte Zukunftspläne und Gedanken gehabt wie jeder andere. Gemeinere Gedanken, aber Gedanken.

Wenn Leonard nicht auf ihn geschossen hätte, wäre ich jetzt zwei Meter unter der Erde und Draighten würde im Bett liegen und sich vielleicht 'n Runde Wrestling in der Glotze ansehen und am Schwanz spielen. Komische Vorstellung.

Ich meine, daß er am Leben sein und Wrestling gucken würde, nicht das mit dem Schwanz. Das wollte ich mir dann doch lieber nicht vorstellen; es wäre zu schrecklich gewesen.

Ich spielte mit dem Gedanken, mir selbst am Schwanz zu spielen, doch der Regen war stärker geworden und mich fröstelte, sogar unter der Decke. Ich stand auf, bedeckte meine Blöße mit dem Bademantel, nahm die .38er vom Nachttisch, der zu ihrem Stammplatz geworden war, und ging ins Bad.

Ich putzte mir die Zähne und begutachtete die Schußwunde an meiner Wange. Kaum der Rede wert. Sie heilte gut, auch wenn mir wohl eine kleine Narbe als Souvenir bleiben würde. Der Arzt hatte Salbe auf die Wunde geschmiert und ein Pflaster daraufgeklebt, und seitdem hatte ich selbst daran herumgedoktert, aber es wäre wohl doch besser gewesen, sie nähen zu lassen.

Was mein Aussehen anging, hatte ich andererseits auch nicht gerade viel zu verlieren. Mein bescheidenes Äußeres war spätestens seit der Schlägerei im Grovetown Café ruiniert.

Immerhin sah ich schon viel besser aus als vor einer Woche. Meine Augen lagen einigermaßen auf einer Höhe, und die Blutergüsse hatten ihre Farbe von aubergine zu spinatgrün gewechselt.

Ich nahm meine Knarre vom Waschbecken und machte mit ihr einen Spaziergang durch die Wohnung, um die Butangasheizöfen aufzudrehen. Dann gab es ein kleines Frühstück, bestehend aus Cornflakes und Kaffee, zu dem ich mich mit meiner Freundin, der kurzläufigen .38er, an den Küchentisch setzte und hinaus in den Regen starrte. Mein Vorgarten sah dem von Bacon verdammt ähnlich, bis auf den Kühlschrank und die Waschmaschine. Dafür lag bei mir ein totes Eichhörnchen, das ich schon lange hatte wegschaffen wollen. In ein oder zwei Wochen würde es sich wohl von selbst aufgelöst haben. So lange halt ich noch durch, dachte ich.

So sah mein Alltag nun schon seit zwei Wochen aus. Ein bißchen Kaffee und Cornflakes zum Frühstück, die Aussicht auf das tote Eichhörnchen, die Frage, wovon ich meine Krankenhausrechnung bezahlen sollte, und danach ein Film im Vormittagsprogramm, vorausgesetzt es gab einen, der etwas taugte. Das alles fiel natürlich ins Wasser, wenn ich mal wieder aufs Revier bestellt wurde. Die Cops legten Wert darauf, daß ich regelmäßig zu Interviews vorbeischaute.

Da LaBorde der Sitz des Bezirksgerichts war, fanden die Vernehmungen hier statt. Ein Texas-Ranger und seine Leute aus wer weiß woher hatten den Fall übernommen, und Charlie war so eine Art Vermittler. Ein paarmal war mir beim Hereinkommen sogar Cantuck über den Weg gelaufen, der eine dicke Augenbinde und jedesmal denselben billigen schwarzen Anzug trug, der seinen Eiern genügend Platz bot. Er sagte stets lächelnd «Hap» und ging schnurstracks an mir vorbei. Einmal habe ich auch Jackson Brown getroffen. Er trug einen schicken blauen Anzug, einen weißen Cowboyhut, der mit einem perlenbesetzten Band verziert war, und glänzende schwarze Cowboystiefel. Wir wären fast zusammengeprallt. Er war in Begleitung einer schlanken, attraktiven Blondine mit ultralangen Haaren und leeren Augen. Er grinste mich im Vorbeigehen an und sagte: «Bestell deinem Nigger schöne Grüße von Jackson.»

Ich hätte zu gerne ausprobiert, ob ich ihm den Kopf einmal ganz auf dem Hals herumdrehen konnte, aber ich verkniff es mir und ging einfach weiter.

Den Bullen machte es Spaß, sich mit mir zu unterhalten. Es machte ihnen Spaß, sich von mir unterhalten zu lassen. Sie konnten von meiner Geschichte gar nicht genug kriegen. In getrennten Gesprächen unterhielten sie sich auch mit Leonard, dessen Geschichte ihnen nicht weniger gefiel. Wir durften sie so oft herunterbeten, daß ich schon daran dachte, ein paar Tanzstunden zu nehmen, damit Leonard und ich einen Two-Step aufs Parkett legen konnten, falls wir unsere Geschichte einmal im Duett erzählen sollten.

Fürs erste waren die Cops anscheinend mit mir durch. Es war schon ein paar Tage her, daß ich in ihre grinsenden Visagen geblickt hatte, und das konnte meinetwegen auch so bleiben. Sie störten mich in meiner einlullenden Alltagsroutine.

Nach dem allmorgendlichen Film kam das Mittagessen, normalerweise ein Sandwich oder noch mehr Cornflakes und Kaffee, und dann machte ich es mir in einen Mantel eingepackt in der Schaukel auf der Veranda bequem und lauschte mit der Knarre in der Hand dem Regen, bis es mir zu kalt wurde. Dann war es Zeit, wieder hineinzugehen, wo ich mich auszog und unter die Bettdecke kroch. Den Revolver in Reichweite auf dem Nachttisch, schlug ich das Buch auf, das ich gerade las.

Wie ich an diesem Morgen beim Frühstück saß, wußte ich, daß ich irgendwann nicht mehr das Bedürfnis haben würde, ständig eine Knarre mit mir herumzuschleppen und nur neben ihr einzuschlafen, weil ich mich bei ihr geborgener fühlte als bei einer Frau. Doch die Prügel, die ich zusammen mit Leonard bezogen hatte, und die Nacht draußen am Teich mit den Kluxern hatten ihre Spuren hinterlassen, und ich war mir nicht sicher, ob es je wieder so sein konnte wie früher. Ich war mir nicht sicher, ob ich jemals wieder der alte Hap Collins sein würde. Ich war es zwar immer noch, aber irgendwie auch wieder nicht, und ich fragte mich, wer ich überhaupt war oder sein wollte. Ich überlegte, ob ich Leonard anrufen sollte, doch ich hatte Angst, Raul könnte ans Telefon gehen. Wie ich gehört hatte, war er zurückgekommen, und ich konnte den kleinen Wichser irgendwie nicht mehr ausstehen, wobei ich nicht einmal wußte, ob ich ihn jemals hatte ausstehen können. Ich hatte alles in allem gerade einmal eine Stunde lang das Vergnügen mit ihm gehabt, also war meine Meinung über ihn sowieso einen Scheißdreck wert.

Ich war eifersüchtig. Leonard war schon viel länger mein Freund, als sie sich überhaupt kannten. Als zwischen den beiden Schluß war und ich mich mit Leonard wieder zusammengerauft hatte und wir nach Grovetown gefahren sind, da hatten wir, trotz allem, was passiert war, wenigstens einander wie in den alten Zeiten. Da war so eine besondere Wärme zwischen uns, ein blindes Verständnis ohne viele Worte, und dann war Raul auf einmal wieder da, und ich durfte im Bademantel meine Knarre spazierentragen und mir einen runterholen. Ich wünschte mir von ganzem Herzen, daß Raul Leonard zwingen würde, sich die Schlußepisode von *Gilligans Insel* anzusehen, die er sich mittlerweile zugelegt hatte, wie ich mir sagen ließ. Ich fragte mich, wessen Schwanz er wohl gelutscht hatte, um an die Kassette heranzukommen.

Mein Gott, hör auf mit deiner Schwulenphobie, Hap. Das is widerlich. Und außerdem nich besonders nett.

Ach, scheiß drauf, es is höchstens letzteres: eben nich besonders nett. Du denkst dir diese Gemeinheiten doch bloß aus, weil du wütend bist, und wenn du nich aufpaßt, wird das noch zur Gewohnheit.

Warum zum Teufel mußte Raul auch unbedingt zurückkommen, fragte ich mich und bekam zur Antwort: Weil er gehört hat, daß es Leonard schlechtgeht und er ihn braucht. Seit seiner Rückkehr waren sie wieder ein Herz und eine Seele. Sie hatten sich versöhnt, und das war gut so.

Klar war es das. Es war gut. Gebratene Leber war auch gut, wenn man die Augen zukniff, sich den Mund ausspülte und Eiscreme zum Nachtisch bekam.

Verdammt noch mal, Schluß damit, Hap. Sei kein Arschloch. Soll Leonard doch mit ihm glücklich werden, auch wenn sein Lover 'ne taube Nuß is und auf *Gilligans Insel* steht. Was geht dich überhaupt Leonards Liebesleben an? Mit Freundschaft hat das nichts zu tun.

Sei lieber froh, daß es deinem Kumpel gutgeht. Dann wärst du ein echter Freund.

Ich saß da und überlegte, ob mir noch mehr weise Sprüche einfielen, doch mein Kopf war leer.

Meine Knarre und ich holten uns noch einen Kaffee und gingen ins Wohnzimmer, um den Fernseher einzuschalten und durch die Programme zu zappen, bis wir einen Audie-Murphy-Western fanden.

Als der Film fast zu Ende war, hörte ich einen Wagen, schnappte mir meine Knarre und schielte vorsichtig aus dem Fenster.

Charlie hatte vor dem Haus gehalten und stieg aus. Er trug einen Regenmantel mit beigefarbenem Gürtel und einen Filzhut, über den eine Plastikfolie gespannt war. Wie ein Schulmädchen, das sich nicht die Strümpfe naß machen will, trippelte er unter einem schwarzen Regenschirm auf die Haustür zu.

Ich schaltete den Fernseher aus, stopfte den Revolver unter ein Couchkissen und hoffte, daß Charlie gute Neuigkeiten von Hanson hätte. Mann, überhaupt irgendwelche guten Neuigkeiten.

25

Ich öffnete die Tür, bevor Charlie auf der Veranda war. Mit einem Lächeln auf den Lippen klappte er den Regenschirm zu, lehnte ihn gegen die Verandawand und schüttelte mir die Hand.

«Das Eichhörnchen leistet dir wohl immer noch Gesellschaft.»

«Ja», sagte ich. «Dem gefällt's hier. Ich nenn es Bob. Mich nennt es Mr. Collins.»

Charlie nahm seinen Hut ab und befreite ihn von der Plastikfolie, die er auf den Knauf des Schirms legte. Dann setzte er seinen Hut wieder auf, zog den Regenmantel aus und breitete ihn über die Schaukel aus. All das tat er sehr langsam und sorgfältig.

Beim Hereinkommen warf er seinen Hut auf die Couch, zog sein billiges Sportjackett aus und hängte es über eine Stuhllehne, bevor er neben seinem Hut Platz nahm und sein unnachahmliches Grinsen auflegte. Schließlich lockerte er noch seinen abgewetzten Schlips, legte die Beine übereinander und wippte mit seinem K-Mart-Schuh.

«Sind die aus echtem Plastik, Charlie?»

«Klar. Glaubst du, ich geb mich mit Imitaten ab?»

«Und der Hut, hat nich Mike Hammer auch so einen?»

«Das will ich meinen.»

«Kann ich dir 'nen Kaffee anbieten?»

«Ich bitte darum.»

Ich schenkte uns beiden ein, machte es mir in meinem Sessel bequem und streckte die Beine aus.

«Verdammt, Hap», sagte Charlie. «Vielleicht ziehst du dir mal 'ne Unterhose an, oder mach die Beine zusammen. Ich hab keine Lust, auf deine Eier zu glotzen.»

«Bist du etwa nicht deshalb hergekommen?»

«Mach hin, Mann.»

Ich ging mir eine alte Jeans anziehen, wobei ich den Bademantel anbehielt. Als ich zurückkam und nach meiner Kaffeetasse griff, war Charlie gerade in der Küche dabei, sich nachzuschenken. Er kramte in meinem Vorratsschrank herum und fand die Packung Vanillekekse, die ich für Leonard parat hielt. Er riß sie auf und nahm sie mit ins Wohnzimmer, wo er sie neben seinen Hut auf die Couch legte und anfing, einen Keks nach dem anderen zu verdrücken.

«Willst du auch einen?» fragte er.

«Nur wenn's dir wirklich nichts ausmacht.»

«Aber nich doch.»

Er hielt mir die Packung hin, ich bediente mich, tunkte einen Keks in meinen Kaffee und steckte ihn in den Mund. Charlie sagte: «Leonard is ganz verrückt nach den Dingern.»

«Was du nich sagst.»

«Ich amüsier mich jedesmal, wie er die in sich reinstopft», sagte Charlie. «Dann stiert er genau wie der Köter aus diesem Comic strip, wenn er 'nen Hundekuchen abkriegt. Du weißt schon, der, der sich immer selber umarmt und vor Freude an die Decke springt. Wie hieß noch gleich diese bescheuerte Serie? *Quickdraw McGraw?*»

«Glaub schon», sagte ich. «Wie geht's Hanson, Charlie?»

«Wie immer.»

«Ich werd ihn demnächst mal besuchen fahrn.»

«Wenn du meinst. Er kriegt's sowieso nich mit. Ob du splitternackt mit 'ner Feder im Arsch da reinspazierst oder in deinem Ausgehanzug, is ihm völlig schnuppe.»

«Was sagen die Ärzte?»

«Das gleiche wie vorher. Sind bloß nich mehr so optimistisch.»

«Waren sie überhaupt schon mal optimistisch?»

«Wenn du sie jetzt hörst, denkst du, vorher hätten sie nur so gesprüht vor Optimismus.»

«Scheiße.»

«Ja. Scheiße. Nächste Woche soll er entlassen werden. Warum auch nich, er kann genausogut zu Hause das Bett hüten. Die Schläuche und Pinkeltüten geben sie ihm mit. Vielleicht is er ja an 'nem guten Tag als Türstopper zu gebrauchen. Einfach vor die Tür rollen, und er hält sie offen.»

«Und wer kümmert sich um ihn?»

«Rachel nimmt ihn bei sich auf.»

«Seine Exfrau?»

«Ja, stell dir vor. Sie hat's selber vorgeschlagen. Will sich zusammen mit ihrer Tochter um ihn kümmern.»

«Dachte, Rachel hat 'nen Freund oder so was.»

Charlie befingerte seine Brusttasche, als würde er Zigaretten suchen, aber keine finden, und griff statt dessen wieder in die Kekspackung. Er fuchtelte mit dem Keks in der Luft herum und sagte: «Das war einmal. Er is von ihrer Idee nich grad begeistert gewesen, da hat sie ihn in die Wüste geschickt. Is das zu fassen? Hanson und Rachel. Die sind seit ich weiß nich wie lange auseinander, und auf einmal nimmt sie ihn bei sich auf, leert seine Pinkeltüten und paßt auf, daß ihm der Haferschleim in den Nahrungsschläuchen nich ausgeht, seift ihm die Eier ab und wischt ihm den Hintern. Das is mir zu hoch.»

«Mir auch. Da hat wohl die Tochter 'n Wörtchen mitgeredet.»

«Kann sein. Hast du schon gehört, K-Mart is so gut wie dicht. Noch 'ne Woche, dann is da bloß noch 'n leeres Lagerhaus und der Parkplatz übrig.»

«Deshalb bist du also hergekommen. Sollen wir jetzt 'ne Schweigeminute einlegen oder was?»

«Eigentlich bin ich gekommen, um dir zu sagen, daß jetzt, wo du und Leonard wieder auf'm Damm seid –»

«Kriegen wir 'ne Vorladung?»

«Bloß als Zeugen. Ich glaub kaum, daß ihr viel zu befürchten habt. Aber die Wichser werden ganz schön blöd aus der Wäsche gucken. Ray Pierce, dein ‹Bär›, hat endlich ausgepackt und Kevin Reiley als den andern Klan-Typen verpfiffen, wie Cantuck die ganze Zeit gesagt hat. Schätze, dieser Cantuck is doch gar nich so 'n Arschloch, wenn man ihn näher kennenlernt.»

«Gut. Und Brown? Hat Pierce den auch verpfiffen?»

«Nein. Wir hatten genug in der Hand, um ihn zur Vernehmung zu laden, für mehr hat's nich gereicht. Hätt ihn liebend gern drangekriegt, das kannst du mir glauben. Das selbstherrliche Arschloch. Weißes Stück Scheiße mit Geld und 'nem Wirtschaftsdiplom. Die sind wie die Kakerlaken, die Typen. Man wird sie einfach nich los, nich totzukriegen ... ach ja, diesen Officer hat Pierce auch nich verpfiffen.»

«Reynolds.»

«... ja, den. Hat nichts auf ihn kommen lassen. Angeblich hätten sie keine Komplizen gehabt. Einer von denen will euch in Grovetown gesehn haben, wie ihr den Abzweig nach LaBorde genommen habt. Dann hat er den andern Bescheid gesagt, und sie haben sich ihre Laken geschnappt und sind hinter euch her.»

«Also gibt's keinen Beweis, daß irgendwer anders mit der Sache zu tun gehabt hat.»

«Sieht so aus.»

«Wer's glaubt, wird selig. Wenn du mich fragst, hat das ganze Nest von Klan-Wichsern gewußt, wo wir stecken, und nich etwa, weil uns irgendwer hat abbiegen sehn. Ich wette, daß dieser Brown was damit zu tun hat und die Typen dafür bezahlt, daß sie dichthalten. Oder vielleicht bereitet ihnen außer dem Knast noch was andres Kopfschmerzen. Zum Beispiel, was er mit ihren Familien anstellen könnte.»

«Ich weiß bloß, daß wir keine Beweise für 'ne Verschwörung haben. Aber ihr seid nich die einzigen, die der Klan am Arsch gekriegt hat. Den Schwarzen, der euch geholfen hat, hat's auch erwischt. Der hat sein Fett 'ne Nacht später weggekriegt.»

«O nein, Bacon? Das hab ich nich gewußt.»

«Ich wollt's dir erst nich sagen. Du hast schon genug um die Ohren gehabt. So 'ne Handvoll Klan-Leute sind zu seinem Haus gefahrn und haben sich ihn zur Brust genommen. Geteert und gefedert haben sie ihn und dann im Kofferraum von seinem Wagen zum Fluß runtergefahrn, die Schlüssel weggeworfen und einfach stehenlassen. Er wär an Unterkühlung eingegangen, wenn der Kofferraum was getaugt hätte. Hat er aber nich. Er konnte ihn auftreten, hat den Wagen kurzgeschlossen und is abgehaun. Is ziemlich übel dran gewesen, hab ich gehört. Hat 'n paar Tage in Longview drüben im Krankenhaus gelegen.»

«Verdammt! Er hat tierisch Schiß gehabt, daß sie ihm wegen uns den Arsch aufreißen. Zu Recht. Wie is der Klan dahintergekommen?»

Charlie zuckte mit den Achseln. «Vielleicht weiß es Cantuck, oder der Ranger, den sie auf die Sache angesetzt haben. Vielleicht auch nich. Keine Ahnung. Mann, ich brauch unbedingt 'ne Zigarette. Weißt du, manchmal bin ich nah dran, heimlich eine zu rauchen. Aber meine Alte, die hat 'ne Nase wie 'n Spürhund. Da kann ich auch im Sturm draußen rauchen, braucht nur 'n bißchen was im Jackett oder in den Haaren hängenbleiben, sie riecht's garantiert.»

«Und schon läßt sie dich nich mehr ran.»

«Genau. Hab schon überlegt, ob ich mit der Katze anbändeln soll. Is das Inzest oder so was?»

«Sodomie.»

«Egal, vom Wichsen hab ich jedenfalls die Schnauze voll. Weißt du, was das Komische ist? Wenn dir erst mal klar wird, daß du nich mehr ran darfst, kannst du an nichts andres mehr denken. Muschi. Muschi. Muschi. Als sie mich noch hin und wieder rangelassen hat, wann genau hab ich nie gewußt, bloß daß es früher oder später soweit sein würde, da hab ich viel weniger gewichst. Wichst du viel?»

«Ach, bloß ein-, zweimal am Tag. Willst du auch was über meinen Stuhlgang hören?»

«Laß mal, wollte bloß wissen, ob du wichst. So 'n paar Typen auf'm Revier, die meinen, wichsen is was für Idioten. Angeblich haben sie's mit Fünfzehn aufgegeben, oder als sie angefangen haben rumzuvögeln.»

«Wichsen tut jeder. Die können erzähln, was sie wollen, sie wichsen. Außer vielleicht, wenn sie jede Nacht ein' wegstecken, ansonsten wichsen sie. Mal was weniger Ernstes: wegen unserer Vorladung. Bist du sicher, daß wir nichts zu befürchten haben?»

«Nehm ich an. Garantieren kann ich's nich. Trotzdem, Cantuck hat sich noch mal für euch stark gemacht und ausgesagt, daß du und Leonard gar keine andre Wahl hattet. Er hat erzählt, wie du seinen Arsch gerettet hast, wie du durch den Sturm gefahrn bist und den ganzen Scheiß. Kennst ja die Geschichte. Er hat genau dasselbe erzählt. Sie werden euch noch 'n paar Fragen stellen, aber aus dem Gröbsten seid ihr raus.»

«Gut zu wissen. Wie geht's Cantuck?»

«Na ja, sein Auge is nich grad nachgewachsen. Is immer noch blind auf dem einen und trägt jetzt 'ne Augenklappe. Er sieht aus wie 'n Pirat, der erst Schweinezüchter und dann Kleinstadtbulle geworden is. Aber er hat's ganz gut verkraftet, glaub ich. Ach ja, du oder Leonard, ihr kriegt 'n kleines Bußgeld aufgebrummt, wegen der Schießeisen, die ihr dabei hattet. Euer Waffenlager. Ich hab mit den Jungs von der Highway Patrol geredet. Sie haben mir versprochen, die andern Schießeisen aus Leonards Kofferraum verschwinden zu lassen, damit's nich aussieht, als wärt ihr bis an die Zähne bewaffnet und auf Ärger aus gewesen. Das hätt euch beinah 'ne böse Suppe eingebrockt, die ganzen Knarren, aber Cantuck hat euch mal wieder rausgeboxt. Mit 'n bißchen gutem Willen kann er einem alles weismachen, auch wenn er Leonard einen ‹guten Neger› nennt.»

«Bei Cantuck is das 'n Kompliment», sagte ich. «Kriegt Leonard seine Schießeisen zurück?»

«Sonst noch was, Hap? Sie haben versprochen, sie verschwinden zu lassen, nich, sie euch geölt und geladen zurückzugeben. Ihr könnt froh sein, daß ihr nich noch mehr zur Kasse gebeten werdet und für 'ne Weile hinter Gitter wandert. Das is 'ne verdammt ernste Sache, 'nen Typen umzulegen.»

«Leonard hat Draighten nich umbringen wollen. Sonst hätt er ihm gleich die Birne weggepustet. Nich, daß es ihm was ausgemacht hätte, er hat ihn mir zuliebe bloß angeschossen. Im Endeffekt war's Notwehr, nich mehr und nich weniger.»

«Deshalb seid ihr auch auf freiem Fuß, du und er. Immerhin sind wir hier in Texas. Und außerdem hast du 'nem Polizisten das Leben gerettet, hast ihn in Sicherheit und zu 'nem Arzt gebracht. Verdammt, Hap, du und Leonard, ihr seid Helden.»

«Na, wenn das nichts is.»

«Ich fahr nachher zu Leonard und klär ihn über den Stand der Dinge auf.»

«Du kannst ihn auch von hier aus anrufen.»

«Schon, aber so hab ich 'nen Vorwand, bei ihm reinzuschneien. Ich dachte, du hast vielleicht Lust mitzukommen.»

«Weiß nich.»

«Du verstehst dich wohl nich besonders mit seinem Lover, stimmt's?»

«Schätze, es liegt an mir.»

«Mit Florida is es mir genauso gegangen. Ich hab sie gemocht, aber als sie sich mit Hanson eingelassen hat, da war zwischen mir und Marve irgendwie die Luft raus. Sie hatte so 'ne Art, ihn aus dem Augenwinkel anzusehn, die ihn ganz nervös gemacht hat. Ich hab mir echt Mühe gegeben, nicht ‹Scheiße› oder ‹ficken› zu sagen oder von meiner störrischen Alten anzufangen, wenn sie in der Nähe war, aber ich glaub, ich hab's ihr nie recht machen können.»

«Manche Frauen sind eben geborene Spielverderberinnen.»

«Mann, wer weiß, vielleicht is Marve ... vielleicht war er von meiner Alten genauso genervt und hat bloß nie den Mund aufgemacht. Schwer zu sagen. Beziehungen sind schon was Komisches. Aber eins sag ich dir, manchmal hab ich Florida schon in den Ausschnitt geglotzt. Hab mir nich helfen können. Das war vielleicht eine.»

«Wahrscheinlich sind ihr bloß deine guten Manieren auf die Nerven gegangen, Charlie. Sie is die Gesellschaft von so 'nem Gentleman wie dir einfach nich gewöhnt gewesen.»

«Daran wird's gelegen haben. Hast du nich 'ne Zigarette? Oder 'ne Zigarre? Pfeife? Ich würd sogar Kautabak nehmen.»

«Tut mir leid. Hab das Pfeiferauchen aufgegeben. Zu besonderen Anlässen gönn ich mir 'ne Zigarre, aber heute hast du Pech, ich hab grad keine da. Außerdem hast du das gar nich nötig. Sei froh: solange du nich rauchst, stellt sich deine Alte auch nich quer.»

«Ja, ja, schon gut.»

«Denk dir doch 'n paar neue Schattenfiguren aus, lenk dich ab.»

«Im Schattenspielen bin ich schon 'n echter Könner, aber ich hab 'ne Pause einlegen müssen. Hab mir die Finger überanstrengt.»

«Du machst Witze.»

«Nein, ehrlich. Hab 'n entzündetes Handgelenk, weil ich zuviel damit rumgefuchtelt hab.»

Ich trank meinen Kaffee aus und fragte, was ich einfach fragen mußte: «Wo wir nun schon über Florida in der Vergangenheit sprechen ...»

«Schätze, ich sollte nich so über sie reden. Ich mein, daß ich ihr in den Ausschnitt geglotzt hab und nich mit ihr ausgekommen bin und so. Ich weiß, was sie dir bedeutet, Hap. Außerdem is sie Hansons Mädchen gewesen. Nein, ich sollte echt nich so über sie reden.»

«Wenn sie hier wär, würd ich genauso versuchen, ihr in den Ausschnitt zu glotzen. Ihre Fummel waren wie geschaffen dafür, und ich glaub, das wußte sie auch. Sie hätt's zwar nie zugegeben, aber sie wußte es.»

Charlie nickte. «Wir sind genauso schlau wie vorher. Der Ranger ist rübergefahrn, hat sich umgehorcht und weiß genauso viel wie wir. Sie war da, und jetzt is sie weg. Kaum brauchbare Hinweise.»

«Und in den Schwarzenlokalen? Hat da keiner was gewußt?»

«Klar. Auf die Idee sind wir auch noch gekommen, Hap. Is immerhin unser Job.»

«Ich wollte dir nich auf den Schlips treten.»

«Hab mich 'n bißchen über den Fall schlau gemacht, obwohl's mich ja eigentlich nichts angeht. Verstehst du?»

«Verstehe.»

«Florida is rübergefahrn, um diesen Soothe als so 'ne Art Märtyrer hinzustellen, dabei is er in Wirklichkeit nichts weiter als ein Arschloch gewesen. Darin sind sich alle einig. Selbst seine Familie hatte ihn verstoßen. Alle sind sie froh gewesen, als er krepiert is und ihnen nich mehr die Hölle heiß machen konnte. Die Aufnahmen, die unveröffentlichten Songs, das hat er sich alles bloß ausgedacht. Keiner glaubt, daß da irgendwas dran is. Nichts als Hirngespinste. Und keiner schert sich darum, wie der Kerl umgekommen is. Außer Florida. Würd mich nich wundern, wenn sie bei ihren Nachforschungen über Soothe die Nase zu tief in die Sache reingesteckt hat und dafür eins draufbekommen hat. So weit, so gut. Du und Leonard, ihr wißt das schon lange. Nichts Neues.»

«Irgendwer muß sich für Soothe interessiert haben. Oder Angst vor ihm gehabt haben. Die Leiche is geklaut worden.»

«Der Ranger und die Jungs von der Highway Patrol glauben, daß irgend so 'n Voodooscheiß dahintersteckt.»

«Voodoo is im Grunde nichts weiter als 'n Haufen Zaubersprüche mit 'n paar christlichen Einsprengseln. In East Texas glauben alle Bullen, daß irgendwo tief im Busch Teufelsanbetungen und filmreife Voodoo-Messen abgehalten werden. So kommt ihnen ihr Job gleich viel wichtiger vor. Is irgendwie aufregender, wenn man's mit El Diabolo zu tun hat.»

«Schon möglich. Hätte auch nichts gegen 'n bißchen Voodoo hin und wieder einzuwenden. Das ganze altmodische Zeug, Drogen, Vergewaltigung in der Ehe, Typen, die sich gegenseitig die Köpfe einschlagen, das hängt mir ziemlich zum Hals raus. Was Soothe angeht, weiß ich auch nich mehr, als daß seine Leiche spurlos verschwunden is. Florida is überzeugt gewesen, daß Cantuck Soothe auf dem Gewissen hat. Hat ihn für 'nen alten Rassisten gehalten. Ich glaub da nich so richtig dran. Wenn's Cantuck gewesen wär, hätt er sich wohl kaum die Mühe gemacht, eure Ärsche zu retten. Bei diesem Officer Reynolds bin ich mir da nich so sicher.»

«Dem Kerl is alles zuzutrauen, aber nachweisen kann ich ihm auch nichts. Andererseits is er vielleicht auch nich schlimmer als Cantuck, bloß daß der ab und zu 'nen guten Tag erwischt. Irgendwie hab ich's lieber, wie das in alten Filmen geregelt is, wo die Bösewichte immer Schwarz tragen und gezwirbelte Schnurrbärte haben. Eins hab ich bis heute nich kapiert. Woher wußte Cantuck überhaupt, daß Leonard und ich in Schwierigkeiten waren?»

«Instinkt.»

«Soll das heißen, ihm is plötzlich siedend heiß eingefallen, daß uns die Zipfelmützen ans Fell wollten, und da hat er sich aufs Pferd geschwungen und is hinter uns her?»

«Seiner Erzählung zufolge hat er 'n schlechtes Gewissen bekommen, nachdem er euch in den Wagen gesteckt und nach Hause geschickt hatte, weil ihr beide nich grad in Höchstform wart. Er wollte euch einholen, wollte, daß ihr Leonards Kiste stehenlaßt und euch selber nach LaBorde fahrn. Ich kauf's ihm ab. Auf den ersten Blick is er 'n Stinktier, aber unten drunter riecht er 'n bißchen besser, bloß braucht er manchmal 'ne Weile, bis sein weiches Herz durchscheint.»

«Also hat er mitten in 'ner Folge der *Hillbilly-Bären* eingesehn, daß er 'n Arschloch gewesen is und uns besser abfangen sollte, damit wir ja heil ankommen?»

«Er is gar nich erst zu Hause gewesen, sondern ins Büro gefahrn. Dann is er stutzig geworden und hat sich auf den Weg gemacht.»

«Und in der Zwischenzeit haben uns Fettarsch Draighten und seine Kumpels zufällig auf der Straße gesichtet und sind hinter uns hergeheizt?»

«Stimmt.»

«Ziemlicher Zufall, findest du nich?»

«Das Leben is voll davon. Aber so 'n großer Zufall is das gar nich. Als die Wichser euch sehn und sich an eure Fersen heften, kommt sich Cantuck, der nich dazugehört, wie 'n Scheißkerl vor und eilt euch zu Hilfe. Paßt doch. Ich weiß gar nich, was du hast.»

«Und die Sache mit Bacon?»

«Wie gesagt, ich hab keine Ahnung. Aber es war bestimmt nich so schwer rauszufinden, daß Bacon euch geholfen hat. Die Leute sind ja nich blind, so was spricht sich rum.»

Charlie ging in die Küche, um sich Kaffee nachzuschenken. Er blieb vor der Anrichte stehen und trank. Ich ging hinterher und setzte mich mit einer leeren Tasse an den Küchentisch. Charlie nahm die Kaffeekanne und schenkte mir den Rest ein.

«Kommst du mit zu Leonard?» fragte er.

«Jetzt nich», sagte ich. «Ich ruf ihn nachher an. Vielleicht fahr ich auch rüber.»

«Wie du willst. Er is fast wieder der Alte. Es is alles gut verheilt. Bis auf das Bein. Du solltest bei ihm vorbeischaun.»

«Mach ich.»

Charlie trank seinen Kaffee aus, stellte die Tasse in die Spüle und sagte: «Unter Streß kriegen manchmal die dicksten Freunde so 'ne Art, weiß nich, postnatale Depression.»

«Weder Leonard noch ich haben in letzter Zeit ein Kind zur Welt gebracht, Charlie.»

«Postnatales-Erlebnistrauma-Syndrom.»

«Was?»

«Hab ich mir bloß so ausgedacht. Stell dir vor, zwei Typen machen was echt Schreckliches durch und kommen mit heiler Haut davon, und die Gefahr schweißt die beiden noch mehr zusammen, als sie eh schon waren. Kannst du mir folgen?»

«Wenn ich mich anstreng, geht das schon.»

«Als sie die Sache hinter sich haben, gehn die beiden getrennte Wege, erfinden Ausreden, um sich nich zu sehn, und kreiden sich das gegenseitig oder äußeren Umständen an. Alles bloß, weil bei jedem Wiedersehn die bösen Erinnerungen hochkommen.»

«Willst du mir irgendwas über Leonard und mich sagen, Charlie?»

«Was ich sagen will, is, daß du und Leonard euch gegenseitig und euch selber vielleicht von 'ner Seite kennengelernt habt, die ihr vorher nich für möglich gehalten habt. Das is genau wie in diesen Filmstarehen.»

«Wie kommst du jetzt darauf?»

«Frau heiratet 'nen Typen, der Schauspieler werden will, Filmstar. Lernt ihn kennen, wie er ganz unten is, nächtelang heult, weil sie ihn überall abblitzen lassen, oder vielleicht kriegt er vor lauter Sorgen keinen mehr hoch. Sie sieht mit an, wie er das Klo zuscheißt und die Luft in ihrer winzigen Einzimmerwohnung verpestet, dabei können sie sich nich mal Frischluftzerstäuber leisten, um den Gestank aus der Bude zu kriegen. Auf einmal kommt der Typ, der sich den Hintern auch nur mit Papier wischt, ganz groß raus und will sich seine Alte vom Hals schaffen, die ihn schon gekannt hat, als er noch kein Strahlemann gewesen is. Er zieht in 'ne Villa mit 'nem Klo so groß wie die alte Wohnung, mit Abzug oder Belüftung oder wie die Dinger heißen, und bleibt von den Unannehmlichkeiten des Lebens verschont. Hat nur noch 'nen Ständer, weil sich jede Menge dicktittige junge Blondinen durch sein Bett wühlen und sich gegenseitig darin überbieten, ihm die Latte zu ölen. Alle erzähln ihm, wie toll er is, was für ein verdammter Gott er is. Kein Wunder, daß er niemanden um sich haben will, der ihn gekannt hat, als er ganz unten war, ein Niemand, und der weiß, was er weiß – nämlich, daß er alles andre als 'n Gott is. Er is 'n stinknormaler Typ und keinen Deut besser als irgendwer sonst.»

«Ich kenn Leonard schon ewig, und ich weiß, daß seine Scheiße stinkt. Wir haben 'ne Menge zusammen durchgemacht, und keiner von uns is groß rausgekommen. Was das angeht, brauchen wir uns keine Sorgen zu machen. Ich bin einfach noch ziemlich wacklig auf den Beinen, weiter nichts. Mir is nich nach Besuchen zumute. Ehrlich gesagt wart ich bloß darauf, daß du abhaust.»

«Bist du sicher, daß du keinen Tabak da hast?»

«Ganz sicher.»

Charlie nickte, kratzte sich an der Schläfe, sah sich die Schuppen unter dem Fingernagel an, wischte sie an seiner Hose ab und lehnte sich gegen die Spüle. «Moment noch», sagte er. «Irgendwas wollte ich sagen. Ach ja. Die Sache is nämlich die: statt groß rauszukommen, habt ihr beide euch für unbesiegbar gehalten.»

«Ich hab nie behauptet, daß ich unbesiegbar wär.»

«Das nich, aber gedacht hast du's. Genau wie Leonard, und ich schätze, du hast ihn selber irgendwie für unbesiegbar gehalten. Als ob er alles einstecken könnte und trotzdem am Ende gewinnt. Wenn ihr beide zusammen seid, tut ihr grad so, als wärt ihr die größten Kläffer auf dem Schrottplatz. Aber ihr seid's nich. Ihr seid einfach bloß zwei Kläffer, und es wird immer einen geben, der größer, schlauer und fieser is als ihr.»

«Was schulde ich dir für diese Sitzung?»

«Die erste is umsonst. Selbst wenn du in deiner und Leonards Ritterrüstung feine Schatten oder Risse entdeckt hast, die dir nich gefallen. Das is keine Schande. Wir sind alle bloß Menschen. Manche sind bessere Menschen als andre, aber auch der beste ist und bleibt bloß ein Mensch. Wir enden alle mal wie das Eichhörnchen da draußen.»

«Spar dir deinen Vortrag für den Rotary Club, Mann.»

«Manchmal muß man Gespenstern ins Auge sehn, um rauszufinden, ob sie überhaupt welche haben. Sonst spuken sie einem von da an im Kopf herum.»

«Du läßt nich locker, was? Aber du bist auf dem Holzweg.»

«Hast du nachts dein Schießeisen griffbereit, Hap? Ich mein, nich irgendwo im Haus, sondern immer griffbereit. Is das so, Mann? Kannst du ohne nich mehr einschlafen, ohne dein Schießeisen?»

«Nein, zum Teufel. Warum sollte ich?»

«Ich frag nur, weil ich eins unterm Couchkissen gesehn hab. Du darfst nie in Hektik geraten, wenn du was versteckst, Hap. Immer ruhig Blut und dann richtig weg damit.»

«Du hast die Weisheit auch nich mit Löffeln gefressen, Charlie.»

«Ja, ich weiß, ich bin ein Arschloch. Aber eins sag ich dir, wenn du nich 'n bißchen Erde auf das Eichhörnchen schüttest, stinkt's dir die ganze Bude voll, sobald der Regen aufhört und Wind aufkommt.»

Plötzlich ging ein heftiger Schauer nieder und brach wie ein Sturzbach über das Haus herein, was sich verdammt unheimlich anhörte. Charlie blickte zur Decke, als ob er die Regentropfen aufs Dach prasseln sah, und sagte: «Mein Gott, das regnet und regnet, und noch is kein Ende in Sicht. Glaubst du, daß der Regen überhaupt noch mal aufhört?»

Ich schüttelte den Kopf. «Nein, Charlie. Glaub ich nich.»

26

Nachdem Charlie gegangen war, rief ich Leonard nicht an. Ich rief ihn weder an diesem noch am folgenden Tag an. Ich saß da mit meiner Knarre und spulte mein übliches Programm ab. Mir ging durch den Kopf, was Charlie gesagt hatte, und ich war stinksauer auf ihn, bis mir klar wurde, daß er näher an der Wahrheit dran war, als ich zugeben wollte.

Das, was sich zwischen mir und Leonard abspielte, hatte nichts mit Raul zu tun, sondern mit uns beiden. Wir hatten nicht nur festgestellt, daß wir nicht unbesiegbar waren, wir hatten beide das Fürchten gelernt und wußten voneinander, was für Angst wir hatten. Das war nicht das erste Mal. Wir hatten aus unserer Angst nie einen Hehl gemacht, doch diesmal war es mehr als bloß Angst. Es war Hilflosigkeit. Die Sache war uns über den Kopf gewachsen.

Zum Teufel mit Charlie und seinen K-Mart-Schuhen und seinen Schattenspielchen und seiner störrischen Alten. Zum Teufel mit dem ganzen Kerl.

Am vierten Morgen nach Charlies Stippvisite ging ich in die Küche, extra ohne meine Knarre, nahm den Telefonhörer von der Wand, setzte mich hin und wählte Leonards Nummer.

Raul war am Apparat. Ich fragte nach Leonard.

«Hap», sagte Leonard, als ich ihn an der Strippe hatte. «Gibt's dich auch noch, Mann?»

«Warst du auch so beschissen drauf wie ich?»

«Ich weiß zwar nich, wie beschissen du drauf warst, aber ich war's ziemlich. Komm zum Mittagessen rüber.»

«Wollte mich schon längst bei dir melden, aber ... ich war nich ... du weißt schon.»

«Klar. Komm rüber.»

Im Hintergrund hörte ich Raul sagen: «Wir haben schon was vor, Lenny. Hast du das vergessen?»

«Jetzt komm schon rüber», sagte Leonard.

Um elf am selben Morgen, es regnete immer noch in Strömen, und der Himmel wurde vom Sturm aufgewühlt, machte ich mich mit dem Inhalt meiner Keksdose – knapp fünfzig Dollar – und mit der Knarre im Handschuhfach auf den Weg. Ich fuhr in die Stadt zum Krankenhaus, ging ohne Knarre hinein und fragte nach Hanson. Ich nahm den Fahrstuhl nach oben und stieß die Tür zu seinem Zimmer auf.

Drinnen roch es streng. Dieser grausige Krankenhausgeruch, eine Mischung aus Desinfektionsmittel, Krankheit und dem Fraß, den sie einem vorsetzen. Die beiden Tage, die ich da verbracht hatte, waren schlimm genug gewesen, aber Hanson, der arme Kerl ... Junge!

Hanson hing wie ein Astronaut an einem Haufen Drähte und Schläuche. Auf einem Stuhl auf der anderen Seite des Bettes, das einem laufenden Fernseher zugeneigt war, saß eine junge schwarze Frau. Eine zierliche, hübsche Person so um die Ende Zwanzig, die ich für seine Tochter JoAnna hielt. Sie hob den Kopf und lächelte zaghaft.

«Hallo», sagte sie. Ihre Stimme klang etwas angerauht, aber weich. Keine Ahnung, ob das ihre natürliche Stimme war oder ob es an ihrer Stimmung lag. Ich trat näher und stellte mich vor. Sie stand auf, reichte mir übers Bett die Hand und sagte ihren Namen und wer sie war. Ich hatte recht, es war JoAnna.

Hanson hatte die Augen geschlossen und atmete schwer. Er bekam weder mit, daß ich da war, noch daß der Fernseher lief und draußen Enten schnatterten und Hunde bellten. Sein Kopf steckte in einem dicken Verband, er hatte eine Menge Gewicht verloren und sah fast zwanzig Jahre älter aus. Wenn ich nicht gewußt hätte, daß es Hanson war, hätte ich ihn nicht wiedererkannt.

«Wie geht es ihm?» fragte ich. Dumme Frage, aber mir fiel nichts Besseres ein.

«Nicht besonders. Aber wir nehmen ihn mit nach Hause.»
«Das wird ihm guttun.»
«Ja.»
«Ich ... an seiner Stelle würde ich nach Hause wollen.»
«Ja.»

«Wann is es soweit?»

«Morgen. Wenn der Arzt grünes Licht gibt. Hier können sie doch nichts für ihn tun. Ich glaube, sie wollen für einen anderen Patienten Platz schaffen. Haben wohl recht. Er macht keine Fortschritte, jemand anders vielleicht schon.»

«Man kann nie wissen. Es sind schon viele Leute wieder aus dem Koma aufgewacht. Er is zäh. Vielleicht schafft er's.»

«Ja. Vielleicht.»

Ich sah zum Fernseher. Es lief gerade *Rauchende Colts*. Eine alte Folge mit Dennis Weaver als Chester. Ich starrte auf die Mattscheibe, denn ich ertrug Hansons Anblick nicht, und JoAnnas trauriges, tapferes Gesicht erregte mein Mitleid. Nicht nur mit Hanson, auch mit mir selbst, mit Leonard, mit allen.

«Sind Sie aus LaBorde?» fragte ich.

«Tyler.»

«Wovon leben Sie?»

«Ich bin Lehrerin.»

«Ja, dann, alles Gute.»

«Ihnen auch. Danke, daß Sie gekommen sind, Mr. Collins.»

Ich sah zum Fernseher. «Die Folge kenn ich.»

«Ja? Ich hab Western noch nie gemocht. Aber Daddy hat nie genug davon gekriegt.»

«Ja, geht mir genauso. Na dann, machen Sie's gut.»

«Werd's versuchen.»

«Wenn ich Ihnen irgendwie helfen kann, sagen Sie's Charlie, der läßt es mich wissen. Hap Collins.»

«Ja, Sir.»

«Bloß Hap.»

«Okay, Hap.»

«Tschüs.»

«Tschüs.»

Ja, sag nur dem alten Hap Bescheid. Der wird's schon richten, der Alleskönner. Ich ging aus dem Zimmer und durch die Eingangshalle, und der Krankenhausgeruch war stärker denn je.

Ich fuhr zu Leonard hinaus. Das Crackhaus war nicht wieder hochgezogen worden. Der Regen prasselte auf eine kahle, schwarze Fläche.

Ich klopfte an die Tür, und Leonard öffnete. Er trug einen dicken Mantel, sein Gesicht war verquollen und wurde von blauen Flecken und ein paar frisch vernarbten Wunden geziert, die der Tierarzt dem Arzt in LaBorde zu nähen überlassen hatte.

Aber er sah schon viel besser aus. Seine Beine trugen ihn sicher. Er sagte: «Alter Mistkerl, du», stieß die Fliegentür auf, und wir fielen uns in die Arme. Wir umarmten uns unter gegenseitigen Rückenklopfern fest und lange.

«Ich hab dich vermißt», sagte er.

«Mann, ich komm mir vor wie 'ne Schwuchtel, die 'ne Schwuchtel umarmt.»

Leonard lachte. «Komm rein, Kumpel.»

Ich kam herein. Als Raul mich sah, rang er sich ein Lächeln ab, doch er war nicht erfreut, mich zu sehen. Ich war überrascht, daß auch er einen Mantel trug. Das Haus war geheizt. Ohne Raul eines Blickes zu würdigen, sagte Leonard: «Bin draußen am Grillen. Komm mit.»

«Im Regen?»

«Quatsch. Komm schon. Laß den Mantel an.»

Leonard humpelte leicht. Ich folgte ihm durch die Küche auf die Veranda hinterm Haus, besser gesagt dorthin, wo sie einmal gewesen war. Jetzt war es eine große, von Fliegendraht umspannte Terrasse mit Zementfußboden. Der Regen schlug gegen das Dach und spritzte hier und da durch die Maschen. Es war saukalt so halb im Freien. Auf einem Grill in der Mitte der Terrasse brutzelten Hamburger und Hot dogs.

«Schick, schick», sagte ich. «Du hast mir gar nichts davon erzählt.»

«Hab's angefangen, bevor wir nach Grovetown sind, bevor der Scheißregen losgegangen is. Ich wollt's dir zeigen, als du hier gepennt hast, aber ich hab nich dran gedacht, und du bist nich nach hinten raus, also is es untergegangen. Wie findest du's? Is noch nich ganz fertig, aber mir gefällt's. Genau das richtige für den Sommer.

Der Draht is für die dicken Käfer eng genug. Nur nich für die Mükken. Die kommen überall durch.»

«Du sagst es. Wie geht's den beiden Typen mit den Bowlingkugeln?»

«Clinton und Leon. Schätze, denen geht's gut. Haben hier gewohnt, als ich im Krankenhaus war. Sind echt in Ordnung, die beiden, solange man nich länger als 'ne halbe Stunde mit ihnen verbringen muß.»

«Dann gab's wohl keinen Ärger während deiner Abwesenheit.»

«Leon is auf'm Klosett durch den Fußboden gekracht. Hat mich sogar im Krankenhaus angerufen, um's mir zu beichten. Er und Clinton haben Dielen besorgt und den Fußboden erneuert. Die alten sind eh schon ganz morsch gewesen. Leon hat sich bloß darüber beschwert, daß das Klo bei dem Unfall umgekippt is und er die Scheiße abgekriegt hat.»

Raul kam auf die Terrasse, die Hände in den Hosentaschen, und sah aus, als ob er fror. Er sagte: «Ich hab Leonard gesagt, daß das kein Wetter zum Grillen ist, auch nicht auf der Terrasse, aber er hört ja nicht auf mich. Dich interessiert gar nicht, was ich rede, stimmt's, Lenny?»

«Stimmt», sagte Leonard grinsend.

«Der einzige, auf den er hört, bist du, Hap. Dir pariert er aufs Wort.»

«Raul», warnte ihn Leonard.

«'tschuldigung, ich wollte dich nicht vor Hap blamieren. Alles, bloß das nicht.»

«Laß uns nich wieder davon anfangen», sagte Leonard. Raul machte kehrt und ging hinein.

Ich sagte: «Ich hätt nich kommen sollen.»

«Und ob du solltest. Los, hilf mir lieber, das Zeug reinzutragen.»

Wir aßen in der Küche. Raul setzte sich zu uns, war aber nicht gerade sehr gesprächig. Als Leonard auf dem Klo war, sagte ich: «Raul, ich wollte keinen Streß machen.»

«Schon gut», sagte er. «Liegt nicht an dir. Liegt an uns. Das ist 'ne lange Geschichte.»

Leonard kam zurück und sagte zu mir: «Ich kann mir vorstellen, weshalb du gekommen bist, Hap.»

«Ich hab dich vermißt.»

«Davon mal abgesehn. Wir fahrn zurück nach Grovetown, stimmt's?»

«Ich muß. So geht das nich weiter mit mir. Verdammt ich geh mit 'ner Knarre ins Bett, Leonard. Du kennst mich. Sieht mir das etwa ähnlich?»

«Ich hab die Schrotflinte auf'm Nachttisch liegen.»

«Das wundert mich bei dir nich.»

Leonard musterte mich kurz und sagte dann: «Ich heule nachts. Ich brech aus heiterem Himmel in Tränen aus. Sieht mir das etwa ähnlich?»

«Hat es was mit Vanillekeksen zu tun?» sagte ich. «Du fängst bestimmt an zu heulen, wenn die alle sind. Übrigens, Charlie hat bei mir 'ne ganze Packung leer gefressen, die ich dir aufheben wollte.»

«Der Scheißkerl», sagte Leonard. «Er is letztens hier gewesen, und mir war irgendwie so, als ob ich Vanillekekse in seinem Atem gerochen hab. Er hat gemeint, er wär von dir gekommen.»

Nach einer Weile fuhr Leonard fort: «In letzter Zeit hab ich auch Alpträume. Meistens kommt diese Meute drin vor, wie sie mich schlagen und treten.»

«Davon träum ich auch», sagte ich. «Und noch 'n paar andre Sachen.»

«Manchmal wach ich auf und denk, die haben mich immer noch in der Mangel», sagte Leonard.

«Ich hab ihm gesagt, er soll sich damit abfinden», sagte Raul, «aber er tut's nicht. Ich weiß, daß ihn die Erinnerungen quälen, aber er will sich einfach nicht damit abfinden, daß er 'nen Fehler gemacht hat. Das ist mir zu hoch.»

«Ich hab überhaupt keinen Fehler gemacht», sagte Leonard. «Es gefällt mir bloß nich, wie ich im Moment drauf bin, nämlich so, als ob mir jemand den Mumm aus den Knochen gesaugt hat. Es wär 'n Fehler, jetzt einfach den Schwanz einzuziehn.»

«Es ist vorbei», sagte Raul. «Du hast getan, was du konntest. Daß du immer den harten Mann markieren mußt. Die Zeiten sind vorbei. Wir Schwule, wir haben das nicht nötig. Das ist nicht unser Stil.»

«Was mein Stil is, mußt du schon mir überlassen», sagte Leonard. «Ich bin ein Mann. Ich hab Eier. Genau wie du. Mir gefallen Eier. Mir gefallen deine Eier. Und trotzdem bin ich ein Mann und fühl auch wie einer. Vielleicht bin ich da eigen oder so. Keine Ahnung. Das is mir zu hoch. Ich weiß bloß, daß ein Mann auch gefälligst wie ein Mann handeln soll, ohne sich gleich als Macho zu fühlen. Ich kann's ihm nich erklären, Hap. Kannst du's?»

«Nichts zu machen», sagte ich.

«Soll das heißen, ich wär zu blöd?» sagte Raul.

«Nein», sagte ich. «Das is einfach 'ne Frage der Lebenseinstellung. Ich weiß auch nich, ob unsre richtig is, aber 'ne andre kennen wir nich.»

«Kapier ich nicht», sagte Raul. «Wozu das ganze Macho-Getue.»

«Wie ein Mann handeln», sagte Leonard, «heißt für mich, ehrenhaft und mutig zu handeln. ‹Macho› is zu 'nem Schimpfwort geworden durch Idioten, die sich wie Tiere aufführen, nich wie Männer.»

«Du hast ehrenhaft und mutig gehandelt», sagte Raul. «Sieh dich doch an, das hast du jetzt davon. Euer Job ist erledigt. Ihr seid keine Bullen. Und auch keine Helden. Ihr seid bloß zwei Kerle, und du, Lenny, du bist mein Kerl. Ich will, daß du hier bei mir bleibst, damit ich nachts mit dir einschlafen kann. Ist das so verkehrt?»

«Nein», sagte Leonard. «Aber ich muß zurück. Wenn ich jetzt den Schwanz einzieh, werd ich bald bei jedem Maulhelden, der mich Nigger oder schwule Sau nennt, auch den Schwanz einziehn. Dazu kommt's noch, daß ich den Schwanz einzieh, wenn mich der Automechaniker übern Tisch ziehn will. Ich bin kein Kriecher.»

«Kapier ich nicht», sagte Raul. «Wirklich nicht.»

«Ich weiß», sagte Leonard. «Manchmal glaub ich, daß Hap und ich die einzigen sind, die das kapieren. Vielleicht noch Charlie. Und Hanson, der arme Kerl.»

«Am besten, wir fahrn gleich morgen», sagte ich. «Ich hab keine Lust, erst noch große Pläne zu schmieden. Ich will's hinter mich bringen.»

«Ich bin dabei», sagte Leonard.

«Wir haben morgen schon was vor», sagte Raul. Er sah mich an. «Heute hatten wir auch schon was vor.»

«Tut mir leid», sagte ich.

«Red keinen Stuß, Hap», sagte Leonard. «Paß auf, Raul. Tu, was du nich lassen kannst, aber unsre Ausgehpläne und das, was ich mit Hap zu erledigen hab, das sind zwei Paar Stiefel. Das mit Hap is wichtig. Nich bloß irgend so 'n Scheißzeitvertreib.»

«Nett von dir», sagte Raul.

«Du weißt schon, was ich mein», sagte Leonard.

«Nein, das weiß ich nicht», sagte Raul.

«Ja», sagte Leonard. «Schätze, das weißt du wirklich nicht. Hap, hol mich morgen früh ab.»

«Wenn du gehst, siehst du mich nie wieder», sagte Raul. «Was ist dir wichtiger, deine – und seine – bescheuerte Ehre oder ich?»

«Das hat damit überhaupt nichts zu tun», sagte Leonard.

«Wenn du gehst, geh ich auch, und diesmal komm ich nicht zurück. Auch wenn's dich schlimm erwischt, ich komm nicht zurück. Und wenn sie dich umbringen, wird deine Beerdigung ohne mich stattfinden. Wenn du gehst, bin ich weg.»

Leonard sah Raul herausfordernd an. Ich bekam jedesmal eine Gänsehaut, wenn Leonard diesen Blick auflegte. Er konnte einem damit eine Heidenangst einjagen, und sein geschwollenes, fleckiges Narbengesicht verstärkte noch diesen Eindruck. Nein, das gefiel mir gar nicht.

«Nur zu», sagte Leonard. «Ich kenn dich nich sehr lange, Raul. Ich mag dich. Ich mag's, mit dir zu vögeln. Du hast 'nen miesen Geschmack, was Filme, Fernsehserien und Bücher angeht. Von Männern verstehst du was, das is auch alles. Vielleicht könnt ich dich sogar lieben, aber daß ich Hap liebe, weiß ich schon lange, und mit dem vögel ich nich mal, und wenn das keine wahre Liebe is, dann weiß ich auch nich.»

«Sehr poetisch», sagte Raul.

«Wer ich bin und woran ich glaube, hab ich schon gewußt, als ich dich noch gar nich gekannt hab, als du noch keinen Gedanken daran verschwendet hast, wer du eigentlich bist. Vielleicht taugst du innen drin was –»

«Leonard», sagte ich.

«Halt den Mund, Hap. Vielleicht taugst du innen drin was, Raul, aber was dich an dir selber, an mir und an allen andern interessiert, das is bloß Fassade. Hap und ich, wir sind durch dick und dünn gegangen, und wir sind aus demselben Holz. Du kannst davon halten, was du willst, aber eins sag ich dir, wenn du diesmal abhaust, rate ich dir, nie wieder hier aufzukreuzen. Wenn ich ins Gras beiß, will ich dich nich auf meiner Beerdigung dabeihaben. Wenn du trotzdem kommst, soll Hap dich rausschmeißen.»

«Der wird selber ins Gras beißen», sagte Raul. «Ihr werdet alle beide ins Gras beißen.»

Raul stand auf und ging. Ungefähr zwanzig Sekunden lang herrschte erdrückende Stille. Dann hörte ich ein Geräusch, das aus Rauls Zimmer kam.

«Was is das?» fragte ich.

«Das Bügelbrett. Wenn er wütend is, fängt er immer zu bügeln an.»

Wir saßen noch einmal gute zwanzig Sekunden schweigend da. Das Ticken der Küchenuhr war zu hören. Das Bügelbrett quietschte immer lauter. Leonard sagte: «Was hältst du von 'ner Doppelbestattung, und Charlie schmeißt ihn raus?»

«Mann, tut mir echt leid. Er kommt bestimmt drüber weg.»

«So oder so, es braucht dir nich leid tun, Hap.»

Ich stand auf und zog meinen Mantel an. «Das hört sich jetzt vielleicht blöd an, Leonard, aber is zwischen uns alles in Ordnung?»

«Is es je anders gewesen?»

«Ich hol dich morgen ab.»

«Beim ersten Hahnenschrei», sagte Leonard.

27

Am nächsten Morgen versuchte ich, mich auf dem Weg zu Leonard an mein erstes Treffen mit Florida zu erinnern, und ich fragte mich, ob ich sie immer noch liebte oder ob ich nur gekränkt war, weil sie Hanson mir vorgezogen hatte. Hatte ich eine Liebe verloren oder eine Schlacht? Oder beides?

Fuhr ich nach Grovetown zurück, um Florida zu suchen, oder suchte ich einen Teil von mir? Oder beides?

Es war immer wieder toll, wie ich mir das Zen gab.

Ich parkte vor Leonards Haus, stieg aus und ging im Regen zur Tür. Leonard machte auf, ehe ich anklopfen konnte, und war mit einer Schrotflinte Kaliber zwölf, einem Rucksack und einem wasserdicht verpackten Schlafsack ausgestattet.

«Zum Glück hast du noch 'ne Bazooka übrig», sagte ich.

«Ich hab noch eine im Haus und 'nen Revolver in meiner Manteltasche. Bedien dich.»

«Diesmal hab ich meine eigne Knarre mitgebracht. Mußte einfach sein. Neuerdings brauch ich sie bloß 'ne Weile nich dabeihaben, und ich komm mir vor, als hätt ich meinen Schwanz verlegt.»

«Du weißt doch, Waffen sind die Ersatzorgane deiner Männlichkeit, Hap. Der Revolver is das phallische Symbol für den amputierten Mann in dir, für deine Impotenz.»

«Zum erstenmal im Leben glaub ich das.»

Wir packten Leonards Zeug auf die Ladefläche meines Pick-up zu meinem eigenen, das ich mit einer Regenplane abgedeckt hatte. Als wir Leonards Sachen darunter verstaut hatten, waren wir bis auf die Knochen durchnäßt.

Leonard schob seine Schrotflinte in den Gewehrhalter an der Rückwand. In der oberen Halterung befand sich bereits ein Baseballschläger, den ich einst einem Kerl abgeknöpft hatte, der mir damit die Beine hatte brechen wollen, bloß vergessen hatte, das Maul zu halten und zuzuschlagen. Also schnappte ich mir das Ding, brach ihm die Nase und sackte den Schläger ein. Normalerweise lag das Ding bloß in meinem Haus herum, aber jetzt war ich froh, daß ich es hatte. Mir war irgendwie wohler damit. Leonards Gewehr steigerte zusätzlich mein Wohlbefinden, genau wie der Revolver im Handschuhfach und die Standheizung.

Ich setzte zurück, bog auf die Straße ein und sagte: «Wie geht's Raul?»

«Na ja, wir haben heut morgen nich ‹The Sound of Music› zusammen unter der Dusche gesungen, was dafür spricht, daß die Stimmung eher gedrückt is. Manchmal machen wir das nämlich.»

«Zusammen duschen?»

«Das und dazu ‹The Sound of Music› singen. Wir können uns damit eigentlich echt hören lassen.»

«Will Raul immer noch gehn?»

«Keine Ahnung. Hoffentlich überlegt er's sich noch mal. Für den Fall, daß er's tut, hab ich ihn gebeten, den Brüdern mit den Bowlingkugeln Bescheid zu sagen, daß sie auf das Haus aufpassen sollen. Ich werd einfach nich schlau aus Raul. Der is so was von mies drauf. Heute jährt sich der Tag, an dem wir uns kennengelernt haben, und er wollte mit mir essen gehen, ins Kino und danach wild rumvögeln. Eigentlich keine schlechte Idee, aber ich wollte mich nich davon abhalten lassen, irgendwen umzulegen.»

«Hey, sachte.»

«Ich werde tun, was getan werden muß.»

«Immerhin möglich, daß wir auch ohne auskommen.»

«Nur soviel, Hap, dann halt ich den Mund: Was ich gestern gesagt hab, hab ich auch so gemeint. Wir müssen da durch, weil wir die sind, die wir sind, und es auch bleiben wollen. Egal, was uns erwartet, wir müssen's hinter uns bringen. Siehst du das auch so?»

«Ich bring niemanden um. Nich absichtlich. Ich will rausfinden, was Florida passiert is, und wenn ich Brown mit der Sache und mit unsrem Unfall in Verbindung bringen kann, freu ich mich 'ne Runde länger.»

«Wir können die Schlägerei nich ungeschehn machen, Hap. Aber ich muß zurück in das Kaff und die Sache klären. Und Florida finden. Wenn mich irgendwer dran hindern will, seh ich mich vielleicht gezwungen, ihn umzunieten. Hab uns übrigens 'n paar leckere Lunchpakete für nachher gepackt. Sind im Rucksack.»

«Schießeisen und Lunchpakete», sagte ich. «Du denkst echt an alles.»

«Du und ich, Kumpel, darauf kommt's an. Und wenn die Welt zusammenbricht, wir halten zusammen. Wir stehn das hier zusammen durch und tun, was wir tun müssen, egal ob die Sonne morgen aufgeht oder nich. Und damit basta.»

«Ganz meine Meinung», sagte ich.

«Trotzdem», sagte er, «hoffentlich überlegt sich's Raul noch mal.»

Von der Fahrt an jenem Morgen ist mir kaum etwas in Erinnerung geblieben, nur der Regen, die schmale gelbe Fahrbahnmarkierung, die mir vor den Augen verschwamm, ein paar Flecken Waldland, flüchtige Eindrücke von angeschwollenen Bächen und Tümpeln. Wir kamen an der Stelle vorbei, wo wir über die Böschung hinausgeschossen waren, starrten, beide gleichzeitig die Köpfe drehend, dorthin. Der Teich war über die Ufer getreten, das Wasser schwappte auf den Highway und überflutete den Wald.

Leonard sagte: «Sie haben meinen Wagen rausgezogen.»

«Hab's gehört.»

«Weißt du was?»

«Er is nich angesprungen.»

«Die Versicherung will mir schlappe zweihundert Dollar dafür zahlen. Die bilden sich wohl ein, ich kann sie mir in den Arsch stecken und drauf spazierenfahrn.»

«Sei froh, daß du die Schüssel los bist. Bis auf das Dach war sie kaum besser als 'n Fahrrad.»

Ein paar Meilen weiter fingen wir an, uns eine Taktik für die Ankunft in Grovetown zu überlegen. Das einzige, was dabei herauskam, war jedoch, daß wir uns als erstes über Leonards Lunchpakete hermachen wollten.

Es gab kaum jemand, der weniger Ahnung von Detektivarbeit hatte als Leonard und ich. Wir ließen uns hauptsächlich vom Instinkt leiten, was bisher bloß dafür gesorgt hatte, daß wir verprügelt, halb ersäuft, angeschossen und von den Bullen ausgequetscht worden waren, Leonards Beziehung mit Raul war im Eimer, und Florida hatten wir immer noch nicht gefunden.

Am Ende machten wir uns auf den Weg zu Bacon. In seinem Vorgarten lagen weniger Bierdosen herum – die anderen hatte wahrscheinlich der Regen fortgespült –, aber das Haus war nach wie vor eine Bruchbude. Irgendwer hatte noch dabei nachgeholfen, indem er einen der Verandapfosten umgestoßen hatte. Das Dach der Veranda hing schief wie der Hut eines Lebemannes. Das Wort NIGGER war in großen schwarzen Lettern unter ein eingeschlagenes, mit etwas Pappe notdürftig geflicktes Fenster gesprüht worden. Der viele Regen hatte die Pappe durchweicht und so wellig gemacht, daß man ins Haus hineinsehen konnte. Drinnen war es dunkel. Neben dem Haus war die Plane, die den Bagger abgedeckt hatte, entweder vom Wind oder aus Mutwillen heruntergerissen worden. Die blaßgelbe Maschine sah aus, als ob sie seit ihrer letzten Benutzung nicht gereinigt worden wäre. Sie stand auf dem Anhänger eines uralten grauen Dodge-Trucks, der einiges unter der Haube hatte.

Wir stiegen die Verandatreppe hoch, schüttelten uns wie zwei Hunde und klopften an. Nach einer Weile bewegte sich der Vorhang, dann öffnete sich die quietschende Tür einen Spaltbreit. Davor baumelte eine funkelnagelneue Sicherheitskette, über der die Mündung einer doppelläufigen Schrotflinte und der Schatten eines Gesichts zum Vorschein kamen.

«Macht, daß ihr abhaut», sagte Bacon.

«Wir sind's», sagte ich.

«Was du nich sagst. Zieht Leine.»

«Wir wollen dich bloß was fragen.»

«Kein Bedarf. Haut ab, oder ich puste euch den Arsch weg. Hab schon genug Schereien wegen euch gehabt.»

«Kannst du uns nich 'n paar Minuten erübrigen?» sagte Leonard. «Dann verschwinden wir.»

«Bei mir is eure Zeit abgelaufen.»

«Es is wichtig», sagte ich.

«Das habt ihr letztesmal auch gesagt, und das hab ich jetzt davon.»

«Komm schon, Bacon», sagte Leonard. «Dauert nich lange.»

Bacon knallte die Tür zu. Die Kette rasselte. Die Tür ging weit auf, und er ließ uns herein. In der Küche troff Regenwasser von der Decke und brachte eine große Bratpfanne zum Überlaufen, die auf dem schwammigen Linoleumboden stand. Der Wind blies Regenspritzer durch die Ritzen des mit Pappe abgedeckten Fensters, und das anscheinend schon eine ganze Weile, denn ein paar der Bodendielen hatten sich verzogen.

Bacon stand in Boxershorts mitten im Zimmer. Er hielt die Flinte in der Rechten und hatte die Arme weit von sich gestreckt. Seine verbrühte Haut hing am eingefallenen Brustkorb herunter. Er war von Kopf bis Fuß mit großen roten Flecken rohen Fleisches übersät, als ob man ihm mit Saugnäpfen fetzenweise die Haut vom Leib gerissen hätte.

«Der Teer hat mich gehäutet», sagte er. «Hört ihr? Geteert haben sie mich, weil ich euch geholfen hab. Sie wollten mich umbringen. Sie kommen wieder. Wenn sie euch hier sehn, erst recht.»

«Mein Gott, Bacon», sagte ich. «Es tut mir so leid.»

«Ja, so seid ihr Weißen. Euch tut immer alles so leid. Verdammt leid tut's euch. Mein Gott, Bacon, tut mir leid. Tut mir ja so leid. Danke, Mr. Hap, jetzt geht's mir gleich viel besser. Mir geht's blendend.»

«Komm, wir gehn», sagte ich.

«Gleich», sagte Leonard. «Mir tut's auch leid, was sie mit dir gemacht haben, Bacon. Hab selber 'ne Menge von Weißen einstecken müssen, aber Hap gehört nich zu denen.»

«Wegen dem haben die mich drangekriegt», sagte Bacon. Er warf die Flinte auf die Couch und setzte sich vorsichtig hin. Man konnte hören, wie seine Haut beim Hinsetzen aufplatzte. An den Rändern einiger der Flecken sammelte sich Blut und lief herunter.

Bacon schlug einen gehässigen Ton an: «Bei der kleinsten Bewegung, bei jedem Knacken in meiner Pelle denk ich an unsern Mr. Hap. Ich hab in Kerosin baden müssen, um den Teer und die Federn runterzukriegen. Die Haut is dran kleben geblieben. Ich hab knallrote Eier. Gehäutet bis aufs Fleisch. Sind von oben bis unten verbrüht vom Teer und vom Kerosin angeätzt. Hab vor Schmerzen keine Nacht mehr durchgepennt, seit's passiert is, und weil ich weiß, daß sie zurückkommen, um mir den Rest zu geben. Is so. Ich muß hier weg. Hierbleiben kann ich jedenfalls nich. Wohin weiß ich auch nich, aber ich muß hier weg ... haut endlich ab.»

«Nich so eilig», sagte Leonard.

«Du kuschst doch schon, wenn du bloß 'nen Weißen siehst, du verdammter Nigger», sagte Bacon.

«Dein Glück, daß du 'n alter Knacker und fleckig wie 'n Dalmatiner bist», sagte Leonard, «sonst hätt ich dir schon das Maul gestopft.»

«Ja, droh mir nur, mit mir kannst du's ja machen. Die Typen im Café waren wohl 'ne Nummer zu groß für dich.»

Ich hörte, wie Leonard tief Luft holte und langsam durch die Nase ausatmete.

Ich sagte: «Laß gut sein, Leonard. Gehn wir.»

«Noch nich», sagte Leonard. «Bacon, am Tag bevor sie auf dich losgegangen sind, is uns dasselbe passiert. Wir haben Schwein gehabt, genau wie du. Da is noch 'ne Rechnung offen. Wir wollen wissen, wer ihnen den Tip gegeben hat und was mit Florida passiert is.»

«Scheiß auf Florida!» rief Bacon, sprang halb von der Couch auf und fing wie am Spieß an zu schreien. «O Gott», stöhnte er und sank in die abgewetzten Kissen zurück. «Seit die Hexe hier aufgekreuzt is, geht alles drunter und drüber. War vorher schon schlimm genug, aber wenigstens hat jeder gewußt, was gespielt wird. Kommt hierher und wedelt mit ihrem Knackarsch, und alles geht den Bach runter. Sie is genauso schuld dran, was ich mitmachen mußte, wie Mr. Hap.»

Wir ließen Bacon eine Weile weiter vor sich hin brüten und lauschten dem Regen, der aufs Dach prasselte, über den Küchenfußboden plätscherte und durch die Ritzen des kaputten Fensters spritzte. Leonard sagte: «Wir ziehn das auch ohne dich durch, aber mit deiner Hilfe könnten wir's vielleicht gründlicher machen. Hast du irgendeinen der Kerle erkannt, die dich rausgeholt, geteert und gefedert haben?»

«Nein.»

«Komm schon, Bacon», sagte Leonard.

«Nein! Ich hab NEIN gesagt! Bist du taub?»

«Okay, laß mich raten», sagte Leonard. «Du bist vor uns los, in die Stadt, bist nach Hause gekommen, und am nächsten Abend haben sie dich am Arsch gekriegt.»

Bacon schwieg, hatte also offenbar nichts einzuwenden.

«Irgendwer muß ihnen geflüstert haben, daß wir hier gewesen sind und daß du uns geholfen hast», sagte Leonard. «Bloß wer?»

«Keine Ahnung», sagte Bacon. «Vielleicht Cantuck. Wär doch möglich. Ich glaub's zwar nich, aber möglich wär's. Vielleicht Mrs. Rainforth, hat sich vielleicht verplappert. Oder Mr. Tim. Woher soll ich das wissen. Bitte geht. Bitte. Wenn sie euch hier sehn...»

«Keiner wird uns sehn», sagte Leonard.

«Sie kriegen's raus», sagte Bacon. «Irgendwie kriegen sie's raus. Sie haben's schon mal rausgefunden, oder nich?»

«Tut mir leid, Bacon», sagte ich. «Ehrlich.»

«Ja», sagte er. «Schon gut. Tut dir leid. Haut schon ab.»

Als wir nach Grovetown hineinfuhren, war mir seltsam und weh zumute. Unmöglich zu beschreiben, was in mir vorging, als wir das Ortsschild passierten und kurz darauf zu dem Platz im Zentrum kamen, der ziemlich tief unter Wasser stand. Es war immer noch möglich durchzukommen, aber die Strömung machte mich nervös. Als junger Bursche war ich einmal nach der Arbeit auf dem Feld hinter einem Truck durch einen wahnsinnigen Wolkenbruch gefahren, der uns den Feierabend beschert hatte. Man hätte glauben können, ein ganzer Ozean wäre über East Texas niedergegangen. Ich saß im Wagen meines Bosses, der mich hinaus aufs Feld mitgenommen hatte und mich nach Hause bringen wollte, als wir auf einmal hinter diesem Pick-up waren und an eine Brücke gelangten. Der knochentrockene Boden war mit solchen Wassermassen einfach überfordert gewesen. Es war zu lange zu heiß gewesen, und als der große Regen kam, versickerte er nicht, sondern überflutete das Land. Auch die Brücke stand unter Wasser, wenn auch nicht sehr tief. Hätten wir die Brücke als erste erreicht, hätten wir genauso versucht hinüberzufahren, aber so versuchte es der Truck vor uns. Die Strömung schlug mit der Macht eines Rammbocks gegen den Truck und drückte ihn ans Brückengeländer, bis es brach und der Truck fortgespült wurde.

Da war nichts zu machen. Von einem Augenblick auf den anderen war der Truck samt Fahrer verschwunden. Die Fluten hatten ihn einfach mitgerissen und verschluckt, und drei Tage später, als das Wasser zurückging, hat man ihn gefunden. Der Fahrer saß noch am Steuer, einen Zigarrenstummel zwischen die Zähne geklemmt, so schnell war es gegangen.

Ich hatte meine Lektion über die Macht des Wassers gelernt, das mir seither einen Heidenrespekt einflößte. Ich wußte, was es anrichten konnte, und davor grauste mir. Mir grauste vor der Tiefe. Vor der Untiefe. Vor Wasser.

Am anderen Ende des Platzes sah ich das Grovetown Café. Wasser schwappte über den Bordstein und drohte ins Café zu laufen. In meinem Kopf stiegen Bilder der wildgewordenen Horde auf, die da drinnen auf uns eingestürzt war.

Wir beschlossen, zunächst Cantucks Büro aufzusuchen, kamen aber nicht einmal bis vor die Tür. Das Wasser stand dort so hoch, daß wir vor Tims Tankstelle parken und zu Fuß hinübergehen mußten. Mann, hatte ich die Hosen voll, als wir ausgestiegen waren. Ich wußte, daß es eine Schnapsidee war, hierherzukommen und in Cantucks Büro zu spazieren, aber diesmal hatte ich, genau wie Leonard, meine Knarre dabei. Wir versteckten sie in unseren Mänteln.

Als wir eintraten, sickerte Wasser unter der Tür hindurch in den Flur. Der Teppichboden roch nach muffigem Schäferhund. Wir atmeten schwerer, als uns lieb war. Unter meinen Achseln troff der Schweiß fast in solchen Strömen wie der Regen vor der Tür. Leonard humpelte stärker als sonst. Ursprünglich hatte er sich die Verletzung zugezogen, als er mir einmal das Leben rettete, und bis auf gelegentliche Schmerzen war sie gut verheilt. Aber seit der Schlägerei machte sie ihm wieder zu schaffen, der alte Schmerz war wieder da.

«Bist du okay?» fragte ich.

«Solang du nich mit mir sackhüpfen willst, schon.»

Die Sekretärin hatte ihre Weihnachtskarten und den Baum abgebaut und schien nicht gerade erfreut, uns zu sehen. Reynolds war ausgeflogen, was uns natürlich furchtbar leid tat.

Cantuck mußte uns hereinkommen gehört haben, denn er erschien in der Tür zu seinem Büro, den Mund voll Kautabak. Er sah längst nicht so freundlich aus, wie bei unserem letzten Treffen auf dem Revier in LaBorde.

«Okay», sagte er. «Kommt rein.»

Wir gingen in sein Büro. Cantuck setzte sich, nahm seinen Spucknapf vom Schreibtisch und pflatschte den ausgekauten Tabak mit der Zunge hinein.

«Wir wollten nur mal reinschaun und hallo sagen», meinte Leonard und schnappte sich einen Stuhl. Als er sich hingesetzt hatte, sammelte sich unter ihm eine Pfütze.

Cantuck seufzte. Er rollte mit seinem einen guten Auge von links nach rechts, als wollte er den Himmel um Hilfe anflehen. Ich zog eine Dollarnote aus meiner Brieftasche und zwängte sie in eine der Spendendosen auf dem Schreibtisch. Cantuck sah mir dabei zu und sagte: «Du glaubst ja wohl nich, daß du mich damit gnädig stimmst, oder?»

Ich nahm Platz. Cantuck sagte: «Zwei solche Idioten wie ihr sind mir noch nich untergekommen.»

«Aber wir sind Ihre Idioten», sagte ich.

Cantuck kratzte sich am Hinterkopf, fuhr sich mit der Hand durchs Haar. «Paßt mal auf, ihr seid hier so was wie 'n öffentliches Ärgernis. Ich könnt euch beide aus der Stadt jagen. Ich könnt euch einlochen.»

«Aber das werden Sie nich tun», sagte ich. «Wir sind doch Ihre Idioten.»

«Bildet euch bloß nich ein, ich wär euch 'nen Gefallen schuldig, weil ihr mich ins Krankenhaus gebracht habt», sagte Cantuck.

«Aus so was würden wir nie Profit schlagen», sagte Leonard. «Aber Ihr Leben gerettet haben wir schon.»

«Ich hätt's auch ohne euch geschafft», sagte Cantuck.

«Verblutet wären Sie», sagte Leonard.

«Du sei mal ganz ruhig», sagte Cantuck. «Du hast auf dem Rücksitz rumgelegen und warst weggetreten.»

«Hap hat uns beiden das Leben gerettet», sagte Leonard. «Sie sind ihm 'nen Gefallen schuldig.»

Cantuck klatschte in die Hände, stützte die Ellbogen auf den Tisch, lehnte das Gesicht gegen die Hände und sagte: «Was wollt ihr überhaupt? Wollt ihr hören, daß es Brown gewesen is? Ich weiß es nich. Ausgerechnet er, der Erhabene Zyklop des Klan, oder wie die sich heutzutage nennen, will nichts davon gewußt haben. Das kann ich mir zwar nich vorstellen, aber anhängen kann ich ihm auch nichts, er is nich dabeigewesen, und die Jungs halten ihre Schweigegelübde. Jetzt wißt ihr, was ich weiß, es sei denn, euch is noch nich aufgegangen, daß wir hier 'n echtes Problem mit dem Wetter haben. Schätze, es is höchste Zeit, von hier zu verschwinden, und das gilt auch für mich, bevor wir noch alle ersaufen.»

«Und Reynolds?» sagte ich. «Steckt der mit drin?»

«Reynolds is 'n mieser Scheißkerl», sagte Cantuck, «und übernimmt wahrscheinlich bald meinen Job. Brown braucht bloß kräftig auf die Pauke haun und den Leuten im Sägewerk und in der Baumschule mit Rausschmiß drohen, dann sollt ihr mal sehn, wie schnell der Bürgermeister Reynolds in den Sattel hievt. Wer weiß, vielleicht is mir das ganz recht. Mir steht die ganze Scheiße bis hier. Ich hab bloß noch ein Auge, 'ne geschwollene Nuß und mehr Ärger am Hals, als mir lieb is. Bin am Überlegen, ob ich 'nen Antiquitätenladen aufmachen soll.»

«Das machen 'ne Menge Einäugige mit geschwollener Nuß», sagte Leonard.

Da grinste Cantuck doch tatsächlich.

«Wir wollen keinen Streß», sagte ich. «Wir haben bloß gedacht, wir würden vielleicht 'ne Spur finden. Irgendein Anhaltspunkt, wo Florida abgeblieben sein könnte.»

«So, so», sagte Cantuck. «Echtes Detektiv-Duo wie in der Glotze, was? Ihr habt wohl zuviel *Matlock* geguckt? Oder 'n paar *Perry-Mason*-Folgen. Schön für euch. Schön, daß ihr uns in dieser schweren Zeit mit Rat und Tat beistehn wollt. Wie ich euch kenne, würdet ihr nich mal euren Schwanz mit beiden Händen finden, geschweige denn rausfinden, wer wem was angetan hat und warum.»

«Das ‹Wer› genügt mir», sagte ich. «Warum is mir scheißegal.»

«Und deshalb werdet ihr's nie erfahrn», sagte Cantuck. «Auf das ‹Warum› kommt's an.»

«Das ‹Warum› is in diesem Fall sonnenklar», sagte ich. «Ein Schwarzer bringt 'nen Weißen um, und 'ne Schwarze steckt ihre Nase da rein.»

Die Tür ging auf. Ich drehte mich auf meinem Stuhl herum. Es war Reynolds. An der Plastikfolie auf seinem Hut perlten Regentropfen wie Vaselinekügelchen. Von den Füßen bis hoch zu den Knien war er klitschnaß. «Na so was», sagte er. «Meine beiden Schätzchen.»

Leonard stand auf, als wollte er sich Reynolds in den Weg stellen.

«Mann, du siehst ziemlich mitgenommen aus», sagte Reynolds. «Was is passiert? Bist du in 'nem Café verdroschen worden?»

«Glaub nich, bloß weil mir 'n Dutzend Leute den Arsch versohlt haben, kannst du das auch», sagte Leonard.

«Ich glaub gar nichts», sagte Reynolds.

«Wenn du dich mit mir anlegen willst», sagte Leonard, «hast du hoffentlich 'n Lunchpaket mitgebracht, denn vor morgen früh kommst du hier nich weg.»

Jetzt beschloß Reynolds, mich zu bemerken. «Und du, Arschgesicht? Willst du ihn ablösen, wenn ich mit ihm durch bin?»

«Lieber nich», sagte ich. «Ich brauch dich bloß ansehn, da hab ich schon die Hosen voll. Außerdem wird kaum was für mich übrigbleiben, wenn Leonard mit dir fertig is.»

«Das reicht», sagte Cantuck.

«Chief», sagte Leonard. «Geben Sie uns bloß 'ne Viertelstunde. Egal wo. Nur der und ich, hart, aber herzlich.»

«Bist du schwerhörig?» sagte Cantuck. «Halt die Luft an.» Er erhob sich von seinem Schreibtisch und stützte sich mit den Händen darauf. «Reynolds, noch arbeiten Sie für mich, und Sie klopfen verdammt noch mal an, bevor Sie reinkommen. Und dann wär da noch 'ne Kleinigkeit ... machen Sie die Tür zu.»

Reynolds, der die Klinke immer noch in der Hand hielt, schloß behutsam die Tür. Cantuck sagte: «Hören Sie auf, meine Sekretärin zu vögeln. Die hat 'ne Familie zu Hause.»

Reynolds lief knallrot an. «Chief, ich –»

«Schnauze», sagte Cantuck. «Also, was zum Teufel wollen Sie?»

«Charlene hat mir gesagt, daß die beiden gekommen sind», sagte Reynolds. «Ich wollte wissen, warum.»

«Die sind gekommen, um 'nen Dollar in eine meiner Spendenbüchsen zu tun», sagte Cantuck. «Und jetzt bewegen Sie Ihren Arsch hier raus. Wenn ich der Meinung bin, daß es Sie was angeht, leg ich Ihnen 'nen Zettel hin oder so. Raus hier.»

Reynolds ging hinaus und wollte gerade die Tür zumachen, als ihm Cantuck hinterherrief: «Sagen Sie Charlene, sie soll nach Hause gehn. Und Sie gehn auch – aber nich mit ihr zusammen. Und falls Sie das Bedürfnis haben sollten, irgendwem zu erzählen, daß die Burschen hier sind, jemandem wie Brown zum Beispiel, das würde ich an Ihrer Stelle lieber lassen. Wenn den beiden Scheißern was passiert, krieg ich vielleicht Gewissensbisse. Immerhin haben die was in meine Spendenbüchse gesteckt. Hab ich mich klar genug ausgedrückt, mein Sohn?»

«Chief –»

«Das heißt ‹Ja, Sir›», sagte Cantuck.

«Ja, Sir», sagte Reynolds.

«Verschwinden Sie», sagte Cantuck. «Is 'n Scheißtag, sich hier rumzutreiben. Der Staudamm soll löchrig sein wie 'n Sieb. Wenn wir uns nich sputen, saufen wir bald alle ab. Jetzt gehn Sie schon.»

Reynolds machte hinter sich die Tür zu.

«Sie können ihn echt nich besonders leiden, was Chief?» sagte Leonard.

«Du hast's erfaßt.»

Ich sagte: «Danke, Chief.»

«Spar dir das», sagte er. «Von euch hab ich genauso die Schnauze voll.»

«Ach was», sagte Leonard. «Das meinen Sie doch nich ernst.»

«Und ob ich das ernst mein», sagte Cantuck.

«Das is genau die Art der Ablehnung durch Bezugspersonen», sagte Leonard, «die die Leute zu Verbrechern macht. Hab ich in irgend'nem Buch gelesen.»

28

Cantuck gab uns den guten Rat, nach Hause zu fahren, machte jedoch keinen Befehl daraus, und so wateten wir zu Tims Tankstelle hinüber und gingen hinein. Tim saß mit hochgelegten Beinen hinter dem Ladentisch. Als er uns hereinkommen sah, hob er die Augenbrauen.

«Und ich dachte, ich hätt euch zum letztenmal gesehn», sagte er.

«Beinah hätt's geklappt», sagte ich. Mein Blick fiel auf die Schweinsfüße im Einweckglas auf dem Ladentisch. Sie sahen genauso aus wie die vom letztenmal. Ich sagte: «Dachte, die wärst du losgeworden?»

«War gelogen», sagte Tim. «Ich versuch, sie Leuten von außerhalb anzudrehn. Was kann ich für euch tun, Jungs? Ich mein, habt ihr nich Schiß, hier so rumzulaufen?»

«Können wir uns setzen?» fragte Leonard.

«Klar», sagte Tim. «Macht's euch bequem. Ich hol uns 'n Käffchen.»

Er ging Kaffee holen. Leonard und ich saßen auf denselben Stühlen wie neulich, und auch Tims langer Mantel hing über demselben Stuhl wie damals. Ich griff in meine Manteltasche und tätschelte zärtlich meine .38er. Wir lauschten dem Regen, der gegen das Dach schlug.

Als ich mich vergewissert hatte, daß niemand in einer weißen Kutte zur Tür hereinstürzte, ließ ich den Blick durch den Laden schweifen, über den frischen Brennholzstapel neben dem Ofen – diesmal ohne Eidechse – bis zum Müll darunter, dem glitzernden blauen Etwas, den Staubflocken und der zerknüllten Tabakpakkung.

Alles sah haargenau so aus wie an Weihnachten, als wir in Grovetown angekommen waren, nur der Aluminiumbaum fehlte. Kaum zu glauben, daß seitdem fast ein ganzer Monat vergangen war. Als Tim den Kaffee brachte, wurde er von einem leichten Windstoß begleitet, der die Staubflocken vom Fußboden aufwirbelte und in die Ecken wehte.

Nachdem wir mit Kaffee versorgt waren und Tim Platz genommen hatte, sagte Leonard: «Hältst du's für möglich, daß dein Vater uns die Typen auf den Hals gehetzt hat?»

Tim überlegte einen Augenblick. «Auch wenn er vielleicht nich der Auftraggeber war, die Typen hatten garantiert seinen Segen. Darauf verwett ich meinen Arsch. Aber was treibt euch wieder her?»

«Eigne Blödheit», sagte ich.

«Hätt ich mir denken können», sagte Tim.

«Und Reynolds?» sagte Leonard. «Hat der was damit zu tun?»

«Hey, Jungs, woher soll ich das wissen? Is das 'n Kreuzverhör oder was?»

«'tschuldigung», sagte Leonard. «Unsre Umgangsformen sind heut nich die besten.»

«Und unsre Nerven», sagte ich.

«Kein Wunder», sagte Tim. «Mann, Jungs, ich freu mich ehrlich, euch zu sehn, aber ihr solltet die ganze Sache lieber den Bullen von außerhalb überlassen, falls ihr vorhabt, hier rumzuschnüffeln.»

«So genau wissen wir das selber nich», sagte ich. «Wir sind immer noch auf der Suche nach Florida.»

«Es muß ihr doch nichts passiert sein», sagte Tim. «Vielleicht is sie wegen wer weiß was verduftet. Wißt ihr, bin selber schon am Überlegen, ob ich 'n Weilchen von hier verschwinden soll. Der alte Staudamm macht bei dem Regen bestimmt nich mehr lange mit. Das Wasser steht jetzt schon höher als beim letzten Dammbruch, und damals is hier die Hölle los gewesen. Ich versuch die ganze Zeit, Mama von ihren Trailern wegzukriegen, aber sie rührt sich nich vom Fleck. Wenn der Damm bricht, kriegt sie's als erste ab. An manchen Stellen steht das Wasser jetzt schon meterhoch. Die Stadt is wie ausgestorben, weil so viele abgehaun sind. Die kommen erst wieder, wenn der Regen aufhört und das Wasser zurückgeht.»

«Um so besser für uns», sagte ich.

«Ihr seid verrückt», sagte Tim. «Und wenn sie diesmal nachholen, was sie letztens vermasselt haben?»

«Hauptsache, du kriegst nichts auf die Mütze», sagte Leonard.

«Du hast's erfaßt», sagte Tim. «Habt ihr gehört, was sie mit Bacon gemacht haben?»

«Schon», sagte ich. «Aber wenn dein Vater dahintersteckt, hast du doch nichts zu befürchten.»

«Und wenn's nich mein Alter is?» sagte Tim. «Jungs, es tut mir leid für euch, daß ihr verprügelt worden seid, es tut mir leid, daß sie euch auf dem Highway erwischt und beinah abgeknallt haben. Aber es is alles noch mal gutgegangen. Die Typen haben ausgepackt. Vielleicht kriegen sie's irgendwann mit der Angst und verpfeifen meinen Alten. Habt ihr immer noch nich genug?»

«Du bist so ziemlich der einzige hier, der nett zu uns gewesen is», sagte ich. «Außer vielleicht Maude und ihre Jungs. Und Cantuck. Auf seine Art. Du kennst doch die Typen hier. Hast du nich irgendwas gehört, das uns weiterhelfen könnte? Mir kommt's vor, als müßten wir bloß noch eins und eins zusammenzählen. Wenn wir's richtig drehn und wenden, werden wir schon sehn, was unterm Strich dabei rauskommt. Verstehst du, was ich mein?»

«Nein», sagte Tom.

«Florida kommt her, in dem Glauben, Soothe sei ermordet worden», sagte ich. «Sie will beweisen, daß der Chief und Co. ein Haufen scheinheiliger Arschlöcher sind. Sie will das Zeug kaufen, das Soothe diesem Yankee versprochen hatte, bevor er ihn abgestochen hat. Zeug, das vielleicht existiert, vielleicht auch nich. Sie hört sich um, kommt mit dir ins Gespräch, übernachtet draußen bei deiner Mutter und is auf einmal verschwunden. Mitsamt ihrem Wagen und ihrer ganzen Habe.»

«Genau deshalb glaub ich, daß sie einfach abgehaun is», sagte Tim.

«Das kann ich mir nich vorstellen», sagte ich. «Das is nich ihre Art. Kommt schon mal vor, daß man was Verrücktes anstellt, aber wir hätten längst von ihr gehört. Irgendwas is ihr zugestoßen.»

«Da wär ich mir nich so sicher», sagte Tim.

«Ich hab alle Möglichkeiten durchgespielt. Zuerst war ich der Meinung, Cantuck hätt was mit ihrem Verschwinden zu tun, aber nach allem, was passiert is, halt ich nich mehr viel von dieser Theorie. Reynolds schon eher. Vielleicht steckt er mit deinem Vater unter einer Decke. Sie könnten Soothe umgebracht haben, und als Florida irgendwie dahintergekommen is, haben sie sie aus dem Weg geräumt. Ist das zu weit hergeholt?»

«Glaub kaum», sagte Tim. «Meinem Alten trau ich alles zu, nach dem, wie der meine Mutter und mich behandelt hat. Im Ernst, der hat die Taschen voller Zaster, und ich bin pleite, hab auch noch Schulden bei dem. Zum Kotzen so was. Wenn ich euch dran erinnern darf, Jungs, ihr schuldet mir was für die Reifen.»

«Ach ja», sagte Leonard. «Nimmst du 'nen Scheck?»

«Bares wär mir lieber.»

«Kannst du warten?»

«Her mit dem Scheck.»

Leonard stellte den Scheck aus und gab ihn Tim, der ihn in seine Brieftasche steckte. «Na bitte», sagte er. «Das hätten wir. Wo waren wir stehngeblieben?»

«Hap wollte gerade anmerken», sagte Leonard, «dafür, daß wir bloß 'n Nigger und 'n Niggerlover sind, bewegen wir uns auf ziemlich dünnem Eis. Auf demselben wie Florida.»

«Und?» sagte Tim. «Wie kann ich euch helfen?»

«Wir wollen bloß eins», sagte ich, «daß du uns mit deiner Mutter sprechen läßt. Ich mein, daß du sie für uns 'n bißchen weichkochst. Vielleicht weiß sie was, das sie erst nich so wichtig gefunden hat. Vielleicht hat Florida ihre Klamotten im Trailer liegenlassen, und deine Mutter hat sie gefunden.»

«Meine Mutter klaut nich», sagte Tim.

«Das hat auch niemand behauptet», sagte Leonard. «Wir finden bloß, wir sollten nichts unversucht lassen. Wenn deine Mutter Floridas Klamotten gefunden hat, kann das bedeuten, daß Florida entführt und umgebracht worden is. Vielleicht geben ihre Klamotten irgendwas her, das uns weiterhilft. Wenn wir ihren Wagen finden würden. Irgendeinen Hinweis. Egal was.»

«Herrgott!» sagte ich. «Wir wissen selber nich, was wir wollen, Tim. Wir wollen es einfach. Verstehst du?»

«Okay, paßt auf», sagte Tim. «Ich werd sie fragen, ob sie irgendwas weiß. Wollte sie sowieso anrufen und zum Abhaun überreden, solang noch Zeit is. Aber das is auch alles. Meiner Mutter geht's nich besonders, und ich will nich, daß sie sich wegen euch verrückt macht. Klar?»

«Klar», sagte ich.

Tim verzog sich nach hinten, während wir vor dem Ofen sitzen blieben und warteten. Fünf Minuten später kam er zurück.

«Sie will unbedingt da bleiben», sagte er, «und wissen tut sie auch nichts. Sie meint, Florida wär von einem Tag auf den andern verschwunden, und sie hat sie nie wiedergesehn. Und sie hat auch keine Klamotten dagelassen.»

Wir tankten und kauften Tim ein paar Limos ab. Ich erstand sogar einen der Schweinsfüße. Dann gingen wir hinaus und stiegen in den Wagen. Der Regen hämmerte aufs Dach und schüttete in so dichten Lagen über die Windschutzscheibe, als säßen wir unter Wasser.

«Was jetzt?» fragte ich.

«Hatte mir irgendwie mehr davon versprochen», sagte Leonard. «Schätze, ich hab mich bei Raul für nichts und wieder nichts unbeliebt gemacht. Dieser Scheißregen vermasselt uns die ganze Tour. Wir haben mal wieder keine Bleibe und noch weniger Ideen als beim letztenmal. Und wenn ich nich bald Geld auftreib, platzt der Scheck, den ich Tim gegeben hab. Mann, das is vielleicht 'n alter Geizkragen.»

«Ja», sagte ich. «Das kann man wohl sagen.»

«Für diesen Reinfall hab ich auf 'n leckeres Abendessen und Rauls Hintern verzichtet. Ich sag dir, ich hab schon mal bessere Laune gehabt.»

«Vielleicht findest du ja irgendwen zum Verdreschen.»

«Ja. Das wär's jetzt. Wenn ich Reynolds, dem Wichser, eine verpassen könnte, das wär genau die richtige Aufmunterung für mich.»

«Der schlägt zurück. Darauf kannst du Gift nehmen.»

«Das is der Haken bei der Sache. Lust auf 'n Lunchpaket?»

«Ich kann schon die ganze Zeit an nichts andres mehr denken.»

Wir packten die Lunchpakete aus und machten uns darüber her. Ich probierte auch den Schweinefuß, aber der stank widerlich und schmeckte wie ein Stück schwammiges Gummi, das in Essig eingelegt worden war. Ich kurbelte das Fenster herunter und spuckte ein paarmal aus. Schließlich wickelte ich den Schweinefuß in eine Papiertüte, dann in eine zweite.

«Wie wär's, wenn du ihn in Ketten legst», sagte Leonard, «und auf 'nen Stock spießt, damit er nich wieder zurückkommt, wenn du ihn rauswirfst.»

«Was jetzt?» sagte ich.

«Um das Café haben wir uns bisher gedrückt», sagte Leonard. «Warum gehn wir nich 'ne Tasse Kaffee trinken und wärmen uns auf?»

Auf dem Weg zum Café wurden wir klitschnaß, das Wasser stand uns fast bis zu den Knien. Bei dem Gedanken, da wieder hineinzugehen, fiel mir das Herz in die Hose, aber mit den Schießeisen in unseren Manteltaschen waren wir gleich viel mutiger.

Das Café war zu. Auf einem Schild, das innen an der Glastür hing, stand: WEGEN HOCHWASSER GESCHLOSSEN.

Wir stiegen in den Wagen und saßen eine Weile einfach bloß da. «Immerhin wollten wir reingehn und dem Teufel ins Auge sehn», sagte ich. «Und wenn es offen gewesen wär, hätten wir's auch getan. Ich bin stolz auf uns.»

«Ich auch», sagte Leonard. «Obwohl ich irgendwie ganz froh bin, daß es zu hat.»

«Ich auch.»

«Weißt du was, Hap? Bleibt uns wohl nichts andres übrig, als nach LaBorde zurückzufahrn. Wir müssen uns was ausdenken, wie die Sache anzugehn is. So leid's mir tut, aber heut morgen konnte ich's kaum erwarten herzukommen, und jetzt hocken wir hier, und ich frag mich wozu. Wenn's wenigstens aufhören würde zu regnen. Oder wenn wir 'ne Bleibe hätten. Ich hab das Gefühl, wir rennen hier rum wie zwei kopflose Hühner. Ich bin durchnäßt, mir is kalt, weit und breit niemand, mit dem ich mich anlegen könnte, und mit Reynolds läßt mich Cantuck auch nich spielen.»

«Du hast recht. Ich komm mir ziemlich bescheuert vor, erst das Maul so weit aufzureißen, und kaum sind wir angekommen, wissen wir nich mehr weiter.»

Wir verließen Grovetown auf demselben Weg, den wir gekommen waren, doch wegen des schlechten Wetters schafften wir gerade mal

50 Sachen. An der Stelle, wo Leonards Wagen in den Teich gestürzt war, stand der Highway unter Wasser.

Wir machten kehrt Richtung Grovetown und nahmen den Highway, der an Bacons Haus vorbeiführte, in der Hoffnung, auf Umwegen nach LaBorde zu kommen.

Wir krochen langsam voran. Das Wasser sickerte allmählich aus dem Wald auf den Asphalt. Der Himmel zog eine Lightshow ab, und der Wind blies so stark, daß ich Mühe hatte, den Wagen auf Kurs zu halten. Wir kamen an Bacons Haus vorbei und fuhren immer weiter geradeaus, bis der Highway einen Hügel erklomm, von dessen Kuppe wir ins Dunkel blickten, und das Dunkel war Wasser.

Ich dachte ans Umdrehen, zog es angesichts des Wolkenbruchs aber vor weiterzufahren. Trotz Fernlicht konnte ich jenseits der Motorhaube fast nichts erkennen, bis auf die Wassermassen, die sich über den Asphalt wälzten. Der Wagen vibrierte im Sturm.

Wir bogen nach rechts auf eine kurze Schotterpiste, die sich einen Hügel oberhalb des Highways hinaufschlängelte. Kurz darauf merkten wir, daß die Straße zu einem Friedhof führte. Wir fuhren hinein und parkten unter einer mächtigen Eiche in der Nähe eines alten Grabsteins, der so weit aus dem Boden geschwemmt war, daß er umzufallen drohte.

Der Regen bearbeitete das Wagendach, als würde er es jeden Moment durchlöchern, und das Gewitter überzog den Himmel wie leuchtende Krampfadergeschwüre. Es donnerte und zischte und verwandelte die Dunkelheit sekundenlang in taghelles Licht. Aus Angst, der Baum könnte einen Blitz anziehen, wie das Bäume so an sich haben, setzte ich zurück und hielt nach einer freien Stelle Ausschau. Ich hielt schließlich in einer der Grabreihen und stellte den Motor ab. Wir saßen da und starrten durch den Regen auf die grauen Umrisse der Steine, und obwohl mir Friedhöfe an sich keinen besonderen Schrecken einjagten, war mir in diesem Moment ziemlich elend und unheimlich zumute. Erst recht so unter freiem Himmel. Der Baum hatte mich in Sicherheit gewiegt, auch wenn ich natürlich wußte, daß man sich bei Gewitter keinen schlechteren Platz aussuchen konnte, außer einem Trailer vielleicht. Stürme, besonders Tornados, waren ganz verrückt nach aufgebockten Trailern.

«Manchmal», sagte Leonard, «denk ich, daß ich auch gern auf so 'nem Friedhof begraben werden will.»

«Ich überlaß meinen Körper der Wissenschaft», sagte ich. «So steht's in meinem Führerschein. Aber wer weiß, vielleicht streich ich's wieder. Was ich bisher immer für Unsinn gehalten hab, is wohl doch nich so verkehrt. Ich mein, es macht dich zwar nich wieder lebendig, aber es is immerhin etwas, wenn irgendwer irgendwann mal deinen Namen auf 'nem Grabstein liest. Sonst wär's, als hätt's dich nie gegeben.»

«Na ja, 'nem andern die Leber oder 'n Auge zu spenden und so das Leben zu retten is auch nich zu verachten», sagte Leonard.

«Dann mach's wie ich.»

«Nein, das is nichts für mich. Ich will begraben werden.»

Wir saßen die nächsten zwanzig Minuten stumm da, und der Wagen kühlte allmählich aus. Dann sagte ich: «Weißt du was? Mir is grad eingefallen, daß ich Florida zum erstenmal auf einem Friedhof getroffen hab. Hab die ganze Zeit versucht, mich an unser erstes Treffen zu erinnern, und jetzt hab ich's.»

«Auf der Beerdigung von meinem Onkel.»

«Ja. Komisch, daß ich nich eher drauf gekommen bin. So was vergißt man eigentlich nich so leicht.»

«Mein Bein verträgt die Kälte nich, Hap. Haben wir noch genug Sprit, um die Heizung 'ne Runde laufen zu lassen?»

Ich ließ den Motor an, drehte die Heizung auf und sagte: «Der Friedhof hier, der bringt mich auf was. Irgendwie hab ich das schon die ganze Zeit mit mir rumgeschleppt. Wir waren auf dem Holzweg.»

«Was du nich sagst.»

«Wir haben richtig angefangen, aber falsch weitergemacht. Zuerst haben wir versucht, uns in Floridas Lage zu versetzen, und auf einmal haben wir's sein lassen. Jedenfalls als es drauf ankam. Wir haben versucht herauszufinden, wer sie umgebracht haben könnte, statt uns Gedanken zu machen, was in ihrem Kopf vorgegangen is.»

«Und das wäre?»

«Sie geht als erstes zu Cantuck. Fühlt vielleicht auch Reynolds auf den Zahn.»

«Haben wir gemacht.»

«Sie klappert die Schwarzenlokale ab, um mit Leuten zu reden, die Soothe kannten und ihn mit dem Yankee zusammen gesehn haben. Sie stattet Soothes Verwandten 'nen Besuch ab.»

«Der Chief, die Ranger, die haben das alles überprüft, Hap. Okay, vielleicht hätten wir 'n paar andre Fragen gestellt, weil wir Florida besser kennen als die, aber das is nich gesagt. Wir sind blutige Amateure und außerdem ziemlich schlechte. Wir haben's gut gemeint, aber uns blöd angestellt.»

«Schon möglich, aber da is noch was, was sie tun würde. Sie würde zu Soothes Grab rausfahrn.»

«Wozu?»

«Überleg doch mal.»

Genau das tat Leonard, bis er sagte: «Okay, ich hab überlegt, und ich kapier's immer noch nich. Selbst wenn sie sehn wollte, wo er begraben is, hilft uns das herzlich wenig, sie wiederzufinden.»

«Wär doch möglich, daß sie Soothe weggeschafft hat.»

«Du meinst, sie hat ihn ausgebuddelt?»

«Florida is hergekommen, um den Fall unter die Lupe zu nehmen, und sie hat geglaubt, daß Soothe umgebracht worden is. Sie mußte damit rechnen, daß jemand wie Reynolds, oder wer auch immer, auf die Idee kommt, ihre Schnüffelei und ihr Zeitungsartikel könnten die Ranger auf den Plan rufen, um der Sache auf den Grund zu gehn und Soothes Leiche zu exhumieren –»

«Und um rauszufinden, ob es Selbstmord war oder nich.»

«Genau. Also hat sie die Leiche ausgegraben und vor denen in Sicherheit gebracht, die ihr 'nen Strich durch die Rechnung machen wollten. Ohne Autopsie würde niemand beweisen können, daß Soothe tatsächlich umgebracht worden is.»

«Und wo soll sie ihn hingeschafft haben, Hap? Abgesehn davon, daß sich so 'n Persönchen wie Florida nich grad zur Totengräberin eignet.»

«Außerdem hat sie sich noch nie gern schmutzig gemacht. Aber wenn's darum gegangen is, ihre weiblichen Reize einzusetzen, hat sie nich lange gefackelt. Vorausgesetzt sie hat 'nen geilen Bock gefunden, der blöd genug war, sich 'nen kleinen Nachmittagsfick als

Gegenleistung zu versprechen. Florida hätt nich im Traum daran gedacht, ihm was andres als ein herzliches Dankeschön zu stecken. Na, is der Groschen gefallen?»

«Gott verdamm mich. Du meinst –»

«Genau.»

29

Wir warteten eine gute Stunde, bis der Regen nachließ, und fuhren dann zurück nach Grovetown. Dort hatten sich die Straßen in reißende Bäche verwandelt, wir mußten weiter oben vor einem Antiquitätenladen parken und zu Tims Tankstelle hinunterwaten.

Wir kämpften uns durch die starke Strömung, die einen fast von den Beinen holte. Die Tankstelle war geschlossen. Wir gingen zur Hintertür und klopften an. Kurz darauf öffnete Tim, der anscheinend nicht gerade begeistert war, uns zu sehen. Er bat uns, vorne herumzukommen, und schloß die Tür.

Er machte uns den Laden auf, in dem es immer noch warm war, obwohl der Ofen ausglühte. Trotzdem machten wir es uns davor bequem. Ich inspizierte mal wieder die Abfälle unter dem Ofen, die meinen Blick magisch anzogen, besonders dieses kleine blaue Etwas.

Tim sagte: «Für heute mach ich Feierabend. Bei dem Sauwetter kommt sowieso keiner. Falls ihr nich was Dringendes auf dem Herzen habt, pack ich 'n paar Klamotten und fahr zu Mama raus. Wär doch gelacht, wenn ich sie nich rumkriegen würde, mit mir zu kommen, bis es vorbei is. Seid mir nicht böse, aber –»

«Tim», sagte ich, «du hast Florida zu Soothes Grab rausgefahren, stimmt's?»

«Was?» sagte er.

Mir war klar, daß der Schuß leicht nach hinten losgehen konnte, aber wie ich Florida kannte, war ich mir ziemlich sicher, mit meiner Vermutung richtig zu liegen.

«Sie hat Soothes Leiche wegschaffen wollen, stimmt's? Und sie hat dich gebeten, sie hinzuführen und ihr dabei zu helfen.»

«Warum hätte sie das tun sollen?»

Als ich ihn in meine Gedanken eingeweiht hatte, sagte er: «Daß ich nich lache.» Aber er zog dabei ein Gesicht, als ob wir ihn gerade beim Wichsen vor dem Schnappschuß eines kahlrasierten Hundearsches erwischt hätten.

«Du hast sie rausgefahrn und ihr beim Graben geholfen. Wir wollen nur, daß du uns zu der Stelle führst.»

Tim starrte auf den Boden. Dann sagte er: «Angenommen, sie hat ihn tatsächlich wegschaffen wollen und ich hab ihr geholfen und ihr das Grab gezeigt, was macht das jetzt noch für 'nen Unterschied? So lange wie der schon unter der Erde liegt, da is sowieso nichts mehr zu erkennen.»

«Für uns vielleicht nich», sagte Leonard. «Aber Gerichtsmediziner sind manchmal echte Zauberer.»

«Und was hat das bitte schön mit eurer Suche nach Florida zu tun?» fragte Tim. «Hinter der seid ihr doch her, oder nich? Florida. Nich dieser Soothe.»

Da wußte ich, daß ich ins Schwarze getroffen hatte. Ich versuchte, Tim nicht zu sehr anzustarren, um ihn nicht noch nervöser zu machen. Statt dessen heftete ich meinen Blick beim Sprechen auf das kleine blaue Ding unter dem Ofen.

«Niemand behauptet, daß du dir irgendwas hast zuschulden kommen lassen, auch wenn's in Texas nich grad Usus is, Leichen auszubuddeln, die man mal begraben hat. Aber angenommen, du hast Florida geholfen, die Leiche wegzuschaffen. Als dann diese Typen – Reynolds, dein Vater oder irgendwelche Handlanger – anmarschiert sind, um Soothes Leiche verschwinden zu lassen und 'ne Autopsie zu verhindern, und die Grube war auf einmal leer, da sind sie vielleicht auf die Idee gekommen – wo sich Florida doch so für Soothe interessiert hat und beweisen wollte, daß es Mord war – na ja, liegt doch irgendwie nahe, daß sie da auf Florida gekommen sind. Auf dich nich unbedingt, aber auf sie bestimmt.»

«Und dann», sagte Leonard, «haben sie sie entführt, um aus ihr rauszukriegen, wo die Leiche versteckt is.»

«Bei den Überredungskünsten dieser Burschen hier aus Grovetown», sagte ich, «hat sie's ihnen bestimmt gesagt und sie hingeführt. Wenn sie der Meinung waren, es wär 'n sicheres Versteck für die Leiche, dann haben sie sie dagelassen. Zusammen mit Florida. Logisch. Und wenn die Leiche nich gut aufgehoben war, haben sie

sie wahrscheinlich in irgend'nem Sumpf auf Nimmerwiedersehn verschwinden lassen, und Florida gleich mit.»

«Im ersten Fall», sagte Leonard, «finden wir mindestens Soothe, wenn nich auch Florida. Im zweiten Fall ... das sehn wir dann. Eins nach dem andern.»

«Ich weiß ja nich», sagte Tim.

«Keine Angst», sagte ich, «Leonard und ich, wir drehn das so, als wären wir von selbst drauf gekommen. Wir halten dich da raus. Ehrenwort. Aber falls du dich querstellst, müssen wir uns wohl mal mit Cantuck unterhalten.»

«Warum habt ihr das nich schon längst getan?» fragte Tim.

«Weil du und deine Mutter Florida aus der Patsche geholfen habt», sagte ich. «Und weil wir dich da nich mit reinziehn wollen, wenn's nich sein muß.»

«Und Florida war unsre Freundin», sagte Leonard. «Einen Freund läßt man nich so einfach im Stich.»

«Aber der Regen», sagte Tim. «Der Friedhof is draußen beim Staudamm, und der macht's nich mehr lange.»

«Wenn er bricht», sagte Leonard, «können wir die Sache ganz vergessen. Wenn die beiden tatsächlich da draußen sind, sollten wir uns beeilen, sonst bleibt für die Gerichtsmediziner nich mehr viel übrig. Je eher wir über Florida Bescheid wissen, desto besser.»

«Der Boden da draußen is weich», sagte Tim. «Bei dem Regen gibt das 'ne schöne Sauerei.»

«Wir lassen es drauf ankommen», sagte Leonard.

Tim ging nach hinten, zog seine Stiefel an und schlüpfte in seinen Wintermantel. Dann gingen wir hinaus zur Garage, wo Tim einige Spaten und eine große Plane auf die Ladefläche seines Pick-up warf, für den Fall, daß wir Soothe finden würden, oder Soothe und Florida. Er fuhr uns durch die Fluten hinauf zu meinem Wagen. Wir folgten Tim auf den Highway, der an Bacons Haus vorbeiführte. Ich hoffte, daß unser Ziel nicht jenseits des großen Hügels lag, denn sonst konnten wir gleich wieder kehrtmachen, und morgen früh würde sich Tim vielleicht schon an nichts mehr erinnern. Die Sache stand auf Messers Schneide. Jetzt oder nie, dachte ich.

Obwohl sie überflutet war, bogen wir in die Straße, die zu seiner Mutter hinausführte. Das Wasser stand zwar nicht sehr hoch, aber ich war nervös wie eine langschwänzige Katze in einem Zimmer voller Schaukelstühle. Mir fiel der Pick-up ein, der einst vor meinen Augen von der Brücke gespült worden war.

Wir fuhren und fuhren, nahmen dann eine noch schlechtere Straße, die allerdings leicht bergan stieg, so daß das Wasser zurückging. Es war ein ziemlich beachtlicher Hügel für East Texas. Auf der Kuppe hielt Tim an, und wir stellten uns neben ihn. Unten, am Fuß des Hügels, wo die Straße über eine schmale Holzbrücke führte, war vor Wasser kein Durchkommen mehr. Der Himmel verdüsterte sich, der Regen nahm zu, und es wurde so kalt, daß die Wagenheizung schier zu heulen anfing.

Leonard und Tim kurbelten die Fenster herunter. In dem strömenden Regen, der unsere Stimmen erstickte, schrieen wir uns lauthals zu.

«Über die Brücke fahr ich lieber nich», rief Tim.

«Ich auch nich», brüllte ich. «Wie weit is es noch?»

«Auf der andern Seite der Brücke, hinter dem Hügel da. Auf der rechten Seite. Der Armenfriedhof.»

«Ich dachte, da hätt er vorher gelegen?» sagte Leonard.

«Tut er immer noch», sagte Tim. «Hab's mir überlegt. Schätze, ihr habt recht, wir sollten es hinter uns bringen. Wir können die Wagen hier stehenlassen. Bei dem Wetter kommt hier sowieso keiner mehr lang.»

Jeder von uns schnappte sich einen Spaten, ich klemmte die Plane unter den Arm, Tim nahm die Taschenlampe, und wir machten uns alle zusammen auf den Weg ins Tal. Nach wenigen Schritten fing Leonard plötzlich an, wie ein Einbeiniger zu humpeln, und benutzte den Spaten als Krücke.

Ich sagte: «Halt mal. So schlimm, Bruder?»

«Bin bloß 'n bißchen steif», sagte Leonard, der im eisigen Regen zitterte.

«Is nich mehr weit», sagte Tim.

«Soll er mit dem Bein über die Brücke? Na, ich weiß nich», sagte ich. Leonards Bein war dick und prall wie eine Mettwurst.

«Schätze, bei dem Wetter rumzurennen, bekommt mir nich besonders», sagte Leonard. «Aber ich beiß die Zähne zusammen.»

«Geh zurück zum Wagen», sagte ich. «Tim und ich schaffen das auch allein.»

«Ach was, das geht schon», sagte Leonard.

«Es is wirklich nich weit», sagte Tim.

«Tu mir den Gefallen», sagte ich zu Leonard. «Geh zum Wagen.»

Leonard nickte. «Schon überredet. Im Dreck rumzuwühlen macht sowieso keinen Spaß. Nehmt euch vor der Strömung in acht.» Er humpelte davon, warf den Spaten auf die Ladefläche von Tims Truck und stieg dann auf der Beifahrerseite in meinen ein. Durch den Regenschleier auf der Windschutzscheibe sah ich ihn, wie er die Hand hob und winkte.

Ich stieg mit Tim den Hügel hinunter. Wir klammerten uns ans Brückengeländer, als wir den Fluß überquerten. Die reißende Strömung jagte mir eine Heidenangst ein. Die Plane rutschte mir weg und wurde vom Wasser fortgerissen.

Vorsichtig einen Fuß vor den anderen setzend, erreichten wir das andere Ufer, wo die Straße noch passierbar war. Wir marschierten weiter, den Hügel hinauf, und beim Abstieg auf der anderen Seite sah ich auf halber Höhe zu unserer Rechten den Friedhof, dessen Grabsteine und Tafeln den Abhang bis zum Big Thicket hinunter säumten. Na, wenn das kein Armenfriedhof war.

Er war mit Stacheldraht umzäunt, und das Tor stand offen. Wir gingen hinein, erst Tim, dann ich. Er führte mich zu Soothes Grab und klopfte mit dem Spaten darauf. Es war mit bunten Glasscherben gespickt, und auf dem billigen Grabstein, an dem bunte Perlenketten hingen, waren Soothes Name, Geburtstag und Todesdatum zu lesen. Vor dem Stein lag ein kleiner Puppenkopf, an dem getrocknetes Wachs einer abgebrannten Kerze klebte. Der Puppenkopf war zum Teil geschmolzen und das Wachs über eins der gemalten Augen gelaufen.

«Leer», sagte Tim. «Den ganzen Scheiß haben sie erst hier hingelegt, nachdem wir das Grab letztens offiziell aufgemacht haben. Ich, Cantuck, Reynolds und der Ranger. Du kannst dir nich vorstellen, wie anstrengend es war, ein überraschtes Gesicht zu machen.»

«Was hat's mit dem ganzen Zeug hier auf sich?»

«Voodoo», sagte Tim. «Damit Soothe unter der Erde bleibt.» Er ging zum Nachbargrab und stach den Spaten hinein. «Jetzt leistet er der alten Mrs. Burk Gesellschaft.»

«Du hast Soothe zu ihr gelegt?»

«War Floridas Idee», sagte er. «Bloß fürs erste. Als sie Soothes Grab aufgebuddelt haben, hatte der Regen längst alle Spuren verwischt.»

«Clever», sagte ich. «An die Arbeit.»

Ein Grab auszuheben ist nicht so einfach, wie man denken könnte. Es geht mächtig ins Kreuz und ist fast so langweilig, wie mit einer Pinzette Maiskörner aus Schweinemist zu picken. Ich versuchte, meine Wunden und meinen Muskelkater zu vergessen.

Ich wollte nicht daran denken, daß Florida mich vielleicht da unten erwartete, und ich hoffte, ich würde mich irren. Wenn sie schon tot sein mußte, war ich mir nicht sicher, ob ich sie in diesem Moment finden wollte. Ich wollte nicht daran denken, wie die Kluxer sie wohl dazu gezwungen hatten, ihnen Soothe zu zeigen, oder was sie anschließend mit ihr angestellt haben mochten, ehe sie sie zu Soothe und Mrs. Burk gelegt hatten.

Während wir gruben, floß Regenwasser den Hügel herunter ins Grab. Im Unterholz lief das Wasser knisternd über Laub und Zweige, und in der Ferne rumorte etwas, das sich wie ein rauschender Fluß anhörte. Wir gruben und gruben, wühlten uns mit den Spaten durch den Matsch, und nach fast einer Stunde stieß ich auf etwas Hartes. Wir schaufelten es frei. Ein Sarg. Holz.

Ich stand auf dem Sargdeckel und wußte nicht weiter. Tim sagte: «Da drin is Mrs. Burk.»

Mit einemmal kam mir ein unheimlicher Gedanke. Ich sagte: «Und wenn Florida den Typen vom Klan gesagt hat, daß du ihr geholfen hast? Hast du keine Angst, daß dir dein Vater das heimzahlt?»

Ich sah Tim an. Er zuckte mit den Achseln. «Wenn sie's ihnen gesagt hätt und sie mich am Arsch kriegen wollten, hätten sie's längst getan. Wir müssen das Grab 'n Stück breiter machen.»

«Es is doch breit genug. Wir sollten den Deckel aufbrechen.»

«Wenn wir's nich breiter machen, können wir den Sarg nich rausziehn. Oder hast du 'ne bessere Idee? Ohne die Plane müssen wir wohl oder übel den Sarg den Hügel hochschleppen.»

Wir gruben also weiter, um das Grab breiter zu machen. Mein Unterbewußtsein, diese giftige Schlange, machte sich bemerkbar. Es wollte mir mal wieder irgend etwas sagen.

Tim kletterte aus dem Grab, nahm die große Taschenlampe, die er mitgebracht hatte, schaltete sie ein und legte sie auf den Grubenrand, so daß der Sarg angestrahlt wurde. Es war finstere Nacht geworden. Das Wasser stand mir fast bis zu den Knien und stieg immer weiter.

«Meinetwegen kannst du jetzt den Deckel aufbrechen», sagte er. «Nimm den Spaten.»

Ich sah hoch zu Tim, er stand auf seinen Spaten gestützt da, eine Hand in der Hosentasche. Er wurde vom dichten Regen regelrecht eingehüllt. Grelle Blitze zerfurchten den Nachthimmel.

«Okay», sagte ich.

Ich packte den Spaten und versuchte, ihn unter den Sargdeckel zu treiben. Wäre es ein echter Holzsarg gewesen, hätte man ihn nur mit entsprechendem Werkzeug aufbekommen, aber der hier war einer der billigen Sorte, der zwar dem Namen nach aus Spanplatten bestand, doch eigentlich aus extradicker Pappe zusammengeschustert war. Allein schon der viele Regen, der seit Soothes Beerdigung – seiner ersten – gefallen war, hatte dem Sarg ziemlich zugesetzt.

Der Deckel sprang auf, und ein fürchterlicher Gestank machte sich breit. Auf dem, was ich für Soothes Leiche hielt, obwohl davon nur noch ein paar Knochen übrig waren, und Haut, die den Schädel wie eine Strumpfmaske überzog, lag ein zweiter, halb verwester Körper. Die Gesichtszüge hatten sich aufgelöst, und das Haar war büschelweise ausgefallen. Wie angetrockneter Leim hing das Fleisch in Fetzen vom Schädel, der über der rechten Augenhöhle eingeschlagen war. Regentropfen prasselten auf das Fleisch und wuschen es von den Knochen, als wäre es noch lebendig und suchte nach Unterschlupf.

Obwohl es sich schon halb aufgelöst hatte, erkannte ich das kurze blaue Kleid und den blauen Ohrring, der am Ohrläppchen hing. Plötzlich fiel es mir wie Schuppen von den Augen. Die ganze Zeit war ich ein Vollidiot gewesen. Ich wußte jetzt, was es mit dem blauen Ding unter Tims Ofen auf sich hatte und warum Tim das Grab breiter haben wollte.

Ich mußte selbst darin Platz finden. Zusammen mit Leonard.

Ich ließ den Spaten fallen, griff nach dem Revolver in meiner Manteltasche und warf mich herum, doch zu spät. Tim hatte mir seinen Spaten von hinten über den Kopf gezogen, und ich knallte gegen die Grabwand.

Der Kopf wollte mir vor Schmerzen zerspringen. Ich konnte nicht länger als ein paar Sekunden weg gewesen sein, denn als ich wieder zu mir kam, sprang Tim ins Grab und landete mit einem Fuß auf Floridas Leiche. Er hob den Revolver auf, den ich fallen gelassen hatte, und richtete ihn auf mich. Ich war zu benommen, um auch nur irgendeine Reaktion zu zeigen. Ich hatte gerade noch genug graue Zellen in Betrieb, um zu merken, daß ich irgend etwas tun mußte.

Ich rappelte mich zwischen Sarg und Grabwand hoch. Der Platz hatte nicht zum Umfallen gereicht. Tim hatte sich im Sarg hingekauert, ohne den Revolver von mir abzuwenden. Anscheinend reichte ihm der eine noch nicht, denn mit der freien Hand zog er eine kleine Automatik aus dem Mantel, um auch die auf mich zu richten.

Doppelt-hält-besser-Tim.

«Nichts gegen dich», sagte er. «Ich hatte nich vor, dich und Leonard umzubringen, aber jetzt hab ich keine andre Wahl. Hab gehofft, ihr würdet von selber verschwinden. Ich mag euch nämlich. Genau wie Florida. Aber manchmal kommt's eben anders. Wie bist du bloß drauf gekommen? Vorhin, mein ich. Auf einmal hast du Bescheid gewußt. Woher?»

Ich brauchte eine Weile, bis ich den Mund in Gang bekam, aber mir war jede Sekunde kostbar. «Der Ohrring fehlt. Mir is eingefallen, daß ich ihn in deinem Laden gesehn hab. Unterm Ofen.»

«Danke für den Tip», sagte Tim. «Werd mich drum kümmern. Hat 'n kleines Handgemenge zwischen mir und Florida gegeben.

Schätze, er is in meinem Mantel hängengeblieben und unter den Ofen gerollt, als ich ihn zum Trocknen aufgehängt hab.»

«Blödes Arschloch.»

«Hey, vergiß nich, wer von uns beiden am Drücker is, Freundchen. Du jedenfalls nich.»

«Du hast dem Klan Bescheid gesagt, als ich mit Leonard auf dem Weg nach Hause war.»

«Ihr habt einfach zu viele Fragen gestellt, Hap. Ich dachte, die Schlägerei hätt euch den Spaß verdorben, aber wie ihr mit Cantuck geredet habt ... keine Ahnung, da war ich mir nich mehr so sicher. Aber ich mußte auf Nummer Sicher gehn. Das mit Bacon hab ich nich gewollt. Hab mit verstellter Stimme bei Draighten angerufen und ihm erzählt, wo ihr seid, daß ihr von Bacon kommt. Bacon is bekannt wie 'n bunter Hund.»

«Und wozu das Ganze?»

«Schätze, ich muß die Sache hinter mich bringen, Hap. Ich hab nichts gegen euch. Ich tu's nich gern, aber ich muß.»

«So 'n Akt wird das für dich schon nich sein, Kumpel.»

«Woher willst du das wissen. Fällt mir wirklich nich leicht. Macht mir keinen Spaß, Leute umzubringen.»

«Man gewöhnt sich an alles.»

«Jetzt kletterst du erst mal aus der Grube raus. Sofort. Und dann knie dich hin, an den Rand.»

So was hatte ich mir gedacht. Er wollte offenbar vermeiden, mich abzuknallen, damit Leonard nichts davon mitbekäme. Das war bei diesem Regen zwar unwahrscheinlich, aber ich hielt es für weiser, ihn nicht darauf hinzuweisen. Er wollte, daß ich mich an den Grubenrand kniete, damit er mir noch mal eins mit dem Spaten überziehen konnte. Ein trockener Schlag auf den Kopf, und er konnte mich zwischen Sarg und Grabwand quetschen. Für Leonard würde auf der anderen Seite noch genug Platz sein.

«Und wenn ich keine Lust hab rauszuklettern?» sagte ich.

«Dann knall ich dich hier drinnen ab.»

«Warum hast du Florida umgebracht?»

«Das Geld. Deshalb. Ich hab sie gemocht. Ehrlich. Aber sie hat nichts für sich behalten können. Als sie mir erzählt hat, daß sie ihre ganzen Ersparnisse in ihrem Wagen rumkutschiert, bin ich ins Grübeln gekommen. Ich hab sie hierher geführt und die Leiche für sie umgebettet. Ich hab an nichts Böses gedacht, und da kam mir auf einmal diese Idee: wenn ich sie umbring und mir das Geld nehm – nie im Leben würd das rauskommen. Ich war pleite, Hap, und das war die Gelegenheit. In Grovetown schert sich eh keiner um 'ne Schwarze, die auf einmal weg is. Höchstens Cantuck. Aber der is auch kein Sherlock Holmes. War 'ne schöne Stange Geld, die sie dabei hatte. Nich mal besonders gut versteckt. Unter den Sitz geklebt. Soviel Kohle, und sie wollte irgendwelche bescheuerten Tonbänder davon kaufen.»

«Wo kommen wir dahin, wenn jeder sein Geld ausgibt, wie's ihm paßt.»

«Außerdem laß ich mich nich gern ausnutzen. Die ganze Zeit hat sie so getan, als wär sie scharf auf mich, dabei war alles bloß Show. Hab Florida zu Soothe in den Sarg gepackt und alle beide oben auf die alte Burk drauf.

Ihren Wagen hab ich die Straße runter zu 'ner Stelle gefahren, wo ich früher immer angeln gegangen bin. Da is das Wasser so tief, als wenn's bis zum Mittelpunkt der Erde reichen würde. Hab die Karre da reingeschoben, dann bin ich zu meinem Wagen zurück und nichts wie weg.»

«Wegen Geld? Dafür hast du sie umgebracht?»

«Hab sie auch gebumst. Ich mein, wenn sie schon ins Gras beißen mußte, dann konnt ich mir ihre Muschi auch noch mal von innen ansehn. Ansonsten hätt ich ihr bestimmt nich weh getan oder mich mit ihr amüsiert. Bloß ... wenn ich sie schon kaltmach, warum nich noch 'n bißchen Spaß mit ihr haben. Ganz nebenbei: war nich besonders. So wie die gestrampelt hat, war echt nich besonders.»

Habsucht. Tim hatte diese wunderbare, bildschöne Frau aus Geldgier und Geilheit umgebracht. Ich hatte alles, was passiert war, blindem Fanatismus zugeschrieben, dabei waren es Habsucht und Wollust, zwei viel ältere Todsünden, die genauso tief in uns verwurzelt sind wie der Fortpflanzungstrieb in den beiden *National-Geographic*-Bären. Was war ich bloß für ein Idiot. Ich war wütend. Es zerriß mir das Herz.

258

«Mach schon, Hap, raus aus der Grube.»

«Wenn du vorhaben solltest, mir eins mit dem Spaten überzubraten», sagte ich, «dann zieh ich die Kugel vor.»

«Leonard könnte den Schuß hören und abhaun, um die Bullen zu holen, und ich wär geliefert. Ich muß euch beide umlegen, Hap. Wie, kann dir doch egal sein. Wenn du rauskletterst, kann ich dich mit einem Streich ins Jenseits befördern. Geht ganz schnell. Als ich mit Florida fertig war, hab ich's mit ihr genauso gemacht. Hab mit 'nem Stein zugeschlagen.»

In dem engen Grab hatte ich nicht den Funken einer Chance. Aber vielleicht draußen...

«Wenn du nich raus willst», sagte Tim, «muß ich wohl doch abdrücken. Wahrscheinlich hört Leonard sowieso nichts, aber wenn doch, riecht er bestimmt Lunte. Ich riskier's lieber nich.»

«Okay, aber versprich mir, daß du's richtig machst. Kurz und trocken. Bei Leonard auch.»

«Den werd ich erschießen müssen, aber ich mach's so, daß er nichts mitkriegt. Aus nächster Nähe. In die Schläfe, okay?»

Ich dachte mir, wenn er dich so nah an sich ranläßt und auch nur die leiseste Ahnung hat, was gespielt wird, reißt er dir den Arm ab und schrubbt dir damit den Arsch aus. Leonard, mein Alter, wenn ich ins Gras beiße, fall bitte nich auf den Wichser rein. Fall nich drauf rein.

Tim steckte die Automatik wieder ein und hielt den Revolver weiter auf mich gerichtet. Er sagte: «Stell dich an die Wand.»

Ich gehorchte. Tim kletterte vorsichtig aus dem Grab, ohne mich aus den Augen zu verlieren. Dann blendete er mich mit seiner Taschenlampe. Der Lichtkegel schwenkte kurz nach unten und wieder hoch. Ich konnte nicht erkennen, was Tim dahinter trieb, aber ich ahnte es. Er steckte den Revolver ein und schnappte sich den Spaten.

Ich setzte einen Fuß in den Sarg zwischen Floridas knöcherne Beine und war kurz davor, aus dem Grab zu steigen. Ich nahm an, Tim würde ausholen, noch ehe ich ganz aus der Grube heraus war. Er würde mir eins über den Schädel ziehen und brauchte mich dann nur noch neben den Sarg in den Matsch stoßen, zurückmarschieren und sich Leonard vorknöpfen. Der Knall, den der Schuß machen würde, konnte ihm dann egal sein. Er brauchte nur abzudrücken, und fertig.

Als ich die Hände nach dem Grubenrand ausstreckte, kam mir der Gedanke, mich nach dem Spaten zu bücken, den ich fallen gelassen hatte, aber das konnte ich mir abschminken. Ich war einfach nicht flink genug, den Spaten schnell genug aufzuheben, aus dem Grab zu klettern und Tim damit zu treffen.

Ich stützte mich also mit beiden Händen auf den Grubenrand, und im selben Moment fiel die Taschenlampe zu Boden, und ich hörte den Spaten durch die Luft zischen. Ich riß die Arme zu einem Kreuz hoch und warf den Kopf zur Seite, als der Spaten niedersauste und mich an den Handgelenken traf. Der Schmerz war unerträglich. Mit einer schnellen Körperdrehung fing ich den Schwung des Hiebes ab, entriß Tim den Spaten, ließ ihn fallen, stemmte mich auf den Grubenrand, sprang hinaus und landete auf allen vieren.

Hinter der Taschenlampe, die auf dem Boden lag, konnte ich einen dunklen Schatten ausmachen, ich warf mich auf ihn und wurde damit belohnt, daß ich Tims Hals zu fassen bekam.

Ich packte ihn weiter unten an den Armen, als er gerade dabei war, seine Schießeisen aus den Manteltaschen zu ziehen. Ich stieß ihm das rechte Knie seitlich gegen das Bein und brachte ihn aus dem Gleichgewicht. Er knickte ein, und als ich ihm einen Kopfstoß ins Gesicht verpaßte, sackte er vollends zusammen. Ich stürzte mich auf ihn, und im Regenwasser, das über den Boden ablief, rutschten wir zurück in die Grube. Als wir auf dem Sarg aufschlugen, brachen die Seitenteile heraus, und die Leichenteile schnellten hoch. Ein knöcherner Arm klatschte mir ins Gesicht, so daß ich nichts mehr sah, und nebelte mich mit Verwesungsgestank ein. Ich kann mich nicht mehr erinnern, ob es Tim war oder ich, aber einer von uns schrie auf.

Der Sarg löste sich in seine Bestandteile auf, bis wir uns nur noch in einem Haufen Knochen und Fleisch wälzten. Ich gewann die Oberhand und bearbeitete Tims Gesicht mit mehreren Geraden, die es in sich hatten, vergaß aber vor Eifer den Spaten, den ich in der Grube gelassen hatte. Tim schnappte ihn sich, hämmerte mir, glücklicherweise ohne weit ausholen zu können, den Griff zwischen die Augen. Dann war er auf mir und versuchte, mich zu erdrosseln. Ich versank immer tiefer in Soothes und Floridas Überresten, bis ich mit den Handkanten kräftig gegen seine Ellbogen schlug und sie wegdrückte. Er konnte den Würgegriff nicht halten, und jetzt drehte ich den Spieß um. Als ich kurz davor war, ihn herumzureißen und unter mir zu begraben, rappelte er sich hoch und hechtete zum Grubenrand.

Ich hielt ihn am Bein fest, und bei dem Versuch, mich abzuschütteln, traf er mich am Kinn. Während ich noch mit dem Schmerz zu kämpfen hatte, war Tim schon aus der Grube geklettert. Ich sammelte meine fünf Sinne zusammen, stürzte hinter ihm her und stolperte über die Taschenlampe. Tim tauchte gerade so lange im Lichtkegel der rotierenden Lampe auf, daß ich erkennen konnte, wie er seine Automatik aus der Manteltasche zog.

Dann hörte ich ein Krachen, so als wäre jemand auf einen Ast getreten. Tim zappelte mit den Beinen, als wollte er die Absätze im Boden vergraben. Er taumelte, kippte zur Seite und strampelte wild herum, so daß er im Liegen einen Halbkreis beschrieb. Schließlich rührte er sich nicht mehr. Ich hörte, wie er nach Atem rang.

«Hap. Bist du okay?»

Leonard kam aus dem Dunkel auf mich zugehumpelt, die Pistole in der Hand. «Geht so», sagte ich.

«Mir war die Sache gleich nich geheuer», sagte Leonard. «Erst hat er sich stur gestellt, und auf einmal war er so scheißhilfsbereit. Als du mich zum Wagen geschickt hast, wollte er unbedingt, daß ich mitkomm. Irgendwas mußte da faul sein, daß er's gar nich abwarten konnte, uns herzuführen. Ich wär ja eher gekommen, aber mein Bein macht mir zu schaffen.»

«Hauptsache, du bist überhaupt gekommen ... Scheiße!» Ich starrte auf die Stelle, wo Tim gelegen hatte. Er war weg.

Leonard fuchtelte mit seiner Pistole herum, während ich die Taschenlampe aufhob und über den Friedhof leuchtete. Tim schlingerte wie die Vogelscheuche aus *Der Zauberer von Oz* auf das andere Ende des Friedhofs zu, dorthin, wo der Wald anfing. Er kam bis zum Stacheldrahtzaun, verfing sich darin und kippte vornüber, als wollte er Klappmesser spielen. Im nächsten Moment erscholl ein ohrenbetäubendes Krachen, ein Donnern wie von einem Dutzend

Güterzügen. Im Schein der Lampe sah ich, wie sich eine riesige Wand silberner Nadeln aus dem Wald auf uns zuwälzte. Kiefern knickten weg und wurden zu Zahnstochern zerschreddert. Mächtige Eichen wurden kreischend aus dem Boden gerissen.

Die silberne Nadelwand war eine gewaltige Flutwelle. Noch ehe ich «Ach du Scheiße» herausgebracht hatte, brach die Wand mit lautem Getöse über uns herein. Die graue Wassermasse preßte mich an Leonard und riß uns fort.

Wir klammerten uns aneinander und wurden von der Flut zuerst hoch hinausgetragen, dann in die Tiefe hinabgerissen. Ich kriegte keine Luft mehr, wie damals bei unserem Sturz in den Teich, nur noch schlimmer, denn vor dieser Strömung gab es kein Entrinnen. Schwimmen war zwecklos. Wir wurden herumgewirbelt und durch die Baumwipfel getragen. Wir hielten uns aneinander fest und schnappten nach Luft. Dann ging es wieder hinab in die erdrückende Finsternis. Als wir wieder an die Oberfläche kamen und Wasser spuckten, knallte ich plötzlich gegen einen Stamm und blieb im Baum hängen. Irgend etwas sehr Schweres zog an meiner rechten Schulter, und ich merkte, daß ich immer noch Leonard festhielt. Er drohte von der Strömung fortgerissen zu werden, und meine Schulter mit ihm.

«Laß los, Hap, du sturer Bock!»

Jetzt sah ich Leonard, am Ende meines Armes, und der Hund ließ tatsächlich meine Hand los. Ich packte ihn am Handgelenk und biß die Zähne zusammen. Damals im Teich hatte ich ihn auch nicht losgelassen, und wir waren davongekommen, und ich würde ihn auch jetzt nicht loslassen.

«Laß los!» schrie Leonard, «oder wir sind beide dran.»

«Und wenn schon», sagte ich.

Ich hörte Leonards Lachen, sein vom Wasser ersticktes Lachen. Es klang wie das eines Wahnsinnigen. Er wand sein Handgelenk aus meinem Griff, wurde von dem dunklen Strudel erfaßt und mitgerissen.

30

Ein paar Stunden vor Sonnenaufgang schlug ein Blitz wie ein glühender Korkenzieher in den Wipfel einer weiter entfernt stehenden Kiefer ein, spaltete ihren Stamm und steckte sie in Brand. Die Regentropfen verpufften in den Flammen, der Baum brannte schnell aus, und die herabfallenden brennenden Äste wurden vom Hochwasser verschluckt.

Später hörte es auf zu regnen, die Wolken stoben auseinander wie Zuckerwatte, die von gierigen Händen zerrissen wird, und der Wind blies die Überreste fort. Ein voller Mond stand hoch am Himmel und schimmerte durch die Baumwipfel – ein narbiges Clownsgesicht auf schwarzem Samt. Ich blickte in den Nachthimmel, und mir fiel mein Vater ein, wie er mir die Sternbilder erklärte, und dann, wie Florida und ich uns einmal, nachdem wir uns in ihrem Wagen geliebt hatten, auf die Motorhaube legten, um die Sterne anzusehen, die zum Greifen nah schienen, fast als wären sie ein Teil von uns.

Mond und Sterne strahlten so hell, daß ich in einer mächtigen Eiche eine merkwürdige Entdeckung machte. Die Natur hatte offenbar die Kreuzigung Jesu aus Treibholz nachgestellt und den Himmelsscheinwerfer darauf gerichtet. Beklommen starrte ich lange Zeit dorthin, nickte und dachte an Leonard.

Der Sonnenaufgang war rosarot, als hätte es nie geregnet, und der Mond verschwand im Licht der Sonne, die selbst bloß ein blutiges Furunkel war und die eisige Luft kaum erwärmte. Das Wasser unter mir war um drei Meter gefallen und führte jede Menge Schlamm und Schutt mit sich. Eine aufgedunsene Kuh war zwischen einer Kiefer und einem Amberbaum eingekeilt. Jetzt, wo die Strömung nachgelassen hatte, war das Summen der Fliegen, die sich an dem Kadaver labten, deutlich zu hören. Mir tat jeder einzelne Knochen weh. Mir war kalt. Bei der kleinsten Bewegung knirschte und knackte es in meiner steifgefrorenen Kleidung. Aus meinen Haaren rieselten Eiskristalle.

Ich versuchte, mich zu strecken und eine bequemere Position auf dem Ast einzunehmen, doch es half alles nichts. Es gab keine bequeme Position. Dafür konnte ich die merkwürdige Erscheinung in der Eiche jetzt besser erkennen. Es war Florida. Ihre Leiche, kaum mehr als ein Knochengerippe, an dem der linke Unterschenkel fehlte, war in einem Gewirr aus Ästen, Kletterpflanzen und Treibholz hängengeblieben. Ihre knöchernen Arme waren ausgebreitet, ihr Schädel hing an spärlichen Haut- und Muskelfetzen herunter. Die gierigen Krähen, die sich flügelschlagend um sie scharten und die Schnäbel in ihr Fleisch hieben, konnte man für wallendes schwarzes Haar halten. Sie hielt den einen Arm höher als den anderen und zeigte mit der Knochenhand gen Himmel.

Ich schloß die Augen, doch Florida zog meinen Blick magisch an, bis ich nach einer guten Stunde so hypnotisiert war, daß ich keinen Ekel mehr vor ihrer Leiche empfand; sie war Teil der Szenerie.

Gegen Mittag überkamen mich Hunger und Schüttelfrost, und ich fürchtete, jeden Moment vor Schwäche vom Ast zu fallen, weil meine zu gefühllosen Klauen erstarrten Hände den Halt verloren. Ich wurde von Krämpfen in Waden und Oberschenkeln geplagt. Als ich mich auf dem Ast aufrichtete, um meine Beine auszuschütteln, konnte ich kaum das Gleichgewicht halten. In meiner Brust rasselte und rumorte es – die Lungenentzündung kündigte sich an.

Die Sonne war ausgeblutet, sie prangte hellgelb wie ein greller Heliumballon am Himmel und spendete immer noch keine Wärme. Die Luft war eisig wie eine Seehundnase, und die unangenehme Brise, die jetzt aufkam, machte alles noch schlimmer. Sie ließ mich nicht nur noch mehr frieren, sondern wehte außerdem den Gestank von Floridas Leiche und den der aufgedunsenen Kuh, die ich Flossy taufte, zu mir herüber, so als sollte ich daran erinnert werden, wie ich selbst bald enden würde.

Ein paar Trailer trieben an mir vorbei, meistens in Einzelteilen, später sogar ganze Hausdächer. Ich spielte mit dem Gedanken, auf eins der Dächer zu springen, um mich darauf treiben zu lassen. Entkräftet und dumm wie ich war, hätte ich das glatt fertiggebracht, wenn das Dach, auf das ich ein Auge geworfen hatte, nicht an einer Baumgruppe zerschellt und als Kleinholz weitergetrieben wäre.

Ich wurde von Fieberanfällen geschüttelt und träumte davon, wie ich Leonards Handgelenk festhielt, um ihn zu mir in den Baum zu hieven. Als ich wieder zu mir kam, fragte ich mich aus lauter Verzweiflung, wie es wohl sein würde, wenn ich mich einfach fallen ließe und in den Fluten unterging.

Kurz darauf hörte ich den Hubschrauber. Zuerst glaubte ich, mir das Knattern der Rotorblätter nur einzubilden, aber als ich den Kopf hob, sah ich den Hubschrauber der Nationalgarde wie eine Libelle hoch über mir schweben.

Er kam zu den Baumwipfeln herunter, die vereisten Zweige klirrten im Wind, und ich fror noch mehr. Mein vollgesogener Mantel war so steifgefroren, daß ich mich nur mühsam darin bewegen konnte, aber ich tat mein Bestes, mich auf den Ast zu stellen und zu winken.

Der Hubschrauber flog über mich hinweg und stieg wieder auf. Als ich sah, daß er sich aus dem Staub machte, war es, als bräche die Welt zusammen. Langsam setzte ich mich wieder. Auf einmal kam der Hubschrauber im Tiefflug zurück.

Er blieb über dem Baum stehen, in dem Floridas Leiche hing, und ich begriff, daß sie nicht mich, sondern sie entdeckt hatten. Wie ein aufgeregter Affe fuchtelte ich mit den Armen, schrie und sprang auf meinem Ast auf und ab. Der Hubschrauber kam langsam näher und blieb ein paar Meter über meinem Baum stehen. Aus der Seitentür wurde ein Rettungskorb zu mir heruntergelassen.

Das Geäst verhinderte, daß sie näher kommen konnten, und ich konnte nicht weit genug auf dem Ast hinausklettern, um den Korb zu erreichen. Ich zog meinen Mantel aus, warf ihn ins Wasser, rückte Zentimeter um Zentimeter vor, ohne mich vom Knacken des Astes beirren zu lassen. Als der Korb keine zwei Meter mehr von mir entfernt war und der Ast immer mehr nachgab, riskierte ich es. Alles oder nichts. Ich ging in die Knie, drückte mich wie ein Turmspringer ab und flog durch die Luft.

Der Sprung trug mich nicht so weit, wie ich gehofft hatte, trotzdem bekam ich den Korb gerade noch zu fassen und klammerte mich an ihn. Sie hievten mich langsam hoch, und ich merkte, daß ich mich kaum noch halten konnte. Im allerletzten Moment zogen sie mich hinein, warfen mir eine Decke um die Schultern und drückten mir eine Tasse heiße Suppe in die blutleeren Hände.

«Mann», sagte der junge Soldat, der mir die Suppe gegeben hatte, «Sie haben echt Schwein gehabt. Wir haben die ganze Gegend abgegrast. Ganze drei, vier Leute haben wir gefunden. Weit und breit nichts als Wasser. Sind Sie Hap Collins?»

«Ja. Woher wissen Sie –»

«Ein Typ, den wir gefunden haben, hat uns hierher gelotst. Wollte sich aus dem Hubschrauber stürzen, wenn wir nich weitergesucht hätten. Wahrscheinlich kann der sich nich mal auf die Seite drehn, aber wir haben trotzdem nich aufgegeben. Zuerst haben wir die Leiche drüben im Baum entdeckt, dann Sie.»

Ich hörte dem Soldaten schon gar nicht mehr zu, sondern sah mich im Hubschrauber um. Ich war so sehr mit dem Hereinklettern und dann mit der Suppe beschäftigt gewesen, daß ich die drei anderen Zivilisten, die in Decken gehüllt auf dem Boden lagen, gar nicht bemerkt hatte. Einer von ihnen drehte sich um und grinste mich an, wenn man eine leicht hochgezogene Oberlippe als Grinsen bezeichnen kann. Es war Leonard.

«Das is der Typ», sagte der Soldat.

«Ja», sagte ich. «Den Mistkerl kenn ich.»

Der Soldat schleifte mich zu Leonard hinüber, wickelte mich in die Decke, schenkte mir Suppe nach und sagte: «Wir haben keinen Arzt an Bord, aber es dauert nich mehr lange.»

«Danke», sagte ich.

Ich sah Leonard an. Er versuchte, sich aufzurichten. Ich stellte die Suppe hin, griff ihm unter die Arme und lehnte ihn gegen die Wand. «Aus dem Hubschrauber stürzen, was?»

«War nur 'n Scherz.» Seine Stimme klang wie knisterndes Zellophan.

«Willst du was von meiner Suppe?»

«Aber nich von der Seite, an der du genuckelt hast.»

Am Tag nach dem Dammbruch hörte es auf zu regnen, und seitdem hat es keinen großen Regen mehr gegeben. Die Überschwemmung war die schlimmste, die East Texas je gesehen hatte. Grovetown war so gut wie von der Landkarte verschwunden und zum Katastrophengebiet erklärt worden.

Noch drei Monate später fühlten Leonard und ich uns wie aufgewärmte Hundescheiße. Wir waren beide völlig pleite, hatten unsere Ersparnisse aufgebraucht und immer noch offene Arztrechnungen zu begleichen.

Raul hatte es sich während Leonards Abwesenheit noch mal überlegt und war doch dageblieben. Leonard ist auf Jobsuche. Fast jeden Sonntag schaue ich zum Mittagessen bei ihm vorbei. Raul kann ich immer noch nicht besonders leiden.

Nachdem sie Floridas Leiche geborgen hatten, ist sie auf dem Friedhof von LaBorde beigesetzt worden. Ich war zu fertig, um zu ihrer Beerdigung zu gehen. Jetzt im Frühling wachsen auf einem Hügel nicht weit von meinem Haus wunderschöne Wildblumen. Ab und zu pflücke ich welche und fahre in dem Wagen, den mir Charlie geliehen hat, zum Friedhof, um sie auf Floridas Grab zu legen.

Letzte Woche hab ich mich wieder nach Gelegenheitsjobs umgesehen, und seit dem Wochenende bin ich Traktorfahrer bei Mr. Swinger, der seine Felder für die nächste Süßkartoffelsaat auf Vordermann bringen will. Es ist ein mieser, schlecht bezahlter Job und auch nichts auf Dauer, aber er hat eine hypnotische Wirkung auf mich und hält mich vom Grübeln ab. Manchmal starre ich stur vor mich hin aufs Feld, höre das Knattern des Traktors und denke nicht mehr, als für den Job unbedingt nötig. Trotzdem spukt mir die Sache immer wieder im Kopf herum. Ich habe von Charlie gehört, daß Bacon von der Flutwelle mitgerissen wurde, doch seine Leiche blieb unauffindbar. Auch Mrs. Garner ist ertrunken, aber man hat sie tief im Thicket unter den Überresten ihres Trailers gefunden. Tims Leiche wurde – in einen Kokon aus Stacheldraht eingesponnen – nicht weit von seiner Mutter entdeckt.

Hansons Zustand ist unverändert. Ich bin ein paarmal nach Tyler gefahren, um ihn zu besuchen, aber er hat mich nicht erkannt, und seine Familie weiß auch kaum, wer ich bin. Ich bin nicht wieder hingefahren. Es hatte doch keinen Sinn. Charlie dagegen fährt öfters zu Hanson, um seine Hand zu halten und zu ihm zu sprechen. Er meint, Hanson mache Fortschritte. Aber er ist der einzige, der das meint.

Als hätten wir noch nicht genug gehabt, sind Leonard und ich vor kurzem wieder nach Grovetown gefahren. Cantuck war nirgends ausfindig zu machen, und niemand konnte uns sagen, wo er abgeblieben ist. Wen hätten wir auch fragen sollen, Grovetown ist wie ausgestorben, eine durchnäßte Geisterstadt. Jedes zweite Haus ist hinüber, überall stinkt es nach Moder und totem Fisch. Tims Tankstelle ist, abgesehen von den Zapfsäulen, eine einzige matschige Betonfläche, gespickt mit toten Barschen.

Wir hielten beim Café, um uns bei Mrs. Rainforth zu bedanken, daß sie uns das Leben und Leonard die Eier gerettet und dafür gesorgt hatte, daß Bacon sich um uns kümmerte. Das Café hatte das Hochwasser gut überstanden, war aber geschlossen. An der Tür hing ein «Zu Verkaufen»-Schild. Ich habe meine Hände auf die Glastür gelegt und einen Blick hineingeworfen. Wasserschaden. Der Laden war leergeräumt. Wer weiß, wo sie mit ihren Jungs hin ist.

Letzte Woche, als ich gerade eine Cola Light schlürfte und ein altes Taschenbuch lesen wollte, klingelte das Telefon.

Cantuck war dran.

«Wie geht's denn so, Junge?» fragte er.

«Geht so», sagte ich. «Ich lebe noch. Bei Ihnen war ich mir da nich so sicher. Hab Sie schon gesucht.»

«Hab mit meiner Frau grad noch rechtzeitig die Kurve gekratzt. Sind unsre ganze Scheißhabe losgeworden. Waren 'ne Weile bei meiner Schwester in Brownsboro. Jetzt haben wir uns 'nen Trailer zugelegt und ihn da aufgestellt, wo früher unser Haus gestanden hat. Diese Woche kommen der Elektriker und der Kloklempner, und dann is alles nur noch halb so wild, und ich kann mich wieder nützlich machen. Von Brownsboro aus das Büro zu führen war der reinste Affenzirkus.»

«Nützlich machen soll wohl heißen, daß Sie immer noch Chief sind?»

«Stimmt. Deshalb ruf ich auch an. Dachte, das wird dich vielleicht interessieren. Kann sein, daß ihr noch mal aussagen werden müßt. Kevin und Ray finden den Knast wohl doch nich mehr so lustig. Haben sich auf 'nen kleinen Handel eingelassen, um eine kürzere Strafe rauszuschinden. Sie haben Reynolds verpfiffen. Angeblich hat er sie und noch 'n paar andre in die Zelle gelassen, um den Nigger umzubringen. Kevin hat ausgesagt, daß sich Reynolds an Soothes Beine gehängt hat, bis der blau angelaufen is. Gestern haben ihn die Ranger eingesackt.»

«Und Brown?»

«Fehlanzeige. Vielleicht schwärzen sie den auch noch an, vielleicht tut's Reynolds. Keine Ahnung. Ein Schwein nach dem andern, mein Sohn. Ein Schwein nach dem andern. Wie geht's dem Farbigen ... wie geht's Leonard?»

«Ganz gut. Er macht sich.»

«Gut. Freut mich zu hören. Weißt du was?»

«Was?»

«Sie haben 'ne Kugel in Tims Leiche gefunden.»

Ich schwieg einen Augenblick. «Ohne Scheiß?»

«Sieht aus, als wenn ihn jemand auf dem Gewissen hat. Wenn wir die Kugel unter die Lupe nehmen, finden wir vielleicht das dazugehörige Schießeisen.»

«Im Ernst?»

«Klar. Nur is sie mir in dem Hochwasserchaos und dem ganzen Hin und Her dummerweise abhanden gekommen. Is das nich 'n Ding?»

«Wo Sie doch sonst so gewissenhaft sind.»

«Is wie vom Erdboden verschluckt. So was is mir noch nie passiert. Wird mir 'n paar Scherereien einhandeln, schließlich hätt ich besser auf die Kugel aufpassen sollen, aber das kann schon mal vorkommen. Wird nich noch mal vorkommen, aber jetzt kann ich's auch nich mehr ändern.»

Ich verkniff mir einen Seufzer. «Machen Sie sich nich zu viele Vorwürfe.»

«Nein, nein. Keine Sorge.»

«Schätze, wer Florida umgebracht hat, wird wohl auch ein Geheimnis bleiben?»

«Sieht so aus. Aber irgendwie hab ich tief in mir drin so 'n Gefühl, daß der Gerechtigkeit Genüge getan wurde.»

«Das glaub ich auch.»

«Hör mal, falls es euch mal wieder hier in die Gegend verschlägt – ich mein, falls ihr euch überhaupt noch mal hertraut –, schaut doch mal vorbei, wenn's bei uns der Strom und das Scheißhaus wieder tun. Meine Frau kriegt 'nen ganz guten Hackbraten hin, vorausgesetzt wir haben genug Mehl, um ihn zu strecken.»

«Können Sie das denn mit Ihren religiösen Überzeugungen vereinbaren?»

«Hackbraten mit Mehl strecken?»

«Schwarz und Weiß an einem Tisch.»

«Ach, da kann man schon mal 'ne Ausnahme machen. Halt die Ohren steif, Hap.»

«Eins noch. Sind jemals irgendwelche Aufnahmen, Tonbänder oder so was aufgetaucht, die Soothe gehabt haben könnte?»

«Nichts dergleichen. Aber falls einer irgend so was Wertvolles in Floridas Wagen gefunden hätte ... angenommen, sie is irgendwie an das Zeug rangekommen und hat niemandem davon erzählt und die Sachen sind noch in einigermaßen brauchbarem Zustand – könnte sein, daß sich einer das Zeug unter den Nagel gerissen hat und irgendwann mal so tun wird, als ob er einfach so drangekommen wär.»

Ich ließ ein paar Sekunden verstreichen. Ich fragte mich, wie Florida die Aufnahmen überhaupt in die Hände bekommen haben sollte. Ich fragte mich eine Menge Sachen, auf die niemand eine Antwort wußte. Als ich schließlich den Mund aufmachte, sagte ich: «Aber wenn jemand irgend so was gefunden hat, würde der das tun, statt damit zur Polizei zu gehn?»

«Was denn sonst? Was hat die Polizei schon damit zu tun? Überleg doch mal.»

«Und wenn, wär's nich dumm von dem Typen, das rumzuerzähln?»

«Schon, aber vielleicht tut er's trotzdem, wenn er 'nen Abnehmer findet, dem's das Risiko wert is und der's im Notfall halt irgend'nem Wohltätigkeitsverein spendet.»

«Zum Beispiel der Muskelschwund-Hilfe.»

«Zum Beispiel.»

«Das sind ja schöne Aussichten», sagte ich.

Keiner sagte einen Ton, vielleicht eine halbe Minute lang. Dann sagte Cantuck: «Übrigens, wir haben deinen Wagen gefunden. Du willst ihn wohl kaum zurückhaben.»

«Cantuck?»

«Ja?»

«Danke.»

«Halt die Ohren steif, Junge.»

Ich ging schnurstracks ins Bett. Ohne meine Knarre. Offenbar machte ich Fortschritte. Doch zum erstenmal seit Monaten fing es wieder an zu regnen. Es war ein lauer Frühlingsregen, ich mochte ihn nicht. Ich bin sogar davon aufgewacht. Früher hätte er mir beim Einschlafen geholfen, jetzt machte er mich nervös. Doppelt so nervös, wenn es auch noch donnerte oder blitzte.

Seitdem ist eine Woche vergangen, und es regnet immer noch. Nichts Ernstes, bloß ein anhaltender, leichter Frühlingsregen, aber ich werde noch immer davon wach. Jede Nacht trotte ich zum Küchenfenster und sehe nach draußen. Es gibt dort nichts zu sehen, außer Wald, aber an Schlaf ist nicht zu denken. Ich sitze da und trinke Kaffee bis zum Morgen oder sehe mir Filme im Nachtprogramm an. Manchmal lege ich auch eine der L. C.-Soothe-CDs ein, die mir Leonard geliehen hat. Ich lege sie ein und denke darüber nach, wie dieser Knabe, der schon lange tot ist, die ganze Sache ins Rollen gebracht hat.

Was soll's. Ich gehe wieder ins Bett, liege da und warte darauf, daß das Hochwasser kommt und Florida anspült, die auf dem Wellenkamm schwebt wie ein Weihnachtsengel auf dem Weg zur Hölle.

Ich liege da und lausche meinem Herzschlag, zähle, wie die Sekunden herunterticken, und warte auf bessere Zeiten.